黑桃皇后

[俄] 亚历山大·普希金◎著

耿　雨◎译

中国民族文化出版社

北京

图书在版编目（CIP）数据

黑桃皇后 /（俄罗斯）亚历山大·普希金著；耿雨
译 . -- 北京：中国民族文化出版社有限公司 , 2024.3
ISBN 978-7-5122-1767-6

Ⅰ.①黑… Ⅱ.①亚… ②耿… Ⅲ.①短篇小说 – 俄
罗斯 – 近代 Ⅳ.① I512.44

中国国家版本馆 CIP 数据核字（2023）第 176309 号

黑桃皇后
HEITAO HUANGHOU

作　　　者	［俄］亚历山大·普希金◎著　　耿 雨◎译	
责 任 编 辑	张　宇	
责 任 校 对	钟晓云	
出 版 者	中国民族文化出版社　地址：北京市东城区和平里北街 14 号	
	邮编：100013　联系电话：010-84250639　64211754（传真）	
排　　　版	北京市大观音堂鑫鑫国际图书音像有限公司	
印　　　装	德富泰（唐山）印务有限公司	
开　　　本	889 mm × 1194 mm　32 开	
字　　　数	249 千字	
印　　　张	11.5	
版　　　次	2024 年 3 月第 1 版	
印　　　次	2024 年 3 月第 1 次印刷	
标 准 书 号	ISBN 978-7-5122-1767-6	
定　　　价	98.00 元	

目 录

黑桃皇后

黑桃皇后预示大祸临头。

——《最新卦书》

一

阴雨连绵的日子，他们往往相聚一堂，下注赌钱，从五十押到一百；

愿上帝宽恕他们，他们赢了钱便用粉笔记账。

在这样的阴雨天，他们就干着这样的勾当。

一场牌局正在近卫军骑兵纳路莫夫的屋子中进行。漫长的冬夜无声无息地过去了，这伙人坐下来吃晚餐时，已经凌晨五点了。赢钱的人胃口大增，剩下的人则失魂落魄地盯着空空的盘子坐着。不过，当香槟酒一送上来，谈话就变得轻快活跃，所有的人都聊了起来。

"你怎么了，苏林？"主人询问道。

"噢，我输了，还是那样子。我得承认运气不好，我从来没有加过赌注，而且总是保持头脑清醒，绝不允许有任何事情来打扰我，然而我总是输钱！"

"难道你就从未因为受到诱惑在同一张牌上加注？你那坚定劲儿真叫我惊讶！"

"可是你们认为哈尔曼怎么样？"一个客人指着年轻的工兵军官说，"他这辈子从来没有摸过牌，也没有下过注，然而他陪我们一直到早上五点，看我们打牌！"

"我对打牌很有兴趣，"哈尔曼说，"但我不能因奢望意外之财拿必不可少的生活费下注。"

"哈尔曼是德国人，因此他很会精打细算，就是这么回事！"塔姆斯基说，"如果除此之外还有什么人我看不懂，那一定就是我祖母安娜·菲德洛芙娜伯爵夫人！"

"为什么会这样？"客人们询问道。

"我不明白，"塔姆斯基继续说，"为什么我祖母不赌钱了。"

"那么，你不明白这中间的原因？"

"不知道，坦白说，我对此一无所知。但是，让我说吧。

"你们肯定知道，六十年前，我的祖母去过巴黎，她在那儿可是个名噪一时的人物。人们紧跟其后，就是为了一睹'莫斯科维纳斯'的芳容。黎塞留追求过她，她肯定地说过，因为她的狠心，他几乎自杀。那时候，太太们都玩法罗牌戏。有一次在宫廷里，我祖母输给奥尔良公爵一大笔钱。她一回到家，就摘下脸上的眼罩，脱掉箍裙，然后告诉我祖父她在牌桌上输了钱，命令他去还债。我那去世的祖父，在我的记忆里，是我祖母家管家的后代。祖父怕祖母怕得要命，可是，当听说祖母输掉了这么大一笔钱时，他气得几乎快疯了。他大致算了一下祖母输掉的各笔款项，指出她半年之内已经用掉了五十万，然而他们在巴黎的产业不像在莫斯科和萨拉托夫的那样丰厚。最终，他断然拒绝偿还赌债。祖母给了他一个耳光，为了表明她的不快，径自躺下先睡了。次日，祖母吩咐人把祖父找来，期望这种家庭惩罚对他产生震慑力，结果发现他仍不为所动。祖母同他平生第一次争论，解释，向他说明，债务的不同种类，欠亲王和欠车夫的钱有天壤之别。她以为这样就能说服他。然而一切都是白费力，祖父仍旧十分顽固，而且事情并没有就此完结，祖母几乎到了无路可走的地步。

"不久前，她和一个非常有名的人很要好。你们听到过热尔曼伯爵，对他的一部分奇闻轶事也有所耳闻吧！你们晓得他自诩是永远漂泊的犹太人，而且是长生药和点金石的发明者，如此等等。有些人因为这嘲笑他欺骗群众，而且卡沙诺瓦在自己的回忆录中，把热尔曼称作间谍。就算是这样，除去热尔曼身上这些神秘之处，他显然颇具魅力，在上层社交圈里很受欢迎。直到今天，祖母依然对他留有很深的印象。一旦有人说他坏话，她就会大发脾气。我的祖母知道他有很多能够自由使用的资金，决定向他求助，于是写信恳请他马上到她这儿来。这个古怪的老人很快便赶了过来，发现她此时正极度地痛苦。祖母用最恶毒的词语来形容丈夫的凶残，并且把全部的希望都寄托在热尔曼的友善及和蔼可亲的性格上。

"热尔曼思考了一会儿。'我可以替您支付这笔钱，'他说，'可是，我知道，您在还我钱之前是不会安心的，而且我不想再给您增加新的烦恼。不过我还有另外一个方法，让您脱离困境——您可以赢回来钱。'

　　"'但是，我亲爱的伯爵，'我的祖母答道，'我告诉过您，我现在已经身无分文了！'

　　"'这不用花钱，'热尔曼说，'您听我说。'接下来，他告诉给她一个秘诀，为了这秘诀，我们中的每一个人都甘愿付出昂贵的代价。"

　　年轻的军官们听得更加专注了。塔姆斯基点燃烟慢慢地吸了几口，又接着讲下去。

　　"当天晚间，祖母到了凡尔赛宫，到皇后那儿打牌，轮到奥尔良公爵坐庄。祖母编了一个小小的谎言，作为没有带来欠款的理由。在她若无其事地表达了歉意后，便又同他打起牌来。她选出三张牌，然后一张张依次翻开，都赢了，就这样祖母捞回了原本所有输掉的钱。"

　　一个客人说："巧合罢了！"

　　"瞎说的！"哈尔曼说。

　　"可能他们在牌上做了标记！"第三个人说。

　　"我不认为是这样。"塔姆斯基一本正经地说。

　　"什么？"纳路莫夫说，"你有一个能够一连三次猜中牌的祖母，而你居然到现在都还没有从她那里得到这个诀窍？"

　　"怎么会有这种好事！"塔姆斯基回答说，"她有四个儿子，其中包括我父亲，个个都很爱赌。然而她从来没有向任何一个儿子泄露这个秘诀，即使这样对他们或对我都不是一件坏事。不过这件事，我是从我的叔父伊凡·伊里奇伯爵那里听说的，他还以人格保证这事千真万确。已经去世的恰普里茨基，这人在花光了数百万家资后潦倒而死。在他年轻时，有一次差不多输了三十万卢布——如果我记得不错的话，是输给佐里奇的。他绝望了。祖母历来对年轻人的胡闹放肆颇为严厉，然而她却对这个恰普里茨基产生了同情。祖母给了他三张牌，教导他一张接一张地出，同时要求他郑重发誓从今以后绝不再赌钱。恰普里茨基去赢了他钱的人那里，又赌了起来。他压了五万在第一张牌上，赢了。第二张牌，他增加了下注的数目，又赢了。最后，通过采取同样的策略，他赢回的钱比他输掉的要多得多。”

"但是现在该去睡觉了，已经五点三刻了。"

实际上，天已经完全亮了，年轻人喝光杯中的酒就各自离开了。留下的是一片狼藉，桌子上的残羹冷炙到处铺落开来，几颗花生米撒落在桌角和满是垃圾的地上。眼前的场景着实不堪入目，还有一杯不太满的酒被窗外吹进来的风吹起一道道"涟漪"，似乎是在嘲笑那肮脏的饭桌。

二

"你显然对于女人更喜欢吧。"

"有什么办法呢？她们那么娇艳。"

老伯爵夫人坐在梳妆镜前面，三个侍女侍候在她身旁——一个端着发针匣，一个拿着胭脂盒，剩下一个举着一顶饰有大红缎带的高高的帽子。伯爵夫人在容貌上已经没有丝毫奢望了，然而至今还维持着年轻时的习惯，严格按照七十年前的时尚来穿戴，依旧像六十年前那样，花很长的时间梳妆打扮，而且依然那么一丝不苟。窗户旁绣花架边坐着一个年轻小姐，她是伯爵夫人的监护人。

"早安，祖母。"一个年轻的军官走进房间有礼貌地说，"利莎小姐，您好。祖母，我来求您一件事。"

"保罗，什么事？"

"请允许我介绍给您一个朋友，我会带他来参加周五的舞会。"

"那你就直接把他带来参加舞会，到那儿再介绍给我吧。你昨天去过某某人那里吗？"

"是的，一切都进行得非常顺利，跳舞一直跳到五点钟才停止。叶莉茨卡亚多美啊！"

"噢，我亲爱的！她哪儿算得上美丽！她长得像她祖母达里娅·彼得萝芙娜王妃吗？哦，对了，这个达里娅·彼得萝芙娜王妃应该很老了吧？"

"您说什么？很老了？"塔姆斯基没心没肺地嚷着，"她七年前就死了。"

小姐抬头，对年轻军官使了个眼色。他这才意识到，他们一直对老伯爵夫人隐瞒着她这位同龄人的死讯。因此，他便咬住了嘴唇。但是，当老伯爵夫人听到这个消息时，看起来很冷漠。

"死啦！"她说，"我竟然都不知道呢！想当年我们俩是一起被封为宫廷女官的，在我们一同面见女王的时候……"

然后，伯爵夫人又向她的孙子讲起自己的趣事，虽然这事她已经讲过上百遍了。"保罗，过来，"讲完了故事，她说，"把我扶起来。利莎维塔，我的鼻烟壶在哪儿？"

然后，伯爵夫人和她的三个侍女到屏风后面去继续梳妆打扮。塔姆斯基和小姐则留了下来。

"您打算给伯爵夫人介绍谁？"利莎维塔·伊娃诺夫娜轻声询问道。

"纳路莫夫。您认识他吗？"

"不认识。他是军人还是平民？"

"军人。"

"是工兵军官吗？"

"不，骑兵军官。为什么您会以为他是一个工兵军官？"

小姐微微笑了笑，没有回答。

"保罗！"伯爵夫人在屏风后面嚷道，"再给我拿本新小说来，希望不是目前流行的那种。"

"那您想要什么样的小说，祖母？"

"要一本那样的小说，其中既没有主人公杀死父母，也没有被淹死的尸体，我特别害怕那些人。"

"眼下没有那样的小说了，那您爱看俄国小说吗？"

"真有吗？那给我送一本吧，亲爱的，请马上给我送一本来吧！"

"好的，祖母！我马上给您送来……再见，利莎维塔·伊娃诺夫娜！您为什么会以为纳路莫夫是工兵军官呢？"

塔姆斯基走出了梳妆室。

利莎维塔·伊娃诺夫娜一个人待着，这时，她停下手中的绣活，抬头朝窗外张望。不多时，一位年轻军官从街对面拐角的一间房屋里出来。红晕染红了她的双颊，因此，她又开始低头绣花，头几乎挨到了绣布上。这时，打扮齐整的伯爵夫人走了出来。

"吩咐预备马车，利莎维塔，"她说，"我们遛遛去！"

利莎维塔在绣架后面站起身，开始整理手中的活儿。

"你怎么了？天啊，难道你聋了吗？"伯爵夫人大声嚷道，"快去叫他们套马车！"

"我现在就去！"小姐回答道，朝前厅奔去。

一个仆人走了过来，递上保罗·亚历山大罗维奇公爵送来的几本书。"告诉他，我非常感激他！"伯爵夫人说道，"利莎维塔，你又跑哪里去了？"

"我在穿衣服。"

"时间还很充足，我亲爱的。就坐在这儿，翻到第一卷，大声念给我听。"

她的朋友拿起书，念了几行。"大点声！"伯爵夫人说，"我的孩子，你怎么了？是嗓子哑了吗？等一下……把踏脚凳递给我……再靠近点儿……好的！"

三

我的天使，你写那四页书简比我阅读得还快。

——往来书简

利莎维塔·伊娃诺夫娜又读了两页，伯爵夫人开始犯困。"放下这本书！"她说道，"尽是胡说八道！还给保罗公爵吧，顺便替我道声谢……马车怎么样了？"

"已经套好了！"利莎维塔看了看外面的街道说道。

"你为什么还没穿好衣服？"伯爵夫人说，"每次都要等你！亲爱的，这真让人受不了！"

利莎急忙跑回自己的房间。过了还不到两分钟，伯爵夫人就拼命摇起铃来。三个侍女和一个男仆分别从两扇门一起跑了进来。"难道没听见我在喊你们吗？"伯爵夫人对他们说道，"告诉利莎维塔·伊娃诺夫娜，我等着她！"

利莎维塔戴着帽子，披着披肩，跑了过来。

"你终于回来了！"伯爵夫人说，"不过你怎么要这么精心打扮呢？你想去勾引谁？天气怎么样？好像现在在刮风。"

"不，夫人！天气特别好！"男仆答道。

"你们总是信口雌黄！开窗！对，有风，并且还冷得吓人！解下马具，利莎维塔，我们不出门了！不用把你自己打扮成那样子！"

"我过的是怎样的日子啊！"利莎维塔·伊娃诺夫娜心想。

确实，利莎维塔·伊娃诺夫娜是一个十分不幸的人。但丁曾说："吃别人的面包——苦；登别人的台阶——难。"然而，谁又能体会这位贵夫人凄惨的同伴所忍受的寄人篱下的酸楚呢？伯爵夫人绝对没有什么坏心肠，不过社会的纵容使她反复无常。她同所有那些经历过人生最美好的时光，却又无法与现代社会融合的老年人一般，自私自利，贪得无厌。她参加上流社会一切空洞无趣的活动。她参加舞会，浓妆艳抹的她穿着老式的服装，坐在墙角，恰似舞厅中的一件丑陋古怪却又不可缺少的装饰品。几乎所有来宾都要走到她的面前，向她深深地鞠躬致敬，如同履行一种法定的仪式。而当这种仪式完成以后，就再也不会有人注意她了。她严格守法，在自己的家中接待全城的人，虽然她已经认不出这些人了。

她那一大群的仆婢，却在前厅和用人房里，为所欲为，争先恐后地顺手牵走这个垂死老太太的财物。而利莎维塔·伊娃诺夫娜却是家族的牺牲品。在沏茶的时候，她会因为多放了糖而遭到责骂；在朗读小说的时候，作者的失误会全部归咎到她的头上；在陪伴伯爵夫人外出散步时，她还要对糟糕的天气和不平的道路担责……虽然这个职位是带薪的，可她几乎从来没有领到过。尽管是这样，伯爵夫人还是要求她像其他人一样去梳妆打扮，也就是说，要像极少数有钱人那样。

在社交圈里，她扮演着非常悲惨可怜的角色。虽然人人都认识她，但谁也不会去注意她。在舞会上，只有缺少舞伴的时候，她才会被邀请去跳舞。而在太太们需要整理服饰的时候，却总会拉着她一同去更衣室。她很自爱，对自己的处境也非常敏感。她总是环顾四周，急切地等待着某位救星的出现。不过那些追求名利的年轻人却很少注意她，虽然利莎维塔·伊娃诺夫娜比他们正在追求的那些高傲、冷淡的，适合结婚的小姐们美丽一百倍。无数次，她独自离开那豪华奢侈却又无聊郁闷的客厅，回到她那简陋寒酸的房间，就会偷偷地掉泪。她那小小的屋子里只摆着一只五斗柜、一架屏风、一面小镜子和一张漆过的床。在铜烛台上，一支油脂蜡烛正发出微弱、摇曳、惨淡的光芒。

一天早晨——在这篇小说开头所讲述的那个晚会完了两天之后，也就是我们前面讲到的那个场景的头一个星期，利莎维塔·伊娃诺夫娜坐在窗口的绣花架旁，无意中向大街上望了一望，刚好看见一个年轻的工兵军官纹丝不动地站立着，两眼死死地盯着自己的窗口。她埋下头，继续绣花。大概过了五分钟，她再次抬头张望——那个年轻的军官还在刚才的地方站着。她没有与过路军官调情的习惯，于是不再向街上张望，专心地绣了大约两个小时，始终没有抬过一次头。通知开饭了，她起身开始整理绣架，随意向街上一瞥，又看到了那个军官。这让她非常惊奇。吃罢午饭，怀着一种忐忑不安的心情，她走到窗口，可是那位军官已经走了。她也就不再想他了。过了两天，当她陪伴伯爵夫人登上马车的时候，又见到了他。他紧靠在门后站着，竖起毛皮衣领半遮住脸，深色的眼睛在帽子底下闪闪发光。利莎维塔·伊娃诺夫娜吃了一惊，虽然她自己也不晓得为什么会这样害怕。她战战兢兢地进了马车里。

她一回到家，就跑到窗边——那军官还待在老地方，死死地盯着她看。她走开了，但好奇心和一种从未感受过的新奇的情感却深深地困扰着她。

从那天起，那个年轻的军官每天总会在同一时间出现在窗下，在他和她之间达成了一种默契。她坐在自己的位置上做手工，当感觉到他走近了时，就抬起头，看着他，而且凝视的目光一天比一天长久。她用敏锐的眼光察觉，每当他们的眼光相遇时，年轻人那白皙的双颊马上变得通红。大约过了一个星期，她开始向他微笑……

当塔姆斯基恳求他的祖母，也就是伯爵夫人，准许他把自己的朋友介绍给她认识的时候，年轻姑娘的心开始扑通扑通地跳起来。当她得知纳路莫夫并不是工兵军官的时候，便后悔当初不该轻率地向塔姆斯基谈这个问题，把自己的隐私泄漏给了这位浪荡轻浮的公子哥。

哈尔曼是一个俄国化了的德国人，他从父亲那里继承了一笔小小的遗产。哈尔曼曾深信有保持独立的必要。因此，他从不动用那笔钱，只依靠薪俸度日，不允许有丝毫的浪费行为。他沉默少言，虚荣心又非常强，因而同事们很难抓住机会讥笑他过于节约。他欲望强烈，具有丰富的想象力，但坚强的个性使他避免了青年人常犯的错误。这样，虽然他内心好赌，却从不碰牌，因为他想过，他的财产不允许他"因渴求意外之财拿必须的生活费下注"——正如他以前所说的，可是，他却整夜守在牌桌前，狂热地关注着牌局上的各种胜负之数。

三张牌的传闻激发了他的想象力，让他的大脑转了整整一夜。第二天黄昏，他独自在圣彼得堡的街道上闲逛，心里想着："要是老伯爵夫人肯把她的秘诀告诉我，那该多好啊！就算她只告诉我这三张准赢的牌也行！为什么我不去试试运气呢？向她毛遂自荐，讨得她的欢心，甚至做她的情人……但是，这一切都要花时间，而她现在已经八十七岁了，也许只能再活一个星期，甚至过两天就死了！可这个传言呢？是真的吗？节制自律、踏实苦干才是我手中的三张王牌，只有它们才会使我的财产增加两倍、七倍，使我过上一种舒适而又独立的生活！"他这样盘算着，直到意识到自己已经走在圣彼得堡的一条主干道上，来到了一栋古老的建筑物前面。

　　街上挤满了马车，一辆跟着一辆的马车在灯火通明的大门口来来往往。一会儿马车中年轻美女的一只秀足伸到街道上，一会儿骑兵军官厚重的皮靴伸了出来，一会儿丝织的裤袜和外交官的靴子伸了出来，斗篷和皮大衣在威风凛凛的看门人身旁迅速闪过。哈尔曼停下了——"这是谁家的豪宅？"他问街角的门警。

　　"伯爵夫人家的。"门警答道。

　　哈尔曼浑身颤抖，那个关于三张牌的神奇传闻又在他的脑海中展现。他在这座宅子附近来回走着，心里始终想着宅子的女主人和她那神奇的秘诀。直到很晚他才回到自己破旧的小屋，但迟迟不能入睡。最后他终于进入了梦乡，在睡梦中，他见到的只有绿色的牌桌、纸牌、一叠叠的钞票和一堆堆的金币。他一张接一张地翻开牌来，不断地赢钱，最后把所有金币收拢起来，把全部钞票放进衣袋里。第二天早晨他到很晚才醒来。他叹了一口气，惋惜幻梦中的钱财茫然不知去向。他又到镇上去游荡，不知不觉又来到伯爵夫人的宅前，仿佛有种无形的力量吸引他来。他停下脚步，看着窗户——透过一扇窗户，他看到一个披着浓密黑发的脑袋垂着，可能是在看书或者在做绣工。她的头渐渐抬了起来，哈尔曼看到了一张清秀的脸庞和一双漆黑的眼睛，这一刻改变了他的命运。

利莎维塔·伊娃诺夫娜才刚脱下披风和外衣，取下帽子，伯爵夫人就吩咐人来叫她，又命令她套好马车。马车停靠在了门前。正当两个仆人扶着老太太进马车的时候，利莎维塔·伊娃诺夫娜看见了那个站在马车旁的工兵军官。他上前一把抓住她的一只手，她慌张得还没有回过神来，那个工兵军官已经不见了，一封信在她手里。

她把信藏进手套里，一路上她什么也没听到，什么也没看到。伯爵夫人有个习惯，乘车外出兜风时总会问这问那："刚才碰到我们的那人是谁呀？这座桥名叫什么？那块招牌上写的什么？"今天，利莎维塔·伊娃诺夫娜却含含糊糊，答非所问，使伯爵夫人非常愤怒。

"我亲爱的，你怎么了？"她大声嚷道，"你是头昏了，还是怎么啦？我说的话，你是听不见，还是不懂？上帝啊，我的口齿不够清楚吗？我还没有老糊涂呢！"

利莎维塔·伊娃诺夫娜没有听她在念叨什么。一回到家，她就跑到自己的房间，从手套中取出信来——信没有封口。这是一封告白爱情的信，全是甜言蜜语，又显得恭敬殷勤，一字一句都是从一本德国小说中摘录的。然而，利莎维塔·伊娃诺夫娜完全不懂德语，她对这封信感到极为称心如意。

尽管这样，这封信还是使她六神无主。生平第一次和一个年轻男子建立这种秘密而亲近的关系，他的大胆让人吃惊。她责怪自己的行为有失检点，不知道该怎么做。她是否应该离开那扇窗，装出一副冷漠孤傲的样子，从而打消那位年轻工兵军官进一步追求她的想法？她要不要给他写回信，该不该冷漠而坚定地拒绝他？处于困惑中的她，此时没有任何人可商量，因为她既没有女友，也没有女教师。利莎维塔·伊娃诺夫娜最终决定给他回信。她坐在小小的书桌前，取出纸和笔，开始思考起来。她一连写了好几次开头，都涂掉了，它们的表达方式让她感觉不是口气太软，就是下笔太狠心，太无情。最后她终于写出了令自己满意的几行字：

我深信，您是真心的，您不会以任何轻率之举侮辱我。可是，我们不应该用这样一种方式开始。我将退还您的来信，希望我以后不会抱怨您这种无故的失礼行为。

第二天，利莎维塔·伊娃诺夫娜一发现哈尔曼走过来，就从绣花架后站起身来，然后走进客厅，打开窗户，将信丢到街上。她相信年轻的军官会觉察到，然后把信捡起来。哈尔曼快步走上前去，捡起它来，然后步入一家糖果点心店。打开信封，他发现了他自己写的那封信跟利莎维塔·伊娃诺夫娜的回信，对此，他早就料想到了。回到家里，他便认认真真地计划起来。

三天以后，一个长着清澈闪亮的大眼睛的漂亮姑娘，在女帽店里给利莎维塔·伊娃诺夫娜递了一张字条。利莎维塔·伊娃诺夫娜十分不安地拆开字条。她本以为是催交欠款的条子，但打开一看，发现是哈尔曼的笔迹。

"亲爱的，您弄错了！"她说，"这张字条不是给我的！"

"噢，没错，真的是给您的！"姑娘会心地笑了笑，继续说，"请您读下去！"

利莎维塔·伊娃诺夫娜快速地看了一眼那张字条：哈尔曼请求同她约会。

"不会的！"利莎维塔·伊娃诺夫娜说道。哈尔曼鲁莽的请求和他的通信方式让她觉得非常惊讶。"这封信肯定不是给我的！"她边说边将信撕成了碎片。

"既然您说这封信不是写给您的，您为什么要撕掉它？"那姑娘说，"如果是这样我应该退还给写信的人呢！"

"随便，亲爱的！"利莎维塔·伊娃诺夫娜说，听了那姑娘的话，她非常尴尬，"以后请您别再送这样的字条给我了。另外，请转告那个让您捎信的人，他应当为此感到羞耻……"

可是哈尔曼并没有就此罢手。利莎维塔·伊娃诺夫娜每天都会收到一封以不同方式送来的信。这些信件已不是从德国言情小说里照抄的了，而是哈尔曼自己写的，充斥着强烈的情感和鲜明的个人风格。他在信中表明了忠贞不移的爱情观，倾吐了难以理清、无法压制的渴望。利莎维塔·伊娃诺夫娜已经不再想把信退还给他了，她开始对这些信痴迷起来。因此，她开始回信，而且写得越来越长，越来越动情。最终，她从窗口给他扔下去这样一封信：

今天××大使馆将举行一场舞会，伯爵夫人也将去参加。我们将在那儿待到两点钟，这样，您就有机会同我单独见面了。伯爵夫人一走，她手下的仆人很可能也会离开，这样就只剩下那个看门人了，但他也经常回到自己的小屋去睡觉。您十一点半左右来，然后直接上楼。如果在前厅遇到人，您就问伯爵夫人是不是在家。他们可能会告诉您说她不在家，那样您就无可奈何，只好回去。不过，您很可能遇不到什么人，女仆们都集中在一个房间里。从前厅向左拐，一直向前走，就是伯爵夫人的卧室。在卧室屏风后头，你会发现有两扇门：右边一扇通书房，而伯爵夫人从来不进里面；左边一扇通走廊，那尽头有一座螺旋形的楼梯，直通到我的房间。

哈尔曼浑身战栗，急切地等待着约定时刻的到来。才晚上十点钟，他就已经站在伯爵夫人的宅子附近了。天气糟透了，狂风呼啸，鹅毛大雪纷纷落下。灯光惨淡而微弱，街上空落落的，只是偶尔有车夫赶着瘦马缓缓经过，寻找晚归的乘客。哈尔曼身着一件厚大衣，丝毫没有感觉到风雪的严寒。

伯爵夫人的马车终于到了。哈尔曼看见两个男仆紧紧搀扶着一个紧裹貂皮大衣的蹒跚老太太出来，利莎维塔则紧随其后，身上披着一件温暖的斗篷，头上戴着鲜艳的花环。门"砰"的一声关上了，马车在松软的雪地上艰难地前行着。看门人关上大门，窗子里的灯熄灭了。

哈尔曼在冷冷清清的宅子四周走来走去，最后来到路灯下面，看了看表——十一点二十分。他就停在路灯下面，眼睛紧紧地盯着表上的指针，焦急地等待着最后几分钟过去。刚到十一点半，哈尔曼便迅速登上这所房子的阶梯，进入灯火辉煌的门厅。看门人不在，哈尔曼急匆匆地走上了楼梯，推开通向前厅的门，只发现一个仆人斜倚在灯下的一张旧式的扶手椅上打瞌睡。哈尔曼迈着轻快而又坚定的步子从他身边经过。客厅和餐厅里一片漆黑，只从前厅里透来一点微弱的灯光。

哈尔曼进入伯爵夫人的卧室，在陈列着古老画像的神龛前面，点着一盏橘色的长明灯。几张褪色的花缎椅子和一套放着蓬松靠枕的长沙发成对地摆在糊着中国壁纸的墙边。卧室的另一面悬挂着列布朗夫人在巴黎所画的两幅画像：其中的一幅画着一个体型魁梧、面色红润的四十开外的男子，他身着浅绿色的制服，胸前佩戴着星章；另一幅画的则是一个年轻貌美的女子，鼻子坚挺，鬓角拢起，扑了粉的头发上戴着一朵玫瑰。卧室的墙角里陈列着瓷制的牧童，著名的勒鲁瓦制造的座钟，另外，还有一些小盒子、赌具、扇子以及上个世纪末跟蒙戈尔菲的气球、梅斯梅尔的催眠术同时发明的各种各样的女士们的小摆设。

哈尔曼走到屏风后面，它后面有一张小铁床，右边则是通往书房的门，左边另有一扇通向走廊。哈尔曼打开左边这扇门，发现了那窄小的螺旋形楼梯，直通可怜女伴的卧室。但是他收回了脚步，转身走进了漆黑的书房。

时间过得非常慢，周围一切都静悄悄的。客厅里的钟敲了十二响，紧接着，各个房间里的钟也依次地敲响了。一切又安静下来。哈尔曼斜靠在冰冷的火炉边站着。他很镇定，心脏有节奏地跳动着，正如一个决定去做一件虽然危险但又必须去做的事情的人那样。

凌晨一点的钟声敲过了，又敲了两点的钟声，他终于听见远方传来的车轮的嘈杂声，无法克制的兴奋感顿时激荡全身。马车渐渐靠近并且停下了，他听见马车梯子放下的声音。屋里马上忙乱起来，仆役们四处奔跑着，夹杂着嘈杂的说话声。屋子里的灯亮起来了，三个老女仆走进卧室，后面紧随的则是早已是半死不活的伯爵夫人——她瘫倒在了伏尔泰式扶手椅里。哈尔曼透过小缝往外看——利莎维塔·伊娃诺夫娜从他身旁一晃而过。哈尔曼听见她跑上窄小的螺旋形楼梯时匆忙的脚步声，心里有一种良心的谴责。然而，这种情感只是暂时的，他立刻又变得像先前那样麻木了。

伯爵夫人站在穿衣镜前开始卸妆。她脱下那饰有玫瑰花的帽子，接着又从她那仅有几根白发的头上取下扑粉的假发。别针像雨点似的纷纷散落在她的身旁，银线编织的黄缎衣裙也散落在她浮肿的脚边。哈尔曼目睹了那令人作呕的化妆秘密。他心里想，原来这位庄重严肃的伯爵夫人竟然如此可怜，如此悲哀啊！她一切的真实被这层卸去的妆给完全暴露出来了，她竟是一个如此可怜的老太婆。哎呀，真可惜啊！哈尔曼的思绪依旧飘扬着，无法控制。"要是这个老太婆知道我知道她的秘密她会怎样呢？"他心里忽然一闪，"我想这个干什么？"思绪终于集中到眼前的事情上。最终，伯爵夫人穿上睡衣，戴上睡帽，这身打扮倒比较适合她那年龄，使她看上去没有那么可怕和丑陋了。

同所有老年人一样，伯爵夫人也患有失眠症。脱掉衣服之后，她就坐在窗前的伏尔泰式扶手椅上，让侍女们都出去了。蜡烛都被拿走了，房间里只亮着一盏灯。伯爵夫人呆坐在那儿，脸色蜡黄，松弛的嘴唇一张一合，身子也不停地摇晃，她那混浊的眼睛显得呆滞而空洞。看着她，你肯定会想，这个可怕的老太婆的身子之所以左右摇晃并非是她的本意，而是暗中有一种电流在她体内产生了作用。

忽然，这面如死灰的脸上出现了一副莫名其妙的神情，嘴唇不再发抖，眼睛也有了生气——因为伯爵夫人前头站着一个陌生的年轻男子。

"请您不要害怕，看在上帝的面上，不要害怕！"他用温和的嗓音低声说道，"我并不是要伤害您，我仅仅是来求您施恩的。"老太太静静地看着他，好像没有听见他在说什么。哈尔曼认为她耳聋，于是弯下身子，附在她的耳旁，把刚刚的话又说了一遍。老太太依旧默不作声。

"您能够成就我一生的幸福，"哈尔曼继续说道，"这对您来说是轻而易举的事。我知道，您能连续猜中三张纸牌……"

哈尔曼停住了，伯爵夫人现在仿佛明白了他的请求，看来，她好像在考虑怎么回答。"它只是个玩笑，"她终于说话了，"它只是个玩笑，我向您发誓！"

"这不会有什么玩笑可开！"哈尔曼不满地回答道，"记得恰普里茨基吧，是您帮助他赢钱的。"

显然伯爵夫人已经慌了，她的神色表明了内心受到极大的震惊，但很快又恢复到原先的冷漠状态之中。

"您可否给我指出那三张准赢的牌？"哈尔曼继续问道。伯爵夫人不出声，哈尔曼接着说："您为谁保守这个秘诀呢？为您的孙子吗？他们已经够富有的了，何况他们也不晓得金钱的价值！您的三张牌对败家子丝毫都不管用！不能守护家产的人，不管他怎么努力，最终都会贫困而死。我不是那种人，我深知金钱的价值，您的三张牌对我来说是不会浪费的。请告诉我吧……"

哈尔曼不说了，浑身战栗，等着她的回答。可伯爵夫人还是一声不响。因此，哈尔曼双膝跪地。

"要是您的心曾经感受过爱的情感，"他说，"要是您还记得爱的炽热，如果您曾经因为听到新生儿的啼哭而开心地微笑，如果有过某种人类的情感曾深深地触动过您的心灵，那么，现在我以人的生命中最为圣洁的情感，以情人、妻子、母亲所赋予的情感恳请您，不要拒绝我的请求！——告诉我您的秘密吧！您要它有什么用处呢？也许，它会变成滔天大罪；也许，它会毁掉您一生的幸福；也许，您将始终摆脱不了魔鬼的纠缠。您好好想一想吧，您已经老了，已经活不了多久了——我愿用我的灵魂来承担您犯下的罪恶。请告诉我您的秘密吧！您再好好想一想，幸福就掌握在您的手中，不光是我，还有我的儿女们，我的孙子们，他们都将牢记并且赞美您的德行，把您奉为圣人……"

伯爵夫人还是一声不吭。

哈尔曼直起身来。"老妖精！"他咬牙切齿道，"我会让您说出来的！"说着，他从衣袋里拔出手枪。一看到手枪，伯爵夫人再次表现出强烈的情绪波动。她摇摇头，抬起手，仿佛是要挡住子弹的射击。随后她就朝后倒下去，不能动弹了。

"起来，少给我来这套小孩的把戏！"哈尔曼抓着她的一只手，说，"最后我再问您一次——肯不肯告诉我那三张牌？说还是不说？"

伯爵夫人没有出声。哈尔曼察觉到她已经死了。

四

18××年5月7日，一个毫无道德准则和毫无信仰的人。

——往来书简

利莎维塔·伊娃诺夫娜坐在卧室里，身上还是穿着参加舞会的那套礼服，陷入了思索之中。一回到家，她就急忙把那些睡眼蒙眬又很不情愿服侍她的侍女打发开了，然后小心地跑回自己的房间，期待着能在那里见到哈尔曼，同时又期望不要见到他。

当她一眼就发现哈尔曼没有来时，心中又暗暗地感谢命运的精心安排，为他们的约会设置了障碍。她坐下来，衣服也没脱，开始回想这短短的时间内发生的一切。如今，她已经深陷其中。从第一次在窗口发现那个年轻人距离现在还不满三个星期，她已经开始和他通信了，他居然能说服她夜间来和他幽会。她只是从几封信上的署名才知道他的名字——既没有和他讲过话，也没有听过他的声音，在今晚以前，她甚至没有听到别人讲起过他。

可是，真是奇怪，就在今晚的舞会上，年轻的波琳娜公主不同寻常，没有跟塔姆斯基调情，这使塔姆斯基感到极为气愤。所以为了报复她，他特意表现得十分冷淡，请利莎维塔·伊娃诺夫娜和他没完没了地跳玛祖尔卡舞。跳舞时，他不断地讥笑她对工兵军官的情感，还说他所知道的事情比她所想象的要多得多。好几次，他的玩笑恰中重点，以致利莎维塔·伊娃诺夫娜疑心他是否知道了她的小秘密。

"您是怎么听说这些事情的？"她笑着问。

"从您非常了解的一个朋友那里，"塔姆斯基答道，"一个非常优秀的人物那里！"

"这个非常优秀的人物是谁？"

"就是哈尔曼。"

利莎维塔·伊娃诺夫娜没有回答，但她的手和脚却没有知觉了。

"这个哈尔曼，"塔姆斯基继续说，"的确是个具有浪漫主义气质的人物。从侧面看，特别像拿破仑，但灵魂却像魔鬼梅菲斯特，我看他的良心上至少有三桩罪行。您的脸色为什么这么苍白？"

"我头痛。这个哈尔曼，无论他叫什么，他究竟对您说了

23

什么？”

“哈尔曼非常讨厌他的朋友。”他说，“要是我在那样的地位上，肯定不会那么做。我甚至认为哈尔曼是在打您的主意，至少，他特别在意朋友对您的看法。”

“那他在什么地方见过我？”

“或许在教堂，在您散步的时候。谁知道在哪儿。说不定就在您房间，或许在您睡觉的时候，因为没有什么他……”

三个女士走过来，问：“你们上场还是下场？（舞会用语）”谈话中断了，但是这次谈话却勾起了利莎维塔·伊娃诺夫娜很强的好奇心。

塔姆斯基选中的恰好是波琳娜公主本人。她陪伴他跳了许多圈，同时他又引着她在椅子前多转了一圈后，两人就和好了。当塔姆斯基返回自己座位上的时候，早就把哈尔曼和利莎维塔·伊娃诺夫娜全部抛在了脑后。利莎维塔·伊娃诺夫娜盼望着继续刚才的谈话，然而，玛祖尔卡舞跳完后不久，伯爵夫人就带她离开了。

塔姆斯基的话只是在跳玛祖尔卡舞时没事干时的闲话罢了，可是这些话却深深地刻在这位有着美好梦想的年轻小姐的心上。塔姆斯基所描述的哈尔曼的肖像正好同她脑海中所刻画的形象相吻合。因为受到最近一些流行小说的影响，那令她崇拜的普通的脸，居然让她感到既恐怖又痴迷。她坐在那儿，两条裸露的双臂交叉着，佩戴着鲜花的头垂在袒着的胸前……

忽然，门开了，哈尔曼走了进来，她一下子吓得浑身颤抖起来。

"刚才您在哪儿？"她惊恐地小声问道。

"在老伯爵夫人的房间里，"哈尔曼回答道，"我刚从她那儿过来。她死了。"

"天啊！您在讲什么呀？"

"并且我害怕，"哈尔曼继续说，"我就是她死亡的原因。"

利莎维塔·伊娃诺夫娜看着他，塔姆斯基的话又在她头脑中回荡起来："这人良心上至少有着三桩罪行！"

哈尔曼靠在她身边的窗台上，向她讲述了刚才发生的一切。

利莎维塔·伊娃诺夫娜胆战心惊地听完了他的话。原来，这所有的一切——那些洋溢着热情的书信，鲁莽的要求，大胆而执着的追求，都不是因为爱情！金钱，那才是他热烈渴望的！能满足他的欲念、给他带来幸福的人，不是她。可怜的姑娘竟然成了杀害她女恩人的凶手和强盗的愚蠢帮凶！她后悔不及，几乎到了伤心欲绝的地步。

哈尔曼静静地看着她，心里也感到很难过。尽管他的内心也为一种强烈的感情折磨着，但是，不管是可怜姑娘的眼泪，还是那楚楚动人的凄惨面容，都无法打动他那颗冷酷无情的心灵。对于伯爵夫人的死，他丝毫没有感到良心对他的谴责。只有一件事让他心疼，他将再也得不到那个发财的秘密了。

"您是个魔鬼！"利莎维塔·伊娃诺夫娜终于骂道。

"我不想害死她，"哈尔曼说，"我的手枪里并没有放子弹。"两人都不再说话。

天渐渐亮了，利莎维塔·伊娃诺夫娜熄灭了将要燃尽的烛火，一道惨白的曙光照亮了她的房间。她擦干眼泪，抬眼注视着哈尔曼——他双手交叉坐在窗台上，恶狠狠地紧皱着眉头，这个姿势很像拿破仑的肖像，这种相似性连利莎维塔·伊娃诺夫娜也感到惊讶。

"我怎样让您从这里出去呢？"终于，利莎维塔·伊娃诺夫娜开口道，"我想领您从一道隐蔽的楼梯走出去。"

"我自己走。"他回答道。

利莎维塔·伊娃诺夫娜站起身来，从五斗柜里取出钥匙，交给哈尔曼，并且给他做了必要的解说。哈尔曼握了握她冰冷的手，吻了吻她低垂的头，然后离开了房间。

他走下螺旋形的楼梯，又一次来到了伯爵夫人的房间。死去的老伯爵夫人坐在那儿，身子似乎好像已经僵硬了，脸色却非常安详。哈尔曼站在她面前，打量了好久，好像要向自己确认这件恐怖的事情到底是不是真实的。最后，他进了书房，在绣帷后面摸索到了那扇门，然后沿着一道黑乎乎的楼梯走了下去。

此时，他心里产生一个新奇的念头。就是沿着这道楼梯，他想，也许从同样一个房间里，六十年前，也是这一时刻，有一个年轻的幸福的孩子，穿着绣花长袍，头梳仙鹤式的发式，一顶三角形的帽子放在胸口，偷偷地逃走了。如今这个年轻情人的尸体早已腐朽，而他那年老情妇的心脏现在才停止跳动。

哈尔曼走下了楼梯，看到一扇门。他用钥匙打开门，经过一条通道，然后来到了大街上。

五

这天夜里，伯爵夫人出现在我面前，她穿身白西服，对我说："你好，文官先生。"

——施维登博格

在那个糟糕的晚上之后三天，上午九点，哈尔曼去修道院，那里将要给已故伯爵夫人的尸体举行安魂祈祷仪式。

尽管哈尔曼心中丝毫没有悔恨之意，但是，他不能抑制住发自内心深处的责备之声——你就是杀死老夫人的元凶！虽然他没有什么正宗的宗教信仰，但却非常迷信，因为他害怕已故的伯爵夫人会给他的生活带来灾祸，所以决定去看她的葬礼，请求她的原谅。

教堂里挤满了人，哈尔曼用了好大劲儿才从人群里挤进去。灵柩停放在奢华的灵台上，上面盖满了天鹅绒棺罩。死去的伯爵夫人躺在灵柩里，交叉双手放在胸前。她头上戴着一顶有花的小帽，身穿着一件白色长袍。灵柩周围站着她的家人，仆人们全都手持蜡烛，穿着黑色长袍，肩上披着绣有纹章的缎带，所有的亲戚和孩子，包括孙子、曾孙，都身着重孝。

没有人哭，假如有人流泪，那也是在做戏。伯爵夫人这么老迈，对她的死谁也不会感到惊讶。她的亲人们早把她看作死人了。一位有名的牧师为她的葬礼致悼词。他用简洁而感人的语句赞美这位德行高尚的老夫人悄然逝去，赞美她长年来一直默默地准备着一个基督徒式的死亡。"死亡天使找到了她，"演讲者谈道，"她正在全心虔诚地思索，等待着死神的降临。"

祈祷仪式在极为肃穆的气氛中结束。亲属们先是走上前去告别遗体，接着，许多宾客上前行礼，向这位多年来始终参与他们无聊宴会的老太太表达最后的敬意。之后便是全体仆人行礼。最终，走上前去的是一位与死者同龄的老妇，由两个年轻的姑娘在旁边扶着她。她已经没有气力弯腰行礼。因此，只是流下了一些眼泪，吻了吻伯爵夫人冷却的手。

这时哈尔曼决心走到灵柩跟前，他在冰冷的地面上跪了好几分钟。最后，他起身，脸色跟死者一样苍白。他走上灵台的台阶，弯腰行礼……此刻，他似乎看到死者正眯着一只眼睛，以嘲弄的眼神瞟了他一眼。哈尔曼急忙后退，不小心踩空，仰面跌倒在地上。

正在这时，利莎维塔·伊娃诺夫娜也在教堂的走廊里晕了过去。这个插曲打乱了静穆的仪式，引起一阵骚动，一直延续了好几分钟。人群中响起一片窃窃私语。

死者的亲戚，一个高高的、瘦瘦的宫廷侍从低身对站在他身旁的英国人小声说道："这个年轻军官正是伯爵夫人的私生子。"英国人听了只是冷冷地答道："噢！"

一整天，哈尔曼都是一种失魂落魄的模样。中午，他在一家僻静的小饭馆吃午餐，一反常态，喝了很多酒，希望克制住内心的不安。但是，酒反而使他的脑子更加混乱。回到家中，他衣服也不脱，就直接倒在床上，死死地睡了过去。

他一觉醒来，已经是半夜，月光洒进了他的房间。他看了一下表，两点三刻。睡意没有了，他坐在床沿上，回忆着老伯爵夫人的葬礼。

这时，街上有人朝他的窗口看了一眼，随即又走开了。哈尔曼丝毫没有察觉到这一点。过了一阵，他听到有人打开房间的门。哈尔曼认为是自己的勤务兵，肯定是又喝醉了酒，夜游回来了。但是，他听到一阵不熟悉的脚步声——有人穿着便鞋在地板上轻声地走着。

门开了，一个白衣女人走进来。哈尔曼以为是老奶妈，心里感到很好奇：这么晚了，她来做什么。但是那个白衣女人轻飘飘地经过房间，来到他的面前，停住了。哈尔曼这才发现，原来是伯爵夫人。

"我背着自己的意愿来这里找你，"她用非常坚定的语气说，"我是奉命前来满足你的请求的。三点，七点，幺点，能够让你赢钱。不过，有一个条件：一天之内，你只许押一张牌，而且，今生永远不再赌钱。你吓死我的罪，我也原谅你，但你要娶我的女伴利莎维塔·伊娃诺夫娜为妻……"

说完，她慢慢地转过身，伴着沙沙的脚步声向门口走去，然后便不见了。哈尔曼听到前厅的门被打开，继而"砰"的一声关上了。他又发现有人朝他的窗口望了一眼。

过了很长时间，哈尔曼才缓过神来。他站起来进入隔壁的房间，勤务兵躺在地板上。哈尔曼费了好大力气才把他叫醒。勤务兵还是跟往常一样，喝得烂醉如泥，别希望能从他那儿得到什么消息。

前厅的门锁着。哈尔曼进入自己的房间，点燃蜡烛，把刚刚所经历的一幕详细地记录下来。

六

"等一等再分牌！"

"你竟敢对我说等一等？"

"大人，我说了，等一等再分牌！"

两种特定的想法不可能同时在同一个精神世界里存在，就像物质世界里的两个物体不可能同时占据同一个空间。"三点，七点，幺点"很快就将哈尔曼脑海里的有关已故的老夫人的形象赶了出去。"三点，七点，幺点"不停在他的头脑里出现，不停在他的嘴里念叨着。

如果看到年轻的姑娘，他就会说："她身材多苗条呀！……如同一个红心三点。"有人问他："现在什么时间了？"他就回答说："七点差五分。"体形肥胖的人在他的眼中是一个幺点的模样。"三点，七点，幺点"一起进入他的睡梦，化成千奇百怪的形状，盘旋在他的脑海里。三点在他面前开成一朵巨大的花，七点转变成一座哥特式的大门，幺点则是一只庞大的蜘蛛。仅有一个念头充斥了他的头脑——如何更为充分地利用这个以巨大代价得来的秘诀。他开始想到辞职，出国旅行，又想到巴黎，在众多的赌场中谋取财富。一个偶然的机会便免去了他所有的麻烦。

莫斯科成立了一个有钱人赌徒协会，主持人是名震四方的契卡琳斯基，此人把所有的精力花在赌桌上，早就收敛了大笔钱财。他赢了能收期票，输了立马付现金。长期的活动使他得到众位牌友的信任，同时他那宽敞的住宅、手艺超群的厨师，他爽快而又可亲的性格赢得众人的敬爱。现在他来到圣彼得堡，首都的青年都蜂拥而至，因为打牌而遗忘了舞会，因为牌戏的魅惑而放弃了跟女人寻欢作乐。

纳路莫夫也带着哈尔曼到了契卡琳斯基家。他们经过一排房间，里面全部是彬彬有礼的仆人在旁边侍候着。客人站得满满的，几个将军和枢密顾问在玩惠斯特牌，很多年轻人身子懒洋洋地靠在天鹅绒沙发上，吃着冰激凌，抽着烟斗。客厅里二十来个赌客聚在一张长桌子旁，主人在正中坐庄，正在发牌。他六十岁左右，外表高贵可敬，满头银发，气色红润而又精神饱满，看起来心地善良。他双眼含笑，炯炯有神。纳路莫夫将哈尔曼介绍给他，契卡琳斯基友好地与他握手，让他不要拘礼。说完，又接着发牌。

这一局牌玩了很长时间，桌上摊着三十多张牌。每次发完牌之后，契卡琳斯基都要稍微等一会儿，留出时间让赌客们理清自己的牌，他自己也借此算清输款的数目。并且，他很有礼貌地听取他们的要求，更加有礼貌地抹平赌客们因为心不在焉而损坏的牌角。这一局终于结束了。契卡琳斯基洗好了牌，准备再一次发牌。

"能允许让我也押一张牌吗？"哈尔曼从一个正在豪赌的

胖乎乎的绅士背后伸出一只手来，说。

契卡琳斯基略略一笑，点了点头，表示允许。纳路莫夫浅笑着祝贺哈尔曼破了很长时间的赌戒，并且期望他能够马到成功。

"来！"哈尔曼说着，用粉笔在自己牌的后面写了赌注的数目。

"请问是多少？"庄家眯着眼睛，问，"请谅解，我没法看清楚！"

"四万七千卢布。"哈尔曼回答道。话音刚停，房间里所有的头全都转向了这里，所有的眼睛都看着哈尔曼。

疯了！纳路莫夫心里默念。

"请让我告诉您，"契卡琳斯基始终保持微笑说道，"您下的赌注太大，到目前为止这里还没有人下注超过二百七十五卢布呢！"

"这样啊，"哈尔曼回答道，"您肯不肯跟我赌？"契卡琳斯基爽快地点了点头，表示同意。

"我想说清楚一下，"他说，"虽然我有幸得到诸位朋友的信赖，不过，没有现金我还是不能发牌。就我而言，我完全信任您说话算数。当然，为了守赌场的规矩和方便计算，请您把钱取出来放在牌上。"

哈尔曼从袋里掏出钱递给契卡琳斯基。契卡琳斯基马虎地看了一下，就把钞票放在哈尔曼的牌上。

他开始发牌，右边翻开的是九点，左边的是三点。

"我赢了！"哈尔曼翻开自己的牌说道。

赌客之间响起一片小声议论。契卡琳斯基皱了皱眉头，不过脸上很快又恢复了笑容。"您现在就要现金吗？"他问哈尔曼。

"麻烦您了。"哈尔曼回答。契卡琳斯基从口袋里取出一叠钞票，现场付清。哈尔曼收好钱，就离开了桌子。纳路莫夫看了，完全惊呆了。哈尔曼要了一杯柠檬水，就回去了。

第二天晚上，他又到了契卡琳斯基那里，庄家正在发牌。哈尔曼来到桌前，赌客们立刻让给他一个位置。契卡琳斯基有礼地向他点了点头。

哈尔曼等待新一局的开始，摸出一张牌，将四万七千卢布和昨天晚上赢得的钱全都押在了牌上。

契卡琳斯基开始发牌，右边翻开的是十一点，左边的是七点。哈尔曼翻自己手中的牌——七点。

所有的人都惊呼出声。契卡琳斯基变得心慌，他数了九万四千卢布付给哈尔曼。哈尔曼很冷静地接过钱，于是便离开了。

第三天晚上，哈尔曼还是来到牌桌旁，大家都在等待着他。那几个将军和枢密顾问扔下手中玩的惠斯特，全来观看这场不同寻常的赌博。年轻的军官们从沙发上跳起来，仆人们也都一窝蜂似的围拢到了客厅里。大家团团围住哈尔曼，其他的赌客也都不押牌下注了，热切地想知道这场赌博的结局。

哈尔曼站在牌桌旁，准备独自同这位脸色苍白但依旧面带微笑的契卡琳斯基一决胜负。两人各自打开一副牌，契卡琳斯基洗了牌。哈尔曼摸出一张牌，随即把一叠钞票押在上面。这完全就像是一场决斗，四周鸦雀无声。

契卡琳斯基开始发牌，他的手在发抖——右边翻出了一张牌皇后，左边是幺点。

"幺点赢了！"哈尔曼说道，翻出了自己的牌。

"您的皇后输了。"契卡琳斯基平静地说。

哈尔曼全身一抖——确实，面前翻开的不是幺点，而是黑桃皇后！他不敢相信自己的眼睛，心里也不知道怎么会出错。此刻，他觉得黑桃皇后正眯着眼睛，嘲笑着他，这种酷似性吓得他心惊肉跳……

"老伯爵夫人！"他惊惶地叫了起来。契卡琳斯基收拾了他赢得的钞票，而哈尔曼纹丝不动地站在那里。他最后离开牌桌，人群马上喧闹了起来。

"赌得真爽快！"赌客们说道。契卡琳斯基又重新洗牌，赌局依旧进行。

哈尔曼发疯了，住到了布奥霍夫医院 17 号病房。他不回答任何人的问题，只是嘴里不停地使劲念叨着："三点、七点、幺点！三点、七点、皇后！"

利莎维塔·伊娃诺夫娜嫁给了一个非常漂亮的年轻人，是伯爵夫人前任管家的儿子。他在本国的某处工作，财产非常可观。利莎维塔·伊娃诺夫娜还赞助了一个穷亲戚。塔姆斯基被提拔为骑兵上尉，成了波琳娜公主的丈夫。

棺材店老板

我们不是天天都看到棺材，这不断衰老的世界的
白发吗？

——杰尔查文

棺材店老板阿得里扬·普罗霍罗夫家的最后一批家什装上
殡葬车，两匹瘦马第四次拉着车从巴斯曼街向尼基塔街走去，
棺材店老板就是往那儿搬家。他关起店门，在大门上贴了一张
房屋将出卖和出租的启事，便往新居走去。上了年纪的棺材店
老板走近他早已想得着了魔、终于花了一笔可观的款子买下的
那座黄色小房时，他很奇怪地感觉到，心里并不高兴。一跨进
新居的门槛，看到新居里乱七八糟，就怀念起他那破旧的小屋，
他在那里面住了十八年，一切都收拾得井井有条。于是他骂起
两个女儿和女仆，说她们太磨蹭，并且亲自动手帮忙。不一会
儿，便收拾得有了头绪。带神像的神龛、装餐具的橱子、桌子、
沙发和床都摆到后房里一定的地方；在厨房里和客厅里摆的是

老板的产品：各种颜色和不同尺寸的棺材，一个个装了丧帽、丧服和火炬的柜子。大门上方挂起一块招牌，上面画着很富态的爱神，手里拿着头朝下的火炬。招牌上写着："此处出售和包钉白坯和上漆棺木，并出租和修理旧棺木。"姑娘们到自己房里去了。阿得里扬把家里巡视一遍，便在窗前坐下来，吩咐烧茶。

渊博的读者都知道，莎士比亚和瓦尔特·司各特都把掘墓者描绘成快活而风趣的人物，用这种反事实的写法为的是更能激发我们的思想。我们却要尊重事实，不能效法他们，不能不承认，这位棺材店老板的性情完全符合他那不见笑脸的行当。阿得里扬·普罗霍罗夫平时总是阴沉着脸，心事重重。只有在他看到女儿不干活却在窗口观看过往行人，需要数落她们时，或者是向那些遇到不幸而需要他的产品的人要高价的时候，他才开口说话。此时，阿得里扬坐在窗前，喝着第七杯茶，像往常一样冥思苦想。他想的是一个礼拜前安葬退伍旅长时在城门口遇到的那场倾盆大雨。那场雨使很多丧服缩了水，很多丧帽变了形。他看出，势必要有一笔花费，因为他老早储存的丧服已所剩无几。他指望从年迈的女商人特留欣娜身上捞回损失，那个女商人重病已有一年了。可是特留欣娜一直卧病在拉兹古里。阿得里扬担心她的继承人不遵守诺言，懒得派人跑这样远的路来找他，而与附近的承包人谈妥这笔生意。

他的思绪突然被三下秘密会社式的叩门声所打断。"谁呀？"棺材店老板问道。门开了，一个人走了进来，并且满面春风地走到棺材店老板跟前。一眼就可看出，这是一个德国手艺人。"请原谅，亲爱的邻居，"来人用俄语说，这样的俄语直到如今我们听了也不能不发笑，"请原谅，我打搅您了……我是想快点儿跟您认识。我是鞋匠，我叫戈特里普·舒尔茨，住在街对面，在对着您家窗户的那座房子里。明天我要庆祝我的银婚，我请您和您的女儿赏光到我家里吃饭。"这一邀请被愉快地接受了。棺材店老板就请鞋匠坐下喝茶，因为戈特里普·舒尔茨性格直爽，不一会儿，他们就谈得很投机了。"您的生意怎么样？"阿得里扬问道。"哎，嘿嘿，"舒尔茨回答说，"马马虎虎，还算可以。不过，我的货当然不如您的：活人可以不要鞋子，死人可不能不要棺材。""这倒是实话，"阿得里扬说，"不过嘛，要是活人没有钱买鞋子，请别生气，那他也可光着脚走路；可是穷人死了，却得自讨一口棺材。"他们就这样又谈了一阵子；终于，鞋匠起身向棺材店老板告辞，并且又把请吃饭的话说了一遍。

第二天，中午十二点整，棺材店老板和他的两个女儿出了新居的便门，朝邻居家走去。在此种场合下，我不想按照当今小说家通常的做法来描写阿得里扬·普罗霍罗夫的俄罗斯式长袍以及阿库里娜和达莉亚的欧洲式打扮。不过不妨说一说，两位姑娘戴起的黄色女帽，穿起的红色皮鞋，这都是她们在隆重场合才穿戴的。鞋匠狭小的房子里挤满了客人，大都是德国手艺人，还有他们的妻子和学徒。只有一名岗警是俄国官场人员，那就是芬兰人尤尔科，尽管他职位卑微，主人对他却另眼相看。他就像波戈列尔斯基笔下那个邮差一样，忠诚老实地在这个岗位上干了二十五年。1812 年的大火烧毁古都，也把他的黄色岗亭烧成灰烬。可是刚刚把敌人赶走，在原来的地方又出现了一座带陶立克式白色圆柱的浅灰色新岗亭，尤尔科又手提板斧，身穿粗呢制服在周围走来走去了。住在尼基塔城门附近的德国人大都认识尤尔科，其中有的人有时还在他那儿过夜，从礼拜天住到礼拜一。阿得里扬马上跟他结识了，因为早晚总会用得着这个人的，而且等客人们一入席，他们就坐在一起了。舒尔茨夫妇和十七岁的女儿洛蒂欣陪客人吃饭，又招待客人，又帮厨子上菜。啤酒不停地倒着。尤尔科吃起来一个顶四个。阿得里扬也不含糊，他的两个女儿却很拘谨。大家用德语说话说得越来越热闹了。突然，主人要大家注意，便一面开着用树脂封住的瓶塞，一面大声用俄语说："为我的贤良的路易莎的健康干杯！"汽酒冒起泡沫。主人亲热地吻了吻四十岁的妻子那红润的脸颊，客人们也闹哄哄地为贤良的路易莎的健康干了一杯。"为敬爱的客人们的健康干杯！"主人一面开着另一瓶酒，一面高声说。于是客人们向他道谢，又干了一杯。接着就开始一遍又一遍地祝酒：为一个一个客人的健康干杯，为莫斯科和整整一打德国小城干杯，为所有的行业和单独为每个行业干杯，为师傅们和学徒们的健康干杯。阿得里扬很起劲儿地喝着，喝得快活起来，也举杯祝酒，开起玩笑。突然，客人中一个胖胖的面包师举起酒杯，高声说："为我们所效劳的人，为我们的主顾的健康干杯！"这一提议也像所有的提议一样，大家一齐高高兴兴地接受了。客人们开始相互敬酒，裁缝向鞋匠敬酒，鞋匠向裁缝敬酒，面包师向他们两个人敬酒，大家都向面包师敬酒，就这样敬来敬去。正在大家相互敬酒的时候，尤尔科转身对坐在旁边的棺材店老板大声叫道："怎么样？老兄，为你的死人健康干一杯！"大家哈哈大笑起来，棺材店老板却认为受了侮辱，皱起了眉头。谁也没有注意这一点，客人们继续喝酒。大家离席的时候，晚祷的钟声已经响起了。

客人们很晚才散去，大部分人都有醉意。胖胖的面包师和脸红得像红山羊皮封面的装订工搀扶着尤尔科，把他送回岗亭去。他们在这种情况下还没有忘记一句俄罗斯谚语：好心会有好报。棺材店老板回到家里，醉醺醺、气嘟嘟的。"真是岂有此理，"他想着想着说出声来，"我这一行当有什么不如人家的？难道棺材匠是刽子手的兄弟？那些异教徒有什么好笑的？难道棺材匠是圣诞节的小丑？本来还想把他们请到新居来，好好吃一顿饭呢，哼，休想！我还不如请请我的主顾，请请那些信正教的死人呢！""我的爷呀，你怎么啦？"这时正帮他脱鞋的女仆说，"你这是瞎说什么呀？快画十字吧！要请死人到新房子里来呢！这多可怕呀！""真的，我一定要请，"阿得里扬说下去，"明天就请。请赏光吧，我的恩人们，明天晚上我家举办宴会，我要尽我的所有招待你们。"棺材店老板说过这话就往床上一倒，一会儿就打起鼾来。

天还没有亮，阿得里扬就被人唤醒了。女商人特留欣娜就在这天夜里去世了。她的管家派人骑马来给阿得里扬报信。棺材店老板为此赏给来人十戈比银币和酒钱。他匆匆穿好衣服，雇了一辆马车就到拉兹古里去了。死者大门口已经站着几名警察，还有几个商人在这里走来走去，就像乌鸦闻到了死尸味道。死者躺在灵床上，脸黄得像蜡一样，但尸体尚未腐烂变形。一些亲戚、乡邻和仆人拥挤在死者身旁。所有的窗户都开着，点着不少蜡烛。神父在念祈祷文。阿得里扬走到特留欣娜的侄儿，一个穿着新式礼服的年轻商人跟前，对他说，棺材、蜡烛、棺罩和其他丧葬用品全部齐备，即刻送到。这位继承人漫不经心地谢过他，并且说不想还价，一切希望他凭良心来办。棺材店老板又像往常一样赌咒发誓，说一分钱也不多要；心照不宣地和管家交换了一下眼色，就回去张罗了。一整天他乘马车在拉兹古里和尼基塔城门之间来来回回跑着，直到傍晚才把一切办妥，把马车打发掉，步行回家。这是一个月明之夜。棺材店老板顺利地走到尼基塔城门边。我们已经熟悉的尤尔科在耶稣升天教堂旁边把他喊住，一认出是棺材店老板，就向他道晚安。这时已是深夜。棺材店老板已经快到家的时候，模模糊糊地看到，有一个人走到他家门口，推开门就进去了。"这是怎么一回事儿？"阿得里扬想道，"又是谁有事找我了？莫不是小偷到我家里来了？要么是我两个傻丫头的情人？绝不是什么好事！"棺材店老板已经想求助朋友尤尔科了。就在这时候，又有一个人来到门口，正要进去，可是一看到正要跑过来的主人，便停住脚，摘下三角帽。阿得里扬觉得此人有些面熟，但匆忙间来不及仔细辨认。他气喘吁吁地说："欢迎您光临，就请进去吧。"那人用低沉的声音回答说："不必客气，大哥。请你在前面走，给客人们带路！"阿得里扬也没有工夫谦让。门是开着的，他登上楼梯，那人便跟在后面。阿得里扬觉得，他的几个房间里都有人在走动。真是他妈的怪事儿！他想道，于是急忙走进去……他一进去，两条腿就发软了。满房间都是死人。

月光从窗户里射进来，照亮了他们那蜡黄和发青的脸、瘪进去的嘴巴、无神而半闭的眼睛和伸得高高的鼻子……阿得里扬胆战心惊地认出他们都是由他操办入葬的人，认出跟他一起进来的客人就是下大雨时入葬的那位旅长。他们这些男男女女把棺材店老板围住，向他行礼和问候，只有一个穷汉子，是不久前免费安葬的，感到惭愧，还因为穿得破烂觉得不好意思，没有走过来，老老实实站在角落里。其余的人都穿得非常体面。女的都戴着包发帽，还有缎带；当官的都穿着制服，但是没有刮胡子；商人都穿着很讲究的长袍。"你瞧，普罗霍罗夫，"旅长代表这气味相投的一伙儿说，"我们都应邀来到了；只有那些完全腐烂，只剩了骨头架子的，实在力不从心，待在家里，不过也有一个忍不住，他实在太想到你家来了……"这时有一副小小的骷髅从人群中挤过来，走到阿得里扬跟前。他的头骨对棺材店老板亲热地笑着。他身上有的地方挂着一块块淡绿、大红呢子和破烂麻布片，就像挂在杆子上似的，他的腿骨在肥大的靴筒中撞来撞去，就像石杵在石臼中捣来捣去。"你不认得我啦，普罗霍罗夫，"骷髅说，"你还记得那个退伍的近卫军中士彼得·彼得罗维奇·库里尔金吗？就是你在 1799 年把第一口棺材卖给我的，并且是拿松木的充橡木的。"死人说着，就张开两条臂骨来拥抱他，但是他使足劲儿叫起来，一把推开死人。彼得·彼得罗维奇摇晃了一下，倒在地上，就完全散了架。死人中间响起一阵愤怒的咕哝声，一齐维护起同伴的尊严，盯住阿得里扬又骂又要动武；可怜的主人被他们吵得耳朵都聋了，而且差点儿被挤死，他再也支持不住，一下子跌倒在退伍近卫军中士的骨头堆上，失去了知觉。

太阳早就晒到棺材店老板睡觉的床铺。他终于睁开眼睛，看到女仆在跟前烧茶炊。阿得里扬想起昨夜的事心有余悸。特留欣娜、旅长和库里尔金中士隐隐浮现在他的脑际。他默默地等待着女仆开口跟他说话，向他报告昨夜种种意外事的后果。

"你睡得好沉呀，老爷子，阿得里扬·普罗霍罗夫，"阿克西尼娅说着，把晨衣递给他，"有一个做裁缝的邻居来找过你，此地一个岗警也跑来找你，说今天是他的命名日，可是你睡得很香，我们就没有把你叫醒。"

"故世的特留欣娜家里有人来找过我吗？"

"故世的特留欣娜？难道她已经死了吗？"

"你好糊涂！昨天我操办她的丧事，你不是做帮手的吗？"

"你怎么啦，老爷子？你是疯啦，还是昨天喝醉酒没有醒？昨天哪里办过什么丧事？你在德国佬家里喝了一整天酒，回到家醉醺醺的，就往床上一倒，一直睡到这时候，午祷钟这就要响了。"

"真的吗？"棺材店老板高兴地说。

"千真万确。"女仆回答说。

"哦，既然这样，就快点儿把茶端给我，再把我女儿叫来。"

驿站长

微末的小官，驿站皇帝。

——维亚泽姆斯基亲王

　　谁不曾咒骂过驿站长，没有和他们发生过争吵？谁不曾在盛怒的时候向他们索要过那本要命的簿子，把自己由于遭到欺侮凌辱、粗暴对待和忽略怠慢而空发的牢骚全部记上去？谁不把他们看作穷凶极恶之徒，就像邪恶的刀笔吏，或者，至少也酷似漠罗母森林里的强盗？然而，如果我们尽量设身处地为他们想一想，或许，我们在批评他们的时候，就会包容些了。

　　驿站长是什么样的人呢？一个十足的受难者。他那低等的官衔只能保他不受皮肉之苦，况且这也未必长久奏效。这个曾经被维亚泽姆斯基公爵戏称为独裁者的人，他过得怎么样呢？难道不是真正地受苦吗？他们日夜都不能安宁。

　　乘客把长途单调的旅行中所积累的怨气全都一通发泄到了驿站长身上，天气恶劣、道路崎岖、车夫顽固、马匹无神，全

43

是驿站长的错！旅客进入他那破败的住所，像对待敌人似的盯着他。假使能够很快送走这位不速之客，倒算他万幸，但是，假如碰巧赶上没有马匹呢？

天哪！他都不知道会遭受多么难听的辱骂和多么恐怖的威胁！遇上雨天或风雨交加的天气，他也必须踏着泥泞的道路，走家串户到处去奔波。在暴风雨中，在寒冷的日子里，为了躲开愤怒旅客的咒骂和推撞，他只得藏在门厅里，才能得到片刻喘息的机会。一位将军进来了，驿站长颤抖地将最后几辆三套马车全拨给他，其中一辆是给信使专用的特快马车。将军扬长而去，连声谢谢都没说。五分钟之后，又响起一阵铃声！信使来了，将驿马使用证往桌上一扔……我们来把所有这一切都仔细想一想吧，这样的话我们就不会满含愤恨，心中反而会油然而生一份真挚的同情。我再附加几句，二十多年来，我走遍了俄罗斯的每一个地方，几乎所有的驿道我都很熟悉，几代车夫我都认识，没有几个驿站长，我并未曾跟他们打过交道，会让我感到陌生。我希望在不久的将来能够将旅途印象收入集子后出版。

现在，我只是想澄清一点，大众对驿站长这类人的认识是非常错误的。这些受到无情诽谤的站长，一般都性情平和，天性乐于助人，平易近人，不求名利。从他们的谈话中（不过过路的老爷们都鄙视这些话），能获得许多有意思的东西，让人受益匪浅。就我而言，我得坦白承认，宁可听他们的聊天，也不愿听某一位因公外出高官的高谈阔论。

不难推测，在可敬的驿站长这群人中间有我的朋友。并且，其中一个人给我留下了难以磨灭的、弥足珍贵的回忆。上天曾一度让我跟他靠近，现在我就想对亲爱的读者讲讲他的故事。

1816年5月，我曾经从一条现已废弃的驿道路过某省。因为官职太低，我只能乘坐每站换马的驿车，而且只租了两匹马。因此，站长们对我不礼貌，我经常需要与他们据理抗争，才能获得我应有的权益。

那时年轻气盛，当看到驿站长把为我准备的三匹马套到某位官老爷的马车上，一种愤怒之情油然而生，我气愤他们的卑鄙和懦弱。同样，在省长的宴会上，趋炎附势的奴才上菜时，对我置若罔闻，视而不见，绕过我先给别人送菜，也会使我长久耿耿于怀。然而，现在看来，这些事都是司空见惯的。设想一下，如果取消了"长官优先"这一条通用的准则，而采用另一条准规——"贤者优先"，我们的社会将会怎么样？这将会产生怎样的争执？仆人将先给谁上菜？回到刚才的话题，还是听我讲故事吧！

那天，天气十分炎热，在离某站还有三英里的时候，雨点便淅淅沥沥地打在身上。过了一会儿，大雨倾盆，我全身上下都湿透了。到达驿站，我要做的第一件事便是换衣服，然后，再为自己要杯热茶。

"嗨！杜尼雅！"站长大声叫道，"沏壶好茶，再去拿点鲜奶油来。"

话音刚落，从隔板后面出来一个年龄差不多十四岁的姑娘，直接跑进门厅里来。她的美貌深深地吸引了我。我问驿站长："这是您的女儿吗？"

"是的，先生。"他很骄傲地回答道，"她是个聪慧的好女孩，跟她去世的母亲是一个模子刻出来的。"

接着，他就开始登记我的驿马使用证。我打量起用来装饰他那简陋而又洁净的住房里的几幅图画，上面讲的是"浪子回头"的故事。

第一幅画了一个头戴便帽、身穿便袍的可爱老人正在和一个心气浮躁的青年道别，那青年慌忙地接受了老人的祝福和一个钱袋。第二幅画生动地勾勒出年轻人的放荡行为——他坐在桌边，身边聚集着一群虚情假意的朋友和一些厚颜无耻的女人。下面一幅画的是这个年轻人，身穿着破衣服，头戴着三角帽，正在放猪，还和猪抢食吃，脸上堆满了愁容和忏悔的表情。最后一幅，画的是儿子回到父亲身旁，满脸慈祥的老人仍旧戴着那顶帽子，穿着那件便袍，跑出来欢迎儿子，但是浪子却跪在地上。后面是一个厨师正在宰杀一头肥牛犊，哥哥正在向仆人询问家中喜庆的原因。每幅画下面，我都读到一首恰到好处的德文诗。至今我还对所有这一切记忆犹新，包括那几盆凤仙花，拉着花幔布的床铺，还有房间里的其他物品。现在主人的容貌也清晰可见——他五十来岁，精力充沛，体力旺盛，身着一件绿色的长礼服，陈旧的缎带上别着三枚奖章。

还没等到我给老车夫付钱，杜尼雅便端着茶饮过来了。这个小天使瞅我第二眼就发觉了她在我身上留下的好印象，闪动着那对蓝蓝的大眼睛。我开始跟她谈天，她毫无羞涩地应答着，显然是个见过世面的姑娘。我请她父亲喝杯潘趣酒，同时给杜尼雅倒了一杯茶。我们三人就聊开了，仿佛一直以来我们就认识。马匹早就预备好了，但我还是不舍得同站长和他的女儿告别。最后，我终于跟他们道别了。她父亲祝愿我旅途顺利，女儿送我上车。走到门厅，我停下脚步，问她是否允许我亲吻她一下，她答应了。

登上旅途，我数得出我接过多少回吻，但还没有一次在我心中留下了如此悠长、如此美妙的记忆。

多年以后，我又有幸地走上同一条驿道，来到老地方。我记起了老站长的女儿，想到又能遇到她了，感到很开心。但是我又想，或许有人已经接替了老站长的位置，杜尼雅也许已经嫁人了。我的脑海里甚至还出现过他俩或许有一人已经过世的念头，并且怀着一种不祥的预感开往驿站。

马车在驿站前的小屋旁停住了。走进房间，我马上认出那几幅画着"浪子回头"故事的图画。桌子和床铺依旧摆放在原来的地方，但是窗台上已经没花了，四周的一切也都显得破旧而零乱。

驿站长正在睡觉，身上搭着一件羊皮袄。我的到来把他吵醒了，他坐起身来——正是萨姆松·维林，不过苍老多了！当他开始准备看我的驿马证件时，我看着他那头灰白的头发，那好久没理胡子的脸上密密的皱纹，那佝偻的背脊——我不能不感到惊讶，怎么短短的三四年时间，竟把一个精力充沛的汉子变成一个衰老的老头儿！

"你还记得我吗？"我问他，"我们是老朋友了。"

"可能吧，"他神色冷漠地回答道，"这是条大路，来往的旅客很多。"

"你的杜尼雅好吗？"我接着问道。

老人皱了皱眉头。"谁知道呢！"他回答。

"那照这么说，她已经嫁人了？"我问。他装作没有听见我的问题，继续小声登记我的驿马使用证，我也没有再问下去，吩咐备茶。好奇心让我感到坐立不安，并指望一杯潘趣酒能够让我的老朋友开口说话。

果然正如我所料，老人没有拒绝我给他的酒。我察觉到一杯甜酒使他阴沉的脸色开朗多了。等到第二杯的时候，他的话明显地多了起来。他说他想起我来了，或者是装作想起了我。于是我就从他口中听到了一个让我既非常感兴趣又深为感动的故事。

"这么说，您认识我的杜尼雅？"他开口问道，"事实上，谁又会不认识她呢？唉！杜尼雅，杜尼雅！多漂亮的一个姑娘啊！以前，无论谁路过这儿，都会夸她，没有一个会责怪她的。太太们有的送她一条头巾，有的送她一副耳环。过路的老爷们经常停下来吃顿午饭或者晚饭，只是因为想多看她几眼。不论老爷有多生气，只要看见她，就心平气和了，和我谈话也变得温和多了。先生，您相不相信，那些官差和信使和她一聊就是半个小时！这个家全靠她操心，收拾屋子啦，做饭啦，每件事都安排得妥妥帖帖。而我呢，却是个老糊涂，只知道一味地疼爱她。我是多么爱我的杜尼雅，多么疼爱她呀，没有哪个女孩子比她过得还快乐！但是，祸从天降，无法避免啊！"

于是，他详细地向我讲述了令他痛苦的事情——

三年前，一个寒冬的夜晚，站长正在一本新的账簿上画线，他的女儿在隔板后给他缝衣服。这时，一辆三套马车来了，一个穿着披肩、头戴契尔克斯皮帽、穿着军大衣的旅客进来要马匹。当时，所有的马匹全都派出去了。一得到这个消息，那个旅客便提高嗓门，扬起了马鞭。不过，见惯了这种场面的杜尼雅从隔板后面出来，亲切地询问那位旅客要不要弄点什么吃的。杜尼雅的出现像以前那样奏效，旅客怒火熄灭了，同意等待马匹，还吃了一份晚餐。当他摘掉湿漉漉的长毛皮帽，解下披肩，脱去外衣，原来是一个体型匀称、留着两撇黑胡须的年轻骠骑兵。他坐在老人身旁，跟他们父女俩开心地聊了起来。

晚饭端上来了，正好马匹也回来了，驿站长命令，不用喂马了，马上给这位旅客套马。但是他一回来便发现年轻人躺在长凳上，差不多是不省人事了。他突然很不舒服，头痛得厉害，走不了……这该怎么办？站长把自己的床让他休息，并且决定，假如明天一早，还不见恢复，就派人到 S 城去请医生。

第二天，骠骑兵病得更加严重了，他的仆人骑马进城去为他请医生。杜尼雅取了一块浸了醋的手帕敷在他的头上，然后就坐在床边做针线活。当驿站长在房内时，病人不断叫喊，几乎不说一句话，不过他还是喝了两杯咖啡，吵吵嚷嚷地定了午饭。杜尼雅一动不动地守在他身边。他不断嚷着要水喝，杜尼雅就端给他一杯亲手调制的柠檬汁。病人润了润干裂的嘴唇，每当递还杯子的时候，都用自己虚弱无力的手拉一拉杜尼雅的小手，以此表示感谢。午饭前，医生赶了过来。他给病人诊断了一下，用德语同他谈了一阵子，最后用俄语公开说，病人只要好好静养，再过一两天就可以赶路了。骠骑兵付给他二十五个卢布的诊断费，并邀请他共进午餐。两人吃得非常开心，还喝了一瓶酒，才高高兴兴地互相分手。

又过了一天，骠骑兵完全好转了。他非常高兴，不时地同杜尼雅或驿站长说笑，用口哨吹小曲，和过往的旅客闲聊，在登记簿上记下他们的驿马使用证，这样就赢得了心地善良的驿站长的欢心。第三天清晨，当驿站长同他的可爱旅客告别时，竟感到恋恋不舍。

那是一个礼拜天，杜尼雅正打算去做祷告，同时，骠骑兵的马车已经准备好了。他跟驿站长道别，极为慷慨地付了食宿费，接着，又同杜尼雅道别，主动说要送她到村边的教堂去。杜尼雅犹豫不定。

"你怕什么？"父亲说，"大人又不是狼，你不会被吃掉的，就坐他的车去教堂吧！"杜尼雅上了马车之后，静坐在骠骑兵旁边，仆人跳上车厢，伴随着车夫一声呼哨，马车就向前疾驰而去。

可怜的驿站长不知道，他怎么会怂恿他的杜尼雅和骠骑兵一块乘车离去呢？他怎么会这样愚蠢，怎么这么糊涂呢？过了不到半个小时，他感到心口很难受，烦躁不安，总觉得会出事，他终于受不了了，拔腿向教堂跑去。来到教堂前面，他发现人们都已经离开了，但找不到杜尼雅的人影。她没有在教堂墓地，也没有在教堂门口。他急忙奔进教堂，神父刚从祭坛后面走出来，教堂执事正打算吹灭蜡烛，两个老太婆还在角落里祷告，可杜尼雅却不在教堂里。她那可怜的老父亲好不容易才决定走上前向教堂司事打听，杜尼雅是否过来做过祷告。教堂司事告诉他说没有来过。站长迈着沉重的步子回到家里，心里只抱着最后的希望：因为杜尼雅年轻，做事轻率，或许她乘车到下一站，到她教母那里去了。

他痛苦而又焦急地等待着他让她坐上去的那一辆三套马车回来，不过车夫迟迟没有回来。傍晚时分，车夫终于独自一人回来了，喝得酩酊大醉，他带来一个恐怖的消息："杜尼雅跟骠骑兵一同从那一站又往前去了。"这简直是当头棒喝，老人承受不了这样的打击，当时就病倒了，躺在前一晚那个狡猾的骗子睡过的床上。

现在，驿站长回想起这一切，心中顿时明白了——骠骑兵是在装病。可怜的老人却得了严重的热病，被送到 S 城去看医生，他的职务临时由别人代理。给他看病的医生恰巧就是前两天给骠骑兵看病的那个医生。他明确地对站长说，那年轻人完全就没病，他早就想到年轻人那阴险的用心，只是因为害怕挨鞭子，所以才没有说话。无论这德国人此刻讲的是真话还是自夸有先见之明，这些话对身患重病的老人来说没有半点儿作用。身体刚一康复，驿站长就向 S 城驿务局长请了两个月的假，没有告诉任何人自己的打算，便徒步出门去找寻女儿了。他从驿马使用证上了解到，骑兵上尉明斯基是从斯摩棱斯克起身前往彼得堡的。替明斯基赶车的车夫说，尽管杜尼雅一直都在哭，不过看起来她是心甘情愿的。

驿站长心里想：或许我能把那迷途的羔羊带回家。怀着这样的想法，他到达了彼得堡，住在他的老战友——一个退伍军士家中，马上开始寻找女儿。他很快得到消息，骑兵上尉明斯基就在彼得堡，现在正住在杰姆特旅馆。于是站长马上去找他。驿站长一大清早就到了明斯基的前厅，请求通报，说一个老兵想要见他。一个正在擦一双皮靴的勤务兵说，主人现在还在睡觉，十一点前任何人都不见。于是，站长就离开了，到了约定的时间他又回来。身着睡衣、头戴红色小帽的明斯基出来见他。"老兄，有什么事吗？"他问道。

老人的心怦怦地跳着，泪如泉涌，他只能用颤抖的嗓音说："大人！……请您做件好事吧！……"

明斯基飞快地看了他一眼，脸唰的一下涨得绯红，一把抓了他的手，把他带进书房，随手关上门。

"大人，"站长继续说，"覆水难收，不过，您就可怜可怜我吧，让可怜的杜尼雅回到我身旁吧！您玩也玩够了，求您不要白白毁了她啊！"

"过去的事是没法挽回的，"年轻人神色极为尴尬地说，"我很对不住你，求您原谅我。可是，你不要认为我会放弃她，我向您保证她将会过得很幸福。不过你为什么要她回到你身边？她爱我，她已经不习惯从前的那种生活了。不论是你还是她，你们都不能忘记曾经发生过的事情。"

然后，他将一件东西塞到了老人的袖口里，打开了门。站长也不明白是怎样来到街上的。

他纹丝不动地站了好长时间，后来在衣袖里发现了一卷纸。当他抽出来展开一看，原来是几张揉得皱皱的五十卢布的钞票。他再一次泪如泉涌，不过这是愤怒的眼泪！他把钞票揉成一团，扔在地上，又用脚恶狠狠踩了几下，然后就走开了。走了几步后，他又停下，想了想，然后又转了回来，但钞票早已经不见了。

　　一个穿戴讲究的年轻人看到他，加快脚步朝一辆出租马车跑去，慌忙跳上马车，对车夫大声叫道："走！"不过驿站长并没有打算去追他，他决定回家，回到自己的驿站去，但是在动身之前，他唯一的愿望就是同可怜的杜尼雅见上一面。为了实现这个目的，两天后他又去了明斯基那里。不过勤务兵这次严厉地告诉他，大人不见任何人，说完，就把他推出了前厅，照着他的脸就把门"砰"的一声关上了。老人在外面站了一会儿，最后不得已走开了。

　　就在那天晚上，他在"所有苦难人的福音"教堂做完祷告后，就沿着铸造厂大街走去。忽然，一辆华丽的四轮马车从他身边疾驰而过，驿站长认出车上坐的是明斯基。马车在不远处一座三层楼的门前停住了，骠骑兵急忙跑上了台阶。一个侥幸的念头从老人头脑里闪过。他转过身，来到车夫跟前，问道："老弟，请问这是谁的马车，是明斯基的吗？"

　　"是的。"车夫回答，"你找他有什么事吗？"

　　"是这样，你家老爷让我把这张字条送给杜尼雅，不过我忘记他的杜尼雅住在哪里了。"

　　"就住在这里，二层楼上。但是，老兄，你的字条来不及送了，现在，他已经在她那儿了。"

　　"没关系，"站长回答道，心里涌起一阵无法言说的情感，"谢谢你的指点，只是，我还是要把字条送给她。"他边说着，边向楼梯走去。门锁着，他按响了门铃，怀着痛苦的心情等了几秒钟。钥匙开锁的声音响起，接着门开了。

"请问奥夫多维亚·萨姆松诺夫娜住这里吗？"

"就是这里，"一个年轻的女仆回答道，"你有什么事吗？"

驿站长没有答话，直接走进了大厅。

"你不能见她！"女仆在他后头大声说道，"她现在有客人。"

可站长没有理她，继续向前走。头两间屋子一片漆黑，到了第三间房子才有灯光。他来到开着的门边，停住了。装饰华丽的房间里，明斯基正坐在那儿思索什么。身着华丽服装的杜尼雅，坐在他的安乐椅扶手上，仿佛一个坐在英国式马鞍上的女骑士。她满目柔情地注视着明斯基，用自己光滑洁白的手指去撩拨他那乌黑的鬓发。可怜的驿站长啊！他竟然从未发现他的女儿如此漂亮，不由自主地欣赏起来。

"是谁？"她问道，并没有抬头。他也是一声不吭。杜尼雅没有听到回答，于是便抬起头，忽然只听她惊叫一声，就马上倒在了地毯上。明斯基吓了一跳，跑上去扶她。一抬头，看见她的父亲正站在门口，就放下杜尼雅，向老人走去，气得浑身直抖。"你到底要干什么？"他咬牙切齿地对老站长喊道，"你这强盗！为什么老缠着我？你是想要杀死我吗？快给我滚出去！"说着，他一把拉住老人的衣领，狠狠地把他推到了楼梯口，然后"砰"的一声将门关上了。老人返回到自己的住处，朋友们听了他的故事劝他去上告，但是考虑再三，他还是决定就此罢休。两天以后，他回到自己的驿站，又重新开始履行起自己的职责。

最后，驿站长告诉我："我失去杜尼雅后开始一个人生活，这已经是第三个年头了，现在，她还是音讯全无。谁也不知道她到底是死是活！什么事都有可能发生。那些被过路的风流鬼诱骗的姑娘，杜尼雅不是第一个，也不是最后一个，不过等到她们被玩弄够了，就会被抛弃。这样的傻丫头，在彼得堡有很多。今天，你看她们遍身绫罗绸缎，但是明天呢，你瞧，她们到时候就跟穷酒鬼们一起去扫大街了。有时候，每当我想到杜尼雅会沦落到这种境地，就不由得产生了罪恶的念头，我甚至情愿她已经死了……"

这就是我的朋友，一个老驿站长给我讲述的故事。在讲这故事的时候，他不止一次潸然泪下。当他用衣襟擦眼泪，就仿佛德米特里耶夫美好的歌谣中那个热心的捷连季奇一样，场面十分感人。虽然他的眼泪一部分是因为喝入肚中的五杯潘趣酒引起的，不过，无论如何，都深深地打动了我。跟老站长分离以后，我久久不能忘记，心里始终惦念着那可怜的杜尼雅……她还好吗？一个如此善良而又美丽的姑娘为何会遭此命运呢？命运对她太不公平了，本来应该和她孤苦无依的父亲相依为命的，他们的生活是多么充实而快乐啊！上天啊，你怎么能这样对待一个孤苦、善良的人呢？

不久前，当我路过×村的时候，又想到了我的老朋友。我了解到那个由他主管的驿站已经被撤销了。每当我问起："老站长还活着吗？"没有人能够给我一个满意的回答。于是我决定去瞧瞧我熟悉的老地方，于是就租了几匹马，朝N村赶去。

那时正值深秋季节，天空彤云密布，阵阵寒风从收割过的田间吹来，树上片片黄叶跟红叶随风纷纷飘散。日落时分，我到了村里，在驿站小屋旁停下。从门厅里（美丽的杜尼雅曾在那边吻过我）走出一个肥胖的妇人，她告诉我说："老站长死了快一年了，他以前的屋子里如今住着一个酿酒的，我就是那个酿酒人的妻子。"我心中懊恼白跑了一趟，还用掉了七个卢布。

"他是怎么死的？"我向酿酒人的妻子继续打听道。

"喝酒喝死的，先生。"她回答道。

"那他葬在哪儿？"

"就在村子外边，在他死去的老伴的墓旁。"

"能不能带我去他坟上看看？"

"当然行！喂，万卡！你也玩够猫了吧！快带这位老爷到老站长的坟地去，给他指指老站长的坟。"

话音刚落，一个衣衫破烂、满头红发的独眼小男孩来到我跟前，立刻带着我向坟地走去。

"你见过死去的老站长吗？"路上我问他。

"怎么没见过？他还教过我吹笛子呢。从前，他从酒店走出的时候，我们就会跟在他身后喊：'老爷爷，老爷爷，给我们点胡桃吧！'他就很大方地把胡桃分给我们。而且，他经常和我们一起玩。"

"那么，那些过路的旅客有人记得他吗？"

"现在这儿旅客不多了。只有陪审官有时候还过来，不过他可不会记得死人。今年夏天，倒是有个太太来到这儿，她问起了老站长，还去了他的坟地呢。"

"是个什么样的太太呢？"我好奇地寻问道。

"一个很美的太太。"小男孩告诉我，"她当时是坐着一辆六匹马拉的车来的，而且还带着三个小少爷、一个奶妈和一条黑色的宠物狗。刚听到老站长已经死了，她就哭了起来，然后对她的孩子们说：'你们老实地待在这儿，我先到坟上去一下。'我主动说给她带路，不过她说：'我记得路。'她还给了我一个五戈比的银币呢！她真是个漂亮而又好心的太太呀！"

我们到达了坟地。周围光秃秃的一片，竖着许多木制的十字架，没有栅栏，甚至连一棵遮阴的小树都没有，在我的记忆中从没见过如此凄凉的坟地。

"这就是老站长的墓。"小男孩告诉我说，他跳上一个沙墩，沙墩上面竖着一个镶着铜圣像的黑十字架。

"那位太太也来过这里吗？"我问。

"来过，"小男孩答道，"我远远地注视她。她趴在这儿，一直过了好久。后来她回到村里，请来神父，给了他一些钱，交代了些什么就坐车走了。临走时她还给了我一个五戈比的银币呢！真是个好心的太太呀！"

我也给了他一个五戈比的银币，并且已经不再为这次旅行和所花费的七个卢布感到懊恼了。

彼得大帝的黑奴 ^①

彼得铁的意志，改造了俄罗斯。

——尼雅齐可夫

第一章

我到巴黎才开始生活，而不仅仅是活着。

——摘自《旅行杂记》

沙皇派遣了一群年轻人去国外获得能够快速改造国家所需的知识，彼得大帝的教子——黑人伊卜拉金姆就是其中一个。伊卜拉金姆在巴黎军事学院上学，毕业时获得了炮兵上尉的军衔。在西班牙战争中，他表现非常优异，受重伤之后就回巴黎了。

彼得大帝虽然忙于政务，但却从来没有忘记打听他最心爱

---

① 由于普希金早逝，这篇小说未能写完，因此是不完整的。书名系后人加的。

58

的教子的状况，并且总是听到赞扬他进步和良好品德的消息。彼得大帝对伊卜拉金姆很满意，经常召他回俄国。但是，伊卜拉金姆并不着急回去。为此，他找各种各样的理由：一会儿是他的伤势，一会儿是他想继续深造的渴望，一会儿是他的钱不足……彼得大帝总是无条件地答应他的各种要求，让伊卜拉金姆照顾好自己，而且对他学习的热情表示谢意。虽然彼得大帝自己生活节俭，但他从不约束伊卜拉金姆的开销，在给他寄去大量金币的同时，也带去父亲般的教导和建议。

依据一切历史回忆录的考证，没有什么能够同当时的法国人的愚蠢思想、轻浮举止和腐烂生活相比。路易十四执政后期，宫廷生活还是以对上帝忠诚、庄严肃穆以及端庄得体为特征，但是，这种特征无论怎么说至今都已完全不存在。

奥尔良亲王是一个身兼各种各样的优秀品质和恶劣行径人。不幸的是，他对自己的恶劣行径根本不加以掩盖和伪装，皇宫的饮酒作乐的狂欢，在巴黎根本就是普遍现象。这种榜样是具有影响性的——大概那个时候，约翰·劳出现了，他不仅对钱财贪婪无比，而且渴望寻欢作乐和放荡的生活。

毫无疑问，家产几乎被耗费光了，道德标准也随之降低了。法国人思考着，大笑着，而国家就在讽刺性综艺节目的嘻嘻哈哈的陪伴中土崩瓦解了。

与此同时，巴黎的社交生活十分有趣。求知和娱乐的强烈渴望使得社会各阶层的人士聚在一起。名誉、魅力、财富、才能或者仅是古怪，所有这些东西都能成为好奇心滋长的温床或满足人们所需要的欢乐——这一切被人们同等地接受了。作家、科学家和哲学家放弃他们默默无声的追求，在上流社会出现，追求时尚潮流，而且操控时尚发展的趋势。女性掌握着一切，但是她们不需要再受到爱慕或崇拜，表面的礼貌取代了她们内心曾持有的深深敬意。

新产生的智慧和艺术之神，黎塞留大公——现代雅典的阿尔基维德的愚蠢行为已成为历史，但它给人们反映了那个时代伦理道德的一些状况。

那幸福的时代象征着自由放纵，那时候狂妄像匹野马，叫着，响着铃铛，步子轻快地跑遍整个法兰西的国土，那时候，没有一个凡人情愿虔诚超度，那时候，什么事都可以做，除了反省和自守。

伊卜拉金姆的到来，他的外貌、他的修养以及天资聪明在巴黎受到了广泛的注意，所有的女士都希望能够在家里接待这位"沙皇的黑人教子"。为邀请他，她们互相进行激烈的竞争，亲王也不止一次邀请他参加愉快的晚会。他还常常参加各样的晚会，年轻气盛的阿鲁埃特和稳重老成的绍利叶的出现，以及孟德斯鸠和方特内尔的风趣言谈都使得这些晚宴更加富有活力和趣味。他从不放过任何一次单身舞会、单身游乐会或者首场演出。怀着他那个性情和年龄所具有的全部热情，他放纵自己投身于时尚的漩涡中。但是，伊卜拉金姆不想离开巴黎，这不仅仅是因为他害怕失去这种放荡糜烂的生活，以彼得堡枯燥乏味的宫廷生活代替这些色彩缤纷的欢乐生活，还有另外一些更强烈的羁绊让他不愿意离开巴黎。年轻的非洲人坠入了爱河。伯爵夫人虽然已经不是一个年轻有活力的年轻姑娘，但她风韵

60

犹存。她十七岁离开修道院，就嫁给了一个她根本无暇爱上的人，而那个人在婚后也没有努力赢取她的芳心。

传闻她有很多情人，可是，按照社交场中宽容的法典，她赢得了一个好名声。因为，没人能责怪她有过任何可笑或丢脸的冒失行为。她的房子很时髦，巴黎上层社会的人士经常在那里聚会，梅尔维尔把伊卜拉金姆介绍给了伯爵夫人。大家都觉得梅尔维尔是伯爵夫人最新一任的情人，而梅尔维尔本人也努力使自己在各个方面适应那个看法。

伯爵夫人有礼貌地接待了伊卜拉金姆，但是没有特别关注他，这点使他感到高兴。因为人们通常把这个年轻的黑人当作一个奇物，一窝蜂地围在他周围，用问题和问候淹没他。虽然他们的好奇带着友好的态度，但却严重伤害了他那骄傲的自尊心。女士们特别的关注根本不能使他感到高兴，虽然这几乎是他全部努力的唯一目的，这些关注却使他感到愤怒和痛苦。他觉得，对他们来说，他是一种奇异之物，一个外国人，某种奇怪的生物，有意无意地被带进他们的世界里，和他们完全没有共同点。事实上，他嫉妒那些异常平凡的普通人，认为他们的不受关注反倒是一种幸福。

造物主造就他，不是为了享受男欢女爱的快乐，这个观念把他从自大和自命不凡的虚荣中拯救出来，并使他在和女性交往的时候极具一种罕见的魅力。他的言谈既简约又严肃，这点让伯爵夫人很快乐。她对法国人机智的浮夸滑稽以及巴结和委婉已感到了厌烦。伊卜拉金姆经常拜访她，渐渐地，她习惯看到这个年轻黑人的面孔，而且事实上，她能在客厅里，在那颗在众多粉亮假发中的黑鬈发头上,发现某些令人变态的东西(伊卜拉金姆的头部曾经受过伤,他的头上捆着绷带而不是戴着假发)。他二十七岁,身材雄伟,容貌俊秀,很多社交场合的美女热切地看着他,那目光要说是好奇,不如说是倾心。但是,心中带有偏见的伊卜拉金姆或是什么也注意不到,或是已经将其当作简单的卖弄风情。然而,当他的目光和伯爵夫人的目光相碰时,他的疑虑没有了。她的表情流露出如此有吸引力的高贵品质,她接待他的方式这样单纯和自然,使得伊卜拉金姆根本不可能怀疑她身上有哪怕是一丁点儿讥笑讽刺和卖弄风情的影子。

他没有想过爱情,但是每天去看望伯爵夫人已成为他生活中必不可少的事情。他总是找寻机会和她相见,对他而言,每次见面几乎都是上天赐给他的一份意外的礼物。伯爵夫人比他更早意识到他的感情。不管人们如何说,不抱希望、没有要求的爱情常常比那些工于心计的引诱更能获取一个女人的芳心。只要伊卜拉金姆在场,伯爵夫人就时刻关注着他的举动,把他所说的所有话都记下来。如果伊卜拉金姆没在场,她就芳思回想,陷入她那常有的心不在焉、心神恍惚的沉思中。

梅尔维尔第一个注意到他们之间相互爱慕的关系,他鼓励伊卜拉金姆去勇敢地寻求自己的所爱。没有什么比一个旁观者的鼓励之言更能让爱情之火燃烧起来。爱情是盲目的,它对自己没自信,但是会急切而迅速地抓住每一个支持和鼓励。梅尔维尔的话提醒了伊卜拉金姆。

能够得到他所喜爱的女人的念头过去从未存在伊卜拉金姆

的想象中，可是现在，希望之光把他的灵魂照亮了，他深深地陷入了恋爱之中。伯爵夫人对他狂热的爱感到恐惧，想利用朋友的劝告和善意的忠告来阻止那狂热的爱情。但是，这一切都是没有用的。她的反对立场也变得愈来愈弱了，草率的鼓励一个接着一个，激起的热情使她激动不已，失去了自控，再也无法抗拒这种强大的力量——伯爵夫人最终接受了她那狂热的情人了。

什么事都逃不过世人敏锐的观察力，不久之后，伯爵夫人新的恋情就众人皆知了。有些太太对她的选择感到很诧异，但更多的人却把它当作一件极为普通的事情。一些人讽刺她，另一些人则认为这是她所做的一件不可原谅的蠢事。

一开始，伊卜拉金姆和伯爵夫人都享受着相爱的激情，对其他什么事情都漠不关心。但是不久，男人们嘲讽的讥笑和女人们恶毒的中伤开始传到他们的耳朵里。伊卜拉金姆认真而有距离感的态度一直都让他与这种流言蜚语的攻击隔离，而他现在无奈地忍受着这些攻击，不知道如何躲避它们。但是，习惯得到上流社会尊敬的伯爵夫人，却无法忍受自己成为流言和别人嘲讽的对象。她流着眼泪抱怨伊卜拉金姆，有时候犀利地责备他，有时候却乞求他不要试图为她诡辩，这样才不至于导致一场大风波，把她彻底毁掉。

一件刚发生的事情让他们的处境变得更加复杂，他们草率相爱的结晶产生了。伯爵夫人把这件事绝望地告诉了伊卜拉金姆。安慰，劝告，建议，他们竭尽全力地想尽一切办法，都不起作用，被一一否定。伯爵夫人看到了她所面对的无法避免的毁灭，她痛彻心扉地等待着这一切。

当人们都知道伯爵夫人怀孕的消息后，流言蜚语又如潮水般涌来。多愁善感的太太们惊讶地喊叫，男人们则在打赌伯爵夫人生出来的小孩是白人还是黑人。损害伯爵夫人丈夫名誉的短诗顿时涌现了出来，而他却是全巴黎唯一一个完全都不知道、不怀疑的人。

决定命运的时刻一天天迫近了，伯爵夫人也愈来愈烦躁。伊卜拉金姆每天都来看望她，眼睁睁地看着她精神上和身体上的力量逐渐消失，她无时无刻不产生新的恐惧和眼泪。终于，她第一次感到疼痛。他们急忙采取办法，想方设法地把伯爵支出去，并且请来了医生。

两天前，他们已经说服了一个贫困的妇女抛弃刚出生的婴儿，并叫了一个可靠的人把小孩带来。伊卜拉金姆待在书房里，不幸的伯爵夫人就在隔壁。他屏住呼吸，仔细听着她压低的呻吟声、女仆的细声细语和医生的嘱咐。她的痛苦延续了好几个小时，发出的每一声呻吟都撕扯着伊卜拉金姆的心，而每一间隔的沉默更使他内心充满了恐惧……忽然，他听到一个婴儿细微的啼哭声，无法抑制自己内心的喜悦，立马就冲进了伯爵夫人的卧室。在她脚边，一个黑色的婴儿躺在床上。伊卜拉金姆靠近婴儿，心强烈地跳动着，他颤抖着双手给儿子祝福。伯爵夫人给了他一个虚弱的微笑，并向他伸出一只无力的手……但是，医生担心情绪太激动会刺激产妇，就把伊卜拉金姆从她的床边拽走了。刚生下来的婴儿被放在一个有盖子的篮子里，从一条秘密的楼梯被送了出去。另一个婴儿被抱进屋来，放在伯爵夫人屋子里的婴儿床上。

伊卜拉金姆离开伯爵家，心里觉得稍微有点儿安慰，他期待着伯爵回家。伯爵很晚才回来，知道妻子已平安生下孩子，他很高兴。这样，那些预期要看到丑闻的人们相当失望，他们只能用恶意中伤的流言蜚语来自我安慰———切还是老样子。

可是，伊卜拉金姆却觉得他的命运肯定将发生变化，他和伯爵夫人之间的偷情迟早会传到她丈夫那里去。在那种状况下，无论发生了什么，伯爵夫人的毁灭都将是无法避免的。伊卜拉金姆十分热爱伯爵夫人，也一样热烈地被伯爵夫人爱着。但是，伯爵夫人是轻浮而又喜怒无常的——这不是她第一次爱上另一个人。

厌恶和仇恨可能会取代她内心最温柔的感情，伊卜拉金姆已经预见她的冷淡了。到现在为止，他还没有过嫉妒他人的经历，但是他对这种不幸运的事已经有了一个令人惊恐的预感。他想，别离的痛苦对人的折磨可能会比这轻些，他准备中断这段注定没有好结果的恋情，离开巴黎，回俄国去。在那儿，彼得大帝和一种模糊的责任感始终在召唤着他。

第二章

美丽花蕾并未盛开，

欢乐并非令人神往，

智慧并非随意狂妄，

我自己也并非一向平安⋯⋯

向往荣誉，我却受尽磨难，

我聆听，一片喧哗，光荣在向我召唤。

——杰尔查文

　　一天一天，一月一月，时间飞逝。伊卜拉金姆依然坠入情网中，不能下定决心离开他曾引诱过的女人。伯爵夫人对他的信赖与日俱增，而他们的儿子正在一个遥远的地方被人抚养着成长。流言蜚语开始逐渐消失，这对恋人享受着更安定的宁静生活，只是默默地在心里细数着过去的那场暴风雨，并尽力不去想他们的未来。

　　一天，伊卜拉金姆参加了奥尔良亲王的早见会。经过时，亲王停下来，递给他一封信，告诉他有时间时读一下——这封信是彼得一世发来的。猜想到他的教子不想回去的真正原因，沙皇写信给摄政王说，他不想在伊卜拉金姆身上给予哪怕是一丁点儿的压力，而是让他自己决定是否要回俄国。但是，不管怎样，他永远也不会抛弃他抚养长大的教子。这封信说到了伊卜拉金姆的心里，从那时起，他的命运就已成定局。

　　第二天，他告知摄政王，打算立刻返回俄国。"好好想一下你正在做什么，"亲王对他说，"那里不是你的祖国，我认为你也没有机会再去看你的祖国了。你在法国逗留了那么长时间，同样会使你不适应半开化的俄国气候和风俗习惯。你并不是命中注定要当彼得大帝的臣子的。接受我的建议：既然彼得大帝慷慨地允许你自己选择，那么就利用他的宽容，留在法国。

你曾为法国奉献过，请相信，你在这里一样能发挥你的才能和专长，并受到恰当的奖励。"

伊卜拉金姆诚心诚意地感谢了摄政王，但是，他依然坚持自己的决定，回俄国去。

"很遗憾，"摄政王告诉他，"但是我承认你是对的。"摄政王答应伊卜拉金姆退伍，并写信给俄国沙皇，告诉他这件事。

伊卜拉金姆退伍，准备好出发回俄国。离开的那个晚上，和往常一样，他在伯爵夫人家里度过。伯爵夫人什么也不知道，因为，伊卜拉金姆无法鼓起勇气告知她真相。

那天晚上，伯爵夫人平静又开心，她不止一次把他叫到旁边，并打趣他心事重重的样子。吃过晚饭后，所有的客人都离开了，客厅里只剩下伯爵夫人、她的丈夫和伊卜拉金姆三人。这个不幸的男人愿意放弃所有东西，只要能让他和她单独相处。可是，伯爵似乎很舒适地坐在火炉旁，引诱他离开这个房间是完全没有可能的。三个人都沉默无言。

"祝您晚安。"最后，伯爵夫人开口说道。

伊卜拉金姆的心疼痛起来，突然感觉到了离别的恐惧。他像木头一样站在那儿动也不动。

"先生们，祝你们晚安。"伯爵夫人又说了一遍。

他还是静止不动，眼前一片黑暗，头昏脑涨，几乎都走不出那个房间。一回到家，他就写了如下这封信，感觉似乎神志不清了……

我要走了，亲爱的列昂诺拉，我将要永远离你而去了。我写信给你，是因为我没有勇气亲口告诉你有关这一切。我的幸福结束了，因为我是违反命运和天意来享受这种幸福的。你一定会停止爱我，这种迷恋不可能存在很久。这种想法一直出现在我的脑海里，即便是我跪在你脚边，好像忘记了所有，尽情享受你全部的热情和无限缠绵的柔情的时刻……轻浮的上流社会不留情面地残害它在理论上所承认的东西，它那冷漠无情的嘲笑迟早会让你变得软弱无能，进而征服你那激情如火的心。你会因为你强烈的爱恋而感到羞耻。到那时候，我该如何是好？不，我宁可死，宁可在那可怕的时候到来之前离你而去……

　　对我而言，维持你平静的生活比任何东西都更加重要。当上流社会把他们的目光都聚集在我们身上的时候，你就无法享受这种平静。回忆一下你所忍受的一切吧——自尊心受到的羞辱，担惊受怕带来的折磨。回想一下我们儿子出生的时候那可怕的场景吧！我是否应该继续让你承受同样的焦虑和危险？为什么非要把像你这样既温柔又漂亮的人的命运和一个人们几乎不愿意看作为人的黑人的不幸命运捆绑在一起呢？

　　再见了，列昂诺拉！再见了，我的宝贝，我仅有的朋友！没有你，我就失去了人生中第一份也是最后一份的快乐。我没有祖国，也没有亲人。我将前往俄国，在那里，绝对的孤独对我来说反而是一种安慰。从今以后，我将全心全意地投入到既苛刻又严酷的工作中去。无论如何，这

68

些工作即使不能完全停止，至少也能减少我对那段幸福而快乐的时光的痛苦回忆。

再见了，列昂诺拉！我迫使自己寄出这封信，就好像迫使自己离开你的怀抱。

再见了，祝你幸福！偶尔想想你那让人怜悯的黑人，想想对你绝对忠诚的伊卜拉金姆吧！

当晚，他就出发去俄国。对他而言，旅途似乎没有想象中的那么可怕，他的想象战胜了现实。离巴黎愈远，被永远遗弃的东西就越清楚、越生动地呈现在他的脑海里。他几乎都不知道自己是怎样到达俄国边境的。

已是初秋时节，尽管道路难走，车夫却载着他飞也似的赶路。经过十七天的奔波劳累，在第十八天的早晨，他到达了克拉斯诺耶村。在那个年代，通往彼得堡的驿道正好从那个村庄穿过去。就差十九英里就到彼得堡了。在别人给马儿上挽具的时候，伊卜拉金姆独自走进了驿站。在驿站的某个角落里，一个高个子男人身穿绿色大衣坐在桌旁，嘴里还叼着一个陶制烟斗，双肘撑在桌上，正在读着《汉堡日报》。

"哈，伊卜拉金姆！"男人轻便地从长凳上站起来大喊，"你好啊，我的教子！"

辨识出是彼得大帝后，伊卜拉金姆非常高兴地跑过去。但是跑到他面前时，却毕恭毕敬地停住了。沙皇走到前面，抱着他亲吻了他的额头。

"有人告知我，你即将到达，"彼得大帝说，"我就马上来接你了。昨天我就已经在这儿等你了。"

伊卜拉金姆激动得难以找出话语表达他内心的感激之情。

"告诉他们，"沙皇继而说，"让你的马车跟在我们后面。你就和我一起，坐我的马车回家。"

沙皇的马车被拉了过来。他和伊卜拉金姆一起并排坐上去，然后，就如疾风般地向彼得堡驶去。大约一个半小时后，他们就到达了彼得堡。伊卜拉金姆充满兴致地看着这座按照沙皇的意思建造在沼泽地上的新的首都。高低起伏的大坝，没有堤岸拦挡的运河，木头建起的桥梁，到处都见证了人类意志征服自然的胜利。房屋看上去似乎是匆忙盖起来的，除了涅瓦河，整个城里几乎没有什么壮观的场面。涅瓦河虽然仍没有砌上花岗岩的堤岸，可是，河里却早已停满了军舰和商船。没多久之后，沙皇的马车停在了所谓御花园的皇宫前。

一位约三十五岁、身着巴黎最新时装的漂亮女人站在台阶上迎接彼得大帝。彼得大帝亲吻了她之后，拉着伊卜拉金姆的手对她说：

"卡卿卡，你还认得我的教子吗？请你像以往一样，好好对待他吧。"

叶卡捷林娜的黑眼睛好像什么都不知道似的盯着伊卜拉金姆看，然后，落落大方地把手伸向他。站在她身后的是两个清纯漂亮的姑娘，身材高挑而苗条，玫瑰般娇嫩欲滴。她们毕恭毕敬地来到彼得大帝的身边。

"利莎！"他对其中一个姑娘说，"你还记得那个在奥兰宁包姆常为你从我的果园里偷苹果的那个小黑人吗？那就是他，让我来给你介绍一下。"大公主笑了，脸霎时红了起来。

他们共同走进餐厅，餐桌已经布置好，正恭候彼得大帝的到来。彼得大帝和全家人一起坐下来吃午餐，并邀请伊卜拉金姆加入。用餐期间，沙皇和他谈到了各种各样的话题，向他询问关于西班牙战争、法国国内形势和亲王的情况。彼得大帝尽管在很多方面不赞同亲王的看法，但还是喜欢他。伊卜拉金姆思路清晰并且观察敏锐，彼得大帝对他的回答极其满意。他忆起了伊卜拉金姆小时候发生的几件有趣的事情，讲起这些事情的时候是那么兴致勃勃，充满仁慈。几乎没有人能从这位仁慈好客的主人身上认出他就是波尔塔瓦大战的英雄，雄才伟略、令人生畏的俄国改造者。

吃过午饭后，依据俄国的习惯，沙皇去稍微休息一下。伊卜拉金姆留下来跟皇后及公主待在一起。他给她们讲述巴黎的生活方式、那里的喜庆节日以及瞬息万变的时尚潮流，以尽力满足她们的好奇心。在这期间，沙皇的许多皇亲国戚进宫来了，伊卜拉金姆认出了英姿飒爽的缅希科夫。缅希科夫看见一个黑人在和叶卡捷林娜说话，就傲慢地斜看了他一眼。一起进宫来的还有彼得大帝顽执的谋士雅科夫·多尔戈鲁基公爵，在民间享有"俄国浮士德"称号、才高八斗的布留斯，伊卜拉金姆从前的朋友、年轻的拉古津基斯和其他来向沙皇汇报或接受旨意的人。两个小时后，沙皇又出现了。

"让我们来看看你是否已经忘了以前的职务，"他对伊卜拉金姆说，"拿上一块石板，跟我来。"

彼得大帝把自己紧闭在书房里，处理国家事务。他分别同布留斯、多尔戈鲁基公爵、警察局长杰维耶尔将军讨论和解决问题，并口授给伊卜拉金姆几道命令和决议，让他记录下来。

彼得大帝明晰而利落的决策，灵活的思路，专注的能力，日理万机的才干，这一切都使伊卜拉金姆敬佩不已。当彼得大帝处理完所有工作后，他拿出一个随身携带的笔记本，核对了一下是否完成了当天计划做的所有事情。当他离开书房时，对伊卜拉金姆说："已经很晚了。我想，你应该累了。像过去一样就在这里睡一晚吧，明天我会来叫醒你的。"

剩下他一人的时候，伊卜拉金姆才勉强清醒过来。他已经在彼得堡了，并再次见到了那个伟大人物。就在他的身旁，他度过了自己的童年，却不知道他的价值。

他几乎带着悔恨的心情承认，自从他们分开后，这还是第一次伯爵夫人没有整天占据着他的头脑。他预见到，活跃而又接连不断的事务还有等待着他的新生活，可能会使他那颗因强烈的爱欲、懒散和默默地忧伤而感到疲倦的心重新爆发活力。成为一个伟人的助手，并和他一起改变一个伟大民族命运的崇高理想在他心里第一次被唤起。怀着这样的心情，他在特地为他准备的行军床上躺下。这时候，熟悉的梦境又把他带到了遥远的巴黎，带到了魅力无限的伯爵夫人的怀抱中。在她的怀抱中，他听到她娇嗔嗔地抱怨说："我最爱的人，您离开我怎么也不向我道一声别呢？你知道我是多么伤心吗？我饮食无味，吞下去的山珍海味比嚼蜡还难下咽。我脑子里天天是你的影子，回忆的都是我们一起的日子。我最爱的人啊，你何时才回来啊？"伊卜拉金姆一直沉浸在刚才的梦中，不知不觉天就亮了。

第三章

我们的思想，仿佛是天上浮云，

时刻变换着轻飘飘的身姿，

今天显得非常可爱，明天变得异常荒唐。

——邱赫尔贝格

第二天，彼得大帝依约准时前来叫伊卜拉金姆起床，并且还授予他普列奥布拉任斯科耶团中炮兵连大尉的头衔。彼得大帝就是这个团的上尉。廷臣们都围在伊卜拉金姆身旁，每个人都试着用自己的方式向这位新的宠臣讨好。就连高傲的多尔戈鲁基公爵也很友好地和伊卜拉金姆握手，谢列米杰夫向他打听他那帮巴黎朋友最近的情况，而戈洛文则邀请他吃饭。其他人很多都仿效戈洛文，邀请伊卜拉金姆吃饭，以至于伊卜拉金姆收到的邀请起码排满一个月。

尽管伊卜拉金姆的新生活没发生什么大事，但忙碌而充实，所以他并不觉得厌倦。他对沙皇的依赖一天比一天要深，因此也就能更好地理解他那崇高的思想，追随一个伟人的思想是学习过程中最吸引人的地方。伊卜拉金姆见识过彼得大帝在枢密院里和布图尔林及多尔戈鲁基的争辩，处理关于立法的问题；他见识过彼得大帝在海军部奠定了把俄国建成一个海军强国的基础；见识过彼得大帝利用休息时间跟大主教费奥凡、加夫里尔·布任斯基和科皮耶维奇一起阅读外国作家作品的译本；还有参观访问工厂、作坊、博学之士的书房。

对于伊卜拉金姆，俄国就像一个规模宏大的作坊，这儿只有一台台机器在运转，然而每个工人都忙于服从分配给他们的工作。他把委派给他的任务作为自己的职责，并尽可能地使自己不为远离巴黎欢乐的生活而后悔。

他发现还有一个更困难的事情就是消除另一个甜美的回忆——他经常想起伯爵夫人，想象着她理所当然的恼怒，她的眼泪，她的忧郁……但有的时候，一个可怕的想法使他的心苦恼不已——上流社会的娱乐消遣，一场新的结交，另一个幸福的情人……他战栗了。嫉妒使他那非洲人的血液沸腾了起来，灼热的眼泪随时都有可能从他黝黑的脸颊上淌下来。

有一天早上，他坐在书房里，正被成堆的公文包围着，忽然听到一声清亮的用法语表达的问候。伊卜拉金姆迅速回过身去，被他遗忘在巴黎上流社会旋涡中的年轻的科尔萨克夫，快乐地喊叫并拥抱了他。

"我刚到，"科尔萨克夫说，"就马上跑来看你了。我们巴黎的朋友都向你问候，并为你不能和他们在一起而感到万分遗憾。伯爵夫人说，你一定要不惜一切代价回去。这儿有一封她写给你的信。"

伊卜拉金姆惊恐地一把接过信，瞪着信封上熟悉的字迹，简直不敢相信自己的眼睛。

"在这个野蛮的彼得堡，你竟然没有因为厌倦无聊而闷死，我实在是太高兴啊！"科尔萨克夫继续说，"他们在这儿都干些什么呢？他们是怎么去消磨时间的？谁专门为你做衣服？至少你们会有一间歌剧院吧？"伊卜拉金姆漠不关心地回答说，沙皇现在很可能在海军部的码头上工作。科尔萨克夫放声大笑。

"我看你现在完全没心思和我说话，"科尔萨克夫说，"我们就另外找时间尽情地聊吧。我现在就去觐见沙皇。"说完这些话，他就一个急转身，跑出了房间。

只剩下他一个人了，伊卜拉金姆急忙打开信。伯爵夫人轻声地责备了他，责怪他的欺骗和怀疑。"你说，"她写道，"我安宁的生活对你来说比世界上其他一切东西都更珍贵，伊卜拉金姆！如果这是真心话，你怎么用你突然离去的消息，让我陷入这种痛楚的境地呢？你害怕我会阻止你离开我。你至少应该相信我，尽管我爱你，不过为了你的幸福，为了你所认为的职责，我懂得怎样牺牲我的爱情。"伯爵夫人在信的结尾处深情款款地发誓，她对他的爱情忠贞不渝，还恳切地要求：要是他们将来不能再见面，也要时常写封信给她。

伊卜拉金姆把这封信反复读了二十遍，高兴地亲吻着那珍贵的字字句句。他迫不及待地想听听有关伯爵夫人的一些近况。他正准备赶去海军部，希望在那里还能找到科尔萨克夫，这时，突然门开了，科尔萨克夫又出现在门口。他已经觐见过沙皇，和往常一样，对自己的表现非常满意。

"这只能在我们俩人之间说说，"他对伊卜拉金姆说，"沙皇是个非常奇怪的人。假如我去见他时，他穿一件用某种粗麻布做的工作服，然后站在一艘新船的桅杆上，我不得不带着我所有的文件爬到那里去。我站在一个绳梯上，显然那儿没有足够的空间让我像样地鞠躬。这让我完全不知所措，这种事以前从没在我的身上发生过。但是，看完文件后，沙皇浑身打量我，很可能因我穿着如此讲究、整齐、有品位而感到惊喜。不管怎样，他笑了，并邀请我参加今天晚上的舞会。不过，在圣彼得堡，我完全是个外国人。在离开这儿的六年时间里，我已经彻底把这个地方的风俗习惯给遗忘了。今天就请你做我的老师，好好教教我，过来叫我一起去参加舞会，把我介绍给大家。"

伊卜拉金姆同意了，便急忙把谈话转到他更感兴趣的话题上去。

"喂，伯爵夫人如今怎么样了？"

"伯爵夫人？一开始，她当然为你的离开而感到极度悲伤。后来，毫无疑问，她的心情逐渐变得平静，并找到了一个新的情人。你知道他是谁吗？就是那个又高又瘦，难看死了的侯爵。你为什么用你那瞪得鼓鼓的眼睛盯着我看？也许你会觉得这一切很奇怪！你难道不知道，长时间的悲伤并不符合人的天性，尤其是女人的天性！好好想想吧！长途跋涉之后我得去休息一下。再提醒你一下，别忘了来叫我一起去参加舞会。"

伊卜拉金姆心里充溢着什么样的情感——嫉妒？愤怒？绝望？不，都不是，而是一股深刻得、强烈得使人无法忍受的郁闷和沮丧。他反复地劝自己说："我老早就预料到这种事情了，它必定会发生的。"接着，他打开伯爵夫人的信，又重新读了一遍，然后就垂下脑袋，悲伤地哭泣。他哭了很长时间，痛哭一场后，心情就轻松了。瞄了一眼钟，他发现已经到了该去参加舞会的时间了。伊卜拉金姆本来是很想待在家里的，不过，参加一场舞会是一种职责，而且沙皇严格要求他的廷臣们都必须出席。于是他换上衣服，去叫科尔萨克夫。

科尔萨克夫正穿着睡袍，坐在那儿读一本法语书。"你这么早就出发？"他看见伊卜拉金姆时说道。

"哪里早了，这时候已经五点半了，"伊卜拉金姆回答，"我们很可能会迟到的。赶紧换衣服，我们立刻出发！"

科尔萨克夫像个疯子一样拼命摇铃。仆人们急忙冲进来，他开始七手八脚地换衣服。他那法国籍的贴身男仆给他拿来了一双有红色后跟的皮鞋，一条蓝色的天鹅绒长裤和一件绣满了闪光装饰片的粉红色上衣、客厅里的仆人们正急忙地给一顶假发扑上粉。假发被拿进来以后，科尔萨克夫就将他那头发剪得很短的脑袋用力塞进去，还叫人拿来他的佩剑和手套。他在镜子前面转了十几圈，最终，对伊卜拉金姆宣布——他都收拾妥当，能出发了。跟班拿来了熊皮大衣，他们坐上马车朝冬宫驶去。

科尔萨克夫向伊卜拉金姆连珠炮似的提出一大堆的问题：谁是圣彼得堡最漂亮的女人？谁的舞跳得最棒？现在流行什么样的舞蹈？伊卜拉金姆极不情愿地满足了他的好奇心。不一会儿，他们就已抵达冬宫。

很多很多长长的雪橇、旧式带车厢的马车和镀金的四轮大马车停在宫殿前面空旷的场地上。台阶上聚集着一群留着小胡子、身着特殊制服的车夫，帽子上插着几根羽毛、衣服上金丝银丝闪闪发亮、手中拿着握锤形手杖的信使，轻骑兵，少年侍卫以及笨手笨脚地背着主人的皮大衣和防寒用的手炉的跟班——那时的贵族认为跟班是必要的。

伊卜拉金姆一露面，人群中立即掀起一阵窃窃私语："黑人，黑人，是沙皇的黑人！"伊卜拉金姆领着科尔萨克夫急忙穿过混杂的人群。宫殿的侍者为他们用力地把门打开，科尔萨克夫惊讶极了，一个大房间里点着动物油脂做的蜡烛，蜡烛在香烟的缭绕中黯淡地燃烧着。肩上戴着蓝色绶带的达官贵人、外交大使、海外商人，穿着绿色制服的近卫军军官和穿着短上衣和条纹裤子的造船工人，正伴着响个不停的吹奏乐成群结队地前后移动着。

女士们都靠墙坐着，年轻的女士们穿得既时髦又华丽。她们筒式连衣裙上的金银饰物闪闪发光，巨大的环裙紧紧裹住犹如花茎般柔嫩的纤腰。钻石在她们的耳朵、长长的鬈发以及脖子上闪闪发光。她们快乐地左顾右盼，等着舞会开始，并开始寻找舞伴。上了年纪的女士们费尽心机地把陈旧的、被淘汰的衣服改造成新的款式。她们的束发帽很像娜塔利亚·吉利洛夫娜皇后（彼得大帝的母亲）的貂皮帽，她们的筒式连衣裙和女式短斗篷使人想起俄国人在传统节日时所穿的萨拉凡以及紧身上衣。对这种模仿来的新型娱乐活动，她们感到更多的是惊奇而不是开心。她们斜眼瞟着荷兰船长的妻子和女儿，因为她们穿着棉布短裙和红色的女式短上衣，坐在那里织着袜子，在自己人中间谈笑风生，就像是在家里一样。

因为注意到有新的客人进来，一个侍者端着装有啤酒和酒杯的托盘来到他们面前，这使科尔萨克夫惊讶得无法理解。"这是什么东西？"他小声问伊卜拉金姆。

伊卜拉金姆忍不住笑了。皇后和两位公主，艳丽非凡，全身珠光宝气，在客人中间走来走去，亲切地和他们交谈着，而沙皇在旁边的房间。想尽早把自己展现在沙皇面前的科尔萨克夫艰难地穿过不断移动的人群才来到那里。

房间里挤满了人，其中大部分是外国人，他们坐在那儿，神情严肃地叨着陶制烟斗，用陶制的圆筒形大柄杯拼命地喝酒。桌子上放着一瓶瓶葡萄酒和啤酒，一只只装着烟斗丝的皮包，以及一杯杯潘趣酒和一副副象棋盘。在其中一张桌子上，彼得大帝正在和一位宽肩膀的英国船长对弈。他们兴致勃勃地相互喷吐着烟圈，沙皇被对手意想不到的一招弄得惊慌失措，正绞尽脑汁想着对策，尽管科尔萨克夫努力在沙皇身旁转来转去，沙皇也没有注意到他。就在这时候，一位胸前戴着大花球、身材矮胖的绅士匆忙跑了进来，大声宣布舞会开始了。他便立即跑了出去，后面跟着许多客人，包括科尔萨克夫。

科尔萨克夫对所看到的出乎意料的场景感到极为惊骇——女士们和先生们面对面分别站成两排，从舞厅的一头一直排到另一头。在一支乐队演奏的悲伤凄凉的旋律中，男士们低低地鞠躬致意，女士们则深深地行屈膝礼。开始是面对面行礼，接着是向右转，然后是向左转，再又是面对面，接着又是向右转，接着又是向左转，就这样周而复始。咬着自己嘴唇的科尔萨克夫目瞪口呆地盯着这种很奇怪的消磨时间的方式。鞠躬致意和行屈膝礼一共持续了大概半个小时，他们才停了下来。身材矮胖、戴着大花球的绅士宣布礼节性的舞蹈结束了，接着吩咐乐师放米奴哀舞曲。

科尔萨克夫很高兴，打算炫耀一下自己精湛的舞技。在一切年轻的女宾客中，有一位特别吸引他的目光。她大概只有十六岁，穿得很华丽，却又很有品位。她坐在一位上了年纪但神情倨傲而威严的男人身旁。科尔萨克夫飞快冲到她面前，邀请她共舞一曲。这位年轻的美人迷惑地看着他，好像还不知道该如何作答。坐在她旁边的男人，眉头皱得更紧了。

科尔萨克夫正等着她的决定，此时，戴着大花球的绅士走向他，将他带到舞厅中央，严肃地说：

"亲爱的先生，你违反规定了。首先，在你走向这位年轻女士的时候，你没有用正确的方式对她鞠三个躬；其次，是你主动邀请她跳舞，但在米奴哀舞中，这个邀请的权力是属于女士而不是男士。基于这两点，你得接受严厉的惩罚。即，你必须用大鹰高脚酒杯喝一杯酒。"

科尔萨克夫越来越觉得迷惑不解了。其他的宾客一下子把他围住，嚷着要求马上执行这个惩罚。听到笑嚷的声音，彼得大帝进了这个房间，他很高兴能亲自出现在这样的惩罚场合。人群主动给他让出了一条路，他走进了宾客圈子里。圈子中央站着被罚者和端着装得满满的马里瓦西亚葡萄酒的大高脚杯的舞会总管，他正竭尽全力地劝"罪犯"自愿向法律屈服。

"啊哈！"当彼得大帝看见科尔萨克夫时说，"你总算被逮到了，兄弟。现在你必须把酒喝下去。不许皱一下眉头。"

没办法，可怜的花花公子连一口气也没喘，接过大杯一饮而尽，然后把酒杯还给舞会总管。"我说，科尔萨克夫，"彼得大帝对他说，"你穿着天鹅绒裤子，这种裤子连我都没穿过，虽然我比你富有得多——这叫奢侈。你要小心点，别惹我生气。"

受到这样的训斥，科尔萨克夫竭力想从圈子里逃出去。但是，他身体不由自主地摇摇晃晃，差点跌倒在地，逗得沙皇高兴不已。那个小插曲一点也没有打断或破坏娱乐活动的进行，反倒使气氛更加热烈了——男士们纷纷一脚擦地往后退，鞠躬致意，女士们就行屈膝礼，用比往常更多的热情踩着她们的脚后跟，完全顾不上踩音乐的节拍。科尔萨克夫已经被抛弃到众人的快乐之外了。他所选中的女士，在她父亲珈夫利拉·阿法纳西耶维奇的吩咐下，来到伊卜拉金姆跟前，垂下美丽的蓝色的眼睛，羞怯地把手递给他。伊卜拉金姆和她跳了米奴哀舞，然后把她送回原座上。接着，他找到科尔萨克夫，把他带出舞厅，扶上马车，亲自送他回家。

回去的路上，科尔萨克夫嘴里刚开始还不停地嘟哝着："这场该死的舞会！……那个该死的高脚杯！……"不过很快，他就睡死了过去，连怎样回到家怎样被脱掉衣服送上床都不知道。第二天他醒过来，只觉得头痛欲裂，依稀想起鞠躬致意，行屈膝礼，戴着大花球的绅士和那个"大鹰高脚杯"。

第四章

我们的祖先吃饭慢慢悠悠，
银杯闪亮，觥筹交错，
长柄勺在幸福的人群周围慢慢递送，
啤酒和泡沫在银杯里翻滚。

现在，我想我有必要向我好心的读者好好介绍一下珈夫利拉·阿法纳西耶维奇·勒热夫斯基。他出生在一个古老的贵族家庭，拥有庞大的产业，慷慨好客，喜欢驯鹰术，雇用成群成群的奴仆。总之，他是个地地道道的俄国贵族。按他的说法，他不能忍受德国人的作风，所以在他的家庭生活中，他努力去保持他所喜爱的古老风俗习惯。

他的女儿已经十七岁了，在幼小时就失去了母亲。她是在这种古老的教育方式下被抚养长大的，成天被一群保姆、女伴和女仆包围着。她会金丝刺绣，但是，她不识字。尽管她父亲对所有外国的东西都感到十分地反感、厌恶，但他却不能阻止女儿想跟住在他们家的被俘虏的瑞典军官学外国舞蹈的愿望。这位优秀的舞蹈教师五十岁上下，右腿曾在纳尔瓦战役中被子弹打穿过，所以在跳米奴哀舞和萨拉班德舞时不是很方便。不过，他的左腿却能用高超的技巧、轻盈的步伐跳出最难跳的舞步。他的学生没有枉费他的一番努力，娜塔利亚·加甫里洛夫娜被公认为是舞会上最杰出的舞者，这也是导致科尔萨克夫犯规的原因之一。

舞会的第二天，他去向珈夫利拉·阿法纳西耶维奇道歉。但是，那个傲慢无比的老头子对年轻花花公子的时髦打扮和谈吐举止很不喜欢，把科尔萨克夫戏称为"法国猴"。

在一个假日，珈夫利拉·阿法纳西耶维奇正在家里等着几位朋友和亲戚的到来。老式的客厅里，仆人们正在摆放一张很长的餐桌。客人们带着妻子和女儿陆续赶到。

　　根据沙皇的旨意和他所做的榜样，女眷们最终从家庭生活的隔绝中被解放了出来。娜塔利亚·加甫里洛夫娜端着一个放着金制酒杯的银盘来到每一位客人面前。每位客人都要畅饮一杯，他们不禁为过去在这种场合可以亲吻姑娘的礼节不复存在而感到遗憾。他们坐下来进餐，男主人旁边的上首座位上坐着他的泰山大人——鲍利斯·奥列科谢耶维奇·雷科夫亲王——一个七十岁的老头。其他客人按照家族地位的高低依次入座，这不禁使人想起所有事物都遵照地位高低排序的幸福时光。男士们坐在餐桌的一边，女士们坐在另一边。坐在餐桌下首固定位置上的是戴着老式头巾、穿一件旧式短上衣的贵族府邸中的女滑稽小丑、呆板拘谨、满脸皱纹、年已三十却只有小孩身材的侏儒，包括穿着破旧蓝色制服、被俘虏的舞蹈教师。仆人们围着堆满盘碟的餐桌忙碌，在他们中间，男管家尤其惹人注意。他神情严峻，肚子挺起，威风凛凛，纹丝不动地站在那里监视着一切。宴席的开席时刻，无一例外，每个人都专心致志地品尝着用俄国老式做法做出的美味佳肴，盘子和勺子乒乒乓乓、叮叮当当的碰击声是划破沉默的唯一声响。最后，珈夫利拉·阿法纳西耶维奇认为是让客人自由交谈的时候了，他四处环顾，并向仆人问道："叶基莫夫娜在哪里？把她叫过来！"

　　几个仆人马上分头去找。可是，就在这时候，一个老妇人边唱边跳，走进了房间。她脸上抹着胭脂，嘴上涂着口红，头发上还抹着粉，身着一条绣着金花、袒胸露臂的锦缎筒式连衣裙。每个人都兴奋地欢迎她出场。

"你好啊，叶基莫夫娜！"雷科夫亲王说，"你最近过得还好吗？"

"很好啊，老哥，唱歌跳舞，正等着追求者呢。"

"你刚才去哪儿了？傻子。"珈夫利拉·阿法纳西耶维奇问。

"我梳妆打扮去了，老哥。为了我们亲爱的客人，为了上帝的节日，按照沙皇的旨意，听从波雅尔（沙俄一贵族阶层的成员，仅次于王公）的要求，换上德国人的服饰，让世人笑掉大牙！"

听到这番话，所有人都哄堂大笑起来，傻子就坐到主人椅子后面她常坐的位置上。

"这个傻子满口胡言乱语，但有的时候，她的确道出了实情。"阿法纳西耶维奇的姐姐塔吉雅娜·阿法纳西耶夫娜说，她是阿法纳西耶维奇真心诚意敬爱的人，"现在的穿着打扮确实是能让大家笑掉大牙的。亲爱的先生们，如果你们剃掉胡须，穿上露骨的上装，那么，你们自然没有必要对女人俗丽的服装品头论足了。但是，古色古香的萨拉凡，姑娘家的发带以及女人们的头巾都消失了，这真是个遗憾！为什么呢？单单看现在的美人吧！你不得为她们感到又好笑又惋惜。头发松松蓬蓬的，像一团乱草，抹上油，又撒上了法国面粉。她们的腰被束得紧绷绷的，没把腰带绷成两段真是个奇迹；她们的衬裙用箍撑开，坐马车的时候得侧着坐，进门的时候还必须弯一下腰。她们站也站不好，坐也坐不好，连气也出不好。真是造孽啊，可怜的美人儿！"

"我亲爱的塔吉雅娜·阿法纳西耶夫娜！"吉利拉·彼得

洛维奇说。他以前在梁赞省当过总督，并在那儿靠不太光明的伎俩得到了三千个农奴和一位年轻的妻子。"我不介意我的妻子穿什么，她可以穿得像个乡下女子，也可把自己打扮成花枝招展的中国女郎。所有的这些我都不关心，只要她不是每个月都定做新的衣服，把几乎没穿过的衣服扔掉就行。以前，孙女往往会穿祖母留下的萨拉凡，可是再看看现在，今天还穿在女主人身上的圆筒裙说不准明天就跑到女仆身上去了。一个人能干什么呢？俄国的贵族注定是要垮掉的！可怕哟！"

说这些话时，他叹了口气，瞟了一眼他的妻子玛丽亚·伊利尼奇娜，可后者似乎对他们褒扬古老风俗、贬低新潮时尚的说法并不开心。其他几位太太也和她一样怀着不满之情，不过，谁也没有反驳。因为在那个时代，顺从被认为是一个年轻女子必须具备的美德。

"那么，这到底是谁的过错呢？"珈夫利拉·阿法纳西耶维奇端着自己那斟满冒泡沫的啤酒的圆筒形有柄大杯说，"这其实是我们的过错。年轻的太太们老是爱干蠢事，而我们却放任她们胡闹。"

"但是，如果在那件事上我们都没有自由权，那么我们还能做什么呢？"吉利拉·彼得洛维奇反驳道，"做丈夫的都愿意把自己的妻子锁在家里，但是，士兵们敲锣打鼓地跑过来，把她们拉去参加舞会。丈夫便只顾拿起鞭子不准妻子出门，妻子却只顾着梳妆打扮。啊，这些该死的舞会！肯定是上帝用来惩罚我们的！"

玛丽亚·伊利尼奇娜如坐针毡，她的嗓子跟着发痒，很想说几句。终于，她再也控制不住了。她转过头，带着酸溜溜的微笑看着丈夫，问他，依他之见，舞会到底有什么不好的地方呢？

"呃，坏处多了去了，"吉利拉·彼得洛维奇显然很生气地回答，"自从有了舞会，丈夫们就不能完全控制妻子，妻子也忘了圣人保罗的训诫——'妻子，你要敬畏你的丈夫。'她们脑中想的不再是如何操持好家务而是拼命地张罗漂亮的衣服，尽力讨好那些不是她们的丈夫而服饰华丽的年轻军官。而且，夫人，您好好想想看，一个俄国女贵族居然和一群抽着烟的德国佬以及他们的仆人在同一个房间里，这成何体统？要是这些年轻男子是你的亲戚，那倒还说得过去，不过，他们偏偏是完完全全的'陌生人'！"

"话才说出口，狼已经进了家门。"珈夫利拉·阿法纳西耶维奇皱着眉头说，"我不得不承认很不喜欢那些舞会。不管什么时候，你都有可能撞上某个喝醉酒的人，抑或是你被别人戏弄、灌醉。你必须得严加监视，只有这样，那些不可救药的无赖才不会找你的女儿寻开心。现在的年轻人都被宠坏了，我都不知道用什么言语来表达了。比如说，在上次的舞会上，年轻的科尔萨克夫对我的娜塔利亚闹了那么一场乱子，弄得我面红耳赤，真想找个地缝钻进去。第二天，我看见有人驾车直奔我家前门口，我感到很奇怪，这会是谁呢？或许是缅希科夫亲王吧？不，错了，完全错了，是年轻的科尔萨克夫！他竟然把马车停在门口，自己步行穿过院子。哦，不！他冲进了房间，两脚一并行了个礼，然后就打开了话匣子，就滔滔不绝地说个没完。上帝帮帮我们，救救我们吧！叶基莫夫娜能惟妙惟肖地模仿他的样子。笨蛋，你正好为我们表演一下，模仿那只外国猴子。"

叶基莫夫娜抓起一个盖菜盆的盖子，挟在腋下当作帽子，便开始挤眉弄眼做出一系列的怪相，脚后跟碰得啪啪响，还向四面八方鞠躬，嘴里不停地说着："先生……小姐……舞会……原谅。"

所有客人都大笑起来，笑声一直持续着，显然大家都对这个表演很满意。真是"惟妙惟肖，科尔萨克夫就是这个鬼样子"。当笑声逐渐平息下来，年迈的雷科夫亲王一边擦着笑出来的眼泪，一边说："但是我们必须承认，他不是第一个，也绝对不是最后一个从外面世界返回神圣俄国并变成小丑的人。我们的孩子在那里都学了些什么呢？学会了并着脚后跟行礼，用没有人能听懂的话嚼舌根，和别的男人的妻子眉目传情，还有藐视他们的长辈。所有在国外受教育的年轻人中，还算沙皇的黑人教子（上帝原谅我！）最像个人样。"

"我的天哪，亲王！"塔吉雅娜·阿法纳西耶夫娜说，"我见过他，在非常近的距离见过他……那是怎样一张可怕的脸啊！我完全吓住了！"

"确实如此，"珈夫利拉·阿法纳西耶维奇说，"可他是个沉着稳重受人尊敬的人，绝对不会像那个不知羞耻的无赖……这次又是谁把车直接从大门口开了进来？我想，该不会又是那只法国猴子吧？你们这些蠢货，还想什么呢？"

他转向仆人继续说："赶紧跑出去告诉他，我无论如何也不会接待他的。还有，如果他再来的话……"

"你在说胡话吗，灰胡子？"叶基莫夫娜打断他说，"难道你眼睛瞎了吗？那是沙皇的雪橇，是沙皇来了。"

珈夫利拉·阿法纳西耶维奇立即从餐桌边站起来。所有人都冲到窗户旁边，他们的确看见沙皇扶着勤务兵的臂膀走上台阶。

顿时，房间里一片混乱，勒热夫斯基（即阿法纳西耶维奇）马上去迎接彼得大帝。仆人们像发疯似的到处乱窜，客人们惊恐万分，有的甚至想立刻溜回家。突然，彼得大帝洪亮的声音在门后响起，顿时所有人都停在原地，一声不吭，一动不动。沙皇走了进来，陪在他身旁的是阿法纳西耶维奇，他已经被喜悦冲昏了头脑。

"好啊，女士们，先生们！"彼得大帝欢快地说。所有人都深深地鞠躬致敬。沙皇用他那凌厉的目光迅速扫了一下人群，终于发现勒热夫斯基的女儿在其中，便叫了她的名字。娜塔利亚·加甫里洛夫娜虽然鼓起勇气走到沙皇面前，但是，她的脸很快就红了，不仅红到耳根，就连肩膀恐怕也蒙上了羞色。

"你真是一天比一天更漂亮了。"

按照自己的方式，沙皇吻了她的额头，转向客人说："怎么，我打搅到你们了？你们这是正在吃饭吗？那就请坐下来接着吃吧。珈夫利拉·阿法纳西耶维奇，请给我一杯茴香伏特加。"

勒热夫斯基用最快的速度冲到威风凛凛的男管家面前，敏捷地从他手中一把抓过托盘，在一只金制酒杯里斟上茴香伏特加，然后弯着腰恭恭敬敬地用双手捧给彼得大帝。彼得大帝喝了伏特加，又吃了一个面包卷，再次请客人们继续用餐。直到这时所有人才回到原来的位置上，除了侏儒和女逗乐小丑，她们不敢继续坐在沙皇的餐桌边。彼得大帝在主人旁边坐下，要了一些卷心菜汤。此时他的勤务兵给他一把镶着象牙的木制汤勺，一套绿色骨质长柄的刀叉。彼得大帝习惯用自己的餐具。一分钟前还谈笑风生、欢乐自由的一顿饭，现在却在沉默和压抑中僵持着。

出于尊敬，当然也是出于高兴，主人什么也没吃。客人们也很拘谨，毕恭毕敬地听沙皇用德语和那个瑞典军官讨论1701年的那场战争。不止一次被沙皇提问的傻子叶基莫夫娜，用一种有点儿胆怯的生硬语调回答了问题。顺便说一下，这绝不能说明她是一个笨蛋。最后，这顿饭总算吃完了，沙皇站了起来，其他客人很快地也跟着站了起来。

"珈夫利拉·阿法纳西耶维奇，"他对勒热夫斯基说，"我想和你单独谈谈。"说完，他就抓住勒热夫斯基的胳膊来到客厅，随手把门关上了。被留在餐厅里的客人们窃窃私语议论这次出人意料的拜访，深恐自己表现得不够谨慎。不多久，他们就一个接一个回家了，甚至忘记了对主人热情的招待表达一下谢意。

勒热夫斯基的岳丈、女儿和姐姐悄悄地送客到门外，然后，迅速返回餐厅，恭候沙皇。

第五章

我给你寻个妻子，

不然我就不是磨坊主。

——摘自歌剧《磨坊主》

半个小时后，门开了，彼得大帝走出来了。他神情严肃地点了下头，算是对雷科夫亲王、塔吉雅娜·阿法纳西耶夫娜和娜塔利亚三人行礼的回答，然后径直向门厅走去。勒热夫斯基给他穿上红色的羊皮大衣，把他送上雪橇，并在台阶上再次对沙皇的御驾亲临给他所带来的荣幸，表示无比的感谢。彼得大帝坐上车走了。

当珈夫利拉·阿法纳西耶维奇返回餐厅时，一副心事重重的样子。他生气地吆喝仆人赶紧整理干净餐桌，并打发娜塔利亚回自己的房间。然后，他对姐姐和岳丈说，想和他们谈一谈，把他们带到平日里吃完饭后稍作休息的卧室。年迈的亲王在橡木床架上躺下，塔吉雅娜·阿法纳西耶夫娜则坐进一张老式的锦缎扶手椅中，把脚搁在一张脚凳上。在确定所有门窗关好后，珈夫利拉·阿法纳西耶维奇坐到雷科夫亲王的脚边，用尽可能低的声音开始了下面的谈话：

"沙皇御驾亲临来看我一定是有什么事情的。你们猜猜看，他和我谈了什么？"

"我们怎么可能知道，亲爱的弟弟？"塔吉雅娜说。

"沙皇是不是想派你去做某个省的都督？"他的岳丈问，"他早该这么做了。还是他想安排你去大使馆任职？是的，现在被派到外国去的不仅有政府职员，还有一些出身高贵的人。"

"不，不是的，"勒热夫斯基依然皱着眉头回答说，"我是个旧派人物，现在已经不需要我们了。尽管说一个正统的俄国绅士也许能算得上那些异教徒和以前还卖馅饼的刚出炉的贵族，可那是另一码事。"

"那么，他和你谈了这么长时间究竟是为的什么事情呢？"塔吉雅娜·阿法纳西耶夫娜问，"难道是你惹上什么麻烦了？上帝，救救我们吧！"

"倒也不完全是麻烦，但是我不得不承认，我被弄得很尴尬。"

"到底是什么事啊，兄弟？发生了什么？"

"是关于娜塔利亚的——沙皇来给她做媒了。"

"谢天谢地！"塔吉雅娜·阿法纳西耶夫娜激动地在胸前画着十字说，"她是到了该出嫁的年纪了，有什么样的媒人就有怎样的追求者，愿上帝赐予他们爱情和幸福。这实在是一个无上的荣幸啊！只是不知道，沙皇想把她许配给谁呢？"

"哼！"珈夫利拉·阿法纳西耶维奇清了清嗓子说，"嫁给谁？这正是麻烦所在。许配给谁呢？"

"许配给谁呢？"雷科夫亲王又问了一遍，他已经开始打瞌睡了。

"我们怎么可能猜得到，亲爱的弟弟？"老太太回答说，

"宫廷里有数不清的适婚男子，他们每个人都乐意和你的娜塔利亚在一起，是杜尔戈鲁基吗？"

"不，不是。"

"那就好，他这人太骄傲了。那是谢因或者特洛耶库洛夫？"

"不，也不是他们两个人。"

"他们俩也不称我的心——他们太轻浮，还沾染了太多德国人的作风。那么，是米罗斯拉夫斯基？"

"不，不是他。"

"这也是件好事——的确很富有，可就是太愚笨。到底是谁呀？叶列茨基？里沃夫？难道是拉古津斯基吗？不，我放弃。沙皇到底想把娜塔利亚许配给谁啊？"

"许配给黑人伊卜拉金姆。"

老太太不禁拍着双手惊叫起来，雷科夫亲王就从枕头中抬起头来，惊讶地重复了一遍："许配给黑人伊卜拉金姆？"

"亲爱的弟弟，"老太太用带着哭腔的嗓音说道，"不要毁了自己的孩子。你不能让可爱的娜塔利亚落到那个黑鬼的魔爪中去啊！"

"可是，我怎么可能拒绝沙皇呢？如果我们都认为这是他赐给我们的恩宠。"珈夫利拉·阿法纳西耶维奇反驳道。

"什么！"现在已经完全清醒的年迈的亲王大叫道，"沙皇要把我的外孙女嫁给一个买来的黑奴？"

"他不是一个平民，"珈夫利拉·阿法纳西耶维奇说，"他是苏丹的儿子。异教徒俘虏了他，把他送到君士坦丁堡去拍卖。

俄国的大使救了他以后，把他送给了沙皇。伊卜拉金姆的哥哥还曾带着一大笔赎金到俄国来……"

"亲爱的珈夫利拉·阿法纳西耶维奇，"老太太实在听不下去了，打断他说，"我们已经听过波瓦王子和叶鲁斯兰·拉扎列维奇的故事了。现在你最好告诉我们，你是怎样对沙皇说的。"

"我说，他是我们的主人，我们这些仆人的职责就是在每一件事情上都听从他的安排。"

此刻，门外传来一阵声响。珈夫利拉·阿法纳西耶维奇走过来开门，不过，他感觉有东西把门堵住了。他使劲一推，门开了，娜塔利亚一动不动地躺在染着血迹的地板上。

当沙皇提出要单独和父亲在客厅里时，娜塔利亚的心就沉了下去，她预感到事情和她有关。当珈夫利拉·阿法纳西耶维奇把她支开，说他要和她的姑妈和外祖父谈谈时，她再也按捺不住内心的好奇，悄悄地、蹑手蹑脚地穿过内房，来到卧室门外，所以她几乎没有错过刚才那场可怕谈话的任何一个字。

当她听到父亲说的最后一句话时，可怜的姑娘已经晕头晕脑，跌倒了下去，脑袋正好撞在包着铁皮的箱子上，箱子里装的是她的嫁妆。仆人们很快就冲了进来，他们把娜塔利亚抬起，把她送回房，让她躺好。

渐渐地，她恢复了知觉，睁开了眼睛，但是，她居然不认识她的父亲和姑妈了。她发着高烧，嘴里胡言乱语地说着沙皇的黑人教子以及婚礼。突然，她以一种极其令人同情的歇斯底里的嗓音哭叫着：

"瓦里列昂，亲爱的瓦里列昂，你是我的生命！快来救我啊，他们到这儿来了，他们到这儿来了……"

塔吉雅娜·阿法纳西耶夫娜心神不宁地看了她弟弟一眼，后者的脸色早已发白，他紧咬着嘴唇，什么也没说就走出了房间。他回到老亲王那儿，老亲王因为没有力气爬楼而留在了楼下。

"娜塔利亚好些没有？"他问。

"很糟糕，"她父亲忧心地回答，"比我想象的要糟糕。她现在神志失常，胡言乱语地大声叫着瓦里列昂。"

"瓦里列昂是谁？"老头惊奇地问，"该不会是那个在你家里长大的孤儿吧？"

"就是那个人，更糟糕了！"珈夫利拉·阿法纳西耶维奇回答道，"他的父亲在斯特勒特瑟叛乱中曾救过我的命，我就稀里糊涂地收养了那只该死的狼崽子。两年前，按他的要求，应征入伍了。和他道别的时候，娜塔利亚哭得像个泪人儿似的，可他倒好像是化成了一块石头，站在那儿一动也不动。当时我就有点怀疑，并和我姐姐说了这件事。但是，从那以后一直到现在，娜塔利亚都没有提过他，也没有听到关于他的别的消息。我想，她已经把他忘了，但现在看来，她并没有忘记他。事到如今，就这么定了——她必须嫁给黑人。"

雷科夫亲王没有驳斥他，因为反驳也无济于事。他回自己家去了。

塔吉雅娜·阿法纳西耶夫娜还留在娜塔利亚的床边照顾她。请过医生之后，珈夫利拉·阿法纳西耶维奇就把自己关在房间里，整栋房子突然间变得悄无声息，黑乎乎的，每个角落里都充满着忧伤。

伊卜拉金姆对这个始料未及的提亲也感到很吃惊，其惊讶的程度至少也与珈夫利拉·阿法纳西耶维奇相当。这就是整个提亲事件的经过——彼得大帝在同伊卜拉金姆一起工作的时候对他说：

"老兄，我发现你总是没精打采的，坦白地给我说，发生了什么事啊？"伊卜拉金姆回答说，他对自己的命运安排很满意，再也没有别的期盼了，叫沙皇放心。

"好吧！"沙皇说，"如果你没有什么理由却还觉得意气消沉的话，那我知道该怎么做能让你高兴。"

在他们完成工作之后，彼得大帝问伊卜拉金姆："你喜欢那个在上次舞会上和你跳米奴哀舞的女孩吗？"

"她非常吸引人，陛下。看上去是一个既善良又正派的姑娘。"

"那么，我就帮你更好地认识她。你愿意和她结婚吗？"

"我？陛下……"

"听着，伊卜拉金姆。你在这儿孤身一人，一个亲人也没有。除了我，对这里的每个人来说，你都是个外人。如果有一天我死了，会发生什么情况呢，可怜的非洲人？你必须趁还有时间的时候，成家立业，和俄国贵族联姻，在新建立的关系中找到靠山。"

"陛下，在您的宠爱和赏赐下，我觉得生活得很幸福。愿上帝不要让我活得比我的沙皇和恩人更长，此外，我一无所求。

就算我确实想要结婚，那个姑娘和她的亲人们会答应吗？我的容貌……"

"你的容貌？你在胡说些什么！你身上没有任何毛病。一个年轻姑娘不得不听从她父母的安排。我将亲自去为你提亲，要老珈夫利拉·勒热夫斯基把他女儿的手交给你，我们再看看他会说什么。"

说完，沙皇就命令把他的雪橇拉过来，留下伊卜拉金姆一人。

"结婚！"非洲人心中想着，"为什么不结呢？仅仅由于我是个黑种人，就注定要一辈子生活在孤单中，放弃一个男人最大的快乐和最神圣的职责？我不奢望得到爱情，因为那是一种孩子气的不切实际的想法！难道可以相信爱情？难道一个女人轻浮的心里会装有爱情？我早已永远抛开了那些迷人的妄想，选择了那些更切实际的诱惑。沙皇说得对——我必须捍卫我的将来，只要和勒热夫斯基的女儿结婚，我就能和高傲的俄国贵族联结在一起。这样，在我新的祖国里，我将不再是个外人。我不奢望从妻子那里得到爱情，只要她对我忠诚，我就心满意足了。我会用忠实的柔情、信任和宠爱来赢得她的心。"

伊卜拉金姆竭力和往常一样继续工作，但是他心里忐忑不安。他放下文件，沿着涅瓦河的堤岸去散步。突然，他听到彼得大帝的声音。他转过去，看见刚从雪橇上下来的沙皇正神采飞扬地走向他。

"都弄好了，兄弟！"彼得大帝挽着他的手臂说，"你的婚事已经搞定了，明天就去见你未来的岳丈大人。但是，我还要提醒你，你必须尽力迎合他家族的高傲感，把你的雪橇停在大门口，然后步行穿过庭院走到前门，和他谈论他的功绩以及高贵的血统。那样，他就会喜欢你了。现在——"他挥舞着他的手杖接着说，"把我送到达尼雷奇那个泼皮家去，他最近搞了一些小诡计，我必须找他算账去。"

伊卜拉金姆满心欢喜地感谢过彼得大帝父亲般的关心之后，就护送他去缅希科夫亲王豪华的府邸，之后就回家去了。

第六章

一盏神灯在玻璃神龛前燃烧着发出柔和的亮光，神龛里古老家族圣像的金银饰品闪闪发光。神灯摇摆不停的火焰隐隐照着一张放下帷帐的床和一张堆满药瓶的小桌子。一个仆人坐在火炉旁纺纱，纺锤微弱的嗡嗡声是这片寂静中的唯一声响。

"是谁？"一个虚弱的嗓音问。女仆立即站起来，轻轻地走近床边，掀开帷帐。

"是不是要天亮了？"娜塔利亚问。

"已经中午了。"女仆回答。

"我的天哪！为什么会这么黑啊？"

"窗帘都还拉着呢，小姐。"

"赶紧帮我穿衣服。"

"医生说了，不能让你起床，小姐。"

"我生病了？时间很长吗？"

"到现在为止已经两个礼拜了。"

"真的？怎么觉得我只是昨天上的床……"

娜塔利亚沉默了下来，开始竭力集中那分散的思绪，她知道肯定发生了什么事，然而，究竟是什么事，却记不起来了。女仆站在她面前，等候着她的差遣。就在这时候，下面传来一串沉闷的声音。

"那是什么声音？"病人问。

"老爷们用完饭了，"女仆回答，"那是他们离开饭桌时发出的声音。塔吉雅娜·阿法纳西耶夫娜会直接过来的。"

娜塔利亚似乎有点兴奋了。她有气无力地挥了挥手，让女仆退下。女仆拉上帷帐，再次坐到她的手纺车前，接着纺纱。几分钟后，一个戴着系有深色缎带、白色宽边帽的脑袋出现在门口，来人用低沉的嗓音问：

"娜塔利亚现在怎么样了？"

"上午好，姑妈。"病人柔弱地说，塔吉雅娜·阿法纳西耶夫娜急忙走到她的身边。

"小姐已经醒过来了。"女仆一边说，一边高兴地搬过来一把扶手椅。塔吉雅娜·阿法纳西耶夫娜则流着泪，吻着她侄女那张苍白无力的脸，然后坐在娜塔利亚身旁。一位穿着黑外套、戴着假发的德国医生跟在她后面也进来了。他为娜塔利亚诊断，先用拉丁语，然后又用俄语宣布危险期目前已经过去了。他要了纸和笔，开了一张新药方，然后就走了。老太太站了起来，又亲了一下娜塔利亚，接着，就下楼去把这个好消息告诉珈夫利拉·阿法纳西耶维奇。

沙皇的黑人教子身着整套制服，腰佩宝剑，手托帽子，坐在客厅里，正毕恭毕敬地和珈夫利拉·阿法纳西耶维奇谈论着。科尔萨克夫则懒懒地躺在一张软沙发上，心不在焉地听他们讨论着，一边还逗着一条老猎狗。当他对这件差事感到彻底厌烦时，就走到镜子前面，像平常一样，靠照镜子打发无聊的时间。这时，他从镜子里看见塔吉雅娜，她正站在门口，徒劳地做出稀奇古怪的举动，想吸引她弟弟的眼球。

"有人在叫您呢，珈夫利拉·阿法纳西耶维奇。"科尔萨克夫向他说道，打断了伊卜拉金姆的话。珈夫利拉·阿法纳西耶维奇马上走向他姐姐，并随手将身后的门关上。

"我对你的耐心深感佩服！"科尔萨克夫对伊卜拉金姆说，"整整这一个小时，你都在专心听他说所有那些关于雷科夫和勒热夫斯基家族悠久历史的无关痛痒的废话，并且还要对此给出一番有道德教益的评论！如果我是你，才不要理睬这个老骗子和他全部的家人，包括娜塔利亚·加甫里洛夫娜。她既摆臭架子，又装着生病，好像非常虚弱似的！坦白告诉我，你是真的爱上了这个卖弄风骚的小娘们吗？"

"不是，"伊卜拉金姆答道，"我和她结婚肯定不是出于爱情，而是要获得有实用价值的东西，只要她没有对我明确表示不喜欢。"

"你听我说，伊卜拉金姆，"科尔萨克夫说，"你就听一次我的建议吧。我向你保证，我是个非常理智的人。放弃这个可怕的念头，不要结婚！在我眼里，你的未婚妻对你并没有一点特别的喜欢。你明白，在这个世界上，什么样的事情都会发生。现在就以我为例吧，我肯定不是一个道德败坏的人，不过，我碰巧欺骗过几个做丈夫的。我向你担保，他们在各个方面都不比我差。就说你吧……你一定还记得我们在巴黎的朋友，伯爵夫人吧？谁能指望一个女人的忠诚？那些不为这种事情担忧的人是幸福的。不过你……你有着热烈、深沉而又善猜疑的性格，有着塌鼻子、厚嘴唇以及绒线般的头发，难道还要一头栽到婚姻这个充满危险且不可知的深渊中吗？"

"谢谢你善意的忠告。"伊卜拉金姆冷冷地插进来，"不过，你该听过有这么一句谚语：狗咬耗子，多管闲事。"

"当心哦，伊卜拉金姆，"科尔萨克夫大笑着对他说道，"希望你以后别用事实来证明那句谚语的字面意义。"

不过，隔壁房间里的谈话却变得越来越激烈紧张了。

"你会要了她的命的，"老太太说，"如果亲眼看到他，她会受不了的。"

"但是你仔细想想，"她固执己见的弟弟驳斥道，"他以她未婚夫的身份来这儿探望已经有两个星期了，但是，他到现在都没有见过他的未婚妻。最后，他肯定会认为她的病是假装的，而我们只是想拖延婚礼，从而达到摆脱他的目的。沙皇会说什么？他已经三次派人来探望娜塔利亚的病情了。无论你怎么说，我可不想和沙皇吵架。"

"天哪，这可怜的姑娘到底会发生什么事啊！"塔吉雅娜·阿法纳西耶夫娜说，"不管怎样，我先去和她说一下，好让她有个心理准备，以随时接待他的来访。"珈夫利拉·阿法纳西耶维奇答应了，然后他就返回了客厅。

"老天保佑,危险期总算过去了,"他告诉伊卜拉金姆,"娜塔利亚现在好多了。要不是因为把我们尊贵的客人独自留在这儿会让我觉得不礼貌,我一定带你上楼去看看你的未婚妻。"科尔萨克夫恭喜珈夫利拉·阿法纳西耶维奇,告诉他不用为自己忧虑,并请他放心,因为他很快就要到别的地方去了。说完,他就离开了房间,连让主人送送他的时间都没有留。

与此同时,塔吉雅娜·阿法纳西耶夫娜急忙上楼,帮病人收拾了一下,以接待那可怕的客人。她进入房间,气喘吁吁地坐在姑娘身边。她拉着娜塔利亚的手,但是,还没来得及开口说话,房门就打开了。娜塔利亚吃惊地问:"是谁啊?"老太太惊恐得呆坐在那儿。珈夫利拉·阿法纳西耶维奇拉开帷帐,冷冰冰地看着病人,询问她现在怎么样了。娜塔利亚竭力想对他微笑,但她做不到。她被父亲严厉的表情吓坏了,一股莫名的不安涌上了她的心头,并且觉得仿佛有人站在她床尾正盯着她。她吃力地抬起头来,立马认出了那人就是沙皇的黑人教子。她记起了所有的事情,也仿佛预见了那恐怖的未来。但是她太疲惫了,都没有感觉到剧烈的震撼。她让自己的头重新回到枕头上,接着合上了眼睛……但是,她的心跳得非常厉害。塔吉雅娜·阿法纳西耶夫娜向她的弟弟示意——病人要休息了。除了女仆,所有人都轻轻地离开了房间,她又重新回到手纺车前。

可怜的姑娘睁开了眼睛,发现没人在她身旁,就吩咐女仆去把侏儒找来。可就在这同一时刻,年老的、胖胖的侏儒皮球般地滚到她床边。燕子(侏儒的名字)以她那两条又短又小的腿所能产生的最快速度跟在珈夫利拉·阿法纳西耶维奇和伊卜拉金姆身后上了楼。出于女性特有的好奇心，她藏在门后偷听。看到她，娜塔利亚将女仆遣走，侏儒在她床边的一条长凳上落座。

从来都没有一个如此小的身躯能蕴含如此多的精神力量。她事事插手，无所不知，使自己在所有的事情中奔忙。她的狡猾和逢迎的机智使主人们喜爱她，而被她完全控制的家里的仆人却仇恨她。珈夫利拉·阿法纳西耶维奇相信她的故事、怨言和小的请求，塔吉雅娜·阿法纳西耶夫娜常常向她请教看法，听从她的建议。

娜塔利亚对她有无尽的喜欢，把她年轻心里一切的想法和感情都向她吐露。

"你知道吗，燕子，"她说，"父亲要让我嫁给那个黑人。"侏儒发出长长的叹息，那布满皱纹的脸比往常皱得更厉害了。

"没有希望了吗？"娜塔利亚接着说，"难道父亲一点儿也不同情我吗？"

侏儒摇了摇头。

"难道我外祖父或者姑妈就没有为我求情吗？"

"不，小姐。在你生病那段时间里，那个黑人已经把所有人都说服了。你父亲对他很欣赏，亲王如今开口闭口都是他，塔吉雅娜·阿法纳西耶夫娜则说：'但是他是个黑人，不过，如果我们渴望一个更好的追求者，那就是造孽了。'"

"哦，天哪，天哪！"不幸的娜塔利亚呻吟着。

"不要伤心了，我的美人。"侏儒亲吻着她软弱无力的手说，"就算你和一个黑人结了婚，你还是自由的。现在不像过去那样，丈夫不能把妻子关在家里。再说那个黑人很有钱，你将会有一个可爱的家，日子过得既舒适又富裕。"

"可怜的瓦里列昂！"娜塔利亚用低沉的嗓音说，甚至侏儒没能听清楚，只是猜测她讲了这么一句话。

"那就是原因了，小姐。"她神秘兮兮地压低嗓音说，"如果你不是想念那个小伙子的话，就不会在发高烧时说胡话说到他，你父亲也就不会因此生气了。"

"什么？"娜塔利亚惶恐地说，"我在说胡话时提到了瓦里列昂吗？难道父亲听到了？他生气了？"

"那就是症结所在啊！"侏儒回答道，"假如你现在要求他不要把你嫁给黑人，他一定认为那是由于瓦里列昂。现在无可奈何，只有顺从你父亲的意愿，听他的话了。"

娜塔利亚没有回答，她心灵深处的秘密被她父亲知晓的想法严重影响了她的思绪。她只有唯一的希望了——在那场可恨的婚礼之前离开人世。这个想法安慰了她，内心软弱而又悲伤的她决定听天由命。

第七章

在珈夫利拉·阿法纳西耶维奇的房屋里，门厅的右边有一间只有一扇窗户的小屋。屋里摆放着一张铺着毛毯的普通床，床的前方有一张杉木桌，桌子上燃着一支动物油脂蜡烛，还有一本打开的音乐书。一件破旧的蓝色制服和一个老式三角军帽挂在墙上，它们的上方是一幅用三个钉子钉住的、画着查理十二世骑在马背上的情景画。悠扬的笛声从这个简陋的房间里传了出来。这里唯一的居住者，也就是被俘虏的舞蹈教师，头戴一顶睡帽，身穿一件棉布睡袍，正在演奏古老的瑞典进行曲，以此排遣冬夜的无聊和乏味。演奏了两个小时之后，瑞典人停止了吹笛，把长笛收了起来，放入盒子里，开始脱衣服睡觉了。

射击手

我们开枪了，我有权按照决斗规则打死你。

——摘自《野营之夜》

第一章

　　谁都明白军官的生活是怎么样的：早晨出操、练骑术，午饭在团长家或者一家犹太人开的餐馆吃，晚上喝酒打牌……我们在小镇安扎，那里没有家庭宴会，也没有可爱的单身姑娘。我们之间相互走动走动，在房间里，除了军装，什么都看不到。

　　只有一个当地居民进入我们的圈子——西尔威奥。他35岁左右的样子，所以我们都尊他为长者。他阅历丰富，在很多方面都会我们这帮嫩小伙子望尘莫及。此外，他平日沉默寡言，脾气耿直，言辞尖刻，给我们留下了深刻的印象。他全身上下都笼罩着神秘的色彩，长得像俄罗斯人，却起了个特别令人不可思议的外国名字。听说他曾当过骠骑兵，而且级别颇高，谁也不明白他为什么要退伍，还选择了住在这个破落的小镇。

在这儿，他日子过得十分朴素，奇怪的是，他花钱却又大手大脚。他总是安步当车，身着一件已经不怎么新的黑外套，而且他很欢迎我们团里的军官到他家去吃饭。有个退伍士兵给他准备饭菜，小菜通常只有两三个，可香槟却如源头活水般饮之不尽。没人知道他的经济状况和收入来源，也没人敢问。

他有不少藏书，多数是兵书，当然还有一些小说。他很乐意把书借给我们，而且从不让我们返还，我们也从不主动归还。他的主要消遣就是拿手枪打靶子，因此房间的四壁像蜂窝一样，密密麻麻的都是子弹孔。他还收藏了各式各样的手枪，这大概就是陋室里唯一的奢侈品了。此人枪法之高超，简直令人不敢相信——如果他提出把梨放在谁的帽子上，然后一枪把梨击落，我们团里的人谁都二话不说地伸出脑袋为他效劳。

我们当时经常谈论决斗的事，奇怪的是维奥（我这么称呼他）从不参与这类谈语。我们问他是否参加过决斗，他只冷冷回答参加过，然后就不再说一个字，他不喜欢涉及这个问题。我们猜想，可能是某个倒霉蛋曾丧身于他那令人害怕的枪术，往事让他负疚了吧。除此之外，我们从来没有怀疑过他会害怕，有些人一眼看去就可排除上述怀疑。然而，一次偶然的意外使我们全都大吃一惊。

一天，大概有十个军官到西尔威奥家吃饭。我们照常喝酒，喝了很多。饭后我们要求主人做庄玩菲罗牌。他推辞了很长时间，因为他平时几乎不玩，但最后还是答应了。他在桌上放了五十个达卡金币，然后坐下发牌。我们围坐在他身旁，赌局开始了。西尔威奥玩牌时有个习惯，就是不说话。他从不争论，也不做任何解释。如果赌家算错了，他立即补足余款或者记下差额。我们对此习以为常，也从不去妨碍他特立独行。

但是那天偏偏有位刚刚调来的军官也在一起玩。玩牌的时候，这位军官心不在焉地算错了一分。像往常一样，西尔威奥拿起粉笔记下正确的数字。这位军官以为西尔威奥算错了，就开始解释。西尔威奥像往常一样一言不发。军官忍不住了，一把抓起刷子把他认为错了的地方抹掉。而西尔威奥又拿起粉笔更正数额。军官喝多了，加上同事的哄笑更让他感觉受到了极大的羞辱，恼怒之下他拿起桌上的铜烛台就向西尔威奥掷去，西尔威奥躲过这一击。我们都惊慌失措，西尔威奥气得面色发白，两眼冒火，他站起来说道："亲爱的先生，请出去！今天这事儿发生在我家里，算你走运！"

结局用不着怀疑，我们已经将这位同事视作死人了。他声称，愿意因冒犯庄家而做出任何形式的谢罪，而后就离开了。大家又打了一会儿牌，但是明显地感到主人已无心再赌，便陆陆续续离开，一路上大家谈论着不久某个职位又要补缺了。

第二天，在骑术学校里，就在我们相互询问那位不幸的中尉是否还活着时，他出现了。我们问他怎么回事儿，他告诉我们说还没有收到西尔威奥的任何消息。大家都很奇怪，就约定一块儿去找西尔威奥弄个明白，发现他正在院子里朝大门上粘着的一张王牌一发一发地射击。他像平时一样招待了我们，但是只字不提头一天晚上发生的事。三天过去了，中尉仍然活着，大家按捺不住了,互相询问:"是不是西尔威奥不准备决斗啦？"

可最后西尔威奥没有决斗。他做了个牵强的解释，便同冒犯者妥协了。

这件事情严重损害了他在青年人心目中勇敢的形象，胆怯比其他一切更难得到青年们的谅解。因为年轻人习惯把勇敢当成人类品德的至高点，其他的缺点都可不必计较。不过，不久这一切渐渐被淡忘，西尔威奥也逐渐地恢复了从前的威望。

可唯独就我一个人不能够再跟他亲近了，因为我天生就有一种浪漫的幻想。之前，我比任何人都更敬仰他，他的生活是个谜，而他本人在我看来更是一部神秘戏剧的唯一主角。他也欣赏我，至少，他从没对我说过一贯尖酸刻薄的言辞。他跟我谈论各种事情，总是很平易近人的。但是，从那个不幸的夜晚以后，我始终认为，他的名誉有了污点，而这污点的制造者就是他自己。我没法儿像从前那样对待他，甚至羞于正视他的脸。西尔威奥十分聪明，阅历又很深，不可能没有察觉，也不可能猜不出其中原因。现在看来，这件事伤了他的心，我发现好几次他想跟我解释，可我总是躲着他，他也就放弃了。从那以后我只有跟同事们在一起的时候才和他见面，我们之间以往的那种坦诚、亲密的交谈也到此为止了。

住在城里的人忙工作，忙消遣，他们根本想象不出乡下和小镇居民的众多乐事，譬如等邮件。每个周二和周五我们团部的办公室都挤满了军官，有些人盼着钱，有些人盼着信，还有些人在等报纸。我们大多是当场打开包裹，新闻当即便可传播，办公室里很是热闹。由于西尔威奥把邮件地址挂在我们团里，他常到我们团来拿信。

一天，他收到了一封信，瞥了一眼邮戳地址，就急不可耐地撕开信封。读信的时候，他两眼放光，而此时其他军官的注意力全都集中在自己的信件上，没有人发现西尔威奥的反常。

"先生们，"西尔威奥说，"我得立即离开，今晚就走。我希望跟你们吃最后一顿晚饭，请不要拒绝。我希望你也能来。"他转向我，又补充了一句："一定要来啊！"说完他就匆匆忙忙地离开了。我们约好在西尔威奥家里再见后，就回到各自岗位上去了。

我按约定的时间来到西尔威奥家里，发现团里所有的军官都到齐了。西尔威奥把一切都收拾好了，只剩四面千疮百孔的空墙。大家围桌而坐，主人幽默风趣的欢乐很快感染了其他人。我们一瓶瓶地打开美酒，杯中泡沫四溢、咝咝作响。大家衷心祝愿这位即将离开的朋友能够一路顺风、万事如意。我们起身离座时已是深夜，西尔威奥与大家一一道别。就在我正要离开的时候，他一把抓住了我的手。

"我想跟你谈谈。"他低声对我说道。

我觉得我应该留下来。客人都走了，只剩下我俩。我和他面对面坐着，默默地点上烟斗。西尔威奥好像有些心神不宁，刚才那种神经质的快活早已无影无踪。他脸色煞白，眼光闪闪发光，口吐浓雾，那神色就是个地道的魔鬼。又过了几分钟，西尔威奥首先打破了沉默。

"可能咱俩以后再也见不上面了，"他说，"分手前，我想跟你澄清一下。可能你已经注意到，我其实很少在乎别人的看法。但是我欣赏你，我觉得，要是就这样留给你一个假象，我这一生都会有所遗憾的。"他停顿了一下，抖掉烟杆上的烟灰。而我盯着地面，默不作声。"你们觉得很不可思议，是吧？"他接着说，"我没向那个白痴酒鬼提出决斗。可你们必须承认，我选择决斗，他的命就在我手里，而我几乎不会有什么危险。不过我控制住了，在你面前，我本可装作一副宽宏大度的样子，但是我不想撒谎。如果我能够教训那家伙，同时又用不着拿我的生命去冒险，那么我一定不会放过他。"

这时候我惊讶地望着西尔威奥，他如此坦诚，倒把我弄得不知所措了。西尔威奥接着说："真正的事实是我无权去冒死亡的危险。六年前，我被人扇了一记耳光，令人恼恨的是我的对手仍然活在世上。"

这下子引发了我的好奇心。"您没有跟他决斗？是不是因为后来你们分开了？"

"我与他决斗了……这就是我们决斗的纪念。"这时候西尔威奥站起来，从一个纸盒子里取出一顶镶金边、带金流苏的红色帽子。在他戴上帽子时，我发现，在额头上方约一英寸处有一个子弹孔。

"你知道，"他接着说，"我曾经在骠骑兵团生活过。你们都知道我的脾气，习惯于出头，年轻时就喜欢争强好胜。在我们那个时候，飞扬跋扈很是流行，我便是军队里第一条好汉。我们喝酒常以海量自夸，有一次我赢了好样的布尔卓夫——杰尼科·达维多夫曾经写诗称赞过他。决斗在我们团里是家常便饭，一切决斗的场合我都加入，不是作为公证人就是作为当事者。同事们敬重我，而团里经常调换的上司则把我当成不可或缺的祸害。

"当我正在安享荣誉的时候，团里来了一位年轻人，他很有钱，并且家世显赫（我不想说出他的姓氏）。我从出生就从没见过这般得天独厚的幸运儿！你想想吧：年轻，聪明，漂亮，寻快活不要命了，逗英豪不回头了，出身豪门，钱好像永远都花不完……就凭这些，他在我们中间掀起了多大的风浪啊！我的优越地位便动摇了。感叹于我的虚名，他想跟我交朋友，可我对他很冷淡。他倒也无所谓，只是与我疏远了。

"我恨他，他在团里以及女人堆中的左右逢源使我绝望。我开始向他挑衅，我讽刺他，他就以牙还牙以眼还眼。他总是妙语连珠，既入木三分，又幽默十足。因为他只不过是为了寻开心，而我却是怀恨在心。终于，有一天在一个波兰地主的舞会上，眼看他成了全场女士的焦点，特别是那个跟我交情很好的女主人也对他另眼看待，我就对着他的耳朵吐出一句很难听的话。他非常愤怒，扬手抽了我一记耳光。我和他都奔过去抽出刀。女士们吓得晕了过去，其他人把我俩分开，我们当晚就决定决斗了。

"天刚蒙蒙亮时，我带着三个公证人站在约定的地方。我怀着难以名状的心情，焦急地等候对手到来。春日刚刚升起，天气有些热。我注视着他从远处走来，是步行来的，只带了一个公证人。我们迎上前去，他也走过来，手里握着一个装满黑樱桃的帽子。公证人为我们量好十二步之远的距离。本来应该由我先开枪，可是我害怕由于兴奋，可能会射不准。为了给自己时间冷静下来，我提出让他先开枪。对手不同意，于是我们决定抓阄。不得不承认他真是命运的宠儿，抓阄的结果是他先开枪。他瞄好了以后，一枪打穿我的帽子。轮到我开枪时我想，他终于落到我手里了。我死死盯住他，一心想从他身上找出惶恐的迹象，哪怕只是一丝影子……

"但是，他站在我的枪口前，从帽子里选出熟透了的樱桃吃起来，果核都快要吐到我脚上了。看到他那副无所谓的样子，我心里更冒火了。我想：在他毫不珍视生命价值的时刻夺走他的生命又有什么意义呢？一个狠毒的想法浮过我的脑子。我放下了手枪。

"'眼前您好像并不想死，'我对他说，'看来您是想吃早饭，希望我没有妨碍您。'

"'您没有妨碍我，他答道，'请开枪吧，或者，再把这一枪记在账上，我随时听候阁下的吩咐。'

"然后，我转过身向公证人宣布，当天我不准备开枪，今天的决斗到此结束。然后，我退伍了，躲到这个小镇上来。自那以后我天天都想着报仇。现在我想，是时候了。"

西尔威奥掏出那天早上拿到的信递给我看。有人从莫斯科来信说，某人将要和一位年轻貌美的小姐结婚。"你应该猜到了吧，"西尔威奥对我说，"这里的某人就是他。我这就去莫斯科。我倒要看看，他在新婚前夕面对死亡，是不是还会像上次吃樱桃一样对死亡漠不关心。"说这话的时候，西尔威奥站起来，把帽子扔到地上，在房间里踱来踱去，活像一只笼中的老虎。我一直静静地听他讲，心底像打翻了五味瓶。

过了不多久，仆人进来报告说马匹已经准备好。西尔威奥紧紧握住我的手，我们拥抱着告别。他坐上车，车里有两个箱子，一个装枪支，另一个装生活用品。我和他又一次道别后，就看到马车奔驰远去……

第二章

过了几年，由于家境败落我不得不迁居到一个破落的小村庄。由于整天整理农务，我也没空怀念昔日那种豪放而无虑的生活。然而最难熬的事莫过于在冬春季节独自打发晚上的时光了。晚饭前我还能跟村长聊聊，驾车到田间看看，或者四处转转，瞧瞧一些新建的房子。

可到天一黑，我就不知道该做些什么了。柜子和储藏室里放着几本书，我早已能倒背如流。管家基里洛芙娜所说的那些故事，听得耳朵都起茧子了。农妇们的曲子更让我打不起精神。我尝试着喝烈性酒，但是喝了又头疼。而且，我害怕自己变成一个借酒消愁的酒鬼——这是最可悲的酒徒，这类人我在乡里见得够多了。除了两三个酒鬼，我没有别的邻居，他们一开口就打嗝儿或者唉声叹气。若要我跟他们为伍，倒不如与孤独做伴。最终，我计划晚些吃晚饭，早些上床睡觉，这样一来就可以减短晚上的时间，延长白天的时间，这确实是个好办法。

距离我住所四俄里处的一座富裕的农庄，那是伯爵夫人的产业。平常只有管家住，伯爵夫人仅在结婚头一年来过一趟，住了不到一个月就走了。可是，我搬来的第二年春天，听说伯爵夫人和她的丈夫夏天要回农庄。果然是这样，6月初他们就又回来了。

对乡下人来讲，有钱的邻居回家，这可是件了不得的大事。一直从邻居回家前的两个月到他们离开后的第三年，地主和家奴们都要谈论好久。对我而言，坦白说，这位年轻貌美的邻居归来，确实让我激动不已。我盼望一睹她的芳容，所以在她回来的第一个星期天，我吃过饭就到村子去拜访他们，作为最近的邻居和最谦卑的仆人向他们致敬。

一位男仆把我领进伯爵的书房，接着去向主人通报。房间宽敞明亮，十分奢华。沿墙排放着几个书柜，书柜上立有一个青铜半身像，大理石壁炉的上方放着一面大镜子，地板上铺着一层绿呢子，还盖上地毯。

我在那破旧的一隅与奢华绝缘，况且久已不见别人的奢华，因而，在等伯爵的过程中我竟然有点儿害怕，心里就像从外省赶来的对部长请愿的老百姓一样惶惶不安。过了一会儿，门开了，伯爵走进书房。他三十二岁的光景，英俊帅气，神色坦率而且友好。我尽量控制住激动的心情，正要做自我介绍时，他却先开了口。接着，我们坐下交谈，他的亲切随和使我很快就消除了拘谨。就在我刚刚开始恢复常态时，伯爵夫人走了进来，我一下子变得更窘了——她的确漂亮！伯爵立即给我们做了简单的介绍。我尽可能表现得自然随意些，可事实往往是越想如此，就越难做到。大概是为了让我有时间调整情绪，尽快和他们熟悉起来，他们便把我当作熟识已久的邻居，不跟我拘礼，两人自顾自地聊起来。他们在一旁谈话，我就在房间里走来走去，不时地抬头看看周围，书房里的书汗牛充栋，琳琅满目，本国和外国书籍包罗万象，内容丰富。从这众多的书籍中，我们可以窥见这座书房的主人是多么爱好书啊！我不时还从里面拿下一本，匆匆浏览一番，嘴里不住叫好，这似乎不仅是对书的内容的赞扬，更是对书房主人的褒奖。看看书画。论赏画我不是行家，但是有一幅画引起了我的注意。画的是瑞士某处的景色，吸引我的不是画中的风景，而是画纸上的两个弹孔，奇的是这两个弹孔一上一下紧挨着。

"好枪法！"我回头向伯爵说。

"对！高明极了。"他又问我，"你的枪法怎么样？"

"马马虎虎。"我答道，却在心里暗暗地高兴，谈话终于转到我了解的主题上来了，"隔三十步开枪打纸牌，不会成空，当然了，条件是要用我使惯了的手枪。"

"真的吗？"伯爵夫人听了以后似乎很感兴趣，她转向伯爵问道，"亲爱的，隔三十步您能够打中纸牌吗？"

"找个时候我们来试试吧！"伯爵答道，"有段时候我的枪法还行，不过算来，已经有四年没有摸过枪了。"

"哦！"我说，"那样的话，我敢打赌，即使隔着二十步您也肯定打不中。打靶靠的是每天都练习，这一点我有经验。在我们团里，打靶我可是最在行的。有一次我把手枪送去修，整整有一个月没有摸枪。后来您猜怎么着？虽然只隔了二十步，连着四发都没有打中瓶子！但是我们的上校是个爱逗乐的捣蛋鬼，当时他正好在场，对我说：'老弟，你的手举不起来啦！'阁下，您不应该忽视练习，要不然水平很快就会下降的。我遇到过一名神枪手，以前每天晚饭前他至少要练习三次，就跟天天要喝白兰地一样。"

见我打开了话匣子，伯爵和伯爵夫人好像都很高兴。伯爵问我："那他的枪法如何呢？"

"噢，是这样的，先生。如果看到墙上叮着一只苍蝇——夫人，让您见笑了，但是我发誓，这绝对是真的——要是看到有只苍蝇，他就会冲着库孜卡大喊一声：'库孜卡，拿我的枪过来！'库孜卡拿来枪，上好膛。他立马接过来，'砰'的一声就将苍蝇打到墙里去了。"

"太神了！"伯爵大声问，"他叫什么名字？"

"叫西尔威奥，伯爵大人。"

"噢，西尔威奥！"伯爵不禁脱口而出，他立即站起身，"你认识西尔威奥？"

"怎么能不认识！大人，我们是好朋友，我们团里的人都把他当成兄弟一样看待。但是这五年来，他杳无音讯。大人您也认识他吗？"

"是的，我们还熟得很哪！他没有跟你讲过一桩关于他的怪事儿吗？"

"大人，您指的是有个浑蛋在舞会上扇了他一记耳光的那桩事儿吧？"

"他告诉你那个浑蛋的名字了吗？"

"没有，大人，他没有提过他的姓氏——啊！先生！"我好像猜出了点儿什么，"请原谅……我不知道……莫非真的是您吗？"

"是的，就是我。"伯爵答道，不难看出，他十分激动，"看！那张被子弹打穿的画，就是我们最后见面的纪念。"

"哎呀！亲爱的，"伯爵夫人在一旁哀求道，"看在上帝的分儿上，不要说了，我怕听！"

"不，我要把所有情况告诉他。他既然已经知道当初我是怎样侮辱了他的朋友，也有权知道西尔威奥是如何向我报复的。"伯爵挪了张座椅给我，接下来，我饶有兴致地听他说完了下面的故事——

"五年前我结婚了。婚后的第一个月，也就是我的蜜月，我就是在这儿，这个村庄里度过的。这间屋子记载着我人生中最幸福的时光，但与此同时也给我留下了最痛苦的回忆。

"一天日落时分，我们一起去骑马。然而我妻子的马有些失控，她吓惨了，就把缰绳给我，自个儿走回家。我骑马先回到了家，在院子里我看到一辆旅行马车。这时仆人告诉我有个人坐在书房里等我，但是他不肯说出自己的姓名，只是说有事要找我。我进了书房，昏暗中发现一个人，风尘仆仆，胡子拉碴，应该有些天没有刮了。他就站在那儿，挨着火炉。我走上前去，努力看清他的相貌。

"'你不认识我了吗，伯爵？'他问道，声音颤抖着。

"'西尔威奥！'我惊叫一声。我坦白地说，当时感觉惊恐万分。

"'不错，'他接着说，'你还欠我一枪，我今天来就是讨回这一枪的。不知道你准备好了吗？'

"他的裤兜鼓鼓囊囊，一看就知道装着手枪。我量好十二步，站在那个角落，恳求他在我妻子回家前快点儿开枪。他踌躇了一下，要求我点上蜡烛。蜡烛拿来以后，我关上门，并且吩咐不要让任何人进来，然后请求他开枪。

"他举起枪，瞄准……我默数着一秒、两秒、三秒……我想到了她……可怕的一分钟总算过去了！西尔威奥却放下了手枪。

"'真遗憾，'他说，'枪里头装的不是樱桃核儿……子弹太沉了。我认为这不是决斗，倒像谋杀。我不喜欢向手无寸铁的人开枪。我们从头再来，抓阄，看谁先来。'

"我脑子晕乎乎的……只记得当时我并不赞成这么做……不过最终我们还是给另一支枪上了膛，并且卷了两张纸条。他将纸条放进他的帽子里，就是我之前打穿的那顶。巧的是我又抽中了一号。

"'见鬼了，你还真幸运，伯爵。'他冷笑道，那表情我一辈子也忘不掉。

"真搞不懂当时我是怎么了，也搞不清他用什么办法逼我的——反正我开枪了，打中了那幅画儿。"说着伯爵指着那被打穿的画,满面红光,而伯爵的夫人脸色比她的手绢还要白……我忍不住大叫一声。

"我开了一枪，"伯爵继续说，"谢天谢地！没有打中他。当时西尔威奥的样子真的很吓人，他举起手枪瞄准我。忽然，门开了，玛莎冲了进来。她尖叫一声，扑上来搂住我的脖子。看到她，我一下子又找到了勇气。

"'亲爱的，'我对她说，'你看不出我们是闹着玩吗？

看把你吓的！去，喝杯水再过来。我要给你介绍一位老朋友、老同事。'

"玛莎仍旧不相信。'请您坦白地告诉我，我丈夫说的是实话吗？'她转过身去问西尔威奥，'你们当真只是闹着玩吗？'

"他总爱开玩笑。'西尔威奥答道，'有一次开玩笑他扇了我一耳光，还有一次他还开枪把我的帽子打了一个洞，不过刚才他朝我开枪没打中。如今，该我开开玩笑了。'于是他举起手枪瞄准我，就当着玛莎的面！玛莎突然扑倒在他脚下。

"'起来，玛莎！你就不觉得羞耻吗？'我发怒了，'先生！请你别再玩弄这个可怜的女人了，你到底要不要开枪？'

"'不开枪了，'西尔威奥说，'我高兴了。我看到你慌了、怕了，这就够了。我逼着你对我开枪，这就足够了。你会记得我的，我要让你的良心去审判你。'

"说完他转身就走，可走到门口他又停下来回头看了一眼我刚才打穿的画儿，他几乎没刻意去瞄准，扬手就是一枪，然后离去。玛莎已经晕了过去，仆人们谁也不敢拦他，看他一眼就吓得够呛了。他走下台阶，然后叫上车夫，还没等我反应过来，他们就驾车走了。"

伯爵不作声了。就这样，我知道了故事的结果，这故事从一开头就深深吸引着我。事后，我再也没有见到过故事的主人公。听说，在亚历山大·伊卜西朗吉起义时，西尔威奥曾率领过一支希腊独立运动战士的队伍，不幸的是他在斯库良诺战役中牺牲了。

戈琉辛诺村源流考

上帝如果赐我以读者，那么，他们极可能将出于好奇心想要知道，我是怎样下定决心来写这部戈琉辛诺村源流考的。为达到此目的，我必须事先描述某些细节。

1801 年 4 月 1 日，我出生于戈琉辛诺村，父母都是正派高尚的人。在我们村教堂执事那里，我接受了启蒙教育。那位可敬的先生使我受益匪浅，使我日后有了对读书的爱好，总而言之，对文墨功夫的志趣都多亏有他引导。我的进步虽然缓慢，但却扎实，因而在我出世后的第十个年头我已经通晓了至今仍留在我头脑里的一切东西。我的头脑生来就不灵敏，并且由于同样虚弱的身子骨的原因，我不能不更多地增加头脑的负荷。

文学家的美名，我是最羡慕的。我的双亲虽是最可敬佩的人，却为人朴实，所受的教育是老派的，从不读一句书，全家除了给我买来的《识字课本》、皇历，以及《最新尺牍大全》之外，其他的书籍一律没有。阅读《最新尺牍大全》，长期以来是我乐以忘忧之事，我背得滚瓜烂熟，虽如此，每天我还是在其中发现了层出不穷的新的美不胜收之境。除了我父亲曾在其麾下任副官的普列米亚尼可夫将军之外，我看是没有比库尔冈诺夫更伟大的了。关于他，我探问过碰到的所有的人，很可惜，没有人能够满足我的这个好奇心，谁也不知道他的为人，而对我的一堆问题只有一个回答：库尔冈诺夫撰写了《最新尺牍大全》。而这一点我是早已确信无疑的了。一团未知的黑暗笼罩着这个人物，他就像是上古的半个神仙，有时我甚至怀疑是否确有其人。他的名字我觉得是虚构出来的，而关于他的传说似乎是子虚乌有的神话，有待于再出一个尼布尔（德国古代历史学家，著有《罗马史》）去考证。话说回头，此人还是不断追随着我的想象，我费尽心机想赋予他神秘的面貌以某种明确的形象，于是最终定论，他应当酷似地方自治会的书记克留奇金，那是一个小老头，长着红鼻子，两眼闪烁有神。

1812 年，我被送往莫斯科，进了卡尔·伊凡诺维奇·梅勒寄宿学堂。在那儿我住了不到三个月，因为在敌人拿破仑进攻以前，学校放我们回家了。我又回到了乡下。赶走操十二种语言的敌军以后，他们又想把我再次送到莫斯科去。卡尔·伊凡诺维奇回到了昔日学堂的瓦砾场没有？或许，他们就打算把我送进另外一个学校。但我恳求母亲别把我送走，因为我的健康状况极差，不允许我早上七点钟起床，而所有寄宿学校的作息制度通常都是如此规定的。因此，我长到十六岁，却依然停留在启蒙阶段，而跟我那帮调皮鬼玩棍棍球乃是我唯一的学科，此项学问还在寄宿学堂时我已获得相当丰富的知识。

此时，我进了××步兵团任士官生。在该团，我一直待到去年，即 1821 年。在团里待的这几年，给我留下的愉快的印象不多，只除了两件事，一是晋升为军官，二是当裤兜里总共只有一卢布六十戈比的时候突然赢了二百四十五卢布。慈祥的双亲相继去世，我只得退伍，回到祖传宅子里来。

这期间的生活对我极其重要，我多唠叨几句。我得事先请求好心的读者原谅，如果我把他的俯就之意用得不当的话。

那是个深秋阴霾的日子。到达驿站之后，我得转路回戈琉辛诺村了，我雇了一辆马车，沿着小路回家。虽然我生性不好动，但重睹我度过美好年华的那些地方的急不可耐的心情如此强烈地控制着我，以致我时不时地催促车夫，一会儿答应赏他酒钱，一会儿又威胁要狠狠揍他，我顺手给他背脊上捶了两三下，很灵验，那效果比掏出和解开钱包还来得有效。这个，我得承认，敲了他两三下，在我生平是第一次，因为车夫这帮人，我也不知道为什么，总觉得特别亲切。车夫赶着三套马车，但我觉得，他是在按车夫的老章程办事，挥舞鞭子，拉紧缰绳，确实在规劝他的马儿。终于，戈琉辛诺村的灌木林已依稀可见。过了十分钟，马车驶进庭院。我的心抖得厉害，心情说不出地激动，环顾四周，不见戈琉辛诺已经八年啦！一株株白桦，我亲眼看见将它们栽在篱笆旁，如今已经长大，枝叶茂盛，直指蓝天。庭院里，旧时曾砌了三个方方正正的花坛，其间是一条铺沙的甬道，而今业已变成荒草地，上面一头黑色的母牛在吃草。我的车子在台阶前停下。侍仆跑去开门，但门闩已经上锁。百叶窗已经打开，房子好像还有人居住，一个女人从仆人的厢房里走出来，问我找谁。当她得知老爷本人回来了，便再跑回房。接着，一群群仆役将我团团围住。我打心灵深处被感动了，眼见得一张张熟稔的和陌生的面孔，我便跟他们一一友好地亲吻。少年时的淘气鬼如今已成了当家人，而坐在地板上以供驱使的小丫头而今已成了生儿育女的主妇。男子汉都哭了。对娘儿们说话，我毫不客气："你可老了呀！"得到她深情的回答："而您呢，老爷？您可变丑了呀！"他们把我带到后庭的台阶，我的乳母迎面跑来，一把抱住我，又哭又说，好似我成了历尽艰辛的奥德修斯了。有人跑到澡堂生火。厨子，由于无所事事，业已长了一大把胡子，自告奋勇给我准备午饭，或者晚餐——因为天色已黑。他们当即给我打扫房间，我的乳母跟我先母的丫环先前住在那间房子里。我发觉已经栖身于舒舒坦坦的祖传安乐窝里了，二十三年前我就在这间房子里呱呱落地。

　　将近有三个礼拜，我在忙忙碌碌中打发过去。我结交陪审员、贵族首席代表，以及省里各色官员人等。最终，我接受了遗产并接管祖传的这个田庄。我安顿下来，但很快一种无所事事的烦愁开始折磨我。那时我还没有结识善良的、可敬的邻居××。管理田庄的事务我都不熟。被我指定为掌管钥匙的全家总管——我的乳母所说的故事，总计由十五个家庭掌故构成，对于我本应是妙趣横生的，但一经她的嘴巴说出来，就永远单调乏味极了。因此，她本人就成了另一部《最新尺牍大全》，其中，我知道在哪页能找到哪一行。那本名副其实的《最新尺牍大全》，我在仓库里一堆破烂当中找到了，它那样子显得很狼狈。我把它拿出来重见天日并且着手钻研它，但库尔冈诺夫对我已经丧失了昔日的诱惑力，我再读了一遍，从此不再翻阅。

在这极端狭隘的境界里，我产生了一个念头，何不自己动手也来试试写点儿什么呢？偏爱我的读者已经获悉，我读书是花了叮当响的银钱的，而我也没有机会获得那一失手就溜走的东西，长到十六岁还跟奴仆的孩子玩耍，随后，又从一个省迁移到另一个省，从一家住宅搬进另一家住宅，跟犹太人和店小二消遣时光，在破损不堪的台子上打弹子球，在泥泞的道上跑步走。

再说，当个作家，我觉得是如此困难，对我辈如此不可企望，以致提起笔来就吓坏了自己。当我想跟一名作家会见的火热的愿望也无法实现的时候，我能成为作家简直是奢望。但是，这使我回忆起一件事，我要把它说出来，用以证实我对祖国文学自始至终的爱恋之情。

1820年，当时我还是个士官生，一次因公出差到了彼得堡，在那里待了一个星期。虽然我在那里没有一个熟人，但时间消磨得倒也快乐。每天我不声不响到戏院，坐进第四层包厢。我熟知所有演员的名字，狂热地爱上了坤角×××，她在星期日的剧目《仇恨人类与忏悔》中成功地扮演了阿玛丽亚。早晨，从参谋总部回来，和平常一样，我上一家低矮的小吃店，叫一杯巧克力，读读文学杂志。一次我坐着专心阅读《善良》杂志上的一篇批评文章，一个穿青绿色大衣的人向我走过来，从我的小书本下边轻轻地抽取一张《汉堡日报》。我专心阅读，连眼睛也没眨一下。这位客人叫了一份牛排在我对面坐下。我仍旧在阅读，没有注意他。这时，他吃完早餐，骂了小堂倌招待不周，还剩下半瓶酒。有两个年轻人也在这里用早餐。

"你知道他是谁？"一个年轻人问另一个，"他就是 B，一位作家。"

"作家？"我不由自主大叫一声。于是我扔下没有读完的杂志和没喝完的一杯巧克力，跑去结账，没等找回零钱就跑到了街上。我环顾四周，远远地望见那件青绿色的大衣，我便放开腿沿着涅瓦大街跟踪他，快要跑起来了。迈了几步，陡然感到，有人挡住了我，我一看，一个近卫军军官提醒我，说我不该把他撞出了人行道，而应当立正，向他敬礼。挨了这顿训斥，我就小心谨慎了。很不幸，我总是碰到军官，得时时停住脚步，而那位作家总是遥遥领先。有生以来，我这件士兵的大衣从没有显得如此之沉重；有生以来，军官的肩章从没有如此令我羡慕。终于，到了安尼奇金桥，我才赶上了那个穿青绿色大衣的人。

"请问，"我开口说话，举手行军礼，"阁下就是 B 先生吗？您的出色的文章鄙人有幸在《教育竞赛者》杂志上拜读过了。"

"您错了！先生！"他回答，"我不是作家，我是诉讼代理人。不过，B 先生和我倒是知交。一刻钟以前在警官桥我们刚碰过面。"

就这样，我对俄罗斯文学一片倾慕之心只值得我损失的那三十个戈比的找头，此外，因失职而遭到训斥，还险些被拘禁——一场空！

全然不管我的理智提出的抗议，那个想当作家的大胆的念头总是时时入侵我的头脑。终于，无力遏制天性的发展趋势，我给自己订了一个厚厚的笔记本，下定决心，无论写什么玩意儿非得把它填满不可。诗歌的各类体裁，我都一一分析评点过了，于是决定立即着手写史诗，取材于祖国的历史。不久我就找到了我的主人公。我选定了留利克。我便着手开始工作。

论作诗，我可掌握了一些诀窍，那是我把《危险的邻居》《评莫斯科林荫道》《普列斯宁池塘》等诗抄录在笔记本时所学到手的。纵然如此，我的长诗还是进展缓慢。

诗写到第三行，我就把它扔了。我想，史诗的体裁不是我的体裁，我便动手写悲剧《留利克》。悲剧也难产。我便想试着把这悲剧改成叙事诗，但是，叙事诗也不肯给个面子。终于，灵感照亮了我的心，我又提起笔来，终于得心应手完成了在留利克画像下面的几行题词。

且不说作为年轻诗人的初试锋芒之作，我的题词并非全然让人不屑一顾，可是我自知并非天生的诗人，对于这个起始的成功，我还是感到满足的。从此，我的创作经验将我捆绑在文学事业之上，我就不能够跟文稿和墨水瓶分离了。我想降格以求搞点散文。机会来了。我懒得做创作前的材料钻研，懒得拟定提纲，懒得安排情节，等等，我打算信手拈来零星的思想，不管它前因后果，不管它前后顺序，大笔一挥，就记下那思想刚冒出来的一霎时的模样。就这样，整整两天，我搜肠刮肚，想出了如下的格言："若有不服从理智之法而任情欲之摆布者，必当迷途难返，终将悔之晚矣！"这思想当然正确，但一点儿也不新颖。把思想这玩意儿暂且扔到一边不管，我就来抓小说。但是，由于不善于处置虚构的故事，我便选择一些从各色人等口里听来的趣闻逸事，尽力渲染，绘声绘色，有时竟至企图用自己异想天开的奇葩异卉来装饰真理。做这等小说的时候，我渐渐地形成了自己的风格，学会了表达得正确、顺畅和自由。但是，很快我积存的材料用光了，我只得再次找寻文学活动的素材了。

应该扔掉琐屑的和令人怀疑的奇闻逸事而从事真实伟大事件的描述，这个打算早就激发了我的想象。我觉得，做一个许多世纪与众多民族的公正的法官、观察者和预言家，才是作家能够达到的最高境界。但是，以我这低得可怜的教育程度，我能够写历史？忠良博学之士，人才济济，不是早已超越了我吗？有哪一种历史题材不被他们囊括殆尽？叫我动手写世界通史吗？——修道院长米罗特的不朽巨著难道就没有了吗？叫我转到本国通史来吗？那么，在塔吉雪夫•鲍尔静和戈里可夫之后，我还有什么话可说呢？当我连斯拉夫文的数字还不熟悉的时候，我能埋在编年史的故纸堆中去发现古文献的隐秘的含义？我再打算搞搞小范围的历史，例如省会志，但这事也有不少障碍，我简直没意志克服。要进城去，拜会省长和主教，请求允许我进入档案库和寺院典藏室，等等。而编写本县县志对我倒方便很多，但这种县志对于哲学家或实用主义者都索然无味，对于文章妙手也不能有什么帮助。××改名为县城始于17××年，其唯一显赫的事件记载于其史册者，便是十年前的一场火灾，烧掉了劝业场和县府衙门。

一次意外的机运解决了我的疑难。我的洗衣妇在阁楼上晾晒衣服，发现了一只篮子，里头塞满了一团破烂、刨花和书本。全家都晓得我酷爱读书。我的管家婆这时正跟我坐在一起。面对我的稿本，我正咬着笔头，寻思总结乡下说长论短的情景。

管家婆洋洋自得，把一只篮子拖进我房间，高兴地大叫："有书！有书！"

"有书！"我附和着，狂喜地奔到篮子旁边。确实，我见到一堆书，绿的和蓝的封面——这是一批陈年皇历。这个发现使我的热情立刻冷却，但我总算高兴得到这个意外之物，因为那终归是书籍啊！我慷慨解囊，用半个卢布奖赏那个洗衣妇。

等只剩下我一个人的时候，我便翻阅这些皇历，很快我便被强烈地吸引住了。这些皇历，从 1744 年到 1799 年，55 年没有间断。通常附加在历书上以备记录之用的蓝色纸页，全是用老字写的。瞥一眼这些文字，我惊异地发现，它们不但记载了风雨晦明的变化以及陈年流水账目，也有关于戈琉辛诺村的沿革的简短的叙述。我立即动手分析这批珍贵的笔记而且很快发现，这些笔记保持着严格的编年顺序，构成了几乎整整一个世纪内我的祖传田产的一部完整的历史。此外，还包括经济、统计、气象以及其他科学观测的取之不尽、用之不竭的材料。从此以后，研究这些笔记完全占用了我的时间，因为我看出有可能从中整理出结构严谨的、令人心旷神怡和富于教育意义的文章。钻研这批无价之宝的文献的时候，我就开始寻找戈琉辛诺村村史新的根源。接着，获得的证据无比丰富，使我吃惊。我花了整整六个月做资料研究，然后，进入早已期待的著述工作，多亏上帝开恩，我终于完成著作，其时为 1827 年 11 月上浣之三日。

此刻，像那个其大名我已忘却的与鄙人相类似的史学家一样，完成了甘苦自知的巨著，放下笔来，暗自伤神，步入花园，心情无法平静：我完成了何等的功业呵！我觉得，写完戈琉辛诺村源流考以后，这个大千世界便再也不需要我了，我已经尽了我的职责了，我该安息了！

　　此处我提供一份我编写戈琉辛诺村源流考的原始材料的清单如次：

　　一、陈年皇历总汇。共五十四部。其开首二十部尽皆老式翰墨及官衔。其按年序之记载是我曾祖父安得列·斯杰潘诺维奇·别尔金之所为。此记述简明扼要。例如：5月4日，雪。特里希卡因病挨打。6日，栗色母牛死。先尼卡因酗酒挨打。11日，天气晴朗。小雪。猎兔三只。如此等等。其间并无什么微言大义……其余三十五部，显然出自许多人手笔，大都由所谓掌柜笔法写成，或附头衔，或无头衔，大体上文字语无伦次，并且毫不遵守拼写法的规则，也间或发现女性的笔调。这部分有我祖父伊凡·安德列耶维奇·别尔金及祖母也就是祖父的夫人叶甫普拉克西娅·安得列耶夫娜的笔记。除此之外，还有总管戈尔波维茨基的记录。

　　二、戈琉辛诺村教堂执事写的编年史。这份绝妙的手稿我发现于神甫家，他曾娶编年史家之女为妻。开头数页被撕掉，神甫的几个儿子拿了去糊风筝。一只风筝飘落到我的庭院中。我捡起，打算还给小孩，顷刻间发现，那上头写满文字。看几行就得知，这风筝就是编年史所制成，多亏我仍然来得及将剩余部分救了下来。这份编年史，我以两斗半燕麦购下，其立意之精深，文辞之凝练，着实令人叫绝！

三、口口相传的志怪。我从未轻视任何传闻。但这次尤其应该感谢阿格拉菲娜·特里封诺夫娜。她是村长阿夫杰伊的母亲，据说曾经做过总管戈尔波维茨基的姘头。

四、户口花名册。附有历届村长的批注这部分跟村民道德风俗及经济状态有关。

这块国土，按其首都名称，叫作戈琉辛诺，在地球上占地二百四十俄亩有余，共有六十三口人。它北面毗连卢霍沃村和别尔库霍沃村，这两村的居民都贫穷、瘦弱、矮小，而骄横的财东则崇尚武艺，就是说，会打野兔。它的南面以西夫卡河为界，河对面是卡拉切耶沃自由农民的土地。这些自由农民是一群不安分守己之人，因豪勇凶残而人人皆知。其西陲伸展着绿草如茵的田野，那是查哈林诺，在聪慧开明的地主治理下安享太平。东边紧紧连接一片不毛之地和不能通行的沼泽，那儿只生酸莓，那儿只有单调的蛙声，迷信传说那儿有鬼魂。

附记：那沼泽名叫鬼窟。据说，曾经好像有一个不大聪明的牧猪姑娘在离那个荒无人烟之地不远处牧猪。她怀孕了，她却无论如何也不能圆满解释她为什么怀孕。老百姓一致认为是沼泽中魔鬼造孽。但这个传说不值得史学家的注意，而在尼布尔之后要再相信这类荒唐之谈，那就不能原谅了。

自古以来，戈琉辛诺村便以物产丰富及气候宜人著称。裸麦、燕麦、大麦和荞麦在肥沃的土地上生长繁茂。白桦树林与松树林供给居民以栋梁之材与枯倒枝干，或供建造，或做柴草。

核桃、草莓、覆盆子和越橘从来不缺。蘑菇更多，把它们放在酸奶油里，极其好吃，虽然于健康并无裨益。池塘里有的是鲫鱼，而在西夫卡河里则有梭子鱼和鳕鱼。

戈琉辛诺村的居民大部分都是中等身材，体格结实，孔武有力，眼睛灰色，头发淡褐或者火红。妇女们的鼻子有点儿上翘，高颧骨，身子丰腴。

男子汉性格老实，爱劳动，英勇尚武。他们中有很多敢一个人猎熊，并以拳击斗士在周围一带出了名。他们大都喜爱纵酒。妇女除了收拾家务之外，还分担男人的大部分劳动，敢作敢为，一点不比男人差，她们中极少有人怕村长。她们组成了一支强有力的卫队，彻夜不眠在主人院子里巡逻，被称为"执戈娘子军"。执戈娘子军的重要职责是用石头打击铁板，以警告歹徒。她们很贞节，一如其姿容。对于非礼的举动，她们必报以严肃与决断的回答。

戈琉辛诺村的居民很久以来就生产丰饶的商品：桦树皮、树皮编制的篮子和鞋子。西夫卡河为他们做买卖提供极大方便。春天涨水，他们坐独木舟渡河，好似古代斯堪的那维亚人一样。其余季节，他们涉水过河，把裤脚卷至膝盖。

戈琉辛诺村的语言无疑是斯拉夫的一支，但很像俄语，跟斯拉夫语有些差异。它有许多省略词与断尾词，几个字母完全消失或用其他的代替。不过，大俄罗斯人跟戈琉辛诺人很容易在交谈时互相了解。

男人一般在十四岁时跟二十岁的女人结婚。老婆打老公，可打四五年，这以后，老公便着手打老婆。由此言之，男女双方都各有其行使权利的期限，两不吃亏，此均势一直是这样。

葬礼仪式按如下程序举行。亡人升天的当日即将他抬到墓地，这是为了不让死人在小茅屋里无端占据多余的一席之地。因此之故，有时不免发生如下情况，有时在棺材里被抬进墓地之时，死人却在那里头打喷嚏或打呵欠，这倒使其双亲高兴死了。寡妇哭她的丈夫，边号啕边诉说："我的光明！我的英勇的当家人！你把我扔给谁呢？我用什么来悼念你呢？"从墓地回来以后，丧事开始，以悼念亡人在天之灵，亲朋好友喝得烂醉如泥两三天，更甚者整整一个礼拜，这可得看对亡人奠祭的虔诚与热心的程度而定。这些农村葬礼仪式到今天还被保留着。

戈琉辛诺村人的装束，是把上衣罩在裤头上面，这便是源于斯拉夫人的特征。冬季他们穿羊皮袄子，但更多的是为了好看，并不全是为了防寒。因为羊皮袄通常只挂在一旁肩膀上，而在需要活动筋骨的轻微劳动的时候，他们便干脆脱下皮袄。

科学、艺术和诗歌在戈琉辛诺自古以来处于兴旺发达的状态。且不说神甫和教堂神职人员，居民大都识字。编年史记载，有个叫金连琪的地方自治会书记，生活于 1767 年前后，他不但右手会写字，连左手也能写字。这位非凡的人物以替别人书写各类信札、呈文以及私人文件而闻名遐迩。他为自己的艺术，为自己爱管闲事，为自己插手各项重要事务而不止一次吃过苦头。他去世时已是古稀之年了，其时他正练习用右脚写字，因为用两只手写的字已经过于出名了。他对戈琉辛诺村的历史发挥过重要作用，这点读者往下看自然明白。

音乐永远是受过教育的戈琉辛诺村人喜爱的艺术。三弦琴与风笛愉悦敏感的心灵，直到如今还在各家各户，尤其在装饰有松树与双头鹰的雕刻的古风尚存的公会堂内时时演奏。

诗歌在古时也很盛行。阿尔希普·雷索伊的诗作，如今年轻一代记忆犹新。

那些诗作论其温柔敦厚之旨，不次于著名的维吉尔的牧歌，观其描绘万象之笔，实在远远超过苏玛洛可夫先生。虽然在浮辞艳句方面，它们比我国诗神的最新的作品要逊色一等，但论工巧与机锋，两者不差上下。

下面引一首讽刺诗为例说明一下：

> 安东村长很匆忙，
> 记录册子怀中藏，
> 赶到主人庭院里，
> 忙把册子贡献上。
> 主人拿起瞧一瞧，
> 弄不清那上头写的啥名堂。
> 哟呀！安东大村长！
> 你把贵族老爷都偷光，逼得全村去讨饭，
> 因此便把老婆也献上。

以上已向我的读者介绍了戈琉辛诺村的民俗学与统计学方面的状况以及其居民的人情风俗，现在，我就要直接进入正题了。

神话时代

特里封村长

戈琉辛诺村的施政形式变动过几次。管理权原来归村社选举的长老掌管，后来由地主指定的总管统揽，最后，地主亲自动手来抓。三种施政形式的好坏我将在下面的叙述中一一谈到。

戈琉辛诺村的起源以及其原始居民已经湮没在一团黑暗之中，无从查证。我们从模糊的传说中知道，戈琉辛诺某段时期曾经是个富有的大村庄，其居民都丰衣足食，一年只收一次代役租，给某个不知其名的人送去几车谷物就算了事。那时候，大家都贱买贵卖，不知有总管。村长也不欺侮百姓。居民平时干得很少，而小日子过得像歌唱般称心。牧童穿着皮靴去放牲口。我们不应被这类迷人的图画所迷惑。各族人民不约而同都梦想黄金时代，这仅仅证明，人们永远对现状不满足，而根据经验知道，对未来不要存太多的希望，因此他们就发挥想象力，用种种美好的颜色去美化过去。请看下面令人不得不信服的事实：

戈琉辛诺村自古以来属于别尔金这一门望族。但是，我的祖先，领有多处世袭田产，不把这一处边远的产业放在眼里。戈琉辛诺交租极少，由村社大会选举产生的长老管理。

但是，随着时光的流逝，别尔金一族分家，产业萧条。富有的祖先的变穷了的子孙，不能抛弃奢侈的习惯，于是，硬要从缩小了十分之一的田产上收取原来同等数量的租贡。苛刻的索租信一封接一封催逼。村长在谓彻^①，即村社大会上朗读这些信件，长老们议论纷纭，村社骚动起来。而老爷们，代替双倍租贡，收到了誊写在油污的纸张上和用铜币封印的狡猾的推托之辞和悲凄的诉苦。

戈琉辛诺上空笼罩着不祥的乌云，但没有一个人对此有所顾虑。在人民选出的最后一届村长特里封治下，正当进香节的那一天，全体居民正热热闹闹聚集在快活堂的周围，或在街道上溜达，互相拥抱，放开嗓子唱着阿尔希普·雷索伊的歌曲。这个时候，一辆套着两匹不死不活的老马的四轮篷车驶进了村子，车夫座位上坐着一个衣着破烂的犹太人。车窗里伸出一个头来，戴一顶礼帽，并且，这个脑袋似乎在好奇地观赏寻欢作乐的群众。群众大笑着，粗野地嘲弄着，迎接这辆马车。但接着他们大为惊讶，在村子当中，车里的人从车上跳下，用命令的口吻要见村长特里封。而该大员却在快活堂里，从那里，两位长老恭恭敬敬地将他搀扶而来。那陌生人严厉地将他上下打量，给他一封信，命令他立即朗读。戈琉辛诺村的村长们有一个习惯，即从来不读任何东西。这届村长也是个文盲。于是派人去找地方自治会书记阿夫杰伊。找到了他，他就在离此不远的小巷的篱笆旁边睡大觉，于是将他带来见陌生人。但是，因为怕官，或许由于突然惊吓，或者感到兆头不妙，那信的文字，本来写得清清楚楚，在他看来，却是一片模糊，他几乎没有辨

---

① 源自古斯拉夫文 bet，意为"咨议"。

认的能力了。陌生人大骂一通，叫村长特里封和地方自治会书记阿夫杰伊去睡觉，吩咐拖到明天再来读信，接着便步入公事房，犹太人随后给他搬来了一口小箱子。

戈琉辛诺村人眼见得发生这非同一般的事件，都默然惊疑。不过，马车、犹太鬼、陌生人都很快被抛之脑后。他们毕竟快快活活、热热闹闹地度过了这一天。戈琉辛诺村便昏昏睡去，不曾预见到有什么吉凶在等待它……

太阳一升起来，居民都被敲窗声惊醒，通知他们去开村社大会。公民们一个接一个都到了公事房的院子里，那里暂时充作村社广场。他们睡眼惺忪，眼白发红，面孔浮肿。他们打打呵欠，搔搔头皮，望着那个头戴礼帽、身穿陈旧蓝色礼服的人大摇大摆地站在公事房的台阶上。他们费力地寻思，这个人好像在哪见过。村长特里封和地方自治会书记阿夫杰伊站在他左右，脱下帽子，现出了卑躬屈节与可怜无告的神情。

"都到齐了吗？"陌生人问。

"真的都到齐了吗？"村长大声地再问一遍。

"到齐了，没错！"大伙儿回答道。

这时村长宣布，老爷发下一个文件，现规定地方自治会书记朗读，全体村民必须认真听取。阿夫杰伊走上前，朗读文件如下：

特里封·伊凡省夫：

兹有持本函之人，系吾代理人××，前往世袭田产戈琉辛诺村，着即令其管理该处。彼到任之日，

136

尔等应当立刻召集全体佃户并宣布主人之意旨如次，即：该代理人之命令亦即主人之指令，全体佃户，必须照此执行，不得有误。凡彼所取所求，尔等均须一概供奉，不得怠慢，如若不然，彼有权施行最严厉之处罚。出此下策，我的确没办法！尔等佃户天良丧尽、犯上作乱之心不死，而汝特里封·伊凡诺夫则狡诈多端，姑息养奸，是可忍，孰不可忍？切切！

NN 签署

这时，代理人××，叉开两腿，像个字母"x"，双手撑腰，像个字母"Φ"，说出下面几句简短有力的话来："你们看我应该怎么办？不要擅作聪明！我知道，你们被惯坏了。让你们看看老子的厉害！看我把你们从昨日酒醉中唤醒过来，不过，把你们的死脑筋打开窍还要快！"无论谁的脑瓜里都已经没有丝毫醉意了。戈琉辛诺人，好像五雷轰顶，个个垂头丧气，失魂落魄，各回各家。

总管 ×× 的施政

××总管一朝权在手，就把令来行。他立即着手实行其施政纲领。那是值得特别研究的。

那政纲的主要基础便是遵守如下原理：佃户越富有就越放荡，越贫穷就越驯良。因为这个原因，××便尽力要佃户都变得驯顺听话，把这一项当成对农民的主要德政。他要求给农民进行登记，把他们分成两类：富人和穷人。第一：欠缴租税分摊给各富裕佃户，追缴时可采用极严酷之手段。第二：立即责令穷汉跟二流子耕种。如若他们的劳动不够抵偿，则赐予其他佃户做农奴，可随便付给报酬，陷身为奴者有赎身的全权，只需除欠缴租金之外再缴纳一年两倍的代役租。所有社会义务都落到富足农民肩上。征兵活动竟成了牟取私利的代理人的生财的方法。因为富裕农民从他那里花钱可免征，其结果，选举时绝不会选上恶棍和亡命之徒。村社大会已被取消。代役租每次收得不多，可一年到头收个不停。除此以外，他还会巧立名目进行搜刮。这样看来，佃户们都照付了，比过去也不见得坏到哪里去，但是，无论如何总不能够有效地工作，不能够挣到余钱剩米。两年工夫，戈琉辛诺村彻底穷了下来。

戈琉辛诺蔫了，市场空空荡荡，阿尔希普·雷索伊的歌曲已不再唱。娃娃们纷纷逃散四方去讨饭。一半农民在耕作，而另一半却成了农奴。按编年史家的说法，进香节已不再是快活与欢乐的节日，却变成痛楚与悲伤的纪念日了。

暴风雪

马蹄踏着深深的积雪，

在起伏的丘冈上奔跑……

猛抬头，只见那边孤零零的一座神庙……

狂风骤起，转眼间大雪纷飞；

乌鸦盘旋在雪橇上方，

翅膀划出嗖嗖声响；

不祥的叫声预示着悲伤！

马儿抖动纷乱的鬃毛。

撩起四蹄慌忙奔走，

前途茫茫，难辨方向……

——茹科夫斯基

1881 年底，在那个令人难忘的年代，善良的加甫里拉·加甫里洛维奇还住在自己的涅纳拉多奥庄园里。他的友善好客，邻里皆晓，邻居们经常来他家吃顿饭或喝杯酒，和他妻子玩玩五戈比一盘的波士顿牌，还有些人是来看他女儿玛莉亚·加甫里洛夫娜的。

她当时年方十七，出落得优雅动人，白白净净。只要父亲过世，她便会成为继承人，所以许多人认为她是自己或儿子的绝配佳偶。

玛莉亚·加甫里洛夫娜是伴着法国小说长大的，由此不难推断她坠入情网也在情理之中。她恋爱的对象是一个正在家乡休假的贫穷的陆军上尉。毋庸置疑，小伙子也同样燃烧着熊熊爱火。姑娘的父母发现他俩的恋情后，便坚决不准女儿见他，对待他还不如对待一个退休的陪审官。

然而这对情人不仅鱼雁传书，还每天在松树林或路边的老教堂约会。在那儿他们立下了海誓山盟，抱怨命运多舛，也做了很多打算。在情书和谈话中，他们自然而然地想到了这一点：既然我们离不开彼此，父母又残忍地切断我们的幸福，为什么我们就不能遵从自己的意愿呢？当然，这个绝妙的主意由小伙子先想出来，喜欢浪漫遐想的玛莉亚听了以后也是深表认同。

冬天的到来阻隔了他们的约会，但他们之间的通信却变得更频繁。每一封情书中，弗拉基米尔·尼库拉耶维奇都祈求玛莉亚相信他，秘密地嫁给他。他们先躲上一段时间，然后双双跪在她父母面前，二老最终一定会被他们的坚贞不屈和不幸遭遇所打动，一定会对他们说："孩子们，回到我们怀抱吧。"

玛莉亚·加甫里洛夫娜踌躇不定，不少私奔的计划都被她推翻。最后她终于同意在约定好的那天不吃晚饭，借口头痛先回闺房。她的侍女是帮手，她们将从后门跑到花园里，对面会有一辆雪橇等她们，走上四英里就能到扎得林村，弗拉基米尔会在那里的教堂等她们。

决定命运的那一天前夜，玛莉亚彻夜难眠。她收拾好了东西，装好几件衣裙，写了一封长信给她的女友——一位多愁善感的小姐，然后又写了一封给父母的信。她用感人至深的言语与他们告别，一再强调爱情的不可遏制，结尾还特地说明她生命中最幸福的时刻就是能跪在父母膝下的那一刻了。她用封条将两封信都封好，封条的印章上刻着两颗热烈燃烧的心和妥帖的题词。

直到天快亮时，她才上床眯了一会儿，还不时被噩梦惊醒：一会儿梦见自己刚刚坐上雪橇去教堂，就被父亲拦住了，迅速地把她拖过雪地，扔进漆黑无底的地牢里，她头朝下急速下坠，心狂跳不已；一会儿她又梦见弗拉基米尔躺在草地上，面色惨白，浑身上下都是血，他奄奄一息，声音凄厉地恳求她快嫁给他……其他一些幻象，在她头里闪电般掠过，荒诞无绪却又令人毛骨悚然。

后来她起床了，脸色更加苍白，头还真的痛了起来。她的父母发现她不舒服，便连声问她："玛莉亚，怎么了？""不舒服吗？玛莉亚？"他们的关心体贴让她心痛如刀绞。她很想极力去安慰他们，很想强颜欢笑，却又不能。最后一天与家人团聚的想法压抑着她，使她几乎窒息。她暗自与身边的每个人、每样东西道别。

晚餐摆上桌了，她的心再次狂跳起来。她颤着声说不想吃饭，就向父母道了声晚安。他们像平常一样吻了她，并向她道了晚安，她眼看就要哭出来了，但还是忍住了。回到房间后，她倒在扶手椅上，泪流满面。她的侍女劝她镇静下来，打起精神。所有的一切都准备就绪，再过半小时玛莉亚就要永远离开家门，离开她的闺房，离开她那宁静的甜美少女时代了……

外面暴风雪正在肆虐地狂舞，狂风怒吼，百叶窗摇晃不定，噼啪作响——这一切在她看来都是不祥之兆。最后终于安静了，家人也都休息了。玛莉亚披上披肩，穿上暖和的外衣，带着她的首饰盒，从后门出去了。侍女提着两个包袱，跟在她后面。她们沿阶而下，来到了花园。暴风雪丝毫未减弱，寒风袭来，似乎要劝诫姑娘们别做出出格的事。她们好不容易才来到了花园的尽头，路上果真有一辆雪橇在等着她们，马也感到了寒气凛冽，眼看就要站不稳了。弗拉基米尔的车夫正在车轴前来回走动，安抚着被寒冷惊吓了的马儿。他把年轻小姐和她的侍女扶上雪橇，放好包袱和首饰盒，提起缰绳，马儿就开始飞奔起来。我们姑且把这位年轻小姐交给命运，让车夫捷列什卡的架车技术去照顾，现在回头来看看那位年轻的情人吧。

弗拉基米尔一整天都在为他的爱情计划奔波忙碌。早晨他去扎得林村见了神父，好不容易才同他把事情安排好。然后他又到附近的地主当中去寻找证婚人。他先找到了四十岁的退役骑兵少尉德拉文。德拉文满口答应，说这次冒险让他回忆起了过去的美好时光以及当年轻骑兵的恶作剧。他要弗拉基米尔留下来吃饭，并向弗拉基米尔保证说要找到其他两个证婚人绝非难事。事实也是如此，刚一吃过饭，就来了两个人。一个是留着小胡子、靴子上带着马刺的当地土地丈量员施米特，另一个则是警察局长的儿子，不久前加入轻骑兵的十六岁少年。他们不仅答应了弗拉基米尔的要求，还发誓诚心为他效劳，万死不辞。弗拉基米尔热情地一一拥抱了他们，就回家准备去了。

此时已是黄昏，弗拉基米尔让他忠诚的车夫捷列什卡驾着三套车去涅纳拉多奥村，事无巨细，把一切都交代得清清楚楚。他自己就让人备好一匹马拉的小雪橇，不用车夫。一个人去了扎得林村。几个小时之后玛莉亚·加甫里洛夫娜就能与他相聚。他知道那条路，驾车顶多不过二十分钟。

但是弗拉基米尔一离开村子来到旷野，风就刮起来了。暴风雪异常猛烈，他什么也看不见。道路很快就被大雪覆盖了，周围的一切都消失在一片黄色的阴霾中，雪花乱舞，天地一片混沌。

弗拉基米尔发现自己始终是在开阔的原野中，无论怎样也回不到大路上去。他的马到处乱闯，一会儿撞在雪堆上，一会儿掉进雪坑里，雪橇也常常翻倒。弗拉基米尔努力不让自己迷失方向，但是半小时过去了他还没有到达扎得林村。又过去了十分钟，村庄还是不见踪影。弗拉基米尔于是驾着雪橇穿过一片沟壑纵横的原野，暴风雪肆虐依旧，天空也不见晴朗。马儿累了，汗流如雨，而且不时陷进深深的雪地里。

后来他意识到自己走错了方向。他停下来想了想，回忆自己的行走路线，琢磨自己的位置，最后决定向右拐。他向右边驶去，可这时马几乎不能走了——可怜的家伙在路上已经走了足足一个钟头了。扎得林村一定就在附近，但是他走啊，走啊，原野仍是无边无际，除了雪堆沟壑，什么也没有。雪橇时常翻倒在地，他必须不时将它抬起来。时间一分一秒地过去，弗拉基米尔开始焦虑起来。最后，他看见远处有一片黑压压的东西，弗拉基米尔毫不犹豫向那个方向驶去。到了近处，他看见了一片杂树林。"感谢上帝"，他默念道，"现在总算快到了。"他沿着树林走，希望能立刻踏上那熟悉的道路或绕过林子——扎得林村就在它后面。他很快上了大道，走进黑暗的树林。冬日里，树叶虽然已经凋零，但狂风在树林里无法像在旷野中一样逞强，看到马儿有了劲，弗拉基米尔也才放宽了心。

但是他走啊走，依然看不见扎得林村，树林似乎没有尽头，这时可怜的弗拉基米尔惊恐地发现他在一片生疏的树林里。他万分沮丧，抽打马儿，可怜的畜生也就撒腿就跑，但很快就慢了下来，十几分钟后就慢慢拖着步子，全然不管懊恼焦急的弗拉基米尔怎样鞭打它。

树木渐渐稀疏了，弗拉基米尔走出树林，可扎得林村还是不见踪影。这时已是午夜时分，他泪如泉涌，赶着马毫无目的地乱闯。过了很久暴风雪停了，云也散开了，一片平原倒映在他的眼前，上面像铺了一层波浪似的雪白地毯。夜色格外明净，他发现不远处有一个四五户人家的村落。弗拉基米尔向村落快速驶去，在第一家小屋前停下，满怀希望地跑到窗口敲了起来。过了几分钟，木窗开了，一个老头儿探出了他那白胡子。"怎么了，年轻人？"

"这里离扎得林村远吗？"

"你是说去扎得林？"

"是，是啊，远不远？"

"不，不远，大约有八英里。"

听到这里，弗拉基米尔呆住了，像一个被判了死刑的人。"你从哪里来？"老人继续问。

弗拉基米尔已经沮丧得不能说话了。"老人家，你能弄匹马，把我送到扎得林村吗？"

"我们没有好马。"老人答道。

"那有带路人吗？我能出钱，随他要多少。"

"等等，"老人说着放下窗板，"让我儿子带你去吧！"

弗拉基米尔等着，没几分钟，他再次敲了敲窗子。窗板打开了，白胡子又探了出来。"什么事？"

"你儿子准备好了吗？"

"他马上就到，在穿靴子呢。你也很冷吧？进来暖和暖和吧。"

"多谢，麻烦叫你儿子快点。"

门开了，一个拿着木棒的年轻人出来了。他熟练地走在雪橇前头，时而在雪堆中指路，时而又寻找着下一步的路在哪里。

"几点了？"弗拉基米尔问道。

"天快亮了。"年轻人回答道。

弗拉基米尔真的是一句话也说不出来了。

他们赶到扎得林村时，公鸡已经打鸣，天很亮了。教堂的门早就已经上了锁，弗拉基米尔只好给带路人付了钱便自己驱车去了神父家。院子里没有他的三套车，他不知道等待着他的是什么消息啊！

不过，现在让我们回到涅纳拉多奥村，看看这一家人怎么了。奇怪的是，没发生什么事。

老夫妇俩睡醒以后就走进了客厅。加甫里拉·加甫里洛维奇头戴睡帽，身披温暖的外衣，夫人普拉斯科维雅·彼得洛夫娜身穿棉质晨衣。茶递上来了，加甫里拉·加甫里洛维奇派一个侍女去问问玛莉亚觉得怎么样，昨晚睡得好不好。姑娘回来说小姐昨晚睡得很糟糕，不过现在好多了，马上就进入客厅来。果然，门开了，玛莉亚进屋了，向父母问了早上好。

"头好点了吗？玛莉亚？"加甫里拉·加甫里洛维奇问女儿。

"好极了，父亲。"玛莉亚回答说。

"玛莉亚，我想你昨晚可能是煤气中毒了。"普拉斯科维雅·彼得洛夫娜说。

"可能吧，妈妈。"玛莉亚回答。这一天跟平常一样过去，可到了晚上，玛莉亚就病倒了。家中派人到镇上去请医生，傍晚的时候，医生到了。他发现病人神志不清，还在发高烧。就这样几乎两个星期之内，姑娘都徘徊在死亡边缘。与死神的争斗中，她的生命力如此顽强，死神好不容易将她拉到自己的身边，她顽强的意志又推动她走回来。她想还不能离开，"我还没有搞清楚弗拉基米尔，我的爱人为何没来。你到底怎么了？"心中的牵挂激发了她的内在潜力，她不断依靠自己的意志与死神展开拉锯战，她成了这场战争的胜利者。

家里没人知道这一次的未遂私奔。玛莉亚烧了那天她写的信。因为怕主人不高兴，她的侍女也绝口不提。神父、退役的骑兵少尉、蓄了小胡子的土地丈量员，还有小轻骑兵都很谨慎小心，当然也不会讲。甚至车夫捷列什卡在喝醉的时候也从来不敢胡言乱语……这样一来，秘密就被这些同谋者守住了。

但是在昏迷时接连不断的胡话中，玛莉亚·加甫里洛夫娜自己透露了秘密。虽然她的话颠三倒四，但寸步不离的母亲，也能从女儿话里听出一丝端倪——女儿不顾一切地与弗拉基米尔·尼库拉耶维奇相爱了，大概这就是她重病的根本原因。她与丈夫及几个邻居商量了一番，最后一致认为一切都是命中注定，天定的姻缘拆不散，贫穷不是弗拉基米尔·尼库拉耶维奇的罪过，毕竟女儿是和这个人一起生活，而不是和他的钱过，等等等等。在我们很难找到为自己辩解的话时，道德格言便有它的用武之地了。

此时，小姐的病情有了好转。弗拉基米尔已好久没到加甫里拉·加甫里洛维奇家来了，他被以前的冷遇吓走了。于是家里决定派人去寻找他，并向他宣布一个天大的喜讯，他们赞同了这桩婚事。然而他们得到的答复却是一封半疯半癫的信，这让玛莉亚的父母大吃一惊。他说不会再踏进这个家门槛一步，并请他们忘掉一个只求一死的不幸的人。几天后，他们听说弗拉基米尔回了军队去了，那是 1881 年。许多天以后，家人才敢把这个消息告诉逐渐康复的玛莉亚，奇怪的是她也对弗拉基米尔绝口不提。

几个月后，玛莉亚在鲍罗金诺战役中立战功和受重伤者的名单中，看见了他的名字。她几乎晕厥过去，不过，谢天谢地，这次晕厥总算没有造成太大的伤害。

令人悲伤的是，加甫里拉·加甫里洛维奇去世了，女儿继承了他全部的财产。但是财富并不能宽慰她，她诚心诚意地分担着普拉斯科维雅·彼得洛夫娜的哀伤，发誓一辈子与她形影不离。她们从涅纳拉多奥庄园这个伤心之地离开了，在另一个省的某处庄园里居住了下来。

这位既有钱又迷人的姑娘一来，就被众多的追求者包围了，可是谁也别想得到她的青睐。甚至有时候，她的母亲也劝她再找一个喜欢的人。

玛莉亚·加甫里洛夫娜总是摇摇头而后陷入沉思中。弗拉基米尔早已不在人世，他在法军进入莫斯科前夕，就已经牺牲在那里。有关他的记忆哪怕是一点一滴对玛莉亚来说都是神圣的，她十分珍惜一切能令她想起他的东西——他的画、他以前读过的书、他替她抄的那些乐章和诗歌。邻居们得知此事后，都对她的忠贞不渝感到异常的惊异，也满怀好奇地等着看哪位英雄能最终获得这位女神贞洁的心。

这时我们赢得了战争，队伍从国外凯旋。全国人民热烈欢迎他们，军乐队奏起胜利的歌曲——《万岁亨利四世》和《若康德》中吉罗莱斯舞曲和咏叹调。出征时军官们还都是乳臭未干的毛小子，经过战火的洗礼，回来时都是胸佩勋章的堂堂男子汉了。士兵们相互交谈着，激动万分，不时插进几句法语和德语。多么令人难忘的时刻！多么光荣欢欣的时刻！一提到"祖国"这个词，俄罗斯人的心儿跳得多么激烈啊！团圆的眼泪是多么甜蜜啊！我们把民族的骄傲和对沙皇的爱戴合为一体，不得不说那真是沙皇陛下最光耀的时刻。

我们俄国的妇女那时的表现真是无与伦比。她们平日里的那种冷漠消失了，取而代之的是令人陶醉的似火热情。在迎接凯旋的勇士时，她们纵声高呼"万岁"，不顾一切地把帽子抛向空中。当年的军官中有谁不承认他们得到的最好的、最珍贵的奖赏其实是来自俄罗斯的妇女呢？

在举国狂欢的日子里，玛莉亚·加甫里洛夫娜和她的母亲在外省，她们没有看到京城的人们迎接军队荣归故里的热烈非凡的场面。可在县城和村庄，那种全民的热情也许更为浓烈。一个军官只要一露面，就会受到热烈的欢迎，只要与他一比，穿礼服的情人也会乖乖地甘拜下风。

我们早已说过，虽然玛莉亚·加甫里洛夫娜冷若冰霜，追求者依然是源源不绝。不过，当负伤的骠骑兵少校布朗名出现在她家时，全部追求者都知难而退了。布朗名二十六岁左右，佩戴着一枚乔治十字勋章，像当地姑娘描述的那样，他的面色带着诱人的苍白。他回到自己的田庄休息，和玛莉亚·加甫里洛夫娜的庄园邻近。玛莉亚·加甫里洛夫娜对他另眼相看，在他面前，她平常那种郁郁寡欢的样子也平添了些许生气。我们不能说她对他卖弄风情，可是如果一个诗人注意到了她的样子，肯定会说"假如这不是爱情，又是什么呢？"。

事实上布朗名确实是一个很有魅力的青年。他具有赢得女人欢心的一切品质：温文尔雅，不失为谦谦君子，还不乏诙谐幽默。在同玛莉亚·加甫里洛夫娜的交往过程中，他显得朴实大方，潇洒自然。不过，无论玛莉亚说什么，做什么，他的眼神和心都跟随着她。这样看他是个老实人，可传言却说他以前是个恶棍。可这些传闻并没有影响玛莉亚对他的看法，像所有年轻女士一般，她对热情无畏的不羁行为显得特别地宽宏大量。然而，不是别的东西（不是他似水般的柔情，不是他那令人欢心的话语，不是他迷人的苍白脸色，也不是他那缠着绷带的胳膊），而是年轻骠骑兵的默默无语激起了她的好奇心和想象力。她不得不承认她真的很喜欢他，而聪明老练的他，应该也看出了她对他情有独钟吧。可是为什么他还不拜倒在她脚下，向她表白心意呢？是什么困扰了他？难道是真爱表现出的羞怯？或者是高傲？还是情场老手那欲擒故纵的手法呢？想来想去，她认为羞怯是唯一的原因，于是便决定给他更多的关注，必要的时候，给他一点柔情。她计划着一个最出人意料的结局，并焦急地等待着他向她表白的浪漫时刻。神秘，不管是什么，总能让女人心潮澎湃。

她的策略至少达到了预期的效果，布朗名变得若有所思，他的黑眼睛火热地盯着玛莉亚·加甫里洛夫娜，关键的时刻眼看就很近了。乡亲们讨论着婚事，仿佛一切早已定了下来，好心的普拉斯科维雅·彼得洛夫娜也喜上心头，女儿终于找到了她的如意郎君。

一天，老太太一个人坐在客厅摆纸牌占卜，布朗名进来了，开口便问玛莉亚·加甫里洛夫娜在哪里。"她在花园里，"老太太回答，"你去找她吧，我在这儿等你们。"布朗名急忙出去了，她在胸前画了个十字，心想：上帝保佑，今天就成为他们的好日子吧。

在池塘边的柳树下，布朗名找到了玛莉亚·加甫里洛夫娜，她穿着一身的白衣，手里拿着一本书，正如小说中的女主角一样。几句简单的寒暄后，玛莉亚·加甫里洛夫娜故意不说话了，这样一来，两人更加拘谨不安，这时候只有突如其来的决定性的表白才能打破这样的僵局。终于，布朗名明白了自己的尴尬，于是说他早就想找个机会向她表白情意，求她耐心倾听。

玛莉亚·加甫里洛夫娜合上书本，闭上眼睛，在心底已经默许了。"我爱你，"布朗名说，"我热烈地爱着你。"玛莉亚羞红了脸，头垂得更低了。"我不能控制自己，只想天天看到你，听你说话，这一切都让我满心欢喜。"玛莉亚·加甫里洛夫娜依旧记得这是圣·普鲁克斯给她写的第一封情书中的话。他接着说："现在反抗命运已经没用了，对你的思念以及你那无与伦比的甜美的形象将是我此生欢乐与痛苦的源泉。然而，我不得不履行一个痛苦的义务，告诉你一个令人可怕的秘密，把我们中间的那道不可逾越的阻碍清除得干干净净……"

"阻碍一直都有，"玛莉亚·加甫里洛夫娜慌忙说，"我不可能成为你的妻子……"

"我明白，"他温柔地回答道，"我知道你曾经刻骨铭心地爱过一次。但是他过世了，你已经怀念了他整整三年……善良的玛莉亚！请您千万不要夺走我最后一丝安慰，我本以为你会答应。如果……别说了，看在上帝的份上，什么也别说。我的心都碎了。是的，我知道，我以为你会成为我的妻子，可是，我是个不幸的人，我已经结过婚了。"

玛莉亚·加甫里洛夫娜一动不动看着他，目瞪口呆。"我结过婚了，"布朗名接着说，"结婚已经快四年了。但我不知道我的妻子是什么人，她在哪儿，我可不可以再见到她。"

"你想说什么呀？"玛莉亚·加甫里洛夫娜觉得一头雾水，"多奇怪的事！说下去，等会儿，我也跟你讲我的事……但是现在请你说下去吧。"

"那是在1812年的年初，"布朗名说，"我着急赶去维尔纳，我们团驻扎在那儿。有一天我到达一个小站，那时天已黑了，我嘱咐赶紧套马。忽然下起了猛烈的暴风雪，驿站长和车夫都劝我等一下再走。我听了他们的话，可是总感到有一种难以名状的烦躁，冥冥中仿佛有什么人在催我上路。可这时，暴风雪丝毫未减，我实在是忍不住了，又嘱咐套马，冒着暴风雪上路了。车夫想沿着河走，因为那样可以抄近路。积雪盖满了河岸，车夫错过了拐上大路的地点，结果发现我们在一个完全陌生的地方。风雪依旧猛烈，我看到远处有灯光，就叫车夫向着灯光的方向驶去。我们来到了一个小村庄，用木头建成的教堂里还有灯光。教堂的门开着，几辆雪橇停靠在篱笆外，有人在走廊里走来走去。

"'这儿，这儿！'有几个声音在喊。

"我吩咐车夫直接去教堂。……'怎么搞的，你怎么现在才来？'有人对我说，'新娘晕倒了，神父不知道该如何才好，我们差一点儿就打算回家了。快来，赶紧！'

"我沉默不语地跳下雪橇走进教堂，教堂里两三支蜡烛微弱的光在闪动。在教堂黑暗的一角，一个姑娘在长凳上坐着，还有一个侍女在帮她揉着太阳穴。……'感谢上天！你总算来了，'侍女说，'你几乎要了我们小姐的命。'"

"老神父走过来问我：'能开始了吗？'

"可以了，神父，开始吧。'我不经意地答道。

"他们从凳子上扶姑娘起来，她真是个美人儿。

"真是神差鬼使、不能饶恕的荒唐事……我和她并排站在诵经台边，神父急急忙忙地宣布仪式开始，有三个人和那个侍女扶着新娘，让她按指示做。就这样我们结婚了。

"神父说：'互相亲吻吧。'我的妻子转过她那苍白的脸，正在我要吻她的时候，她叫了起来：'不是他！不是他！'然后她就倒在地上了。证婚人惊慌地看着我。我转过身，走出教堂，谁也没有阻拦我。跳上雪橇，我招呼车夫：'走吧！'"

"天哪！"玛莉亚·加甫里洛夫娜惊讶地叫起来，"你不知道你那不幸的妻子以后怎么样了吗？"

"我不知道，"布朗名回答道，"我不知道我结婚的那个村子叫什么名字，也不知道我是从哪个驿站出来的。那时候我压根就没把自己做下的恶作剧放在心上，一离开教堂，我就睡着了，等到清晨才醒。我的随从在战役中都牺牲了，我根本没法找到她。我对她开了一个残忍的玩笑，而如今她又在残忍地对我。"

"天哪！"玛莉亚·加甫里洛夫娜一把拉住他的手，"原来那个人就是你呀！难道你认不出我了吗？"布朗名面色惨白，扑倒在她脚下……

杜布罗夫斯基
第一部

第一章

几年前，有一个门族古老的俄国贵族吉利拉·彼得罗维奇·特洛耶库洛夫在自己的一处庄园里居住着。他的财富、血统和社会关系使得他在周边的几个省份里拥有非常重要的地位。这种环境使他总是随意发泄他那易怒性格中的每一个哪怕是很小的冲动和他那多少有限的头脑中的所有念头。邻居们都乐于去迎合他那十分微小的、甚至有些稀奇古怪的想法，省里的官员们一听到他的名字就吓得浑身发抖。

众人的阿谀奉承被吉利拉·彼得罗维奇当成是理所当然的贺礼来接受。他的家里永远宾客满堂，他们分享他那喧闹的、有时甚至是极其放纵的狂欢，随时让他在那高贵式的安逸悠闲中娱乐消遣。没有谁敢拒绝他的邀请，也没有谁敢在一定的日子内不到波克洛夫斯柯耶村向他表示崇高的敬意。

吉利拉·彼得罗维奇十分好客，虽然他具有超人的体力，然而，每周两次的暴饮暴食让他很受折磨，加上每晚他都喝得醉醺醺的。他家里的农奴姑娘几乎没人能逃脱这位五十岁的好色之辈那色眯眯的眼神。在他家的一间门房里，住着十六个女佣，她们专做一些女性们常做的针线活。门房的窗户都钉着木栅栏，房门紧锁着，钥匙在吉利拉·彼得罗维奇本人手里攥着。这群被幽禁的青年姑娘们在规定的时间内，被两个老太婆监视着在花园里散步。吉利拉·彼得罗维奇时不时地从她们中间挑选几个嫁出去，然后再寻找新的代替品。他对他的农民和家奴极为严酷蛮横，但他们对他却忠心不二，他们大肆炫耀主人的名誉和财富，并且常常仰仗着他们主人强大的庇护欺侮别的邻居。

特洛耶库洛夫常常在他那辽阔的领地上骑马四处溜达以消磨时光，痛快地大吃大喝和搞恶作剧，每天一个花样。被刁难的对象经常是刚刚认识的人，有时候即便是老朋友也难以逃脱，只有安德烈·珈夫利洛维奇·杜布罗夫斯基是个特殊。

这个退伍的近卫军中尉杜布罗夫斯基是特洛耶库洛夫的邻居，拥有七十个家奴。一向态度高傲的特洛耶库洛夫都十分尊重杜布罗夫斯基，虽然他地位卑微。他们两人以前在同一个团里服役，因此特洛耶库洛夫根据自己的经验摸清了杜布罗夫斯基的脾气，知道他是个性情急躁、雷厉风行的人。在留下光荣回忆的 1762 年以后，他们分离了很长一段时间。由于是达西科夫王妃的亲戚，特洛耶库洛夫被提升了，而杜布罗夫斯基却在丧失了多数财产之后被迫退伍，在自己仅剩的一个田庄上安居下来。得知这一情况后，吉利拉·彼得罗维奇主动提出要帮他，可杜布罗夫斯基婉言谢绝了，依然过着贫苦的生活。几年之后，特洛耶库洛夫获得了上将军衔而退伍，回到了自己的庄园，老朋友见面，总是格外高兴。从那以后，他们几乎天天见面，而平日里都不愿出门拜访客人的吉利拉·彼得罗维奇，也经常不拘礼节地到老朋友家做客。

他俩同岁，并且同一个社会阶层出身，受过同等的教育，爱好和性格也有相似之处。甚至两人的遭遇在某些方面也相似，两人因为爱情而结婚，却都是早年丧妻，只有一个孩子。杜布罗夫斯基的儿子在彼得堡受教育，吉利拉·彼得罗维奇的女儿在父亲监护下长大成人。特洛耶库洛夫经常对他的朋友说："安德烈·珈夫利洛维奇老兄，听我说，如果你家沃洛吉卡将来有出息，我就把玛莎嫁给他，哪怕他一贫如洗。"安德烈·珈夫利洛维奇老是摇摇头，回答："不，吉利拉·彼得罗维奇，我家沃洛吉卡高攀不上玛丽亚·吉利洛夫娜。像他这样的穷贵族，最好也不过娶一个贫穷的良家姑娘，他做一家之主，总比做一个娇生惯养的小姐的管家要好得多。"

所有的人都羡慕傲慢的特洛耶库洛夫和他的穷邻居的这种友好和谐的关系，而且对后者的勇气更为惊讶，因为他竟然可以在吉利拉·彼得罗维奇的饭桌上无话不谈，丝毫不管自己的意见是否同主人的观点相抵触。有人曾试图仿效他的做法，保持观点的独立，结果吉利拉·彼得罗维奇使劲地教训了他们，让他们永远打消了这种念头。唯有杜布罗夫斯基一人可以不受这种约束，可一件偶然事件扰乱并改变了这一切。

初秋的一天，吉利拉·彼得罗维奇打算去打猎。他吩咐犬夫们和猎人们在第二天凌晨五点钟之前准备好。炊具和一顶帐篷要提前送到吉利拉·彼得罗维奇就餐的地方。

他同他的客人们去巡视犬舍，有五百多只猎犬在里面，过着衣食无忧的日子，它们用狗语高歌吉利拉·彼得罗维奇的大方慷慨。甚至那儿还有一所专门给狗治病的医院，由军医吉莫什卡主管，还专门特设了一所为母狗产崽和养育小狗的地方。吉利拉·彼得罗维奇因自己拥有如此完善的犬舍而得意不凡，绝不放弃在每一个客人面前大肆展示的机会，尽管每一位客人都到他的犬舍参观了不少于二十次。吉利拉·彼得罗维奇在客人的簇拥和军医吉莫什卡还有几个主要猎人的陪同下巡视了犬舍。有时候他在狗窝前停下，问问狗的健康情况，或是提出一些严厉而又客观的批评，或者把他熟悉的狗唤到跟前，跟它们亲密交谈。

客人们把称赞吉利拉·彼得罗维奇的犬舍看成是他们的职责，唯有杜布罗夫斯基一人紧皱眉头，不说一句话。他是个极其热衷于打猎的人，但是，他的家境只允许养两只猎狗和几只波尔瑞狗，现在看到这么华丽的犬舍，心中不免有些嫉妒。"老兄，你干吗总是皱着眉头？"吉利拉·彼得罗维奇问他，"难道你不喜欢我的犬舍吗？"

"是的！"他低沉地回答道，"说实话犬舍很漂亮，但是恐怕您家里的仆人还没您的狗过得舒适。"有一个猎人被他的话激怒了，他说："感谢上苍和老爷，我们对自己的命运没有一点点的抱怨。不过，老实说，如果有些绅士愿意用自己的庄园来交换这里的任何一个狗窝，那倒也是不错。在这里他将会更温暖，还会得到更好的喂养。"

听到自己仆人的这番话，吉利拉·彼得罗维奇失声大笑，客人们也跟着笑了起来，尽管他们觉得猎人的玩笑也许是针对他们的。杜布罗夫斯基听了，顿时脸色变得煞白，一声不吭。这时，有人把刚生下的一筐小狗递给吉利拉·彼得罗维奇，他把全部的心思全花在了摆弄小狗上。他小心翼翼地挑选了两只，并下令将剩下的狗统统淹死。

这时，安德烈·珈夫利洛维奇不见了，可是没有人注意到。

吉利拉·彼得罗维奇和客人们一起从犬舍回到家，直到吃完饭，才发觉安德烈·珈夫利洛维奇·杜布罗夫斯基已经没有人影了。仆人们告诉他说安德烈·珈夫利洛维奇回去了。

特洛耶库洛夫吩咐他们赶紧去追，务必要把他带回来。因为他外出打猎，通常少不了杜布罗夫斯基——在辨别猎犬的优劣方面，杜布罗夫斯基是一个敏感而又经验丰富的专家，而且他绝对称得上是一个解决各种猎事纠纷的公正的仲裁者。派去追赶的仆人回来的时候，客人们还未离席，仆人禀告说安德烈·珈夫利洛维奇不愿意回来。跟平时一样，被自家酿制的白兰地灌得性情暴躁的吉利拉·彼得罗维奇顿时大怒。他第二次派遣那个仆人去告诉安德烈·珈夫利洛维奇，如果他不立刻回来，而且不到波克洛夫斯柯耶村住上一晚的话，那么特洛耶库洛夫就跟他永远绝交。仆人骑马飞奔前往，吉利拉·彼得罗维奇从桌子旁站了起来，客人走了以后，就睡觉去了。

第二天一大早，他询问的第一件事就是安德烈·珈夫利洛维奇有没有来。仆人递了一封折成三角形的书信给他。吉利拉·彼得罗维奇吩咐他的文书大声念给他听，信是这样的：

我最敬爱的先生：

　　如果您不让您的猎人卡拉莫什前来认罪，我无论如何也不会去波克洛夫斯柯耶村——至于惩罚还是饶恕他，由我来决定。我无法忍受您仆人的嘲笑，就算是您的嘲笑我也同样没办法忍受，因为我不是小丑，而是一个与生俱来的绅士。

您顺从的仆人

安德烈·杜布罗夫斯基

依照当今的礼节来看，这封信写得很没礼貌。然而，令吉利拉·彼得罗维奇暴跳如雷的并不是信中怪异的措词和态度，而仅仅是因为它说的内容。"什么！"特洛耶库洛夫光着脚跳下床，大声吼着，"打发我的仆人去向他认罪，听凭他的饶恕或惩罚！他到底想干什么！难道他不知道是在跟谁打交道？看来我得给他点儿颜色瞧瞧！叫他吃尽苦头！我要好好教训教训他，让他知道同特洛耶库洛夫作对会是个什么下场！"

吉利拉·彼得罗维奇穿戴完毕后，还是和往常一样大张旗鼓地骑着马去打猎了。可是，这次打猎却无所收获，整整一天只碰到过一只兔子，还让它逃了。野外帐篷里的晚餐也不顺心，至少不合吉利拉·彼得罗维奇的胃口，可怜的厨师被他揍了一顿。在回家的路上，他带领出猎的人马专门穿过杜布罗夫斯基的田地。

第二章

几天过去了，但是这两位邻居的敌意依然继续，安德烈·珈夫利洛维奇从未到波克洛夫斯柯耶村去。杜布罗夫斯基不在，吉利拉·彼得罗维奇感到无聊至极，便说了很多不堪入耳的话来发泄他的愤恨。

当地贵族十分热衷于搬弄是非，当这些话传到杜布罗夫斯基的耳朵里时，早就面目全非、大肆歪曲了。接下来的一个新的情况使两家最后一点和解的希望也破灭了。

有一天，杜布罗夫斯基骑着马巡视他那小小的领地。当他靠近桦树林的时候，听到斧头砍伐树木的声音，很快，树木倒下去的断裂声又传来了。他冲进了树林，看见几个波克洛夫斯柯耶村的农民正不慌不忙地偷砍他的树木，一看到他，撒腿就逃。杜布罗夫斯基和他的车夫抓住了当中两个人，把他们绑起来，连同对方的三匹马，一块儿作为战利品带回了家。杜布罗夫斯基心中十分气愤：在这之前，特洛耶库洛夫的仆人们——这群声名狼藉的强盗，明白他和他们老爷的交情，从不敢在他的领地里肆意妄为。杜布罗夫斯基看到，他们之所以敢如此胡作非为正是利用了两家的不和。所以，他决定违反一切战争的旧例，用这几个俘虏在树林里砍下的枝条狠狠地抽打了他们一顿，并且没收了他们的马匹，充当役畜。

有关这件事的传言当天就被吉利拉·彼得罗维奇知道了。他气极了，起初希望带领全部的家奴去攻击吉斯杰涅夫卡（这是他邻居的村名），把它夷为平地，再把地主抓来关在他的庄园里。这样的丰功伟绩对他说来已很平常了，因此很快他的思路便转开了。

他拖着沉重的步子在大厅里徘徊，无意中向窗外一瞥，刚好看到门外停着一辆三套马车——一个戴着皮帽、穿着羊毛上衣的小矮个子从马车里走出来，朝管家的屋子走去。特洛耶库洛夫知道他是地方法院的陪审官沙坝什金，于是吩咐把他叫来。一会儿，沙坝什金便站在了吉利拉·彼得罗维奇的跟前，他一遍又一遍鞠躬，恭恭敬敬地等候他的吩咐。

"你好……让我想想，你叫什么？"特洛耶库洛夫问他，"你来有什么事？"

"我要进城去，大人！"沙坝什金答道，"顺路到伊凡·杰米扬洛夫这儿问问，看大人有什么吩咐。"

"你来得刚刚好……我一时想不起来你叫什么名字了。但是我正好有件事要托你办。先来喝杯伏特加，让我说给你听。"

如此友好的招待使这位陪审官受宠若惊。然而他谢绝了伏特加，全神贯注地倾听吉利拉·彼得罗维奇所讲的所有话。"我有一个邻居，"特洛耶库洛夫说，"他是一个傲慢又不懂礼貌的小地主。我想把他的产业弄到手，对于这事你有什么办法？"

"大人，只要有什么文件或者……"

"废话，老弟，哪有什么文件？一道官令不就可以啦！我的意思就是不依靠任何法律手段把他的产业夺过来，让他变得一文不名。不过，等一下！这份产业从前的确是归我们所有的，是从一个叫斯皮岑的人手里买来的，后来又转卖给了杜布罗夫斯基的父亲。能否在这上面动动脑筋？"

　　"这很麻烦，大人，恐怕这项交易是要按合法手续办理的。"

　　"仔细想一想，老弟，想想有什么办法。"

　　"大人，假如，要是您能够想方设法从您这位邻居手中得到他占有领地的凭据、地契什么的，那样，就自然……"

　　"是的，我知道，问题就在——他的全部文件都被大火烧光了。"

　　"什么，大人？他的文件都被烧光了！这样再好不过了！这样一来，您可以按法律行事，毫无疑问，一定会令大人满意。"

　　"你确定吗？好，就全靠你的了。那我就交给你办了，要竭力去办，你完全可以放心，我会重重酬谢你的。"

　　沙坝什金鞠躬简直要弯到了地上，然后就走了。当天，他就立即着手去办这件事。因为此人办事灵活，只过了两个星期，杜布罗夫斯基就收到城里来的公文，声明杜布罗夫斯基没有吉斯杰涅夫卡村的所有权，希望他做出合理的解释。

　　这突如其来的调查令安德烈·珈夫利洛维奇感到很吃惊。当天他就用极为粗鲁的口吻写了一封回信，在信中他说明吉斯杰涅夫卡村是从他死去的父亲手中继承的，对这块领地他依法享有财产继承权，所以与特洛耶库洛夫没有一点儿关系，任何外人企图侵占他的财产均属欺诈。陪审官沙坝什金收到这封信，很是高兴。他看到：第一，杜布罗夫斯基对于打官司之类的事情不了解；第二，让一个轻率莽撞而又性情火爆的人吃亏并非难事。

当安德烈·珈夫利洛维奇冷静地思考了他所面临的问题之后，他想着，认为有必要做更进一步的详细回答。他写了一份很得要领的供述，然而，后来还是显得缺乏有力的说服力。因为杜布罗夫斯基没有诉讼的经验，所以他大都按照常识的指导办事，并且这种指导极少是准确的，并且几乎老是不充分。

诉讼在进行着，自认为理由正当的安德烈·珈夫利洛维奇极少为此事担心。他既不可能也不想把大把的钱财用在疏通关系上，尽管他经常嘲笑那些辩护律师唯利是图，然而他从未想到自己也许会成为一个法律骗局的牺牲品。同时特洛耶库洛夫在这事上也很少担心阴谋的胜负。

沙坝什金替他打理一切，以特洛耶库洛夫的名义来恐吓和收买法官，千方百计地曲解各种法令条文。无论如何，18××年2月9日，杜布罗夫斯基便收到一张法庭的传票，叫他前往地方法院，听取对他——杜布罗夫斯基中尉和特洛耶库洛夫上将两人之间关于田产诉讼的判决，而且要签字表示是否服从判决。

当天杜布罗夫斯基就动身进城。路上，特洛耶库洛夫赶了上来，双方彼此傲慢地互瞧了一眼，这时杜布罗夫斯基看到仇人脸上显出了丑恶的笑容。

安德烈·珈夫利洛维奇来到城里，寄宿在一个熟悉的商人家里，在他家住了一夜，第二天一早就赶到了地方法院，但谁也没有理他。接着吉利拉·彼得罗维奇也赶来了。书记员们全都站起来了，将羽毛笔夹在耳朵后面。法庭的官员们都极力迎合他，还给他搬来一张扶手椅，让他坐着表示对他的官衔、年龄和肥胖魁梧的身躯极其尊敬。他坐了下来，而安德烈·珈夫利洛维奇则靠着墙站立在敞开的门口。法庭上鸦雀无声，书记员开始高声朗读法庭的判决书。

我们现在将全文展示给大家，相信任何人将愿意看到，在俄国有一种方法可以让一个人丧失他无可辩驳的拥有的财产。

18××年×月×日法院审理摘录：中尉安德烈·珈夫利洛维奇·杜布罗夫斯基通过非法占有本该属于吉利拉·彼得罗维奇·特洛耶库洛夫上将的一份产业，经法院核实，该产业位于××省吉斯杰涅夫卡村，共同拥有农奴××名、草场和其他农业用地××亩。

立案原因如下：原告特洛耶库洛夫上将在去年即18××年×月×日递交本院一份诉状，声明其先父八品文官、勋章获得者彼得·叶菲莫维奇·特洛耶库洛夫于××年×月×日在任总督府秘书期间，在贵族出身的文职人员符吉伊·叶戈罗维奇·斯皮岑那里购得一份产业，在××区吉斯杰涅夫卡村（据当时人口调查来看，原本的村名叫作吉斯杰涅夫卡移民新村）。根据第×次人口调查，该村一共有农奴××名，包括庄园、土地、荒原、树林、牧场、吉斯杰涅夫卡河上的渔场……总之，全部农业或非农业用地连同一间小木屋——凡从符吉伊·叶

164

戈罗维奇·斯皮岑父亲——出身贵族的警官叶赫尔·特连耶罗维奇·斯皮岑那儿继承的财产都包括在内。与此同时，所有的农奴和田地全部卖出，没有任何保留，共计×××卢布，并于当日在××县备案，书写地契。叶赫尔·特连耶罗维奇·斯皮岑于同年×月×日报上××县法院办理一切手续。

彼得·叶菲莫维奇·特洛耶库洛夫于18××年×月×日去世，彼得·叶菲莫维奇·特洛耶库洛夫之子也就是特洛耶库洛夫上将自17××年孩提之时就开始保家卫国，常年征战国外，因此对其父即彼得·叶菲莫维奇·特洛耶库洛夫去世及所遗留的产业一概不知。现在特洛耶库洛夫上将衣锦还乡，对于其父彼得·叶菲莫维奇·特洛耶库洛夫所遗留并分布于××省××县共有××名农奴进行统计与调查，发现居然有××名农奴（据此次人口核查，该村确有农奴××名），连同土地以及各种类型用地被近卫军中尉杜布罗夫斯基通过非法手段占有，而杜布罗夫斯基无法出示任何文件来说明其所有权。

综合上述原因，原告吉利拉·彼得罗维奇·特洛耶库洛夫上将特将卖主斯皮岑出具给其父彼得·叶菲莫维奇·特洛耶库洛夫的原本地契正本和诉状上呈本院，要求将被告不合法霸占的田庄以及其他财产的所有权判归原告，以彰国法，以示公平……对于被告杜布罗夫斯基在非法占有期间获得的各项收益，也应如实偿还原告。

依据××法院核查审理：该诉讼中现在地产的非法

占有人也就是近卫军中尉杜布罗夫斯基将辩诉状递交给贵族陪审员。

　　杜布罗夫斯基在辩诉中声明，被告所占有的田庄和其他产业，位于吉斯杰涅夫卡村，连同农奴××名，确实为继承父亲炮兵少尉加弗里拉·叶夫格诺夫维奇·杜布罗夫斯基的遗留财产，此项遗产又为其父在原告之父——当时为××府文职人员，后晋升×品文官的特洛耶库洛夫手中买到。成交之日，为17××年×月×日，原告之父即×品文官特洛耶库洛夫曾将一份委托书交给×品文官戈里盖利·华里希耶维奇·罗勃列夫，这份委托书曾交于××法院备案，被告之父应从罗勃列夫手中得到地契。在委托书中，特洛耶库洛夫把本人自文职人员斯皮岑处购得的一处田庄，共有农奴××名，还有全部地产都已为杜布罗夫斯基所有，商定共为××××卢布均已全部付清，特请委托代理人罗勃列夫立下相关契约。被告之父按委托书付清钱款时，即合法占有所购田庄时，便成为财产合法的所有者，从此，该地产与特洛耶库洛夫无任何关系。不过，相关契约在何时由何人查实后经罗勃列夫签署并交给被告之父，对此安德烈·杜布罗夫斯基全然不知情。

　　由于当时安德烈·杜布罗夫斯基年龄很小，其父逝世后，这份地契也没有找到。当事人曾设想，17××年屋内失火，该地契及相关文件全部被烧毁，此次失火事件，该村人尽皆知。所以，该地产从特洛耶库洛夫出售之日或者从罗勃列夫获授权取得委托书时算起，从17××年开始，直至被告之父去世之日，即至17××年止，确实是杜布罗夫斯基父子所拥有。附近居民均可证明，证人共×××名。据居民回想，杜布罗夫斯基父子拥有该田产已××年，向来没有发生争执。至于业主依据哪份契约或法令行使此地产的所有权，则毫不知情。之前的所有者八品文官彼得·特洛耶库洛夫是否合法拥有该处田产，现在已无从证实。三十年前，杜布罗夫斯基的住宅的确在夜间失火，证据确凿。此外，估计该田庄的相关收益，从当年开始算起，平均每年至少不低于××卢布。

为据理反驳以上陈述，陆军上将吉利拉·彼得洛维奇·特洛耶库洛夫在今年×月×日向本院呈上了辩诉状——尽管被告近卫军中尉安德烈·杜布罗夫斯基提出其父曾委托九品文官罗勃列夫购买地产的委托书，但由于其并不能出示地契，甚至不能根据民法××条以及17××年×月×日法令提出这份地契签署确切日期的任何强力证据。与此同时，依据18××年×月×日法令规定，委托人既已过世，委托书则随之失效。因此，根据法律：此地产所有权的归属——有地契者以地契为准，无地契者必须立刻寻找旁证。

现在原告吉利拉·特洛耶库洛夫早已出示地契，证实此地产确实是其父所有，据法律规定，剥夺被告杜布罗夫斯基的非法所有权，将地产判归原告。至于被告在此期间所获得的非法利益，亦应如数偿还原告……

据法律有关条款，××法院对此案判决如下陈述：

据可靠的案件调查：吉利拉·彼得罗维奇·特洛耶库洛夫上将所称的当前依然被近卫军中尉安德烈·珈夫利洛维奇·杜布罗夫斯基所占有的地产，在吉斯杰涅夫卡村，据最近人口调查共有农奴××名，其中包括各项农业用地，系吉利拉·彼得罗维奇·特洛耶库洛夫上将所有财产。吉利拉·彼得罗维奇·特洛耶库洛夫上将还送呈递了地契原本，可以证实此地产确实为其父——原为总督府秘书后擢升为八品文官于17××年从出身贵族的文职人员符吉伊·叶戈罗维奇·斯皮岑手中购买。此地契明文记录，买主特洛耶库洛夫同年于××地方法院已将此地产转移并获得所有权。

尽管，被告安德烈·杜布罗夫斯基拿出了原告之父给×品文官罗勃列夫的委托书，委托后者与被告的父亲订立地契。但是，委托书不能作为地产契约，按××法令，暂时占有已属违法，另外委托人已经死亡，委托书全部失效。与此同时，被告杜布罗夫斯基自本案起诉之日，也就是从18××年×月×日始，不能提出任何有力证据以证明任何时间、地方依据委托书签订了地契，因此可以认定此地产连同××名农奴、农业用地及各项用地应划归特洛耶库洛夫上将所拥有。

判决如下：剥夺近卫军中尉杜布罗夫斯基对地产的所有权，准许特洛耶库洛夫大人根据继承法确认其所有权，并在××地方法院备案。至于特洛耶库洛夫上将对近卫军中尉杜布罗夫斯基非法占有地产的所得利益该如何补偿一事，据居民证实，此地产确为杜布罗夫斯基父子多年占有，但特洛耶库洛夫大人尚未提出诉讼，我院现根据法律规定：凡在他人土地上耕种或修建者，一经起诉，待查明真相，则无条件地将此所有财产全部判归原主。

综上陈述，原告特洛耶库洛夫上将向杜布罗夫斯基追偿之事予以驳回，因为被告除地产外并无任何保留，假如发现确有财产隐瞒，而且原告特洛耶库洛夫能够出具合法和确凿的相关证据，则可以另行起诉。本判决遵循诉讼程序，特向原告与被告提前宣读，经警察局传达后，于本院当面听取裁决并签字，以示是否服从。出席本院宣判的人员请签字画押……

书记员宣布完毕，沙坝什金立即站了起来，朝特洛耶库洛夫深深鞠了一躬，呈上判决书请他签字。胜诉的特洛耶库洛夫从他手中拿过笔，在法院的判词下方签字，表示完全服从判决。

此时轮到杜布罗夫斯基签字了，书记员同样把判决书递给他，但是，杜布罗夫斯基低着头纹丝不动地站在那里。书记员再次请他签字服从判决，或者如果确有正当理由，也可以明确表示不服，在法律规定的时间内提出不服判决的上诉。

杜布罗夫斯基默不作声。忽然，他抬起头，两眼发光，跺了跺脚，猛然将书记员一推，书记员摔倒在地，他又抓起墨水瓶向沙坝什金投去……在场所有的人都被吓坏了。杜布罗夫斯基狂吼道："混账！不尊重上帝的教堂！全都给我滚出去，你们这些哈姆的后裔！"

随后，他转过身子，对着吉利拉·彼得罗维奇接着狂吼道："未曾听闻，大人，猎人们居然把狗也带进了上帝的教堂！让狗在教堂里到处乱跑，为这我一定要狠狠地教训你一顿……"

卫兵们听到喧闹声跑了进来，费了不小的劲儿才将他制服，把他扶上了雪橇。特洛耶库洛夫在全体法庭官员的陪同下走了出来。杜布罗夫斯基突然对他的一个不小的打击，破坏了他那胜诉后得意洋洋的心情。他完全不屑向那些一心想讨好他的律师说一句好话，就径直回波克诺夫斯柯耶村去了。可此时他被隐隐的悔恨所烦恼，丝毫没有因为胜诉而感到心满意足。

与此同时，杜布罗夫斯基在床上躺着，县里的医生（幸亏他还不是一个十足的废物）用水蛭和斑蝥给他放了血，到了晚上，他才稍微有所好转。次日，他就被送回吉斯杰涅夫卡，从今以后这个村子就不再属于他了。

第三章

过去几个月了，不幸的杜布罗夫斯基的病情却还是不见好转，尽管疯癫已不再发作，但是，很显然他在体力上却逐渐衰弱。他早已放弃了从前的事务，非常少走出自己的房间，接连几天魂不守舍地坐在那里。曾经照料过他儿子的那位善良的老妇人耶格洛夫娜如今已经成了他的保姆。她像照顾孩子那样照料他，时常提醒他吃饭睡觉，喂他吃饭，哄他睡觉。

安德烈·珈夫利洛维奇默默地服从她的安排，除了她，不跟其他人往来。他已经失去了考虑自己的事务和管理家产的能力了，所以耶格洛夫娜认为有必要告诉小杜布罗夫斯基所有的情况。当时他住在彼得堡，是近卫军步兵团的一名军官。她从账本上撕下一张纸，对吉斯杰涅夫卡村唯一识字的厨师哈里顿进行口述，让他帮忙写了一封信，当天就叫人去县城里的邮局寄信。

现在是时候向读者介绍一下小说真正的主人公了。

弗拉基米尔·杜布罗夫斯基受过学生军训队的教育，毕业后参加近卫军，任骑兵少尉。他的父亲为了让儿子过上舒适的生活，非常大方，所以这个年轻人从家中收到的钱大大超过了他所期望的。他行为鲁莽却又爱慕虚荣，肆意挥霍，赌牌欠债，而且从来不为将来打算，有时还会不自觉地想到自己迟早会娶到一个有钱的太太。

一天晚上，几个同事正百无聊赖地坐在他房间的沙发上，用他的琥珀烟斗抽烟。此时，他的仆人格里莎递了一封信给他，一看信封上的字体和邮戳，他顿时惊愕。他急忙拆开信，读到如下的内容：

> 我们亲爱的主人弗拉基米尔·安德烈耶维奇：
>
> 我，你的老保姆，写这封信把你父亲的健康状况向你报告。他病得非常严重，常常胡说八道，成天像个傻孩子一样坐着，生死全凭上帝的旨意了。你快回来吧，我亲爱的小宝贝儿，我们会派马车到彼索奇诺耶去接你。据说，地方法院将到我们这里来，要把我

们交给吉利拉·彼得罗维奇·特洛耶库洛夫管，他们说我们是他的，可我们从来就是你们的，而且从来就没听说过这回事。你住在彼得堡，应该报告沙皇老爷这件事，他肯定会保护我们的。我们这里已经连续下了一个多星期的雨，牧人罗吉亚在尼古拉圣徒纪念节后不久死了。我给格里莎加上母亲的祝福，他对你好吗？

你忠诚的奴仆和保姆

奥莉娜·耶格洛夫娜·布节列娃

弗拉基米尔·杜布罗夫斯基怀着非常激动的心情一遍接一遍地读着这封条理紊乱的信。他从小就没有母亲，八岁的时候就被送到彼得堡，所以几乎不认识父亲。可是，他却怀着一种浪漫的情感思念着父亲，享受平静的家庭欢乐愈少，热爱家庭生活的程度就愈深。

一想到父亲将死，他心痛不已。他从保姆的信中想到可怜的病中父亲的处境，心里非常害怕。他一想到父亲被抛弃在穷乡僻壤，无依无靠，守护在旁边的只有笨拙的老太婆和仆人，遭受到某种灾难的威胁，在饱受肉体和精神的痛苦折磨之中渐渐死去，弗拉基米尔就自责不已，认为自己太粗心大意，简直是罪不可赦。他已经接连好几个月没有收到父亲的来信了，也没有想到写信去问候他，自以为他是出门旅行或是忙于处理家务事了。他决定回到父亲的身边，如果父亲的病情严重到需要他留在家里的话，他就退伍。

他的同事们见他安宁不了，便都走了。当只有弗拉基米尔一个人的时候，他写了一份请假申请书，抽着烟，陷入沉思之中。当天他就递上了申请书，两天后就在忠实的格里莎的陪同下坐着驿车动身回家。

弗拉基米尔·安德烈耶维奇已经靠近了一个驿站，从这里转弯可以到达吉斯杰涅夫卡村。他心里充满了不祥的预感，担心无法见到父亲最后一面。他想象着，在村里等待着他的将是令人忧郁的生活，凄凉的村庄，没有邻居，贫穷，还有他完全不知的处理农庄事务上的责任。到了驿站，他进去找驿站长，问他是否有马匹出租。驿站长问清他的去向后，告诉他说，从吉斯杰涅夫卡村派来的马匹已经候他四天了。

过了一会儿，曾经照料过他的小马驹的老马车夫安东在他的眼前出现，他以前还带弗拉基米尔去马厩玩过呢。一见到弗拉基米尔·安德烈耶维奇，老安东不禁流下眼泪，深深地向小主人鞠了一躬，告诉他老爷还在世，接着就跑去牵马。弗拉基米尔没吃早饭，就匆匆忙忙地赶着上路了。安东赶着车走在乡间小路上，两个人在路上聊了起来。

"安东，请你告诉我，我父亲和特洛耶库洛夫两人之间的这场官司到底是怎么回事？"

"天知道他们俩发生了什么事，弗拉基米尔·安德烈耶维奇少爷……据说，老爷跟吉利拉·彼得罗维奇闹别扭，那人就去法庭上告状——他其实自己就是法官。老爷的事，当仆人的我们本不该过问，不过，老实说，我们老爷为什么要同吉利拉·彼得罗维奇作对，正如俗话所说的'鸡蛋碰不过石头'。"

"这样说来，这个吉利拉·彼得罗维奇可以差遣你们？"

"当然了，少爷。省长跟他关系很好，陪审官在他眼里不值一提，警察局长也由他使唤，绅士们都去拍马屁……确实，俗话说得好——修起猪槽，猪崽都会挤过来。"

"他要争夺我们的田产，这是真的？"

"我们也听到了，少爷，真是糟糕。就在前几天，波克洛夫斯柯耶村一个教堂司事在我们工头家里的时候说：'你们的快活日子快结束了，吉利拉·彼得罗维奇立马就要来统治你们啦！'铁匠米基塔对他说：'够了，萨维里奇，别让我们的东家伤心，也别让客人难受了。吉利拉·彼得罗维奇有他的声誉地位，同样安德烈·珈夫利洛维奇也有他自己的声誉地位，可我们全是上帝和沙皇的臣民。不过你不能堵住别人的嘴巴。'"

"这么说，你们是不愿意让特洛耶库洛夫来管教你们吗？"

"吉利拉·彼得罗维奇？上帝保佑，快救救我们吧！就连他自己手下人的日子都过不好，更何况落到他手里的外人。他不仅会剥光他们的皮，而且还会啃光他们的肉。不，求上帝保佑安德烈·珈夫利洛维奇健康长寿。如果上帝非要带走他，那么，除了您，我们敬爱的主人，我们谁也不要。请不要撇下我们，我们愿永远跟随您。"说到这里，安东甩了甩鞭子，抖了抖缰绳，他的马便狂奔起来。

老车夫的忠诚深深地打动了杜布罗夫斯基，他没说话，又陷入了沉思。过了一个多小时，格里莎突然叫了起来："波克洛夫斯柯耶村到了！"叫声惊醒了杜布罗夫斯基。他们的马车正沿着一个宽广湖面的岸边行驶，一条小河从湖边流出，河水在矮矮的小山间蜿蜒盘旋，流向远方。碧绿的屋顶和一幢高大的砖砌望楼，在另一座山岗上矗立着一座有五个圆顶的教堂和一座古老的钟楼，高高耸立在一座树木葱绿茂盛的小山上，有许多农民小屋、菜园和水井，零散地坐落在周围。杜布罗夫斯基认得这地方，就在这小山岗上，他曾经和小玛莎·特罗耶库洛娃一起玩耍，他比她大两岁，当时就可看出来，她长大以后一定是个美人胚子。他很想向安东打听一下她的情况，但由于害羞无法开口。

当他们经过小屋的时候，他看见一件白色的衣裙飘闪过花园的树丛中。这时，出于乡下车夫或城里车夫都有的好胜心，安东甩起马鞭猛抽着马匹，马车迅速地驶过小桥，穿过花园。马车穿过村庄，爬上一座小山，弗拉基米尔看到了一片桦树林，树林左边的空地上是一座灰色屋顶的小屋。他的心跳个不停，在眼前呈现的就是吉斯杰涅夫卡村和他父亲那座破旧的房屋。

十分钟后，他们驶进了院子。他怀着异常激动的心情看看四周，离别故乡已有十二年了。

当时他在家门口篱笆旁栽种的那几棵小桦树，现在已经长成参天大树了。曾经院子里砌着三块整齐匀称的花圃，中间是一条打扫得一尘不染的宽阔通道，而现在已经变成了长满绿草的草地，一匹马被拴在那儿吃草。几条狗汪汪吠了起来，认出是安东之后，它们就不叫了，摇摇毛茸茸的尾巴。仆人们从屋子里跑出来，围绕着小主人，激动地表达着他们的欢乐之情。好不容易才穿过热闹的人群，他踏上破旧的台阶。门廊里耶格洛夫娜在迎接他，拥着他的脖子哭了起来。"你好，你好，奶妈。"他一遍接一遍地说着，还把老太太紧紧地抱在胸膛上，"我父亲如何了？他在哪里？"此时，一个面容憔悴、身体瘦弱的高个子老头，穿着睡衣，戴着睡帽，艰难地走进房间。"沃洛吉卡在哪儿？"他用极其虚弱的声音说道。弗拉基米尔跑上前激动地拥抱着父亲。过度的欢喜使病人受到强烈的刺激，他浑身无力，两腿瘫软，如果不是儿子扶住他，早就倒下了。

"你起来干什么？"耶格洛夫娜对他说，"连站都站不稳，别人走到哪儿你就跟到哪儿。"

老人被搀进了卧室。他想同儿子说话，但头脑混乱，思绪紊乱，前言不搭后语。一会儿，他就不说话了，然后慢慢地睡着了。父亲的病情使弗拉米基尔感到非常震惊，他让仆人把自己的东西放在父亲的房间里，想要独自留在这儿陪伴他。仆人们照他说的做了，然后就把注意力转向格里莎。他们把他带进仆人的大厅，用丰盛的家宴款待他，一直问长问短，致意祝福，弄得他累得一点力气都没了。

第四章

一具棺材摆放在餐桌上。小杜布罗夫斯基回家后过了几天，想多了解一下产业状况，但是，他的父亲无法给他做出明确的说明，可安德烈·珈夫利洛维奇又没有聘请代理人。整理文件的时候，弗拉基米尔只发现律师的第一封信和回答这封信的草稿。可是，靠这两封信他还是不能把这场官司的情况了解得很清楚，他认为这场官司中自己是有优势的，因此决定等待着事态的发展。

这时，安德烈·珈夫利洛维奇的病情仍在恶化中，弗拉基米尔预想父亲不久将死去，于是时刻守候着年迈体弱的父亲。

这时提出上诉的日期已过，杜布罗夫斯基未采取任何行动，吉斯杰涅夫卡村已经是特洛耶库洛夫的了。沙坝什金亲自登门拜访，向他鞠躬致敬，祝贺他，并且请示大人什么时候愿意接管新的产业，是大人亲手去办还是委托别人办理……吉利拉·彼得罗维奇内心焦躁不安宁。他并不是天性贪婪，只是报复心驱使他做得过分了，因此受到了良心的谴责。他清楚他的对手，他青年时代的老友，现在是什么样的处境，所以胜诉并没有带给他多大的喜悦。他凶狠地瞪了沙坝什金一眼，想找个借口修理他一顿，可一时又找不到合适的理由，于是气愤地说："滚出去！我没工夫听你胡说八道！"沙坝什金见他情绪不好，对他鞠了一躬，就匆忙离开了。只有自己一个人的时候，吉利拉·彼得罗维奇在自己的房间里来回踱步，吹着《胜利的雷声轰鸣吧！》，这口哨是他心烦意乱的通常表现。最终，他吩咐仆人套上轻便马车，穿上厚厚的衣服（这时已经是9月底了），没带车夫，独自驾着马车出了门。

过不了一会儿，他就看见了安德烈·珈夫利洛维奇的小屋，内心产生两种互相矛盾的情感，但报复心和权力欲在某种程度上胜过了较为高尚的情感。最后，还是后者占了上风。他决定跟自己的老友讲和，弥补争吵的裂痕，归还财产给他。这个好主意使吉利拉·彼得罗维奇心里顿时轻松了许多，他快马加鞭朝邻居的房屋赶去，马车一直开进院子。

这时，病人正倚靠在卧室的窗边。他看到吉利拉·彼得罗维奇，脸上即刻显出十分恐惧不安的神情，平日苍白的脸涨得通红，两眼泛光，嘴里发出含混不清的声音。他的儿子正坐在屋里翻看账本，抬头一看，父亲的神情使他大吃一惊。病人带着恐惧而愤怒的神情，用手指着院子。此刻，耶格洛夫娜踏着沉重的步子走了进来，大声喊道："主人，主人！吉利拉·彼得罗维奇来了！吉利拉·彼得罗维奇来到前门了！"突然她又喊道："天呐！这是怎么回事？他来这儿干什么？"只见病人撩起睡衣的下摆，想从扶手椅上站起来，刚动了动身子，便突然倒下了。儿子急忙跑过去，老人已经没有知觉了，差点停止了呼吸，他中风了。

"赶快！快去城里请医生！快！"弗拉基米尔吼道。

"吉利拉·彼得罗维奇想要见您。"一个仆人走进来禀报。弗拉基米尔斜了他一眼，投去令人心惊胆战的目光。

"对吉利拉·彼得罗维奇说，叫他快滚，否则我叫人把他轰出去……快去！"

那仆人开心地跑去行使主人的命令，耶格洛夫娜绝望地握着双手。"亲爱的！"她尖声叫道，"你不要命啦！吉利拉·彼得罗维奇会要我们的脑袋。"

"别说了，奶妈，"弗拉基米尔愤怒地说，"马上派安东到城里去找大夫。"

耶格洛夫娜无奈地出去了。大厅里一个人也没有，所有的仆人都跑到院子里去看吉利拉·彼得罗维奇。耶格洛夫娜来到台阶上，她听见格里莎传达少主人的回答。吉利拉·彼得罗维奇在马车上听完传话，脸色变得非常阴冷。他轻视地一笑，恶狠狠地瞪了仆人一眼，骑着马车缓缓地向院子旁边驶去。他朝窗口望了望，发现刚才安德烈·珈夫利洛维奇还坐在那里，现在却不见了。保姆呆立在台阶上，忘了少主人的嘱咐，仆人们吵吵闹闹地议论刚刚发生的事。

突然，弗拉基米尔来到人群中，厉声地说："不用请医生了，我的父亲已经死了。"接着便是一片混乱，仆人们冲进老主人的房间。他躺在扶手椅里，是弗拉基米尔把他抱上去的。他的右手垂到地上，脑袋耷拉到胸前，躯体已没有一丝生命的迹象，虽然还没有变得冰冷，但是，死亡已经破坏了他原有的身体。耶格洛夫娜放声痛哭，仆人们围着留给他们处理的遗体，给他洗干净身子，穿上 1797 年就缝制好的制服，然后将他抬放到餐桌上，这么多年以来他们就是一直在这张餐桌旁边服侍着主人。

第五章

葬礼在三天后举行，可怜的老人的遗体被放在餐桌上，上面铺着寿衣，四周点着蜡烛。餐厅里全是仆人，准备好了出殡。弗拉基米尔和另外几个人抬着灵柩，神父前面走着，教堂执事随后，唱起了葬礼祷告词。这位吉斯杰涅夫卡村的主人最后一次走过自己家的门槛。

灵柩从树林里抬过，过了树林就是教堂。天气晴朗而寒冷，黄叶阵阵飘落。走出树林，他们看到了木制的教堂和在茂密的老菩提树荫蔽下的墓地。那里埋葬了弗拉基米尔的母亲，在她的坟墓旁边，昨天新挖了一个墓穴。吉斯杰涅夫卡村送葬的农民挤满了整个教堂，他们来向自己的主人致以最后的敬意。小杜布罗夫斯基站在唱诗班的边上，他没有哭泣也没有做祈祷，可是脸色十分难看。哀悼仪式完结了，弗拉基米尔第一个走上前来跟遗体道别，随后道别的是全体仆人。女人们放声大哭，男人们则不时地用拳头擦眼睛。弗拉基米尔和先前的那三个仆人把灵柩抬到墓地，后面跟随着全村送葬的人。灵柩被放入墓穴，在场的每个人都向墓穴里撒上一把沙土。墓穴填平后，每人又鞠躬一次，接着就回家去了。弗拉基米尔急忙地走着，赶到所有人的前头，然后在吉斯杰涅夫卡树林里消失。

　　耶格洛夫娜以少爷的名义来邀请神父和教堂里的所有神职人员前来参加丧礼宴会，并声明少主人不打算出席宴会。因此，神父安东、神父的妻子和教堂执事便步行向主人家走去，一路上和耶格洛夫娜讨论死者的德行，讨论死者的继承人未来可能遭遇的种种困境。特洛耶库洛夫的来访以及少主人对他的待遇已经传遍了邻近的人们，当地的政治家预言将要发生麻烦的后果。

　　"该来的一定会来，"神父的妻子说，"如果弗拉基米尔不能做我们的主人，那就太可惜啦！真是个好小伙子，这可没话说。"

　　"除他之外，还有谁可以做我们的主人呢？"耶格洛夫娜打断她的话，"吉利拉·彼得罗维奇就是发火也白搭，他的对手却不好对付，我的小鹰已经能够自己保护自己了。再说，他也有地位高的朋友。吉利拉·彼得罗维奇也太自负了，他碰了钉子，这是他罪有应得的。我的格里莎就敢对他吆喝：你这老狗，滚！滚吧！"

"哎呀，耶格洛夫娜！"教堂执事说，"格里莎怎么可能说出这样的话？我宁可对着大主教骂上几声，也不敢斜眼向吉利拉·彼得罗维奇瞟一眼。一看见他，我就心惊胆战，两腿直哆嗦！还没弄清楚我在什么地方，脊梁骨早就断成两截了。"

"人生如梦呀！"神父开口了，"总有一天，人们也要给吉利拉·彼得罗维奇唱安魂曲，正像今天人们给安得烈·珈夫利洛维奇唱的一样，不过是送葬的场面更加宏大一些，客人也请得多一些，可对上帝来说，还是一样嘛！"

"唉，神父老爷，我们也想把邻居们都请来，然而，弗拉基米尔·安德烈耶维奇不情愿。我们这儿是什么都有，请客吃饭不用愁，可是，又有什么办法呢？既然客人不多，我就要把你们照顾好，亲爱的客人们。"这样一番亲切的承诺和对可口美味的点心的期望不禁使谈话者的脚步加快了，他们顺利地来到主人家里，那里已经摆好了盛宴，还有伏特加酒。

与此同时，弗拉基米尔来到树林深处，他就是要把自己弄得精疲力竭，以此来遏制内心的悲痛。他拼命地往前走，不管有没有路，树枝不断地挂住他的衣服和皮肉，将他划伤，他的脚不时陷进泥潭，可他一点儿也不在乎。

最终，他来到一个四周长满树的峡谷，一条小溪安静地从树林中间曲折流过，秋风扫过后只剩下几片秋叶的树木显得光秃秃的。弗拉基米尔停了下来，坐在冰冷的草地上，思绪一起涌上心头，愈来愈阴郁。他强烈地感受到自己是多么寂寞，他的未来正被一团恐怖的乌云笼罩着，与特洛耶库洛夫为敌必将招来新的灾难。他那微薄的财产可能被抢夺而落入别人之手，这样，他会变得一无所有。他纹丝不动地坐了好久，出神地凝望着缓缓流淌的小溪带走几片枯叶，在他心中，也许这就是对生活真实而又生动的写照，一种平凡生活的写照。最后，他发现天黑了，马上站起来寻找回家的路。他在这片陌生树林里迷路了，经过好长时间，终于看到了那条一直通向他家大门的小路。

神父和教堂的其他神职人员向他走来。在他脑子里闪过一种不祥的征兆，使他不由得退到一边，在一棵树的背后躲起来。他们没有注意他，走过他身边时还在热烈地交谈着。"远离灾祸，多做好事。"神父对他的妻子说，"我们不必留在这儿，无论结果怎样，都与你无关。"弗拉基米尔没有听清，他的妻子回答了什么。

快到家的时候，他看见许多人，农民和仆人都集中在主人的院子里。弗拉基米尔老远就听到一阵异常的吵闹声和嘈杂声。

粮仓旁边停靠着两辆三驾马车，台阶上站着几个穿制服的陌生人，好像在解释什么事情。"这是咋回事？"他气冲冲地质问迎面跑来的安东，"这些是什么人？他们要干吗？"

"哎呀，弗拉基米尔·安德烈耶维奇少爷！"老人上气不接下气地答道，"是警察，他们要从您手里抢走我们，交给特洛耶库洛夫！"

弗拉基米尔低下头，他的仆人们围住了自己倒霉的主人。"您是我们的父亲，"他们吻着他的手，大声喊道，"我们只要你一个主人。少爷，下令吧，我们来抵抗他们。我们宁死也要守着。"

弗拉基米尔心情忧郁地望着他们。"大家安静，"他对他们说，"我去跟警官说说。"

"去和他们说说吧，少爷，"人群中有人叫道，"跟这帮家伙讲讲理。"弗拉基米尔来到官吏们面前。沙坝什金头戴帽子，双手叉腰立在那里，傲慢地看着四周。警察局长长得又高又胖，大约五十岁，脸膛通红，留着胡子，瞧见杜布罗夫斯基走过来，就清了清嗓音，声音沙哑地说："好了，我已经把说过的话又向你们重复了一遍——根据地方法院的判决，从今天起，你们就归吉利拉·彼得罗维奇·特洛耶库洛夫所有，他的代表人沙坝什金先生就在这儿。不管他命令你们干什么，你们都要绝对服从。而你们，女人们，要爱他，敬他，因为他是十分喜欢女人的。"

警察局长由于自己开了一个有趣的玩笑而哈哈大笑，沙坝什金和别的随从的官吏也跟着他笑了起来。弗拉基米尔满腔怒火，然而他强作镇静，问那高兴万分的局长："请问这到底是怎么回事？"

"噢，是这样的，"足智多谋的警察局长回答，"我们是替吉利拉·彼得罗维奇·特洛耶库洛夫前来接收田产的，那些与此事不相干的人赶快离开。"

"可是，在我看来，在你告诉我的农民以前，好像应该先来通知我，向领主声明剥夺他的所有权……"

"原来的领主安德烈·珈夫利洛维奇·杜布罗夫斯基，按照上帝的意旨已经去世了。你是谁？"沙坝什金高傲地盯着他说，"我们不认识你，也不愿意认识你。"

"大人，他是弗拉基米尔·安德烈耶维奇，我们的少主人。"人群中传出一个声音。

"谁胆敢插嘴？"警察局长严肃地说，"什么主人？什么弗拉基米尔·安德烈耶维奇？现在吉利拉·彼得罗维奇·特洛耶库洛夫才是你们的主人……听到了吗？你们这些笨蛋！"

"我们不承认。"还是刚刚那个声音说。

"嘿，简直要造反！"局长大声吼道，"喂，过来，工头！"工头走上前来。

"马上给我查，看看究竟是谁敢跟我对着干，替我好好教训他一顿。"

工头转过身去，问是谁在人群中说话，大家都沉默。不久，站在最远处的人发出一阵喃喃的抱怨声，而且声音越来越大，一会儿就变成了一片极其恐怖的喊叫声。警察局长压低声音，想阻止他们。"不要管他！"几个农民吼叫起来，"弟兄们，给我狠狠地打！"人群冲了上去，沙坝什金和别的官吏急忙冲进门廊，把门锁上。

"冲上去，弟兄们！"仍然是个声音在吼叫，人群蜂拥而至，开始撞门。"停下！"杜布罗夫斯基大叫一声，"傻瓜！你们这是干什么？这样做不仅仅是毁了你们自己，而且毁了我。赶快回家，让我好好静一静。不要担心，沙皇是仁慈的。我会向他提出上诉，他会给我们公平待遇的，因为我们都是他的子民。如果你们像强盗一样胡作非为，那他怎么能够帮助你们呢？"

小杜布罗夫斯基的一番话，那响亮的嗓音和威严的仪表达到了预期的效果。人群安静了下来，分散离开，院子也空了，然而官吏们还留在门廊里。弗拉基米尔难过地登上台阶。沙坝什金打开门，卑躬屈膝地向杜布罗夫斯基鞠躬，感谢他善心的庇护。弗拉基米尔蔑视地听着他说完，但一句话也没有回答。

"我们决定，"沙坝什金接着说，"请您答应我们在这里住宿，因为天黑了，您的农民可能会在路上攻击我们。劳驾您嘱咐仆人在客厅里为我们铺些干草，只要天一亮，我们就动身返回。"

"随便你们，"杜布罗夫斯基冷冷地答道，"因为我已经不是这儿的主人了。"说完这些，他就回到父亲的房间，并随手把门关上了。

第六章

"如此，一切都完了。"杜布罗夫斯基自顾自地说，"今天早上我还有一个安身立命的场所，我还有饭吃。只要到了明天，我就要离开这栋老屋，离开这个我出生和父亲安眠的地方，接着它就属于害死我父亲、迫使我沦落为乞丐的那个可恶的人了！"弗拉基米尔咬紧牙关，深深地凝视着母亲的肖像。画像中的母亲身穿一件白色晨衣，头上插着一朵玫瑰，倚栏而立。

"连这幅肖像也将落到仇人的手里。"弗拉基米尔想，"它将和那些破椅子一起被丢进杂物室，或者被挂在大厅，任凭猎人们嘲弄、奚落、评论。而她的卧室，我父亲去世的房间，也将会住上仇人的管家或者情人……不！不！他休想把我从这里赶走，别想得到这栋伤心的房子。"弗拉基米尔咬紧牙关，一个可怕的念头在脑海里闪过。他听到官吏的声音，他们俨然成了这里的主人，不断要这要那，令人讨厌的声音侵扰他那忧伤的思维。最后，终于一切都安静了下来。

打开柜子和抽屉，弗拉基米尔开始整理他父亲的文件，其中多数是账簿和事务往来的信件。然而弗拉基米尔看也没看就把他们撕掉了。他在里面发现一个小包，上面写着"吾妻来信"。弗拉基米尔满怀强烈的情感读起这些信来——信件写于土耳其战争时期，是由吉斯杰涅夫卡村寄往军队的。她向丈夫倾诉自己孤独冷清的生活和忙碌的日常家务，温情脉脉地抱怨离别的痛苦，召唤他早日回家，深情投入到妻子的怀抱。在这封信中，她对小弗拉基米尔的健康表示担心，在另一封信中她为他描绘了一个幸福而光明的未来。弗拉基米尔读着读着，似乎完全遗忘了人世间的一切，仿佛被带进了一个家庭幸福的世界里，甚至没有感觉到时间的流逝。

墙上的时钟敲响了十一下，弗拉基米尔将信件放进口袋里，点燃了一支蜡烛，走出书房。官吏们在客厅的地板上睡着了，桌上放着喝光酒的杯子，整个房间充斥着浓郁的甜酒气味。弗拉基米尔感到一阵恶心，赶紧从他们身旁经过，来到了走廊。那里一片漆黑，一个人看见烛光，急忙躲进角落里。弗拉基米尔拿蜡烛照了照，辨认出这是铁匠埃尔希普。

"你在这儿躲着干什么？"弗拉基米尔惊奇地问他。

"我想……我来瞧瞧他们是否都在家里。"埃尔希普支支吾吾地小声回答道。

"喂，你握把斧头干吗？"

"干吗？如今出门不能不带着斧头。这些代理人，没有一个是好东西，说不定什么时候……"

"我想你喝醉了，快把斧头扔掉，回去睡觉吧。"

"我喝醉了？弗拉基米尔·安德烈耶维奇少爷，上帝可以证明，我可是没沾一滴酒……这种时候，谁还有心思喝酒。从没听说竟然会有这种事，代理人要来管我们，居然还要把我们的主人从自己的家里赶出去……他们还在那里睡觉，这帮畜生！把他们统统杀掉，来个眼不见为净。"

杜布罗夫斯基眉目紧皱着。"听我说，埃尔希普，你千万别干这种事。"他沉默了片刻，接着说道，"这不是代理人的错。你点上灯笼，跟我来。"

埃尔希普从主人手里拿过蜡烛，在炉子后面找到灯笼，把它点燃，接着两人悄悄地走下了台阶，沿着院子走过去。这时更夫敲响了铁板，狗吠了起来。"谁在守夜？"杜布罗夫斯基问。

"少爷，是我们，"一个尖细的声音回答道，"西华丽莎和路凯莉娅。"

"你们回家去吧，"杜布罗夫斯基说，"这里用不着你们守夜了。"

"你们真的已经尽全力了。"埃尔希普说。

"谢谢少爷。"两个女人回答，接着马上回家去了。

杜布罗夫斯基继续向前走。这时有两个人朝他走来，喊了他一声。杜布罗夫斯基辨别出是安东和格里莎。

"你们为什么还没睡？"杜布罗夫斯基问他们。

"谁睡得着啊？"安东回答，"谁会想到，我们竟然沦落到这种地步……"

"别讲话！"杜布罗夫斯基插话道，"耶格洛夫娜在哪儿？"

"在屋里，她在楼上自己的房间里。"格里莎回答。

"去，将她带到这儿来，此外，除了那些律师之外，全都从家里带出来，一个人也别丢下。你，安东，去准备一辆车子。"

格里莎走了，不久便带着自己的母亲一起回来了。老妇人没有换衣服，这一夜除了那些官吏们，家里没有一个人合眼。

"大家都到齐了吗？"杜布罗夫斯基问，"家里没人留下吧？"

"除了代理人，谁也没有留下。"格里莎回答。

"给我一些干草或麦秸。"杜布罗夫斯基说。

人们立刻从马厩里抱来一捆捆干草。"把它们放在台阶下面。把火给我，兄弟们！"

埃尔希普打开了灯笼，然后杜布罗夫斯基点燃了一块木片。"等一下，"他对埃尔希普说，"我想我肯定是慌忙中把走廊的门给关上了，赶紧打开。"

埃尔希普跑进走廊，发现门是开着的。埃尔希普锁上了门，小声咕哝着："把门打开，当然，没那么容易！"他就又回到杜布罗夫斯基那儿。

杜布罗夫斯基将点燃的木片扔进干草堆，干草立刻烧着了，飞腾的火苗把整个院子照亮了。

"哎呀，"耶格洛夫娜同情地叫了起来，"弗拉基米尔·安德烈耶维奇！你为什么这么做！"

"别说了！"杜布罗夫斯基说，"好吧，兄弟们，再见！我要走了，服从上帝的指示，到他引导我的地方去。祝你们和新的主人生活幸福快乐。"

"敬爱的主人，我们的父亲，"人们大声喊道，"我们宁可死也不远离你，我们要跟你一起走！"

等到马车套好了，杜布罗夫斯基和格里莎便登上马车，安东抽打马匹，驶出了院子。

一会儿火焰便吞没了整栋房子。门槛里啪啦倒塌了，燃烧着的屋梁也倾倒下来，赤色的烟雾在屋顶上空缭绕。与此同时，传来一声声凄凉的嚎叫和哀求声："救命啊！救命啊！"

"没那么简单！"埃尔希普看着大火，幸灾乐祸地嘲笑着说。

"我亲爱的埃尔希普！帮帮这帮畜生吧，"耶格洛夫娜对他说，"上帝会奖励你的。"

"我不去！"铁匠说。此时，官吏们在窗口出现，拼命地想拆断双层窗框。然而，房顶倒下来，哀号声也立即停止了。

不久，全部家奴都向院子里奔来。女人们大声哭喊，急着去抢出她们的财物，孩子们蹦蹦跳跳地观赏着大火。火星乱窜，仿佛暴虐的旋风，连同附近的小屋也被烧着了。"该干的样样都办好了！"埃尔希普说，"烧得真爽，是吧？现在从波克洛夫斯柯耶村也能看得一清二楚。"

这时，出现了一个新的场面，吸引了他的注意。一只猫正在着火的屋顶上跑来跑去，不知道该往哪儿跳，火焰紧紧包围着它。这可怜的动物喵喵叫着，似乎在向人们求助。孩子们看着这只处于绝境中的小猫，差点儿笑破了肚皮。

"很好笑吗？你们这些小鬼。"铁匠气呼呼地教训道，"你们就不害怕上帝？上帝创造的生灵将要被烧死了，但是你们却乐着，这些傻东西！"说完，他将一张梯子架在燃烧的屋顶上，爬上去救小猫。那只猫知道了他的意思，明显带着感激，立即就抓紧了他的袖子。身上多半已被烧焦的铁匠带着获救的小猫爬下了梯子。

"好了，伙计们，再见了！"他对惊慌不已的仆人说，"我在这儿已经找不到事干了。祝你们好运，失礼的地方，请多多海涵。"

铁匠走了，大火又继续迅猛地燃烧了好长时间，最终熄灭了。成堆的炽热余烬依旧在黑夜中燃烧，发出明亮的火光。然而被大火烧得一无所有的吉斯杰涅夫卡村的居民，仍旧在那里徘徊着。

第七章

第二天，火灾的消息就传遍了附近的地区。大家纷纷议论，做出了种种的猜测。有人说，是因为杜布罗夫斯基的仆人在丧宴上喝醉了，一不小心点火烧了房子；另一些人责骂那些刚刚收取了人家房子就在里边酗酒作乐的官吏们；也有些人则猜到了事情的真相，断言致使这次可怕事件的罪魁祸首正是被气愤和绝望所驱使的杜布罗夫斯基本人——但有许多人相信他和他的仆人也全都被烧死了。翌日，特洛耶库洛夫也赶到火灾现场，亲自调查此事。

结果证明，警察局长、地方法院的陪审官、两个文书，以及弗拉基米尔·杜布罗夫斯基、他的保姆耶格洛夫娜、他的仆人格里莎、马车夫安东和铁匠埃尔希普好像全都不知所踪。全体仆人证明说，官吏们是在房屋倒塌下来时被烧死的，而且他们烧焦的骨骸已被找到。西华丽莎和鲁凯里娅她俩说，失火前几分钟她们见到过杜布罗夫斯基和铁匠埃尔希普。依据一致的供词，大家认定铁匠还活着，而且如果他不是火灾唯一的幸存者，那他就是一名主要的纵火犯。杜布罗夫斯基也被判定为有重大的嫌疑。吉利拉·彼得罗维奇把事情的详细情况告诉了省长，并且再次诉诸法律。

不久，新的消息引起了人们的好奇心，为闲谈增加了新的内容。

一伙强盗出现在了某地，他们令周围一带的人胆战心惊。地方当局所采用的政策毫无作用，抢劫事件接连不断，并且一次比一次猖狂，无论是在路上还是在村子里都是危险的。光天化日之下，这伙强盗乘着三驾马车，在全省到处飞奔，拦截行人和邮车，或者侵入村庄，抢劫地主的庄园，然后一把火烧掉房屋。他们的领导因机智勇敢、慷慨大方而远近闻名，他的事迹也是流传甚广。

人人都在讨论关于杜布罗夫斯基的名字，大家深信他就是这帮胆大妄为的强盗的首领。只有一件事让大家感到不可思议，特洛耶库洛夫的庄园居然还完好无损，强盗们没有抢劫过他的一间仓库，甚至没有拦劫过他的一辆大车。向来傲慢自大的特洛耶库洛夫把这种例外，归功于他在全省的威望以及他在村子里组织的一支优秀的保安队。开始的时候，邻居们都嘲笑特洛耶库洛夫过于自负，每天期待着不速之客可以光顾这个有利可图的波克洛夫斯柯耶村。但是过了一段时间以后，他们必须同意特洛耶库洛夫的看法，认同强盗对他怀有一种难以理解的尊敬。特洛耶库洛夫十分得意，每当听到杜布罗夫斯基抢劫的消息，他就尽力嘲讽省长、县警察局长和连长们，说他们老是让杜布罗夫斯基从眼皮底下安然无恙地逃掉。

11 月 1 日到了，这是特洛耶库洛夫的教堂庆贺宗教节日的日子。不过，在开始描述即将发生的事情之前，我们必须首先向读者讲解一下几个新的人物，或者说是在小说开头我们稍带提到的那几个人物。

第八章

想必聪明的读者已经猜到了，我们到现在为止也还只是偶尔提过的吉利拉·彼得罗维奇的女儿是我们这部小说的女主人公。

在我们所描述的那个年代，她才十七岁，正好是花样年华。

她的父亲对她百般宠爱，但却以自己一贯随心所欲的态度对她，有时尽力满足她，即使是十分微小的异想天开的想法，有时则用十分严厉甚至残酷的态度吓唬她。他一直坚信女儿是爱着他的，可事实却是，他从来就没有获得过她的信任。在他跟前，她已经习惯了隐藏自己的思想和感情，因为她一辈子也无法真实知道他对她的感情会有什么样的反应。她没有朋友，总是孤身一人。邻家的妻女也很少到吉利拉·彼得罗维奇家里来，因为他们只邀男人来家里玩耍和谈话，所以，我们这位年轻的美女很少在吉利拉·彼得罗维奇宴请的那些宾客中露面。家里那间庞大的图书室，大部分都藏的是十八世纪法国作家的作品，随便她怎么看。她父亲除了一本《技艺超群的厨师》，别的书都不看，自然不能指导她对书籍的选择，因此玛莎在翻遍了各类作品后，自然就选中了小说。她就这样完成了自己的教育，是在咪咪小姐的引导下开始的。吉利拉·彼得罗维奇十分信赖这位小姐，对她十分友善，只是后来这种友好关系太过于明显时，才必须偷偷地把她送到另一个田庄。

咪咪小姐给大家留下了非常愉快的印象，一个心肠好的姑娘，从未滥用自己对吉利拉·彼得罗维奇具有的影响力，在这一点上，她和那些不时更换的别的女人截然不同。吉利拉·彼得罗维奇似乎对她更加宠爱，一个大概九岁的黑眼睛小淘气鬼萨莎，也被看成是他的儿子，在他家中长大成人。他的面孔让人想起咪咪小姐南方人的样子，但是，有许多赤脚在他窗前来回奔跑的小男孩，简直跟吉利拉·彼得罗维奇长得一模一样，却被他看作家奴。吉利拉·彼得罗维奇替自己的小萨莎请来一位来自莫斯科的法国教师，这位教师正是在我们所描述的事件发生之时来到波克洛夫斯柯耶村的。

吉利拉·彼得罗维奇十分喜欢这位有着很好的长相、朴实自然的教师。他向吉利拉·彼得罗维奇出示了自己的证明和特洛耶库洛夫的一位亲戚的介绍信，他在这个亲戚家中做了四年家庭教师。吉利拉·彼得罗维奇一一查看了这些证件，让他唯一不满意的是这位法国教师年纪太轻——这并不是由于他认为这个可爱的缺点和教师这一错误的称号所必需具备的耐心和经验不相符，而是另有顾忌。他觉得应该立即向教师当面讲明，为此，他派人叫来玛莎（吉利拉·彼得罗维奇不会说法语，让女儿给他担当翻译）。

"过来，玛莎，你告诉这位先生，事情就这么说定了，我聘请他。不过我有个条件，即不准他追求我的女仆，否则，我就叫这狗崽子知道老子的厉害……快翻译给他听，玛莎！"

玛莎羞得满脸通红，她转身用法语对年轻的教师说，父亲希望他为人谦逊，行为检点。法国人向她鞠了一躬，回答道，即使他不能讨得大家的欢心，至少也希望赢得尊重。玛莎如实翻译了他的话。

"很好！很好！"吉利拉·彼得罗维奇说道，"他不用讨取任何尊重和欢心。他的职责就是照管萨莎，只要教他文法和地理，翻译给他听就行。"

玛莎尽自己的努力把父亲粗俗的话翻译得委婉些。于是，吉利拉·彼得罗维奇安顿那个法国人住进了一间门房，并将内部的一个房间给他。

玛莎根本没打算去留意这位年轻的法国人，由于她是在贵族偏见的熏陶下长大的。在她看来，教师只是属于仆人或者手艺人之类的，而这一类人在她眼里根本不是男人，她不曾留心德福什先生给她留下的印象——他的慌乱、他的激动和他声音的起伏。后来接连几天，她常常会遇见他，都是不屑一顾，但一件意外的事情让她对他有了一个全新的认识。

　　在吉利拉·彼得罗维奇的院子里平时养着几头小熊，它们是他的主要娱乐对象。在小熊还非常小的时候，每天都被带到客厅里，供吉利拉·彼得罗维奇逗乐，常常是一连好几个小时，有时候还让它们和小猫小狗斗。等到它们长大以后，就用锁链拴住，准备真正的撕斗。有时，熊被牵到主人房屋的窗前，仆人们把一只钉满钉子的空酒桶滚给它。熊嗅了嗅酒桶，接着轻轻一碰，结果刺痛了它的爪子。熊被惹怒了，就使劲去推酒桶，但疼得更加厉害。熊气疯了，大声吼叫着向酒桶扑上去，直到人们把那可恶的东西拿走为止。偶尔他们把一对熊套在大车上，不管客人们是否愿意，硬是把他们推上车，然后熊拉着他们瞎跑，跑到哪儿是哪儿。然而，吉利拉·彼得罗维奇最喜欢的还是这种恶作剧——他们通常将一只非常饥饿的熊关进一间空房子里，用一根绳子将它拴在墙上的铁环上。绳子的长度几乎与房子的长度一样，所以只有在对面的一个角落才能避免这可怕野兽的袭击。一个毫不知情的客人被领进这间房子，然后被猛地一下推了进去，接着门锁上了，这个不幸的牺牲者独自同那个毛茸茸的家伙待在一起。可怜客人的衣服下摆被扯得粉碎，手臂也会被抓伤，不过很快他就找到了那个安全的角落。但他不得不紧贴墙角站上整整三个小时，眼睁睁地看着离他只有两步之遥的凶猛野兽竖起它的两条后腿，蹦跳着，咆哮着，然后竭力向他猛扑过去……这就是一个俄国乡绅的高尚娱乐！

那位教师来到这儿以后没几天，特洛耶库洛夫就想起他来，准备让他尝尝熊室的滋味。一天清晨，特洛耶库洛夫把他叫来，带领他穿过阴暗的走廊。忽然，一扇边门打开了，两个仆人把毫无防备的法国人推了进去，然后就把门锁上了。教师立刻明白了，他看见墙上那只被拴着的熊——那畜生呼哧呼哧地喷着气，从远处就开始伸出鼻子嗅嗅客人，突然，它后脚直立，向法国人奔过来……他没有惊慌，也没有逃跑，而是静静地等待着它的袭击。熊走近了，德福什从口袋里快速地掏出小手枪，插入这只贪婪的熊的耳朵，打了一枪。熊倒下了，大家都跑了过来。吉利拉·彼得罗维奇走进来以后，对眼前的一切感到吃惊。

吉利拉·彼得罗维奇表示一定要将这件事弄个水落石出：是谁事预先将这个把戏告知给德福什的，为什么他的口袋里当时会装有实弹手枪。他派人去找玛莎，要她把父亲提出的问题翻译给法国人。

"没有告诉过我关于熊的事情，"德福什回答，"但我随时都带着一把手枪。我的身份地位不允许我提出决斗，不过，我不能忍受任何人的侮辱。"玛莎惊奇地望着他，并将他的话翻译给吉利拉·彼得罗维奇。吉利拉·彼得罗维奇没说什么，只是下令把熊拖出去，将熊皮剥下来。然后，他转过头对仆人们说："真是条好汉！他不怕，他真的不怕！"从那以后，他开始喜欢起德福什了，不再拿他当作实验品。

不过，这件事情给玛丽亚·吉利洛夫娜留下了十分深刻的印象。她被这一切震撼了，头脑里总是出现那头死熊和镇定地站在死熊旁边、从容自如地和她讲话的德福什。她看到，勇敢和高贵的自尊心不是一个阶级所特有的品格。从那以后，她开始尊敬这位年轻的教师了，而她的这种尊敬与日俱增，越来越明显。他们之间开始有了更为密切的往来——玛莎有一副好嗓子，加之她极具音乐天赋，德福什自发地给她授课。不难猜想，玛莎爱上了他，即使她都还没有意识到这一点。

第二部

第九章

　　节日前夕，宾客们阵阵赶来，有的人住在主人的府邸和门房里，剩下的则被安置在管家、神父和富裕的农户家里。马厩里则拴满了客人的马匹，马车房和仓库里也排列着各种各样的马车。九点钟，弥撒的钟声敲响了，大家都朝崭新的石砌教堂的方向走去。

　　这座教堂还是吉利拉·彼得罗维奇建造的，他每年都要装饰一番。这么多的上等人士到教堂来做弥撒，使得普通老百姓连立足之地都没有了，他们只能站在门口或外面。弥撒还没有开始，因为神父正在等候吉利拉·彼得罗维奇的到来。

　　吉利拉·彼得罗维奇驾着六套马车来了，并在玛丽亚·吉利洛夫娜的陪同下，庄重地走到自己的位置上。他们刚一出现，所有人的目光都转向了玛丽亚·吉利洛夫娜——男人们惊于她的美貌，女人们则认真打量着她的装扮。弥撒终于开始了，家庭唱诗班唱起了赞美诗，吉利拉·彼得罗维奇也跟着唱了起来，专心地祈祷，当助祭高声称颂他为此神殿的创建者时，他傲慢而又略显谦恭地向他深深鞠了一躬。

弥撒结束的时候，吉利拉·彼得罗维奇第一个走上前去吻十字架，众人就尾随他去吻十字架，接着邻居们向前给他行礼致敬。吉利拉·彼得罗维奇离开教堂的时候，请大家去他家就餐，然后就坐上马车回去，客人们都跟在他后面。

所有的房间里都挤满了客人，不停地有新的客人到来，他们历尽千辛万苦才挤到主人跟前。女士们规规矩矩地围坐成半圆形，个个都打扮得珠光宝气，穿着盛行一时的华装丽服。男人们则集中在伏特加和鱼子酱的旁边，高谈阔论。

餐厅里放着两张可供八十人用餐的餐桌，仆人们忙得不可开交，摆上酒瓶和酒杯，整理着桌布。最终，司膳总管宣布午餐全部备好了。于是，吉利拉·彼得罗维奇带头到餐桌旁坐了下来；然后，已婚的女士们按照长幼尊卑跟着他严肃地入席；小姐们像一群羞怯的羔羊，互相依偎着，一个挨着一个地坐下；男士们则坐在对面；在桌子的尽头，教师挨着小萨莎坐下。

仆人们按照客人的地位高低来侍候他们，当他们无法确定时，就依照拉法托的原则去接待，几乎没有出过错。杯盘的铿锵声与匙子的叮当声，还有宾客们嘈杂的说话声汇成一片嘈杂的吵闹声。吉利拉·彼得罗维奇很是兴奋地环视宴席，完全沉浸在他所充当的好客主人这一角色的欢乐中。这时，一辆六套马车驶进了院子。"谁来了？"主人向他问道。"安东·帕甫怒季奇。"有几个人不约而同地说。门打开了，安东·帕甫怒季奇·斯皮岑走进了餐厅。这个五十岁左右的大胖子，有一副圆圆的大麻脸和三重下巴。他来到餐厅，满脸堆笑，为自己的迟到鞠躬致歉。

"再给我上一份餐具！"吉利拉·彼得罗维奇大声说，"欢迎你，安东·帕甫怒季奇！快请坐，告诉我们发生什么事情了——不来参加我的弥撒，而且午餐也迟到了。这可不像你平日的作风，你原本是个敬畏神明而且又十分喜好吃喝的人嘛！"

"真的很抱歉！"安东·帕甫怒季奇回答说，一边把餐巾系到他那豌豆色大衣的扣眼里，"实在是抱歉，吉利拉·彼得罗维奇老爷。我原本一大早就出门了，但是没想到走了还不到七英里，前轮的轮箍忽然断成了两半——我一下子没有了主意。幸好离村子不远，我们费尽艰难把车拖到那里，找了个铁匠，总算马马虎虎地把它弄好了，但是三个小时已经过去了——真的是没办法呀！抄近路吧，要经过吉斯杰涅夫卡森林，我不敢冒那个险，就只能绕圈子。"

"啊哈！"吉利拉·彼得罗维奇打断他的话说，"你呀，自然不算什么英雄好汉，这我是知道的。但你害怕什么呢？"

"我害怕什么，吉利拉·彼得罗维奇？那当然是怕杜布罗夫斯基呀，我想总有一天我会落到他的魔掌里的。这个混小子，谁也不放过。尤其是我，我要是被抓到，他如果不剥掉我两层皮才怪呢。"

"老兄，他怎么对你会特别关照呢？"

"怎么会，老爷？当然是由于他的父亲安德烈·珈夫利洛维奇了。我就是为了让您满意，即凭着良心和公道证明了杜布罗夫斯基一家没有任何权利来占有吉斯杰涅夫卡村，他们拥有这块领地，完全是因为您仁慈的恩惠。那个死人，上帝让他的灵魂安息吧，曾经发誓要同我算账，他的儿子肯定会实现他父亲的誓言。直到现在，多蒙上帝保佑，他们总共就只抢了我的一个仓库，可是，我担心他们迟早肯定有一天会来抢劫我的房子。"

"在那房子里，他们一定会得到满足的。"吉利拉·彼得罗维奇说，"我认为，你那个红钱匣子，早就塞得满满的了。"

"哪儿的话，吉利拉·彼得罗维奇老爷！以前它确实是满满的，不过如今可全空了。"

"干吗撒谎呢，安东·帕甫怒季奇！我还不知道你，你根本就没有花钱的地方，你从来都不请客，农奴被你榨得一干二净，你还是一门心思只知道攒钱。"

"您真会开玩笑，吉利拉·彼得罗维奇！"安东·帕甫怒季奇面露微笑，然后咕咕哝哝地说道，"但是我已经破产了，真的。"说着，他拿着一块油腻的馅饼连同主人那绅士十足的玩笑一起吞到肚子里去了。

吉利拉，彼得罗维奇没有再搭理他，转向了新上任的警察局长。这是这位局长第一次来他家做客，他在餐桌的另一端，正好坐在教师的旁边。

"那么，警察局长先生，您抓住杜布罗夫斯基还要多久呢？"

警察局长不禁慌张地鞠了一躬，笑了笑，然后结结巴巴地说："我们一定尽力而为，大人！"

"哼！尽力而为？我看你们已经就尽力而为了，但也不见有什么结果，说实在的，干吗要逮住他呢？依我看，杜布罗夫斯基的抢劫对于警察局长来说倒算是一桩难得的美差事，你们要四处巡行和侦查，就要有旅费，这样钱就落在你们的口袋里，你们怎么能把自己的大恩人除掉呢？是不是，局长先生？"

"对极了，先生！"警察局长狼狈不堪地回答道。客人们都哈哈笑起来。

"我就喜欢这个年轻人的真诚坦白！"吉利拉·彼得罗维奇说道，"我看我得亲自处理一下这件事了，不能不闻不问，只靠警察局的帮助。可惜，我们的老警察局长塔拉斯·奥列科谢耶维奇去世了。要是他们没把他烧死，现在一定会安静得多。听说杜布罗夫斯基的一些消息吗？近来谁见过他？"

"我见过，吉利拉·彼得罗维奇。"一个低低的女性声音答道，"上个礼拜二他同我一块儿吃过午餐。"

所有的目光立刻集中到了安娜·萨维那·格洛波娃的身上。她是一个寡妇，一个十分朴实的人，人人都喜欢她那既善良又愉快的性情。现在，大家都很有兴致地准备听她讲故事。

"三个礼拜以前，我曾派管家到邮局去给我的万纽沙寄一封信。我并不溺爱儿子，哪怕有那份心思，也没那个能力。不过，作为一个近卫军军官，总要保持体面，所以我尽可能把自己的收入分给万纽沙一些，于是我给他寄去两千卢布。

"虽然我还不止一次地想到杜布罗夫斯基，但我转念又想，离县城总共只有五英里路，上帝保佑，或许我们会平安无事的。

但是，到了晚上，管家徒步回来了。他面色苍白，衣服也被撕得稀烂。我当时简直喘不过气来：'怎么回事？你这到底怎么啦？'他告诉我说：'亲爱的安娜·萨维那，我在路上被强盗抢了，差点儿被杀死。杜布罗夫斯基本人就在那儿，他想吊死我，但后来发了点善心，就把我给放了。他抢光了我所有的东西，甚至连马带车全都抢走了。'我当时简直要气晕过去。老天啊，我的万纽沙怎么办呀！我没办法，只好又给他写了一封信，把这件不幸的事情的经过原原本本地告诉了他。我连一个子儿都没有给他寄去，只能捎去我对他的祝福。

"一两个礼拜过去了，忽然一辆马车驶进我家。一位陌生的将军说要见我，对他的到来，我表示欢迎。一个三十五岁左右、皮肤黝黑、长着黑头发、留着胡须、长相酷似库里涅夫的人走了进来。他自报家门说是我先夫的朋友和同事，还声称他当时正好路过此地，知道我住在这儿，顺便过来看看他同伴的遗孀。为了不失礼数，我拿出家里所有的食物招待他，跟他随便聊聊，最后谈到了杜布罗夫斯基。

"我跟他谈了我那件不幸的事，将军皱了皱眉头。'那就奇怪了，'他说，'我听说，杜布罗夫斯基并不是见人就抢，而是专抢那些大富豪。就算是对他们，也不会洗劫一空，总要给他们留下一半的钱财，而且目前还没有人控告他杀过人。我认为这其中有诈，请您把管家叫来。'于是他们去叫管家，管家一见到将军，便吓呆了。'告诉我，老兄，杜布罗夫斯基是怎么抢劫你的东西，又是怎么想吊死你的。'我的管家立刻吓得浑身发抖，一下子跪倒在将军脚下：'我罪该万死，老爷，

203

都是我的错，是我撒了谎。''原来是这样，'将军回答说，'那么你就快把事情的经过讲给太太听，我也听听。'管家努力想使自己平静下来。'那么，'将军接着说，'告诉她，你是在哪儿见过杜布罗夫斯基的？''就在两棵松树旁边，老爷。''他对你说了什么？''他问我，你是什么人，你要到哪里去，去做什么。''说！然后呢？''然后他要我交出信和钱，我就都交给了他。''然后呢？''然后他……老爷，我真是罪该万死。''说下去，他做什么了？''他把钱和信交给我，还对我说，好好拿着吧！快点到邮局去。''那你呢？''老爷，我罪该万死。''我想我必须跟你算账，我的朋友。'将军厉声说道，'太太，请您派人快去搜查这骗子的箱子，把他交给我，我必须好好教训他一顿。让我告诉你，杜布罗夫斯基本人也是一位近卫军军官，他肯定不会欺负他的同事。'事情到了这个时候我已经猜到这位大人是谁了，什么也不用争论了。车夫把管家绑在他的车厢里。然后钱找到了，将军和我一块儿吃了饭，然后带着管家走了。次日，在林子里找到了我的管家，他被绑在一棵橡树上，全身上下都被剥得一丝不挂。"

大家静静地听着安娜·萨维那的故事，特别是那些年轻的女士们。她们当中有许多人对杜布罗夫斯基渐渐地产生了好感，认为他是一个传奇的英雄，特别是玛丽亚·吉利洛夫娜——这位整日狂热的幻想家，这个整日在拉德克利夫夫人神秘恐怖小说的熏陶之下长大的少女。

"那么，安娜·萨维那，你觉得去见你的那个人是杜布罗夫斯基本人吗？"吉利拉·彼得罗维奇问道，"那就大错特错

204

了。我不明白你的那位客人到底是谁，但我敢肯定他一定不是杜布罗夫斯基。"

"为什么不是杜布罗夫斯基，老爷？还有谁会在半路上拦住行人，然后进行搜查？"

"我不知道，不过这个人的确不是杜布罗夫斯基。我还记得他年幼的样子——那时他长着一头浅黄色的头发，我不清楚他的头发现在是不是变黑了。但是，有一点我记得很清楚，杜布罗夫斯基比我的玛莎大五岁，如今他不是三十五岁，而是只有二十三岁。""确实是这样，大人。"警察局长肯定地说，"我的口袋里留有一张弗拉基米尔·杜布罗夫斯基的相貌说明书，上面写得明明白白，他二十三岁。"

"哦！"吉利拉·彼得罗维奇说，"快念给我们听一听，让我们听听，让大家知道他长得什么样子倒不是一件不好的事情。要是谁碰到他，他都逃不了了。"

警察局长从口袋里找出一张脏兮兮的纸头，郑重地将纸打开，用唱腔念道："据弗拉基米尔·杜布罗夫斯基以前家奴的证词，他的相貌特征如下：二十三岁，中等身材，皮肤很白，没有留胡须，褐色眼睛，棕色头发，鼻子挺直，无其他任何明显特征。"

"只有这些！"吉利拉·彼得罗维奇说道。

"只有这些。"警察局长一边答道，一边将纸头折叠好。

"我祝贺你，先生！真是一张了不起的文书啊！照这样的相貌特征看，保管你们不费吹灰之力就能将杜布罗夫斯基找到。我倒要问问：对大多数人来说，谁不是中等身材，哪个不是棕色头发、笔直的鼻子、褐色的眼睛？我敢打赌，你就是跟杜布罗夫斯基本人面对面讲上三个小时，你也猜不出那就是他本人。我不得不说，你们这帮当官的头脑真是聪明啊！"

警察局长轻轻地将文书放进口袋里，然后默默地夹起了鹅肉和白菜。此时，仆人们都已经向客人的酒杯中斟了好几回酒了。在一阵清脆的响声中，几瓶高加索酒和克里米亚酒都被打开了，并被冠以香槟酒的大名。此刻，宾客们的脸开始泛红，谈话也变得更加洪亮，更加活泼，更加语无伦次。

"看不到了，"吉利拉·彼得罗维奇接着说，"再也看不到像塔拉斯·奥列科谢耶维奇那样的警察局长了！这人不会胡思乱想，还非常精明。只不过他被大火烧死了，要不然的话，这伙匪徒一个都别想逃脱他的手心。他们统统得落网，连杜布罗夫斯基本人也别想逃脱。塔拉斯·奥列科谢耶维奇或许会收下他的贿赂，不过，依然不会放走他——这就是他的风格。

"现在没办法，看来我得亲自出马，由我自己的人把那伙强盗捉拿归案。首先我必须派一二十个人去把强盗所在的那片森林砍个干干净净。我的这帮手下可不是胆小鬼，个个都能擒住一头熊，见了强盗更不在话下。"

"您的那头熊现在还好吗，吉利拉·彼得罗维奇？"安东·帕甫怒季奇问道。一听到这话，他就想起自己那毛茸茸的老朋友，想起以前的种种恶作剧。"米沙已经死了。"吉利拉·彼得罗维奇回答说。"它在敌人的手里壮烈牺牲了，那个人就是它的战胜者。"吉利拉，彼得罗维奇指着德福什说，"你再去给我们这位法国的守护神雕一个圣像吧，他为你报了仇，为了你那……请恕我直言……你现在还记得吗？”

“怎么会不记得！”安东·帕甫怒季奇搔着脑袋说，“记得一清二楚！那照这么说，米沙已经死了？我听了很伤心，真的很伤心！它是多么逗人的小东西！多么聪明伶俐！再也找不出像它那样的熊了。不过，先生，为什么它会被打死呢？”

吉利拉·彼得罗维奇开始兴致勃勃地讲述法国人的壮举，他有一种善于炫耀周围一切事物（在某种程度上，这些事物是属于他的）的令人惊讶的才能。客人们全神贯注地听着熊被打死的故事，同时吃惊地望着德福什，但德福什并没有意识到他的英勇之举正成为大家谈论的话题，他正安静地坐在自己的位置上，教导他那十分活泼淘气的学生。

通向大厅的门敞开了，舞会开始了。特洛耶库洛夫和他的亲信一同坐在角落里，一杯一杯地喝着酒，欣赏着青年人的娱乐，而老太太们则在一旁玩着纸牌。只要附近没有驻扎骑兵的地方都是缺少男人，只要能够跳舞的男人都会被拉上场。教师在他们当中是出类拔萃，他跳得比谁都多，每一位小姐都乐意选他作为舞伴，一致认为和他跳华尔兹舞非常自如。他和玛丽亚·吉利洛夫娜跳了很多场，小姐们都以讥讽的眼神看着他们。最终，快到半夜了，特洛耶库洛夫疲倦了，舞会中止，晚宴也快结束了，而他则回去睡觉了。吉利拉·彼得罗维奇不在场，客人们感到更加轻松自在，因而也就更活跃起来。

绅士们斗胆坐在女士们的身边，小姐们总是一脸欢笑，和邻座窃窃私语，太太们就隔着桌子大声谈笑，男人们开怀畅饮，高谈阔论。总而言之，晚宴吃得非常快乐，给大家留下许许多多愉快的回忆。

房间里只有一个人没有参加这样共同的娱乐。安东·帕甫怒季奇一直不开心，闷不吭声，心不在焉地吃着东西，心事重重的样子，有关强盗的谈论把他的脑袋搅乱了。我们很快就能知道，他害怕这些强盗是有足够理由的。

安东·帕甫怒季奇祈求上帝替他作证，证明他的红钱匣子确实已经空了，他没有说谎——红钱匣子确实空了，不过，钱却转移到了他的衬衣下面系在颈上的一个皮包里。只有采取了这种预防措施之后，他那种时常的恐惧猜忌的心情才总算稍稍地踏实了点。被强迫在一个陌生的房子里过夜，他很担心被安置到一个偏僻的房间里单独睡觉，那样的话，小偷就有可能轻而易举地钻进去。他到处张望，想找个可靠的同伴，最终他选中了德福什。他那强健的体格，特别是他与熊搏斗所展现出来的勇气和胆量给了安东·帕甫怒季奇足够的理由。可怜的安东·帕甫怒季奇一想起那只熊便毛骨悚然。当他们从餐桌旁起身的时候，安东·帕甫怒季奇走向法国青年，清了清嗓子，就跟他交谈起来。

"嘿，嘿，我今晚能在您的房间里住一夜吗，先生！您知道……"

"您有什么事吗，先生？"德福什很恭敬地向他鞠了一躬。

"哎呀，真糟糕，你怎么还没有学会俄国话。我想和您住一个房间，您明白了吗？"

"先生，我很乐意。"德福什回答，"您尽管吩咐吧。"

安东·帕甫怒季奇对自己的法语水平很满意，立即做了必要的安排。

宾客们互道晚安，回到指定的房间，安东·帕甫怒季奇跟着教师走进房间。四周一片漆黑，德福什提着灯笼在前面照路，安东·帕甫怒季奇很有信任感地跟在后面，不时用手摸一摸藏在胸膛的皮包，确定钱还在里面。

走进房门以后，教师点燃了蜡烛，两人便动手脱衣准备睡觉。这时，安东·帕甫怒季奇在房间里四处走动，检查门锁和窗户，后果实在不能令人满意，他无奈地摇了摇头。门没有锁，只有一根门闩，窗户也不是双层窗。他很想向德福什发几句牢骚，可他的法语实在有限，难以做出如此复杂的解释。所以安东·帕甫怒季奇只得把满腹的怨言咽了回去。他们的床铺相对着，两人躺下以后，教师负责吹灭了蜡烛。

"你为什么吹灭蜡烛？为什么？"安东·帕甫怒季奇喊了起来，他竭力想生搬硬套，按法语变位法来套用燃灭这个俄语动词，"灯灭了我睡不着。"

德福什听不明白他的大叫大嚷，还礼貌地向他道了声晚安。

"可恶的异教徒！"斯皮岑一边咕哝着，一边裹紧毛毯。"居然把蜡烛吹灭了！没有亮光我根本睡不着。先生！先生！"他又叫了起来，"我有话跟你说。"

可是，法国人不回答，不一会儿就打起呼噜来了。

"还打起呼噜来了，这个畜生。"安东·帕甫怒季奇心里想，"可是，我现在一点儿睡意也没有，说不定小偷什么时候就从打开的门走进来，或者从窗户溜进来了，恐怕用大炮也休想把那畜生叫醒。先生！先生！见鬼吧。"

安东·帕甫怒季奇不说话了，疲倦和酒力慢慢战胜了恐惧，他开始打盹，不多久便入睡了。

突然一种奇怪的声音惊醒了他，迷迷糊糊觉得有人在轻微地扯他衬衣领子。安东·帕甫怒季奇睁开眼皮，在秋日惨淡的晨光中，他看清楚了站在面前的德福什——这个法国人一手紧握住手枪，另外一只手在解他那珍藏的皮包。

安东·帕甫怒季奇吓得一身冷汗，"您这是干什么，先生，这是什么意思？"他颤抖地问道。

"老实点！别出声！"教师用地道的俄语答道，"别出声！不然，你就死定了。我是杜布罗夫斯基。"

第十章

如今，请读者允许我解释一下在刚才我们的故事中提到的那些事情，在这之前发生的一些情形，我们还没来得及说明白。

在我们之前提到过的那个驿站站长的屋子里，屋子的一个角落里坐着一位游客，从他那温和且极具耐心的神情看，他应该是一个出身卑贱的人或者是一个外国人，就是一个在驿站上没有权力的人。他的马车停放在院子里等着加油，马车上也只放着一只小小的手提箱，这足以证明他的生活是非常穷困的。这位旅客既没有要茶，也没有要咖啡，只是不停地向窗外张望，吹着口哨，这一切令坐在隔板后面站长的妻子十分讨厌。"真是糟糕，那个吹口哨的家伙！"她小声说道，"他总是那样吹！

该死的异教徒。"

"别那么说！"驿站长说，"有什么关系呢？你就让他吹好了！"

"有什么问题？"他的妻子气愤地反驳说，"难道你没听过那句俗语？"

"哪句俗语？吹吹口哨就能把咱们的钱给吹跑了？真是荒谬，帕霍莫夫娜！吹口哨跟我们一点儿关系也没有，反正咱们这辈子都不会有钱的。"

"你赶紧把他打发走吧，西多雷奇！干吗把他留在这儿？把马给他，让他见鬼去吧。"

"他必须等一等，帕霍莫夫娜，咱们只有三辆三套马车，第四辆现在还在休息。随时都会有尊贵的旅客到来，我可不想因为了一个法国佬而连累自己。听！我猜得对吧！真的有人驾着马车奔来了！嘿！跑得真快！该不是来了个将军吧？"

一辆马车飞驰到了前面的台阶。从车厢上跳下来一个仆人，打开车门。不多久，一个身穿军大衣、头戴帽子的年轻人来到驿站的房子，那个仆人跟在他后面，手里拉着一个小箱子，他把箱子放到窗台上。

"马匹！"军官叫道。

"是，先生，"站长答道，"我能看一看您的驿马使用证吗？"

"我没有驿马使用证，我也不走大路……难道你不知道我是谁吗？"

驿站长顿时有些恐慌，冲进房间去催车夫。年轻人在房间里走来走去，又来到隔板后面，问站长的妻子那个旅客是个什么人。"鬼才晓得！"站长的妻子回答道，"一个法国人。他在这儿等候马匹，一直在吹口哨，现在都快有五个小时了。真叫人恶心，该死的异教徒！"

年轻人走过去用法语同那位旅客聊了起来。"您要到哪儿去？"他问法国人。

"到旁边的一个城市，"法国人回答，"从那里再去当地的一个地主家里，他想聘请我当他的家庭教师。我本来还以为今天就可以到那里，可现在看来，站长先生似乎另有安排。在这个国家要想弄到马匹可真是不容易啊，军官先生！"

"不知道是当地的哪位地主聘请了你？"军官好奇地问道。

"特洛耶库洛夫先生。"法国人回答说。

"特洛耶库洛夫？这是个什么人？"

"老实说，我很少听到别人说他好话。人家都说他是一个蛮横无理顽固不化的老爷，对待手下人也很残酷，谁也跟他合不到一块儿去，大家听到他的名字就颤抖。他对家庭教师也毫不留情面，以前有两个家庭教师被他打得很惨。"

"那怎么了得！那您居然还敢到这样一个恶魔家里去吗？"

"但是，我有什么法子呢，军官先生。他说给我丰厚的薪水，一年三千卢布，还提供免费食宿，说不定我比别人要幸运一些。我有一个老母亲，我得把一半的工资寄给她，其余的积攒起来，五年就能有一笔小小的资本，够我今后独立生活了。到了那时，我就回巴黎去做生意。"

"特洛耶库洛夫家里有人认识您吗？"军官问道。

"没有，"教师答道，"他是由莫斯科的一个朋友知道我的，他那朋友的厨师是我的同乡，我就是他介绍的。实话跟您说，我本来是学做面包的，并不是做教师的，可是，有人给我说，在你们国家当教师能赚到更多的钱……"军官沉思片刻。

"请听我说，"他打断法国人的话说，"如果有人给您一万块钱，让您放弃这个职务，马上回巴黎，你觉得怎么样？"法国人惊讶地望着军官，笑着摇了摇头。

"马都准备好了。"驿站长进来说，仆人证明了他的话。

"我这就来，"军官说，"你们先出去一会儿。"驿站长和仆人相继出去走了。

"我不是跟您说着玩儿的，"他继续用法语说，"我能够给您一万卢布，只要您立刻离开，把证件留下。"说着，他打开了箱子，取出来一些钞票。法国人睁大眼睛，不知怎么办才好。

"马上离开……我的证件……"他吃惊地重复着，"它们都在这儿，不过，我想您一定是在和我开玩笑吧？您要我的证件干吗呢？"

"这与您没有关系。我只想问您，您到底同不同意？"法国人依然不敢相信自己的耳朵，他小心翼翼地把自己的证件递给了年轻的军官，那军官用很快的速度检查了一遍。

"您的护照……好；介绍信……让我看看；您的出生证……太好了。行了，这是我给您的钱，您回去吧！再见！"

法国人一动不动地站在那里，那军官又转身向他走来。

"我差点儿把最重要的一点给忘了——请您用名誉保证，这件事只有你我二人知道……请您务必用名誉担保。"

"是的，一定，"法国人回答，"但是，我的证件在哪呢？没有它们我该怎么办呢？"

"您到了第一个城市就去报案，就说您被杜布罗夫斯基抢劫了。他们一定会相信您的，还会发给您相关的证明。再见！祝愿您早日回到巴黎，也祝愿您的母亲平安，身体健康。"

杜布罗夫斯基离开房间，坐上马车，飞驰而去。

驿站长望着窗外，直到马车离开以后，他才转身对妻子说："帕霍莫夫娜！你听说了吗？他就是杜布罗夫斯基。"

他的妻子飞奔向窗口，但是太晚了，杜布罗夫斯基已经走远了。她开始责怪丈夫："你不怕上帝呀，西多雷奇！要是你能早点儿告诉我，我也看一看杜布罗夫斯基，现在谁知道他什么时候才能够回来呢！你这个没心肝的！"

法国人像生了根一样站在那儿一点儿都不动。钞票以及与军官达成的协议——这突如其来的一切简直是一场梦。可是，一沓沓的钞票还在那里，仍旧在他的口袋里，无可辩驳地证明了这次离奇的事件真真切切地发生过。于是他决定雇几匹马到城里去。马夫慢慢地赶着车，当他们抵达城里的时候，就已经是夜里了。还没有到达城门口，法国人就叫车夫停下马车。

城门口没有哨兵，只有一座坍塌的岗亭。他下了马车之后，用手势告诉马车夫，马车和手提箱全都送给他，就当作酒钱，说完马上徒步离开了。车夫见法国人这样慷慨大方，感到非常惊讶，就如法国人接受杜布罗夫斯基建议时的情形一个样。但是，车夫由此断定这位外国绅士神经错乱了，于是他又深深地向他鞠了一躬，表示谢意。他又想到最好不要进城里去，便驾着马车去了一家他经常光临的娱乐场所，那儿的老板是他的朋友，他在那里消磨了一整个晚上。次日早晨，他回家时，只带着三匹马，他脸上浮肿，两只眼睛通红，马车不见了，手提箱也不知放哪儿了。

杜布罗夫斯基获得法国人的证件以后，就如我们所看到的那样，勇敢地去找特洛耶库洛夫，并且在他家里安顿下来。不管杜布罗夫斯基抱有怎样的秘密企图（这一点我们终将会了解的），可是他的行为却无可指责。

实际上，他很少为小萨沙的教育费心思，只是让这孩子在闲暇时去做自己喜欢做的事情，也不特别要求仅仅是形式上布置给小萨沙的作业。但是，另一方面，他却特别关注玛丽亚·吉利洛夫娜在音乐方面的进展，常常连着几个小时和她坐在钢琴前。大家都很喜欢这位年轻的教师——吉利拉·彼得罗维奇很喜欢他在猎场里展现出来的聪明机智；玛丽亚·吉利洛夫娜喜欢他身上展现出的无穷无尽的热情和无微不至的关怀；小萨沙欣赏他的宽容大度；仆人们喜欢他的善良和表面上与他的地位毫不符合的慷慨；他好像也非常依恋这个家庭，一直把自己看作这个家庭中的重要一员。

从他担任家庭教师一直到那个值得纪念的节日，大概已经过去一个月了，没有谁曾怀疑过这位文质彬彬的法国年轻人就是那个让周围地主闻风丧胆的可恶的强盗。在这段时间里，杜布罗夫斯基未曾离开过波克罗夫斯柯耶村，但是，因为村民们丰富的想象力，有关他实施抢劫的传闻没有停止。当然，也有可能是同伙在首领不在场的时候，仍然在继续活动。

这个人，他所认定为私人仇敌的人和造成他沉重灾难的罪魁祸首，与他同在一间房里度过晚上，杜布罗夫斯基无法控制复仇的欲望。他知道那个珍藏的钱包藏哪儿，决定把它夺过来。正如我们看到，他忽然从教师变成强盗，这令可怜的安东·帕甫怒季奇感到多么惊奇。

第十一章

早上九点钟，在波克洛夫斯柯耶村留宿的宾客们先后会聚到了客厅里，那里茶炊早已沸腾了。玛丽亚·吉利洛夫娜身穿一身晨衣坐在茶炊前面，吉利拉·彼得罗维奇穿着呢绒大衣，脚着便鞋，正在用一个像污水盆似的大杯子品茗。

安东·帕甫怒季奇是最后一个进客厅来的，他脸色苍白，神情恍惚，那样子让在场的所有的人都大吃一惊，连吉利拉·彼得罗维奇也关心地询问起他的健康来。斯皮岑随便回答了几句话，神色极其恐惧地看了看那个教师，他正若无其事地和众人坐在桌边。过了一阵，仆人走进来向安东·帕甫怒季奇禀告说马车已经备好了。安东·帕甫怒季奇急忙地从房间离去，立即坐马车走了。特洛耶库洛夫和宾客们都弄不清楚他到底是怎么了，吉利拉·彼得罗维奇断定他是吃多了。喝过早茶，吃过告别早餐之后，其他的客人也都渐渐离开，不久，波克洛夫斯柯耶村便安静了下来，一切又恢复了正常。

过去了几天，没有发生什么奇异的事情，波克洛夫斯柯耶

216

村的生活依然如初。吉利拉·彼得罗维奇每天去打猎，玛丽亚·吉利洛夫娜就把全部的心思投入到读书、散步和音乐课上，尤其是音乐课。她开始渐渐地了解自己的心，不由得苦恼地承认，她对这个年轻法国人的优良品质并非没有心动。然而在他那一方面，从没有穿越过尊严和严格的礼节界限，这使她那高傲的自尊心得到安慰，也减轻了她的疑虑和心理负担。她对他越来越信任，任自己沉浸在那种令人神往的习惯中。看不见他，她就感到烦闷无聊无比，有他在身边，每时每刻她都想跟他交谈。对于一切事情，她都想听听他的意见，并且总是赞同他的观点。

或许，她还没有坠入情网，但是，一旦遇到命运所造成最初的障碍或者不幸的时候，热情的火焰必定会在她心中突然爆发。

有一天，当玛丽亚·吉利洛夫娜走进大厅时，教师正在那里等待她，她惊奇地发现教师苍白的脸上露出张皇之色。然后她打开钢琴，唱了几个音符，杜布罗夫斯基却推托头痛，请求她原谅，不能再上课了。合上乐谱，他给了她一张纸条。玛丽亚·吉利洛夫娜还没来得及思考一下，就接了下来，可是，她马上后悔了——但是此时杜布罗夫斯基已经不在房间里了。玛丽亚·吉利洛夫娜回到她自己的房间，打开纸条，看到下面的内容："今晚七点希望您到溪边的凉亭里来，我必须与您聊聊。"

她强烈的好奇心全被激起来了。她老早就期望着他的表白，对这样的现实她既渴望又害怕。心中的猜想已得到证实，这自然令她感到很兴奋，可是，她又认为，从一个就其身份方面没有希望和她结婚的人口中听到这样的表白，可能有失她的身份。

她打算去赴约，但是，令她感到犹豫的是应该怎样接受这位教师的表白：是向他表示贵族式的生气呢，还是友好的规劝；是快快乐乐地开个玩笑呢，还是默默地表示同情。在这段等待的时间里，她老是抬头看钟。天慢慢地黑了，屋里点亮了蜡烛，吉利拉·彼得罗维奇坐在那里和几个拜访的客人玩起波士顿牌。

餐厅里的时钟敲响了六点三刻，玛丽亚·吉利洛夫娜一个人走上台阶，向四周看了一下，便向花园飞奔过去。

天黑，天空中彤云密布，两步之外也看不见什么。但是，玛丽亚·吉利洛夫娜在黑暗中沿着熟悉的小路向前走过去，一会儿就到了凉亭边。她停下脚步，喘喘气，想用镇静而冷漠的神情同德福什见个面，可是，她发现德福什已经在那儿了。"谢谢您没有拒绝我的要求。"他对她说，声音嘶哑而忧伤，"如果您不来的话，我会感到很失望的。"

玛丽亚，吉利洛夫娜使用了一句她早就想好的话回答说："我想您不会让我为这感到后悔。"

他没有接话，仿佛是在积蓄勇气。"情势所逼，要求我……必须离开您，"他终于开口说了，"可能很快您就会听到……可是，告别之前，我必须亲口对您说这件事。"

玛丽亚·吉利洛夫娜默不作声，她认为这几句话正是她所期盼的表白的开场白。"我并不是您所想象的那种人，"他低下头，接着说，"我也不是法国人，况且我的名字也不叫德福什，我的名字是杜布罗夫斯基。"玛丽亚·吉利洛夫娜尖叫一声。

"看在上帝的面上，请您不要恐惧！您不应当害怕我的名字。事实上，我就是那个被您的父亲所毁灭的不幸的人，是您的父亲将我从父母所居住的房子里赶出来，逼迫我去拦路抢劫。但是，您不必害怕，无论是为了您还是为了他。一切都已经过去了，我宽恕了他。请听我解释，是您救了他。我本来决定，第一个流血的人就是他。我在他房子的四周打探过，已经确定了在哪儿放火，从哪儿冲进他的卧房，如何切断他所有的出逃口。就是在那个时候，您仙女般从我身边走过，我的心被彻底征服了。我清楚了，您所居住的房子是神圣的，任何一个和您有血缘关系的人都不应遭受到我的报复。我把报复看作是一种失去理智的行为而放弃了。几天以来，我始终在波克洛夫斯柯耶的花园四周徘徊犹豫，只是希望能够看一看您那圣洁的衣裙。在您漫不经心散步的时候，我紧紧地跟着您，偷偷地从一棵灌木躲藏到另一棵灌木的后面。每当想到您有了我秘密的保驾，就不会有人身危险的时候，我就会感到发自内心的幸福。机会终于来了，我进入了您的家里。这三个礼拜大约是我生平最为快乐和值得回忆的时光，而对这些日子的回忆将使我悲惨的人生得到些许快乐……今天早晨我得到了消息，我再也不能在这儿待下去了。我将立刻离开您，就在今天晚上。不过，在与您分别之前，我必须向您倾吐我心中的一切，希望您不要仇恨我，也不要蔑视我。请您有时间也想一想杜布罗夫斯基吧。请相信我，我生来就负有另外一种使命，我的灵魂一定明白应该怎样去爱您，永远也不……"

这时，响起一声口哨，杜布罗夫斯基不说话了。他紧紧握住她的手，将嘴唇紧紧地贴在她那火热的嘴唇上。口哨声又一次响了。"我走了，"杜布罗夫斯基说，"他们在呼唤我，耽误一分钟也有可能把我毁掉……"他走开了，玛丽亚·吉利洛夫娜还站在那儿纹丝不动。杜布罗夫斯基于是又走了回来，再次握住她的手。

"万一"，他用他那温柔而动人的声音对她说"万一有什么不幸运的事降临到您的头上，并且任何人都不能帮助您，保护您，您会不会答应来找我，让我尽我最大的努力解救您？您是否答应接受我的忠心？"

玛丽亚·吉利洛夫娜小声地啜泣着，口哨第三次响了起来。"您会毁掉我的！"杜布罗夫斯基高声嚷了起来，"在您回答之前，我是绝对不会离开您的，您答应不答应？"

"我答应。"那可怜的美女轻声回道。

和杜布罗夫斯基的会面令玛丽亚·吉利洛夫娜内心异常激动，她从花园里走了回来之后，好像感觉院子里有许多人——前面的台阶上放着一辆三驾马车，仆人们都在到处乱跑，整个屋子里乱糟糟的。她从很远的地方就听到吉利拉·彼得罗维奇的声音，接着赶快走进屋子，生怕她的短暂缺席会引起人们的注意。吉利拉·彼得罗维奇在客厅里遇见了她，客人们当时正围着警察局长，七嘴八舌地向他提出各种问题。警察局长身穿旅行服装，从头到脚都全副武装，带着神秘而慌乱的表情回答人们提出的问题。

"你去哪里，玛莎？"吉利拉·彼得罗维奇问她道，"你见过德福什先生没有？"玛莎好久才做了否定性的回答。

"你信吗？"吉利拉·彼得罗维奇接着说，"警察局长来抓他，还向我保证说他一定是那个杜布罗夫斯基。"

"相貌特征都符合他,大人。"警察局长恭恭敬敬地回答说。

"让你的相貌特征见鬼去吧,老弟！在我还没有亲自把事情搞明白以前,我是不会把我的法国人交给你的。怎么能够信安东·帕甫怒季奇编的鬼话？他是个骗子,懦夫,大白天说梦话,说教师抢他的钱。那天早上他怎么会一个字也不跟我提起呢？"

"法国人恐吓他,大人,"警察局长答道,"逼迫他发誓别说出去。"

"一派胡言！"吉利拉·彼得罗维奇坚决地说。"我要赶紧把事情查个水落石出。好了,教师在哪儿？"他问走过来的奴仆。

"什么地方都找不到他,老爷！"仆人回答说。

"继续找！"特洛耶库洛夫大声嚷了起来,开始有点怀疑了,"快把你那张大肆鼓吹的相貌特征说明书给我看看。"他对警察局长说道。警察局长立马把说明书递过去给他。"哼！哼！二十三岁……这一条倒还算符合,不过还是什么也证明不了啊！教师在哪里？"

"没找到,老爷。"他还是像刚才那样的回答。

吉利拉·彼得罗维奇感到不安起来,玛丽亚·吉利洛夫娜当时吓得一副半死不活的样子。

"你的脸色如此苍白呀,玛莎,"父亲对她说,"这事一定把你吓得够呛吧？"

"没有,父亲,"玛莎回答说,"我头疼。"

"快回到自己的房间去吧,玛莎,不要害怕。"

玛莎吻了吻他的手,马上回到自己的房间,在那儿,她扑倒在她的床上，歇斯底里地痛哭起来。女仆们跑了进来，帮助她脱了衣服，用冷水和各种各样的嗅盐才最终让她平静了下来，然后就安置她躺下，她这才开始昏昏入睡。此刻，法国人还是没有找到，吉利拉·彼得罗维奇在房间里踱步，气冲冲地用口哨吹起了歌曲《胜利的雷声轰鸣吧！》。客人们在底下私语，显然警察局被人愚弄了。法国人没有找到，他也许事先得到了通知逃跑了。但是，是谁告诉他的？又是如何告诉他的？这仍然是一个未解之谜。

时钟敲了十一下，但是，谁也不想去睡。最终，吉利拉·彼得罗维奇气冲冲地对警察局长说："怎么样呢？你总不能在我家等到天亮吧，我的家又不是旅馆。老弟，假如他真的是杜布罗夫斯基的话，像你这样笨手笨脚的，也别想抓住他。回家去吧，往后做事可要机灵一点儿。现在你们也应该回家了。"然后他又转身对客人们说，"吩咐套车吧，我要睡觉了。"

特洛耶库洛夫就这样丝毫不客气地把客人都打发走了。

第十二章

过了一阵子，并没有发生什么值得关注的事情。可是，次年夏初，吉利拉·彼得罗维奇的家庭生活却产生了许多重要变化。

离他家二十英里的那个地方，有一座富有的田庄，那是威烈依斯基亲王的领地。但亲王长期住在国外，他的田庄是由一个已经退职的少校掌管的。因此，波克洛夫斯柯耶和阿尔巴托沃这两个村落之间一直没有任何往来。

不过，5月底亲王从国外回来了，回到了这个他未曾见过的田庄。过惯了放荡不羁的生活，他无法忍受那种孤寂无聊痛苦的日子。于是回来后的第三天，他就来到了与他交往多年的特洛耶库洛夫家里拜访。

亲王五十岁上下的年纪，不过，看起来却非常老态龙钟。各种各样的放纵毁坏了他的身体，在他身上留下了难以磨灭的痕迹。他总是感到厌烦，对寻欢作乐的要求没有止境。尽管如此，他的外貌依然令人愉快而且颇具魅力。常常出入各种社交场所，使他的态度很友善，特别是对女人。对于他的拜访，吉利拉·彼得罗维奇感到十分得意，认为一个见多识广的人也对他表示尊重和欣赏。

按照以往的习俗，他把田庄上各种各样的东西拿给他看，并且邀请他参观了犬舍。但是，亲王差点被猎狗的臭气味熏死，赶忙用一条洒过香水的手帕紧紧捂住鼻子，迅速走了出去。古老的花园中种着修剪得整整齐齐的菩提树，还有方方正正的水池和笔直端正的林荫道，所有的一切他都很讨厌。他喜欢英国式的花园和所谓的自然，但是，他仍然赞不绝口，而且表现出一副乐不可支的模样。仆人前来报告说宴席已经准备好了，他们便进来了。早已疲劳不堪的亲王一瘸一拐地走着，他这时已经开始对这次拜访感到后悔了。

可是，玛丽亚·吉利洛夫娜在餐厅里欢迎他们，这个老色鬼被她的惊艳美貌吸引了。特洛耶库洛夫让客人待在她的身边。

由于她的出席，亲王显得非常活跃，讲了许多很有趣的故事，已经有很多次引起了玛丽亚·吉利洛夫娜的注意。用餐过后，吉利拉·彼得罗维奇邀请他一起去骑马，但是亲王拒绝了，他指着自己的天鹅绒靴子，并且对自己的痛风症打趣了一番。他提议乘车去外面兜风，这样他就能同身边这位美丽迷人的姑娘坐在一起了。马车套好后，两位老人和这个美丽的姑娘一同乘上马车出发了。一路上他们笑口常开，玛丽亚·吉利洛夫娜高兴地听这位见多识广的老人愉快而恭维的谈语。

忽然，威烈依斯基转身问吉利拉·彼得罗维奇，这片烧毁的废墟是怎么一回事，这不是属于他的吗？吉利拉·彼得罗维奇皱起了眉头，因为被烧毁的房屋所勾起的回忆令他心中颇不高兴。他回答说，这片土地现在是他的了，但是以前是杜布罗夫斯基的。

"属于杜布罗夫斯基？"威烈依斯基惊讶地重复了一句，"不会吧，怎么会属于那个有名的强盗？"

"是属于他父亲的，"特洛耶库洛夫回答道，"他父亲以前也是个地地道道的强盗。"

"我们这位李纳尔多现在怎么样了？有没有抓起来？他还活着吗？"

"他还活着，而且活得比以前更加逍遥自在了，只要小偷、流氓继续做警察局长，那么，他就不可能被抓住。顺便问问，亲王，杜布罗夫斯基还光顾过您的阿尔巴托沃村庄吗？"

"是的，去年他还放火烧过我的一些东西，并且还抢光了我的一个屋子。你想想，玛丽亚·吉利洛夫娜，如果能够和这位传奇式的英雄有一种更密切的往来，我觉得一定很有趣，难道不是吗？"

"确实很有趣啊！"特洛耶库洛夫说，"她已经了解他了。他教过她三个星期的音乐，不过还是谢天谢地，他没有得到任何报酬。"

然后，吉利拉·彼得罗维奇就开始讲述那位被人信以为真的法国教师的事迹，玛丽亚·吉利洛夫娜在那儿却如坐针毡。威烈依斯基认真地听着，他觉得这一切很奇怪，然后就转换了话题。刚一回到波克洛夫斯柯耶村，他就命令预备马车，尽管吉利拉·彼得罗维奇三番五次恳请他留下过夜，可他喝过茶之后还是马上动身回去了。但临走之前，他请吉利拉·彼得罗维奇带着玛丽亚·吉利洛夫娜到他的田庄做客。向来傲慢的特洛耶库洛夫答应了，由于他对亲王的爵位很尊敬，两枚勋章和三千世袭农奴，在一定程度上他觉得威烈依斯基亲王和自己的地位相当。

第十三章

在威烈依斯基亲王拜访两天之后，吉利拉·彼得罗维奇便带着自己的女儿去拜访他。当他们靠近阿尔巴托沃村时，他禁不住欣赏起那些清洁而悦目的农舍和具有英国公寓风格的石砌地主邸宅。房屋前有一片浓绿的椭圆形草坪，几头瑞士母牛在那儿吃草，颈上悬着的铃铛叮当作响，一个宽阔的大花园围绕在房屋四周。

威烈依斯基在台阶上欢迎客人，他把手臂伸给了年轻的美女。他们来到一个豪华的餐厅，桌子上早已摆好了三副餐具。亲王把客人带到窗前，一幅如画的风景进入眼帘——伏尔加河在房前流淌而过，满载着货物的驳船张着满帆在河上悄悄驶过，那些被形象地称作"夺命鬼"的小渔舟来回荡着，河对岸的丘陵和草地向远处延伸，几个村落把四周点缀得生机勃勃。然后他们又去参观了亲王收藏的画作，这些都是亲王刚刚从国外买回来的。

亲王向玛丽亚·吉利洛夫娜述说每一幅画的意思，讲述画家的生平，并且还告诉她每幅作品的优缺点。他没有运用学究式的那套术语，却是用充沛的感情和丰富的想象力来评论画作。玛丽亚·吉利洛夫娜兴致勃勃地听着。而后，他们进去吃饭。特洛耶库洛夫对主人的美酒和厨师的手艺表示了充分的赞同，而玛丽亚·吉利洛夫娜和一个生平只见过两次面的人聊天，丝毫没有感到紧张或者拘束。饭后，亲王请他的客人到花园里去走走。他们到达湖边的一个凉亭里品尝咖啡，宽阔的湖面上散漫地点缀着许多小岛。突然，响起了音乐，一条六桨小船划到了凉亭边。他们划船向湖中荡去，经过了几个小岛，还登上当中的几个小岛游玩。在一个小岛上他们见到了大理石的雕像，在另一个上面看见了一个幽深的山洞，第三个小岛上看见一座刻着神秘碑文的纪念碑，这一切都引起了玛丽亚·吉利洛夫娜那独特的好奇心，但是亲王彬彬有礼、语焉不详的解释不能使她的好奇心完全得到满足。时间渐渐地过去了，黄昏慢慢降临。

由于夜晚天气变凉，开始降露，亲王便匆匆地往家赶——茶炊在等着他们。

亲王希望玛丽亚·吉利洛夫娜在一个老单身汉的家里代理行使主妇之职。她一边倒茶，一边认真倾听这位健谈而又和蔼的主人滔滔不绝地讲着故事。瞬间，一声炮响，一道烟火照亮了整个天空，亲王拿给玛丽亚·吉利洛夫娜一条披肩，邀请她和特洛耶库洛夫一起到阳台上去。黑暗中绚丽的烟火在房前骤然爆发，一束束冲向云霄，然后又一条条倾斜而下，熄灭了，然后又燃起。玛丽亚·吉利洛夫娜像孩子一样欢呼雀跃，威烈依斯基瞧着她这样快乐，心里美滋滋的，特洛耶库洛夫对亲王也非常满意，由于他把亲王所有的花费都认为是尊重他和讨好他的表示。丰盛的晚餐丝毫不逊于午餐，然后，客人们到指定的卧室睡觉。

第二天早晨，他们向热情友善的主人道再见，还互相约定不久以后再相见。

第十四章

在一扇打开的窗户里，玛丽亚·吉利洛夫娜坐在房中一个绣花架旁。她像康拉德的情人那样由于深陷于爱情中而神志不清，结果拿错了丝线，用绿线去绣玫瑰花。虽然绣布上的针毫无差错地再现出原图的花样，此时她的心思并没有放在手工上，而是飘得很远。她的思绪飞向遥远的地方，飞向了那个传奇的杜布罗夫斯基。他还好吗？他现在在哪里？他能感受到她对他深深的牵挂和爱意吗？玛丽亚·基里洛夫娜陷入深深的思念中。此刻，她脑海中充斥的全是杜布罗夫斯基的影子，他的一言一行，一举一动依旧历历在目。

忽然，一只手从窗口慢慢地伸进来，把一封信放到了绣架上。玛丽亚·吉利洛夫娜惊讶得还没有缓过神来，那人已经不见了。而此时，一个仆人走过来请她到吉利拉·彼得罗维奇那儿去。她胆战心惊地把那封信藏进三角头巾里，然后匆忙地向父亲的书房走去。

吉利拉·彼得罗维奇并不是单独在那儿，威烈依斯基亲王和他在一起。看到玛丽亚·吉利洛夫娜，亲王站了起来，用异常惊慌的神情默默地向她鞠了一躬。

"过这里来，玛莎。"吉利拉·彼得罗维奇说，"告诉你一个事情，我觉得你听了一定会高兴的，他就是你的未婚夫——亲王来向你求婚了。"

玛莎吓得心都快跳出来时了，脸色霎时变得死一般苍白。她一言不发。亲王走上前来握住她的手，用极为深情的语气问她，是否愿意让他成为一个幸福的人，不过玛莎还是没有回答。

"她一定同意啦！"吉利拉·彼得罗维奇说，"不过您应该知道，亲王，这种话她一个姑娘家怎么好意思说出口来。好了，孩子们，互相亲吻吧，我希望你们幸福。"

玛莎像木头一样地站在那儿一动不动，老亲王吻了吻她的手。忽然，她的"金豆豆"夺眶而出，顺着她那苍白的脸颊流下来。亲王轻微地皱了皱眉头。

"孩子，你去吧，你去吧！"吉利拉·彼得罗维奇说，"快擦干眼泪，再快快乐乐地回到我们这儿来。她们订婚的时候反正都要哭的。"他转过身去，接着对威烈依斯基亲王说道："这已经是她们的老传统了，你知道。现在，亲王，让我们回到正题吧——也就是刚才说嫁妆的事。"

玛丽亚·吉利洛夫娜听到允许她离开，就冲着跑了出去。一回到房间，她就紧紧锁上了房门，一想到自己即将成为亲王的妻子，眼泪禁不住流了下来。她突然觉得他不但可恶，而且可恨，嫁给他就等于见到刽子手的斧头和坟墓似的，让她感到毛骨悚然。"不！不！"她绝望地再三呼喊道，"我宁愿去死，宁愿进修道院，宁愿嫁给杜布罗夫斯基……"这时，她想起了那封信，预感到那一定是杜布罗夫斯基写的，就匆忙急切地拿了出来。事实上，信的确是他写的，信上只有几个字："今晚十时，老地方见。"

月光明亮，乡间的夜静悄悄的，轻风时而吹过，一阵轻轻的沙沙声在花园里响起。年轻的美人像一个飘飞的影子走进幽会的地点，可那儿没有一个人影。突然，杜布罗夫斯基从凉亭后面过来，瞬间出现在她的面前。

"我全都知道了，"他忧伤地轻声说，"记得您的承诺吧。"

"您要保护我吗？"玛莎问道，"但是，您别不高兴，您的话使我感到害怕。您如何才能帮助我呢？"

"能够帮助您从您所痛恨的人手里解救出来。"

"看在上帝的面子上，请您不要碰他。如果您真的爱我，您就别碰他！我不想您因为我而导致任何可怕的事情……"

"我不会碰他，您的意志对我来说就是命令，他能保全性命我应当感激您。我永远不会以您的名义去干这种暴力事情。即便在我的罪行里，您也应该是清白的。可是，我如何才能从一个冷酷无情的爹爹手里将您拯救出来呢？"

"还存在希望，我可用我的眼泪和绝望来使他动容。虽然他很固执，可他还是疼爱我的。"

"请不要抱什么幻想了。他会把您的眼泪只看成是一般的恐惧和讨厌，会以为这一切不是因为爱情，而是出嫁的姑娘出于理智经常的表现。如果他执意这样，擅自安排您幸福的时候，那又该怎么办呢？如果您硬是被逼上祭坛，被硬送到那个老头子手里时，那该怎么办？"

"这样……这样就没有任何办法了……那还是来接我吧……我到时就做您的妻子。"

杜布罗夫斯基浑身颤抖，苍白的脸色迅速涨得通红，但是，立刻又变得比以前更加苍白。他低下了头，沉默了很久。"鼓足您全部的勇气，诚挚恳求您的父亲，跪倒在您父亲的脚下，告诉他您的未来是多么可怕，您的青春要在一个年老而放荡的老头子身边凋谢。您要跟他讲清，财富不能给您带来片刻的幸福，奢侈只能安慰穷人。但是，因为他们的恶习，就算是这点安慰也会变成过眼云烟。您要不停地恳求他，只要有一线希望，就不要害怕他的愤怒和恐吓。看在上帝的面子上，继续哀求他吧！万一真的没有别的办法，您可以狠下心来，跟他讲清——

您警告他说，如果他仍旧不让步，您……您就非要寻找一个保护人不可了……"

说到这儿，杜布罗夫斯基用手遮住脸，仿佛透不过气的样子，玛莎也正在哭泣着……"天啊！我这凄惨的、悲惨的命运啊！"他痛苦地叹了口气说，"为了您，我宁可牺牲自己的生命。能够远远地看着您，摸摸您的手，就是我最大的快乐。而此刻，当我真的有机会把您拥在怀中，让您紧紧地贴近我那跳动的胸口，并且对您说'我的宝贝，让我们一起去死吧！'的时候，我这个可怜的人，不得不远离这种幸福，用力逃避它！我没有勇气扑倒在您的脚下，感谢上苍赐给我这种难以捉摸而又不能拥有的幸福。噢，我应该痛恨……不过，此时，我觉得心中已经不能容忍丝毫的仇恨了。"

他用手臂揽住她那纤细的腰，又轻柔地把她拉向胸口。她极其信任地把头靠在这位年轻强盗的肩上，此时两人都沉默无语……时间飞逝。"我得离开了。"玛莎终于说道。杜布罗夫斯基好像刚从梦中醒来。他抓起她的手，将一只戒指套在她纤细的手指上。

"如果您需要我帮助的时候，"他说，"就把这枚戒指放进那棵橡树的树洞里，我就知道该如何办了。"杜布罗夫斯基又吻了吻她的手，然后便消失在黑暗的森林里。

第十五章

　　威烈依斯基亲王的求婚对于邻居来说已不再是什么秘密了，吉利拉·彼得罗维奇接受人们的祝贺，婚礼也在准备之中。玛莎不断地拖延着，并且她对那位年老求婚者的态度冷淡而勉强。但是亲王并没有为此而担忧，他并不渴求得到她的爱，对于她的默许他已经感到很满足了。

　　但是时间一天天流逝得飞快，玛莎最终决定要采取行动了。她亲自给威烈依斯基亲王写了一封信。她想极力唤起他心中那宽厚仁慈的感情，她直接承认她对亲王没有丝毫的爱情，恳请他毁了婚约，并且保护她面对父亲威严的压力。她暗中把这封信放到亲王手里，亲王独自读了这封信，但压根就没有被未婚妻的真诚坦白所感动。相反，他觉得有必要提前举行婚礼。因此，他觉得必须将此信交给将来的岳父大人过目。

　　吉利拉·彼得罗维奇非常生气，亲王好不容易才说服他不要让玛莎猜出他已经看到了这封信。吉利拉·彼得罗维奇同意不向她说起此事，但是同时决定不再拖延时间，于是选定第三天举行婚礼。亲王认为非常适宜，他又来到玛莎那里，告诉她，她的信让他心痛，不过希望日后能够慢慢赢得她的爱情，一想到可能会失去她，他就感到非常痛苦，所以无法同意对他死刑的判决。说完，他毕恭毕敬地吻了吻她的手就离开了，关于吉利拉·彼得罗维奇的决定他一个字也没有提。

但是，亲王刚离开她的房间，她的父亲就到了女儿那里，直截了当地通知她后天就得准备妥当。刚才听完威烈依斯基亲王的一番解释，早已是心乱如麻的玛丽亚·吉利洛夫娜一听到这话，眼泪就禁不住夺眶而出。她一头跪倒在父亲跟前。"爸爸！"她用悲切的声音请求道，"爸爸！不要逼我！我不想做他的妻子！"

"这是哪里的话？"吉利拉·彼得罗维奇严肃地说，"你一直一声不响，已经表示同意这门亲事了。这会儿，一切都确定下来了，你又突然感觉讨厌，要反悔了！你就别犯傻了，来这套把戏也无法劝服我。"

"不要逼我！"可怜的玛莎又一次说道，"为什么您要把我从您这儿赶到外面，要我嫁给一个我所不喜欢的人？难道您不喜欢我了吗？我愿意像以前那样和您待在一起。爸爸，如果没有我在您身边，您会难过的，当您知道我过得不幸福时，会更加痛苦的。不要再逼我了，爸爸，我不想结婚！"

吉利拉·彼得罗维奇被她的诚挚感动了，可是，他掩饰住内心的惊慌，一把将她推开，严厉地说："你简直是胡说八道。听到没有？如何才能使你幸福，我比你要明白得多。哭是没有用的，后天就给你举办结婚典礼。"

"后天！"玛莎叫起来，"天啊！不，不，绝对不可能，不能这样做！爸爸，您听我解释，如果您下定决心把我毁掉，我要去寻找一个保护人，这人您根本就预想不到，您将会大吃一惊的，看您把我逼到什么田地。"

"什么？你说什么？"特洛耶库洛夫说，"你这是威胁我吗？你居然敢威胁我？你这放肆的丫头！你知道我会怎样对付你，我做梦都想不到！你居然用保护人威胁我，我倒要瞧瞧你这位保护人到底是什么人！"

"弗拉基米尔·杜布罗夫斯基。"玛莎傲慢地回答道。吉利拉·彼得罗维奇以为她神经错乱了，吃惊地看着她。"好吧！"他停了一会儿，然后对她说道，"随便你等谁来做保护人，不过你必须待在这个房间里，在你结婚之前，你半步也不准离开。"说完之后，吉利拉·彼得罗维奇就走了出去，随之把门锁上了。

可怜的姑娘哭了很长时间，想象着她即将面临的一切。但是，经过刚才那场暴风雨般的辩解，她心里反而轻松了很多，所以她比过去更加冷静地考虑自己的命运和应该做什么了。她目前最重要的事情就是逃脱这可恨的婚姻，在她眼中，同现在已经为她安排好的命运相比，做强盗的妻子几乎就是天堂。她想起了杜布罗夫斯基当时留给她的那个戒指，她热切地希望在决定性的时刻到来以前，单独和他见上一面，和他好好协商一下。

她有一种预感，晚上在花园凉亭附近她一定能够找到杜布罗夫斯基，她打算天一黑就到那里等他。天黑了，玛莎打算出去，不过，房门被紧紧锁上了。女仆在门外对她说，吉利拉·彼得罗维奇下令不允许让她出去，她已经被囚禁了。她感到深深的害怕，没有脱衣服，坐在窗边直到深夜，纹丝不动地望着黑沉沉的夜空。快到黎明时，她才打起了瞌睡，但是，蒙眬的睡眠被凄凉的梦境所打扰，旭日的光芒将她唤醒。她奋力睁开蒙蒙眬眬的双眼，一束阳光从窗缝中斜射而来，照得她双眼又微合上了。望着东方的曙光，她想今日应该是一个好日子，更像一个新的开始。迷糊中的她似乎渐渐从睡意中清醒，准备迎接这新的一天。

第十六章

　　她醒来了，马上想到她那极其恐怖的处境。她摇响了铃，一个侍女走了进来，回答她的问话说，吉利拉·彼得罗维奇昨晚到 ×× 去了，很晚才回来的。他严格吩咐过不允许让她离开这房间，而且不许任何人同她聊天说话。不过婚礼看起来没有什么特别的准备，他只是吩咐神父不准以任何借口离开这个村子。告诉了她这些以后，侍女就离开了玛丽亚·吉利洛夫娜，并且把门锁上了。

　　听了侍女的一番话之后，这个被监禁的年轻姑娘横下心来。她思绪极其复杂，热血沸腾，她打算把这一切告诉杜布罗夫斯基。因此，她开始想办法如何将戒指放入橡树的树洞里。而且此时，一颗小石头敲打在了她的窗户上，玻璃"当"地响了一声。她向院子里一望过去，看到了正在向她打暗号的小萨沙。她明白小萨沙很喜欢她，玛莎感到特别高兴。"你好，萨沙，你现在叫我做什么？"

　　"我来问问您，要不要我帮忙拿什么东西。爸爸生气了，不让大家帮你做事。但是您可吩咐我去做，无论您吩咐什么，我都一定代您去做。"

"谢谢你，我亲爱的小弟弟！你听着，你见过凉亭旁边那棵有洞的老橡树吗？"

"是的，我清楚。"

"那好，如果你真的喜欢我，那就快点儿跑到那儿去，把这只戒指放进那个树洞里，不过你要小心，别让人家看见你。"说完这些，她把戒指递给他，然后将窗户关上了。

小男孩拾起戒指，拼命往橡树跑去，三分钟就来到那里。他停在那儿，气喘吁吁地向周围张望了一下，然后就把戒指放进了树洞里。顺利做完了这件事后，他想马上向玛丽亚·吉利洛夫娜报告。可这时，突然从凉亭后面跳出一个衣衫褴褛的红头发小男孩，他很快冲到橡树那里，把手伸进那树洞里。萨沙比松鼠还快地一下子飞奔过去，双手一下子将他揪住。"你在这里做什么？"萨沙气呼呼地质问他道。

"不关你的事。"那小男孩回答说，用力想从他手中挣脱出来。

"放下戒指，你这小红狐狸，"萨沙嚷道，"否则，我就用鞭子揍你。"小男孩没有回答，对准他的脸就给了一拳。可是，萨沙依旧揪住他不放，并且还拼命地喊道："小偷，小偷！来人啊！救命啊！"

那小男孩竭力想从萨沙手里挣脱出来。看样子他比萨沙还要大两岁，所以力气比他大得多，可是，萨沙却确实比他灵活。他们互相打斗了好几分钟，最终红头发的小男孩占据上风，他把萨沙摔倒在地上，并且一把掐住了他的喉咙。

这时，一只强有力的手抓住他那又粗又硬的红头发，园丁斯杰潘把他从地上提起来，提到离地有一英尺高的地方。

"好哇，你这红头发的小畜生，"园丁说，"你竟敢动手打小少爷？"

萨沙这才来得及跳了起来，渐渐恢复了体力。"你还把我夹在胳膊下面，"他说，"要不然你永远也甭想把我放倒。马上把戒指交还给我，然后滚蛋吧！"

"没那么容易。"红头发的小男孩回答说。他突然一转身，他的头发很快从斯杰潘的手中挣脱出来。他拔腿就跑，但是，萨沙追上他，往他背上用力一使劲，小男孩一头就栽倒在地上。园丁又一把抓住他，用皮带将他的手臂都捆了起来。

"快把戒指还给我！"萨沙用力喊道。

"等一等，少爷，别急！"斯杰潘说，"我们把他交给管家好了，好好教训他一顿。"

园丁把俘虏带进院子里，萨沙在后头跟着，忐忑不安地看了看他那被撕破的又被染上了草绿色的短裤。三人忽然发现他们迎面碰到了将要去查看马厩的吉利拉·彼得罗维奇。"这到底是怎么一回事？"他问斯杰潘。

斯杰潘把事情的经过简要地讲述了一遍，吉利拉·彼得罗维奇认真细致地听着。

"喂，你这调皮鬼，"他转过头对萨沙说，'你为什么要跟他打架？"

"因为他从树洞里偷了戒指，爸爸，快叫他把戒指给我。"

"什么戒指？从哪里的树洞里？"

"喔，姐姐叫我……那只戒指……"

萨沙顿时感到慌乱起来，不知道该怎么说好。吉利拉·彼得罗维奇紧锁眉头，摇了摇头说：

"这事跟玛丽亚·吉利洛夫娜有关系，都统统给我招出来。否则的话，我用桦树条子狠狠地抽你一顿，然后给你点颜色瞧瞧！"

"真的，爸爸，我……爸爸……姐姐没有叫我帮助做什么，爸爸。"

"斯杰潘，去帮我砍一根结实的桦树条过来。"

"等一等，爸爸，我把知道的都告诉您。我当时在院子里跑着玩，而此时玛丽亚·吉利洛夫娜打开窗子，于是我就跑了过去。她掉了一只戒指，无意的，于是我把它藏在树洞里，而……而……这个红头发的小孩想偷走这个戒指。"

"一定不是无意掉下来的，你一定是想把它藏起来……斯杰潘！快去砍桦树条子。"

"爸爸，等一下，我全都告诉您。玛丽亚·吉利洛夫娜让我跑到橡树那儿，然后把戒指放到树洞里，于是我就跑去放戒指，但是，这个可恶的小孩……"

吉利拉·彼得罗维奇转过身来，严肃地问那可恶的小男孩："你到底是谁家的？"

"我只不过是杜布罗夫斯基老爷的一个家奴。"小男孩回答说。吉利拉·彼得罗维奇的脸渐渐阴沉了下来。

"你好像不知道我是你的主人，很好，不过你在我的花园里做什么？"

"我是来偷覆盆子的。"他漫不经心地答道。

"啊哈！有其主必有其奴仆，难道覆盆子竟会长在我的橡树上面吗？你听说过有这样的事吗？"小男孩没有作声。

"爸爸，叫他还我戒指。"萨沙说道。

"给我住嘴，萨沙！"吉利拉·彼得罗维奇回答说，"别忘记了我一会就要跟你算账，先回你的房间去。我看你倒是个很聪明的小家伙，你这斜眼小鬼。如果你把一切给我统统说出来，我就不打你，而且给你五个戈比克。把戒指交出来，然后回家去吧。"小男孩松开拳头让他瞧瞧，表示手里什么也没有。"否则的话，我一定好好收拾收拾你，我用的方法你连想都想不到。你看怎么样？"小男孩一个词也不说，低着头站在那儿，像是一个十足的傻瓜。

"不错，"吉利拉·彼得罗维奇说，"你们把他锁起来，好好看着他，别让这小兔崽子跑了，要不然，我要剥掉你们的皮。"

斯杰潘把小男孩带到鸽子棚，把他囚禁在里面，另外派养鸟的老女仆阿加菲亚监视着他。

"现在已经毫无疑问了，她跟那个该死的杜布罗夫斯基一定还保持着某种联系。难道她真会叫他过来帮助她吗？"吉利拉·彼得罗维奇心里揣思着，一边在屋里走来走去，一边用口哨愤怒地吹起了歌曲《胜利的雷声轰鸣吧！》。"如果我已经抓住了他的线索，这下他再也逃不走了。我们一定要抓住这次难得机会……听！铃响了！谢天谢地，是警察局长来了。快把抓住的小男孩给我带过来！"

这时，一辆马车停在院子里，我们已经认识的那位警察局长，风尘仆仆地走了进来。

"好消息！"吉利拉·彼得罗维奇宣称道，"我现在已经抓住杜布罗夫斯基了。"

"谢天谢地，大人，"警察局长高兴地说，"他现在哪儿？"

"我抓的不是杜布罗夫斯基本人，而是他的一个奴仆，马上就把他带进来，他肯定能帮助我们抓住他上司。他将被带来了。"

警察局长原以为他会见到一个面目凶悍的强盗，但是映入眼帘的却是一个瘦弱的十三岁小男孩，这令他感到意外。他一脸疑惑地望着吉利拉·彼得罗维奇，等着他如何解释。吉利拉·彼得罗维奇向他讲述了今天早上发生的事情，不过没有跟他提起玛丽亚·吉利洛夫娜。

警察局长全神贯注地听着，不时看看那个小强盗，而那个小强盗居然装出一副十足的白痴模样，仿佛对周围发生的一切都漠不关心。"请允许我单独和您谈一下，大人！"警察局长开口说道。

吉利拉·彼得罗维奇把他带到隔壁的一个房间里，随手将门关上了。半个小时之后，他们出来了，那小囚徒正等待着对自己命运的处决。

"这位老爷想把你先送到监狱去，用鞭子狠狠抽你一顿，然后再流放出去，"警察局长对他说，"不过我替你求情，劝他宽恕你——来人！把绳子给他解开！"小男孩终于被松了绑。

"谢谢你的救命恩人。"警察局长说。

小男孩来到吉利拉·彼得罗维奇面前，亲吻了一下。

"好好回家吧，"吉利拉·彼得罗维奇说，"以后再也不要再到橡树上偷什么覆盆子了。"

小男孩走出去后，欢欢喜喜地从前面的台阶上跳下去，然后头也不回地撒腿就跑，穿过田野，往直向吉斯杰涅夫卡村奔去。跑到村子，他在村头一家快要倒塌的小屋旁停下了脚步，敲了敲窗子。窗子卷起来，一个老太婆向外张望着。

"奶奶，我回来了，我要面包！"小男孩说道，"我都快一天没吃东西了，都快要饿死了。"

"噢，原来是你呀，米提亚！你都跑哪儿去了？你这个小淘气鬼。"

"以后再跟您说，奶奶。看在上帝的份儿上，先给我点面包吧。"

"可你必须进屋来啊。"

"没时间了，奶奶，我必须得先到别的地方去。您看在基督的份儿上，先给我点面包！"

"你这个坐不住的小家伙，"老太婆嘟嘟囔囔地说，"好吧，给你这块面包。"于是她把一块黑面包递出了窗口。

小男孩贪婪地啃着面包，他大口地嚼着，同时急不可耐地向前赶去。天渐渐黑了下来，米提亚从谷仓和菜园之间向吉斯杰涅夫卡树林奔去。当他来到像哨兵一样笔挺地站在入口处的两棵松树前，他停下了，望了望周围，吹了一声短促而尖利的口哨后，就站在那儿仔细地侧耳倾听着。一阵轻微的、长长的口哨声回应了他，接着，有一个人从森林里跑出，向他走来。

第十七章

　　吉利拉·彼得罗维奇在大厅里走来走去，口中吹起了那首他非常喜爱的曲子，哨声比平时更加响亮。全家都处于骚乱中——男仆们跑来跑去，女仆们也没有谁消停，马车也马上套好了，院子里围着一大群人……在玛丽亚·吉利洛夫娜的房子里，一个被女仆们围着的太太此时正在打扮那位脸色苍白、无精打采的新娘，她的头被钻石压得无力地低垂着。当一根针不小心刺痛她的时候，她只是轻轻地战栗了一下，仍旧默不作声，用茫然而空洞的双眸凝视着镜子。"好了吗？"门边响起了一阵吉利拉·彼得罗维奇急切的声音。

　　"马上就好，"那位太太回答道，"玛丽亚·吉利洛夫娜，请您站起身来看看一切是否都妥当了。"

　　玛丽亚·吉利洛夫娜站起身来，不过，什么也没有说。门开了，"新娘准备好了，"太太告诉吉利拉·彼得罗维奇说，"请让他们上车吧。"

　　"上帝保佑你。"吉利拉·彼得罗维奇答道。"到我这边来，玛莎，"他拿起桌上的圣像，深情地对她说，"我祝福你……"

　　可怜的姑娘立马扑倒在他的脚下，痛苦地大声哭泣着。"爸爸……爸爸……"她双眼噙着泪水，用微弱的声音说道。

　　吉利拉·彼得罗维奇匆忙地为她祝福。她很快被人们从地上扶起来，差不多是被抬上了马车。一位太太和一个女仆坐在她的身旁，赶向教堂——新郎现在正在那里等候他们。他走出来迎接新娘，见她脸色苍白，神情怪异，不由吓了一跳。他们一起走进那冷清而空荡的教堂，大门在他们身后上锁了。神父向他们走来，将为他们举行仪式。

玛丽亚·吉利洛夫娜却什么也没看见，什么也没听见。从清晨起，她就只有一个念头：她在等待杜布罗夫斯基的到来，一刻也未曾放弃希望。当神父向她提出通常要回答的问题时，她一阵哆嗦，因为恐惧而全身发冷，却依然是拖延着，等待着。等待她的答复也是徒劳，于是神父便果断地宣布了那无可挽回的誓言。

仪式完毕了，她感到了被不爱的丈夫勉强的一吻，听到那些参加婚礼的人们那谄媚的祝贺，但是她仍然无法接受她的一生就这样被禁锢，杜布罗夫斯基居然没敢来解救她。亲王跟她说了很多亲切的话，但她一句也没听进去。他们离开了教堂，从波克罗夫斯柯耶村来的农民集中在台阶上。她的目光飞快地瞥了一眼周围的人群，然后又恢复了原先那种冷漠的神情。

新郎新娘同坐一辆马车，向××驶去。为了在那儿迎接他们，吉利拉·彼得罗维奇提前离开了。亲王单独和年轻的妻子待在一起，一点儿也没有因为她的冷漠而感到窘迫不安。他也没有用厌烦的话语和可笑的狂喜使她讨厌，他的话一切都显得很平常，并不需要回应。他们就这样走了大概七英里，马车在小路上飞奔——装有英国弹簧的马车很少颠簸。

突然，远处传来了一阵追赶的叫喊声，马车停住了，一群全副武装的人将他们团团围住。一个戴着面具的人为年轻的王妃打开所坐的那边的车门，对她温柔地说："您自由了，请出来吧。"

"这是怎么了？"亲王惊叫，"你到底是什么人？"

"他是杜布罗夫斯基。"王妃说道。亲王没有丝毫的慌张，他迅速地从侧面的口袋里拔出旅行手枪，然后对准戴面具的强盗开了一枪。王妃尖叫了一声，惊恐地用双手捂住了自己的脸。杜布罗夫斯基的肩膀中了弹，鲜血流了出来。片刻也没耽误，亲王拔出了另外一支手枪。不过他没有来得及开枪，车门就打开了，几只强有力的手粗暴地把他从车里拖了出来，强取了他的手枪，几把短刀则在他头上闪闪发光。

"不要杀他！"杜布罗夫斯基喊道，于是他那几个脸色阴沉的同伙乖乖地退后了。"您自由了。"他转过身来，继续对可怜又惊恐的王妃说道。

"不！"她回答说，"太晚了！我已经结婚了，我已经是威烈依斯基亲王的妻子了。"

"您刚才说什么？"杜布罗夫斯基绝望地喊道，"不！您并不是他的妻子，您是被逼的，您永远也不可能同意……"

"我同意了，我在教堂上宣过誓，"她坚决地回答，"亲王是我的丈夫。请吩咐您的人放了他，让我跟他在一起。我没有撒谎，我一直等到最后那一刻……不过，现在，我告诉您，已经太晚了，请放了我们吧。"

不过，杜布罗夫斯基已经听不见她说的话了，伤口的疼痛和剧烈的情感波动让他无法忍受。他挣扎着倒在车轮旁，强盗们则围在他身边。他奄奄一息地跟他们说了几句话，就被抬上了马鞍。两个人扶着他，另一个人牵着缰绳，沿着侧路离开了。他们把马车留在大路中间，马都卸了下来，仆人全都被捆绑着，不过他们都没有为受伤的首领报仇而流血牺牲。

第十八章

在茂密的森林中一片狭窄的空地上，藏着一座由土墙和壕沟筑成的小小的堡垒，堡垒里面有几间茅舍和小屋。一群没有戴帽子的人围坐在一口大锅前吃饭。从他们的穿着立马就能够认出他们是一群强盗。一个哨兵盘腿坐在土墙上的小炮周围，正在为自己的衣服打补丁。从他飞针走线的娴熟技巧，可以断定出他是一个有经验的裁缝，并且他还不时警觉地向四周张望。

虽然酒杯已经传了好几圈，人群还是异常沉默。强盗们刚刚吃完了午饭，一个接一个地站了起来，默默地祈祷着。他们当中有的走进了小屋，有的或是到森林里闲逛，或是按照俄国人的习惯，躺下小睡一会儿。哨兵做完了自己的工作，抖了抖他补好的衣服，欣赏起自己完美的手艺来。接着他把针插在衣袖上，坐在小炮上，放开喉咙，悠闲地唱起了那首古老而忧伤的歌曲：

"请不要吵闹，绿叶沙沙作响的原野母亲，请不要惊扰那勇敢的少年，他此刻在回想自己的心事……"

这时，忽然一间小屋的门打开了，一个穿着整齐、头戴白帽，古板的老妇人在门口出现了。"别吵了，斯交普卡！"她生气地斥责，"主人正在睡觉，而你竟然这样大嚷大叫！你们这群人真没良心，也不懂心疼人。"

"对不起，耶格洛夫娜。"斯交普卡谦疚地回答说，"好啦，我不唱了，让我们的主人好好休息，祝愿他养好身体。"老妇人走了，斯交普卡开始在土墙上来回徘徊。

在那间老妇人经常出入的小屋里，受伤的杜布罗夫斯基则躺在隔板后面的一张宽大的行军床上。他的手枪安静地放在面前的桌子上，剑就挂在他的床头。地上铺满着贵重的毯子，墙上也挂满了大幅的贵重的地毯，墙角摆放着一张女用银制化妆台和一面大镜子。杜布罗夫斯基手里摊着一本打开的书，但是眼睛却紧紧地闭着。老妇人不时从隔板后面望他，不知道他是睡着了还是在思考问题。

突然，堡垒里一片混乱，杜布罗夫斯基被惊动了，斯交普卡从窗户那儿探进头来。

"弗拉基米尔·安德烈耶维奇少爷！"他惊慌地大声喊道，"我们的人刚刚发来了信号，我们被跟踪了。"

杜布罗夫斯基从床上立马跳下来，抓起剑和手枪，大步走了出去。强盗们很快地聚集在院子里，他一出来，马上鸦雀无声。"人都到齐了吗？"杜布罗夫斯基问道。

"除了哨兵，都齐了。"他们异口同声地回答。

"各就各位！"杜布罗夫斯基喊道。于是强盗们迅速地各自回到指定的地方。

这时，三个站岗的哨兵急急忙忙跑了过来，杜布罗夫斯基也迎了上去。

"你们怎么回事？"他问。

"他们进了树林，"他们回答说，"我们都被包围了。"

杜布罗夫斯基命令他们关紧大门，然后去检查一下那门小炮。树林里的说话声越来越近，官兵越来越近了，强盗们屏息等待着。突然，三四个官兵从树林里窜出来，立即又退了回去，放了几声信号枪。

"准备战斗！"杜布罗夫斯基说。人群中随即响起一阵沙沙声，接着一切又恢复了平静。他们听到了慢慢走近的敌人的声音，闪闪发光的武器在树林里晃动，约有一百五十名士兵从树林里涌了出来，叫喊着向土墙冲去。杜布罗夫斯点燃了导火线，这一炮打得非常成功，一个士兵被炸掉了脑袋，另有两个人受了伤。军队里一片混乱，但是，军官们仍然向前冲，士兵们紧跟着，跳进壕沟。强盗们用火枪和手枪疯狂地向他们射击。当那些被激怒的士兵扔下壕沟里二十多个受伤的同伴，想尽力爬上土墙的时候，强盗们拿起了斧头——白刃战开始了。

士兵们已经上了土墙，强盗们不得不撤退，正在这时，杜布罗夫斯基来到军官面前，用手枪对准他的胸口，开了一枪。接着那军官仰面朝天倒在地上，几个士兵架起他，匆匆把他抬进了树林。失去了指挥，其余的人也都停止战争。强盗们士气大振，趁着敌人一时混乱，很快把他们逼进了壕沟。士兵们落荒而逃了，强盗们呐喊着追击他们，胜利已成定局。确信敌人都已完全溃败，杜布罗夫斯基下令部下停止追击，命令把伤员抬回去，禁止任何人擅自离开岗位，自己关在堡垒里。这起事件引起了政府对杜布罗夫斯基胆大妄为抢劫的关注。他们调查了他的踪迹，派出一连官兵去追捕他，并交代无论是死是活都一定得抓住他。他的几个同伙都被抓住了，但他们说杜布罗夫斯基已经离开他们了。

那次战斗之后过了几天，他曾经召集全体党羽，跟他们说，他将永远离开这儿，并且劝他们也要改变这种生活方式。"你们已经有些钱财了。你们每人都有一张护照，拿着它可以到任何一个边远的省份去，进行正当的劳动，富富足足地度过余生。不过，你们大多数都偷窃成性，可能不会愿意抛弃你们这个行当。"说完这些话，他就一个人离开了，谁都不知道他后来怎么样了。

刚开始，这些口供的真实性让人怀疑，由于强盗对他们首领的忠诚是众所周知的，大家都以为他们是在竭力掩护他。不过后来的事情证实了他们所说的话。一切可怕的袭击、纵火、抢劫都终止了，大路重新变得宽敞通达。还有消息称，杜布罗夫斯基好像已经离开了俄国。

基尔查里

基尔查里是布尔加人。"基尔查里"四个字在土耳其语里的意思是勇士、好汉。我不知他的真名叫什么。

基尔查里打家劫舍，闹得整个摩尔达维亚人心惶惶。为了使您对他有所了解，我就来讲一件他做过的好事。有一天夜间，他和阿尔纳乌特人米哈伊拉基两人一起袭击布尔加一个村庄。他们从村子两头放起火，开始一间一间地抢劫农民的茅舍。基尔查里在前砍杀，米哈伊拉基则收取战利品。两个人齐声喊着："基尔查里！基尔查里！"整个村子的人四下奔逃。

当亚历山大·伊普西兰蒂宣布起义并开始招兵买马的时候，基尔查里带几个老同伙去投奔他。那个秘密组织的真正目的他们不太了解，然而战争能提供从土耳其人或许还有摩尔达维亚人身上发财致富的机会，对此他们似乎是一清二楚的。

亚历山大·伊普西兰蒂骁勇无畏，然而他过分急躁，过分粗心大意，还缺乏担任这个角色应有的素质。他不善于与人相处，而这些人正是他不得不去带领的。他们对他既不敬仰，也不信赖。在那场使希腊青年的精英惨遭牺牲的不幸的战斗以后，约尔达季·奥林比奥蒂劝说他远走高飞，自己则接替了他的位置。伊普西兰蒂骑马去到奥地利边境，从那里托人带来对那些人的诅咒，说他们不服从命令，是胆小鬼，恶棍。在毫无希望地抵御强过自己十倍的敌人的时候，这些胆小鬼和恶棍大部分在谢库修道院护墙内或普鲁特河畔阵亡。

基尔查里在乔治·康塔库津的队伍里，关于后者，可以重复关于伊普西兰蒂的话来加以形容。在斯库良奈城下之战的前夕，康塔库津请求俄罗斯的主管官员允许他进入我们的检疫所。部队失去了指挥员。但是，基尔查里、萨费扬诺斯、康塔戈尼以及其他的战士认为指挥官毫无必要。

斯库良奈城下之战感人至深的全部真相，恐怕还没有任何人描写过。请设想一下七百名阿尔纳乌特人、阿尔巴尼亚人、希腊人、保加利亚人以及形形色色的乌合之众，毫无军事素养，而且在看见一万五千名土耳其骑兵时就节节后退的狼狈相。这支队伍紧紧贴着普鲁特河岸边，架了两门从雅西的一位大公的宫殿里找到的小炮，通常这些炮只是在命名日宴会时放礼炮用的。土耳其人乐意使用霰弹炮，但是没有俄罗斯当局长官的准许他们不敢用，因为霰弹必然会飞越到我们一边的河岸。检疫所的长官（如今已经作古）服役已有四十年，却没有听到过子弹的呼啸，可是现在上帝让他听见了。有几颗子弹在他耳边嘟嘟飞过。老头大发雷霆，为此将隶属于检疫所的鄂霍茨克步兵团的一位少校大骂一通。少校不知所措，便向河边跑去，河对岸那些胆大妄为之徒正骑马横冲直撞。他向他们伸出一个手指头发出警告。那些胆大妄为之徒一见到这个，便转过身飞驰而去，他们后面还有整整一队土耳其人。伸出手指发警告的那个少校叫霍尔契夫斯基。他后来怎么样不得而知。

但是第二天，土耳其人向会党分子发起了进攻。他们既不敢用霰弹，也不敢用炮弹，便一反常态开展短兵相接的战斗。厮杀得相当惨烈。用一种叫阿塔干的刀相互砍杀。在土耳其人的一边，发现用长矛的，在此以前在他们那里是从未有过的。这些长矛是俄罗斯人的：涅克拉斯分子在他们的队伍里参加了厮杀。会党分子征得我们国君的许可，得以越过普鲁特河，在我们的检疫所躲藏。他们开始渡河。康塔戈尼和萨费扬诺斯最后一批留在土耳其一边的岸上。基尔查里昨天就负了伤，所以已经躺在了检疫所里。萨费扬诺斯被打死。康塔戈尼人很胖，腹部被矛刺伤。他一手举起军刀，另一手抓住敌人的长矛往自己的身子更深地捅去，这样他用军刀就够得着杀他的那个人，与他一齐倒了下去。

一切都告终结。土耳其人获胜。摩尔达维亚被洗劫一空。大约六百个阿尔纳乌特人流落在比萨拉比亚。尽管他们不知道何以为生，却仍然感谢俄罗斯给他们的庇护。他们过着游手好闲，但是并不放荡的生活。在半土耳其化的比萨拉比亚的咖啡馆里，总能见到他们叼着长长的烟袋，从一个碗里吃咖啡渣。他们有花纹的短上衣和尖头的红鞋子已经开始破旧，但是凤头样的小圆帽还歪戴在头上，宽阔的腰带下面则依然露出佩剑和手枪。难以设想这些温和的贫民曾经是摩尔达维亚有名的希腊解放战士，可怕的基尔查里的同伙，而且他本人就身在其中。

统治雅西的巴夏得知此事后便根据和约要求俄罗斯方面的长官交出强盗。

基尔查里被看管起来。他并不打算隐瞒真相，而且承认自己就是基尔查里。"不过，"他补充说，"自从我渡过普鲁特河以来，我对他人财物毫发未动，也没有欺侮过任何一个穷苦的茨冈人。对土耳其人、对摩尔达维亚人、对瓦拉几亚人来说，我当然是土匪，然而对俄罗斯人来说我却是客人。当萨费扬诺斯打完了所有的霰弹，来到检疫所来找我们，为了搜集最后的弹药而从伤员身上夺取纽扣、钉子、项链和刀柄上的镶头时，我给了他二十个银币，所以身无分文了。上帝看得见，我基尔查里曾经是靠别人周济过日子！为什么现在俄罗斯人要把我出卖给我的敌人呢？"说完这些话基尔查里便不再开腔，开始静静地等待自己命运的结果。

他没有等待多久。上司没有理由从土匪们浪漫的一面去看待他们，而且认为土耳其人的要求是正当的，便吩咐将他押解到雅西去。

一个当时名不见经传，而今已身居要职的有头脑、心肠好的人向我生动地描述了他离开时的情景。

有尖顶的小城堡的门口停放着一辆叫卡鲁察的驿车……

1812年9月的最后几天中的一天，一辆这样的卡鲁察就停在有小尖顶的城堡的门口。大大咧咧、啪嗒啦嗒拖着鞋子的犹太女人，穿着破旧而色彩鲜艳服装的阿尔纳乌特人，手上抱着黑眼睛的婴孩、身材苗条的摩尔达维亚女人，围住了卡鲁察。

男人们一声不吭，妇女们热切地期待着什么。

城门开了，几个警官走了出来，到了街上；两个士兵跟在他们后面把上了镣铐的基尔查里带了出来。

他看上去大约三十岁，黝黑的脸部容貌端正而严峻，高高的个子，宽宽的肩膀，整个体形表现出非同寻常的体力。花花绿绿的缠头布歪斜着罩在他的头顶，宽阔的腰带束在他紧细的腰上。厚蓝呢的土耳其长衫，拖到膝盖上方的衬衫的宽折裥，以及一双漂亮的便鞋便构成了他其余的装束。他的表情高傲而安详。

一位官员，是一个穿着褪色制服的红面老头，他制服上的三颗纽扣已经松动，一副锡制的眼镜夹住了代替鼻子的一个红红的肉球；他打开一份文书，弓着身子，开始用摩尔达维亚语宣读。他不时傲慢地望一眼上了镣铐的基尔查里，显然文书的内容与他有关。基尔查里则专注地听他念。官员念完了文书，将它折叠起来，严厉地向民众发出一声吆喝，命令他们散开，然后吩咐把马车驶到跟前来。这时基尔查里向着他，用摩尔达维亚语对他说了几句话；他的声音是颤抖的，脸也变了色；他哭了起来，跪倒在警官的面前，镣铐也丁零当啷响了起来。警官吃了一惊，身子一跳向后退去。士兵想扶基尔查里起来，但是他站了起来，收拾起锁链，一步跨进了卡鲁察，喊道："走！"一个宪兵坐在他身边，赶车的摩尔达维亚人打起一声响鞭，卡鲁察便滚动起来。

"基尔查里对您说了些什么？"年轻的官员问警官。

"您看见啦，先生，他请求我，"警官笑着回答，"照应

253

他的妻子和小孩，他们住在离基里亚不远的一个保加利亚村子里——他担心村民因他的牵连而受苦。这人真是蠢货，先生。"

年轻官员讲的故事使我深受感动。我可怜不幸的基尔查里。很长时间内对他的命运一无所知。几年以后我遇见了那位年轻官员，谈起了往事。

"您那位伙计基尔查里怎么样了？"我问道，"您知道他结果如何吗？"

"怎么不知道呢。"他回答道，于是向我讲述了下面的情况：

基尔查里被送到雅西，被带去见了巴夏。巴夏判他插桩处死。死刑将延期至某一节日前执行。他被暂时关在牢里。

囚犯由七个土耳其人看守。他们尊敬他，怀着所有东方人共有的贪婪心理听他讲传奇故事。

看守和囚徒之间建立了一种密切的关系。有一次基尔查里对他们说："哥儿们！我的死期快到了。谁也无法使我逃脱命运。我不久就要和你们告别。我想为你们留下一点可纪念的东西。"

土耳其人竖起了耳朵。

"哥们儿！"基尔查里接着说道，"三年前，当我和已故的米哈伊拉基一起打劫的时候，我们在离雅西不远的草原上埋了一口装满加尔宾的锅子。看来无论我还是他，都不可能占有这份宝藏了。这样吧：你们去拿了它，友好地均分吧。"

土耳其人简直要疯了。他们开始议论：怎么才能找到那个藏宝的地方？想啊想，终于想出了办法：让基尔查里领他们去。

到了夜里。土耳其人给他们的囚徒卸了镣铐，用绳子绑了他的双手，就带他一起出城向草原走去。

基尔查里认定一个方向，带他们走过一个土岗，又走向另一个土岗。他们走了很久。基尔查里终于在一块大岩石边停住了脚步，向南量了二十步，跺了跺脚说："在这儿。"

土耳其人分了工。四个人拔出佩剑，开始挖土。三个人留下来看守。基尔查里坐在岩石上，开始看他们干活。

"怎么样啦？快了吗？"他问，"挖到了吗？"

"还没有。"

土耳其人答道，他们已经干得汗流浃背了。

基尔查里显得不耐烦起来。

"看这些人，"他说，"连像模像样地挖土都不会。要是我啊，两分钟就干完了。孩子们！解开我的手，把剑给我。"

土耳其人思索起来，开始商议。

"有什么不行呢？咱们给他松绑，给他剑，会坏什么事呢？他只一个人，咱们有七个。"于是土耳其人给他松了绑，给了他剑。

基尔查里终于自由了，而且有了武器。他应当有某种感觉……他开始利索地挖起来，看守们帮着他……突然他用剑捅进了其中一个人的身体，然后把剑把留在了那个人的胸口，从他的腰带下面抽出了两支手枪。

另外六个人看见基尔查里已经武装了两支手枪，便四下逃跑了。

基尔查里如今在雅西附近打家劫舍。不久前他给大公写了一封信，要他缴出五千列弗的钱，威胁说如果不缴，就放火烧掉雅西城，而且要给他颜色看看。五千列弗送到了他手上。

基尔查里是怎么一个人呢？

1834 年

上尉的女儿

第一章　近卫军中士

入伍近卫军，明日当上尉。

别那么办，让他当兵去打仗。

俗话说得好：叫他吃苦头再看……

可他的老子是谁呢？

——克尼什宁

我父亲安德鲁·彼得·格利尼奥夫以前曾在米尼希伯爵部下做事，于17××年以中校军衔光荣退伍。从那以后，他就一直闲居在位于新比尔思科公国的庄园里。那儿，他同附近一个前贵族的女儿奥夫多季雅结婚。在这场婚姻里诞生的九个孩子中，我是那唯一的幸存者，我其他的兄弟姐妹都夭折了。

在一个近亲近卫军上校的帮助下，我成为谢苗诺夫团的近卫军中士。在教育完成以前，我便算个请长假的军人。从五岁开始，我就被托付给一个老用人萨维里奇照料，他的稳重使他成为我的私人看护。幸亏有他的照料，到十二岁我便能够自如地读写，也能正确地辨别出猎狗的优劣。这时，为了让我继续完成学业，父亲花钱雇了一个法国人，鲍普雷先生。他是和政府提供给我们一整年用的、从普罗旺斯进口来的酒和油一同从莫斯科来的。可想而知，他的到来使萨维里奇不太高兴。

鲍普雷曾在他的国家做过理发师，曾经在普鲁士当过士兵，后来到俄国想当个教师，虽然他不太明白教师这个词在我们语言中到底是什么意思。但是他是个好人，虽然非常轻率和漫不经心。他主要的小毛病就是好色，而且，用他的话来说，他从来不是酒瓶的敌人，也就是说他嗜酒如命。但是，在我家里，只有在吃饭时才能喝酒，而且用的是小杯子，并且在倒酒时用人有时竟忘了这位先生。

鲍普雷不多久就习惯了喝俄国的白兰地，并且认为它比自己国家的酒好，因为这有益于身体健康。我们不久就成为很好的朋友，尽管按照合同他本来应该教我法语、德语和一切的理科科目，可他倒更愿意让我教他俄语日常会话。因为，我们各自都只顾自己的事情，所以友谊一直很稳定，而且我也不希望再换别的老师。

但是，不久命运就把我们分开了。一个阳光普照的日子，我们的洗衣妇，一个满脸雀斑的胖女孩，还有那位我们独眼的养牛妇一起在我母亲面前下跪，指控这个可恶的法国人，曾经利用她们的无知和没经验调戏她们。

母亲在这点上绝不允许谁开玩笑，立刻就把这件事告诉了父亲。父亲是个果断的人，他命令马上把"那个该死的法国人"叫到他面前来。用人恭顺地禀告说鲍普雷当时正在给我讲课。

父亲推开我的房门时，鲍普雷当时正在他的床上呼呼大睡，而我正沉浸在一件很有意思的事情当中。家人从莫斯科给我买来一幅地图，而地图挂在墙上又毫无用处。地图的大小以及纸张的质量对我来说是个巨大的诱惑，我决定用它做一个风筝。

那天早上，趁着鲍普雷还没起，我开始做风筝。父亲进来的时候我正小心翼翼地把一条尾巴粘到好望角上。看着我的杰作，父亲拧住我的耳朵使劲摇晃，然后来到鲍普雷的床边，粗暴地把他叫醒，对着这个可怜的法国人大骂起来。鲍普雷稀里糊涂地挣扎着想爬起来，但又做不到，因为这个可怜的教师当时喝得烂醉如泥。父亲愤怒地抓住他的领子把他从床上拎起来，猛地推出门外。当天，他就被父亲解雇了，萨维里奇高兴地合不拢嘴。这样，我的学习就结束了。我在家里一直过着纨绔子弟的闲散生活，因为还没到开始工作的年龄，整天以逗鸽子、在屋顶上打滚和在马厩的院子里同马夫玩跳蛙游戏为乐。我就这样，不知不觉过了十六岁。

秋天里的某一天，母亲正在客厅里做蜜饯，而我望着沸腾的飘着香气的蜜糖水，馋得嘴里直流口水。父亲坐在窗边看他每年都会收到的《皇家年鉴集》。父亲受这本书的影响很大，他总是带着极大的关切读它，并且每次都读得大发雷霆、大动肝火。母亲深知他的脾气和怪癖，总是尽力把那本可怜的书藏起来，父亲经常几个月都见不到那本书的影子。不过，作为报复，当他有时找到那本书时，就会一连看上几个小时。父亲读《皇家年鉴集》时，会不时耸耸肩，并且喃喃自语道："'中将'！嗯，他以前只是我手下的一个中士。'俄国勋章获得者'，可不久前我们还一起……"最后，他把《皇家年鉴集》一把扔到沙发上，闭眼思考，这从来就不会是个好兆头。

"奥夫多季雅，"他忽然用粗鲁的语气对母亲吼道，"现在彼得多大了？"

"他刚到十七岁，"母亲絮絮叨叨说，"彼得是在纳斯塔西娅姑姑瞎了一只眼那年出生的，并且当时还……"

"好了，好了，"父亲不耐烦地说，"现在是他该服役的时候了，到了他该放弃他的保姆、跳蛙游戏和训练鸽子的时候了。"

可怜的母亲因为我的即将离开大受打击，手中的汤勺都掉到了锅里，眼泪情不自禁地落了下来。可对我来说，要想藏住喜悦之情都难。在我的心目中，在军队服役、自由和在圣彼得堡这样一个大城市生活一样有趣。我想象自己成了近卫军军官——在我的想法中，这是最幸福的事。

父亲从不喜欢改变计划，做事也不喜欢拖延，于是我动身的日期很快就定了下来。出发的前一天晚上，父亲说要我将一封信交给我未来的长官。

"安德鲁，别忘了，"母亲说，"替我向公爵问候，就说我拜托他好好照顾我的彼得。"

"胡说八道，"父亲皱了皱眉头说，"为什么要我给公爵写信呢？"

"你刚才说你要写信给彼得未来的长官。"

"是啊，然后呢？"

"公爵才是他的长官，你很明白彼得在谢苗诺夫团登记过。"

"登记过！那和我有什么关系？无论登没登记过，他都不会去圣彼得堡。他会在那儿学到什么？学浪费和胡闹吗？不，让他在军队服役，让他去闻闻火药味，让他变成一名真正的士兵而不是近卫军中的一个花花公子，让他体验一下战场上的生活。他的出生洗礼证在哪里？"母亲拿来了证件。她是把那个证件和我洗礼时穿的袍子一起精心地保存在一个小盒子里的。她把证件递给父亲，父亲看了一下，搁在面前的桌子上，写起信来。

我非常好奇，心里想：如果不是去圣彼得堡，那我将去哪儿呢？我目不转睛地盯着父亲那支在纸上慢慢移动的钢笔。终于，信写完了。那封信和我的证件被装在同一个信封里，父亲摘下眼镜，把我叫过去："这封信是给我的老朋友、老战友安德鲁·卡尔洛维奇的。你将到奥伦堡，在那儿服役。"我所有美好的梦想都幻灭了，等待着我的不是圣彼得堡欢乐的生活，而是在祖国一个荒凉边陲枯燥的地方服役，军队生活如今对我来说似乎是个噩梦。

第二天清晨，一辆旅行用的带篷马车停在家门口。马车上盛放着我的大衣箱、盛茶叶和茶具的箱子及几袋面包卷和油酥面馅饼——家中娇生惯养生活的最后一点代表。父母还给了我隆重的祝福。父亲告诉我说："再见，彼得，你一定要忠于自

261

己的誓言。听长官的话，不要拍长官的马屁，也不要主动请求做事，但是不要拒绝长官吩咐给你的事。记住：爱惜衣服要从新的时候起，爱惜名誉要从小的时候起！"

我亲爱的母亲含着眼泪，叮嘱我要保重身体，又叮嘱萨维里奇要保护她的孩子。我裹着一件短的兔皮袄，外面还披了一件狐皮大衣。我和萨维里奇坐在马车上，挥洒着眼泪，奔向我的目的地。一路上，我在想念我亲爱的母亲，不知道我走后她会不会牵挂我呢？父亲的要求、母亲的牵挂如重锤一样压在我身上。更不知那个奥伦堡到底是什么样子，我到那里会不会很孤独落寞。我的上帝，你能不能给我点启示，引领我迈向成功。

那天晚上，我抵达新比尔思科，在那儿我将停留一天一夜。这样的话，萨维里奇就有充足的时间去购买父母托付他买的必需用品。一大清早，萨维里奇就去买东西了，而我独自待在客栈里。厌倦了一直看窗外肮脏的小巷，我就在客栈里走来走去，最后进了台球房。

在那儿，我看见一个身材高大、四十岁左右的绅士。他留着又浓又黑的小胡子，身着长袍，手里拿着球杆，嘴里还衔着烟斗。他此时正在和记分员打台球。如果记分员赢了，他就可以喝一杯伏特加；反之，如果记分员输了，他就必须从台球桌下爬过去。他们进行的次数越多，可怜的记分员爬的次数就越多，最后记分员索性就待在桌子下面不出来了。而那位绅士说了一些言辞沉痛的话，像在致悼词一样。然后，他邀请我和他玩一局。我说我不知道怎么玩台球，对他来说这似乎很不可思议，他用一种同情的眼神盯着我。

我们聊了起来。从谈话中我得知他名叫伊万·祖林，是骠骑兵团的大尉，暂时驻扎在新比尔思科招募新兵。他和我同住一个客栈，他还请我一起吃饭，像军人那样，有什么吃什么。我高兴地答应了他的邀请，一起吃饭。

祖林喝了很多酒，并邀请我一起喝，还告诉我必须习惯军人的生活。他讲了许多军队生活的有趣故事，我听得笑弯了腰。结束饿鬼饭局以后，我们已经成了很好的朋友。然后，他建议教我打台球。他说："台球对我们这样的军人是必不可少的一项娱乐，举个例子，假设我们行军到了一个镇上，有什么可以消遣的呢？我们总不能老是戏弄犹太人吧！客栈和台球房就是你最后的选择。不过，说到打台球，你就必须会。"这些理由说服了我，我开始急切地学起来。

祖林高声地鼓励我，他震惊于我的快速进步。几次练习后，他提议玩钱，一局就两个戈比，不是为了赢钱，只是为了有趣味。按照他的说法，这是不好的习惯。我同意玩点儿小钱，祖林点了潘趣酒，让我尝一尝，以便逐渐习惯军人的生活。他说："没有潘趣酒，根本就不算军队生活。"我同意他的提议。我们继续玩，我喝得越多，胆子就越大。球被我打得飞出台球内侧边缘的弹性衬里了，我还生记分员的气。不知怎么的，我的赌注愈加愈大，并且完全就像一个第一次从母亲的管束中摆脱出来的孩子。时间飞快流逝，最后，祖林瞄了一眼钟，放下球杆轻描淡写地说，我已经输给他一百卢布整了。

我完全不知所措，因为我的钱都放在萨维里奇那里，我身无分文，于是我开始喃喃地解释。这时，祖林打断说："哦，没关系，仁慈的上帝！明天早上也行，别为了这事感到痛苦。我们现在去吃晚饭吧！"我能做什么呢？这一天的结束就像这一天的开始一样荒唐。

祖林不断地给我倒酒，希望以此让我逐渐习惯军队的生活。我摇晃着从桌边起身。午夜时分，祖林把我带回了客栈。萨维里奇在门口等待我们。当他看见我对军队生活表现得如此狂热，惊惶地叫了出来。

"您怎么了，少爷？"他痛心地扶着我说，"您在哪儿把自己灌得醉醺醺的？哦，天哪！这样的事以前从没发生过。"

"住嘴，"我语无伦次地说，"肯定是你喝醉了。去睡觉，但必须先服侍我睡下。"

我第二天早上醒来的时候，头很痛，依稀能记起一点昨晚的事。但是，当萨维里奇拿着一杯茶向我走来时，昨晚的事马上就清晰地浮现在脑海里。

"您太早开始喝酒了，彼得·格利尼奥夫先生，"老头边无奈地摇头边说，"嗯！您这点像谁呢？您父亲和祖父都不是酒鬼，更别说您母亲了。从出生以来，除了苹果酒，她可是什么都不沾的。那么，谁误导了您呢？那个该死的法国人，他教了您三件'好'事。雇那个只知享乐的人做您的老师，那条可怜的狗，就好像我们老爷自己不顶用似的！"在这老头面前，我觉得羞愧。我就把脸转过去，背对着他厌烦地说："萨维里奇，我不想喝茶，你走开吧！"可是，一旦萨维里奇开始了他的长篇大论，让他停止，可不容易。

"彼得，现在你尝到醉酒的滋味了吧！头痛，没胃口。酒鬼是一无是处的。来，喝点黄瓜和蜂蜜的煎汁，或喝半杯白兰地吧，这样或许能醒酒。您看？"

就在那时，一个陌生的男孩拿着祖林写给我的便条走进房间。我打开便条，读道："亲爱的彼得，请把你昨天输给我的一百卢布交给我的仆人让他带回来。我现在急需用钱。你忠心的祖林。"

无可奈何，我只能装出一副毫不在意的样子，吩咐萨维里奇给那个男孩一百卢布。

"什么？到底为什么？"老头惊诧地问。"我欠了他那笔钱。"我平静地回答。

"你欠的？你什么时候欠下这么一大笔钱？"他更加惊讶了，"不，不，那不可能。少爷，无论如何我是不可能付那笔钱的。"

我想，如果在这关键时刻那顽固的老头不肯听从我的命令，那么将来就更不可能摆脱他的管束。于是，我傲慢地看着他说："记着我是你的主人，你只是我的仆人。钱是我的，我输了它，输了它是我愿意的。我劝你，按我说的去做，让你做什么你就做什么，不要插手管主人的事情。"萨维里奇被我的话震惊了，他吓得拍了一下双手，弓着背，呆站在那里，沉默不语。

"你还一动不动地站在那儿干什么？"我生气地大吼。

萨维里奇老泪纵横。"哦，亲爱的主人彼得，"他用颤抖的声音痛苦地说道，"请不要让我在悲痛中死去。哦，我亲爱的，听我老头子一句话，写信告诉那个强盗，告诉他您不是玩真的，我们从来就没这么多钱。一百卢布！仁慈的上帝啊！告诉他，您有严厉的父母，不准您赌钱，除非是用核桃做赌注。"

"住嘴，"我严厉地斥责萨维里奇说，"给他钱，否则我现在就把你撵出这个房间。"

萨维里奇痛苦地看了看我，无奈地去取钱。我可怜这个老头，然而，我也想解放自己，想证明我已不再是个小孩儿。萨维里奇乖乖地把那笔钱付给了萨维里奇林，然后，就赶快带我离开了那家该死的客栈。

怀着一股默默地悔恨，我良心不安地离开了新比尔思科。我没向我的老师告别，也没想到我们会再次相遇。

第二章　领路人

异乡啊，异乡，可爱的地方！
不是我自己来到这里，
也不是骏马送我来的，
是少年的胆识与朝气，
是酒店飘香的美酒，
将我带到遥远的异乡！

——古老的民歌

旅途中，满脑子都是不太令人愉快的事情。按照当时钱的价值，我输掉的的确是一笔不小的数目。我不得不承认，在新比尔思科客栈里的行为确实很傻，而且，总觉得对不起萨维里

266

奇。老头一声不吭地坐在马车前面，无精打采，只是偶尔转过头来，干咳一两声。我打定主意要和他讲和，却又不知道如何开口。

最后，我开口对他说："好了，好了，萨维里奇，我们和好吧！我知道错了。昨天，我不该无缘无故惹你生气，不过，我保证以后都听你的。过来，不要生气了，握手言和吧！"

"哦！亲爱的彼得，"他长叹一声说，"我是在生我的气，应该认错的人是我。我怎会把您一个人扔在客栈呢？怎样才能不让这样的事情再次发生呢？鬼迷心窍啦！我想去看望教堂司事的太太，她是我的教母。然后，就像老话说的那样：'我离开了教堂，却跌进了监狱。'倒霉！真倒霉！我怎么好意思回去见我的主人啊？要是听说，他们的孩子又喝酒又赌钱，他们会怎么说呢？"

为了安慰可怜的老萨维里奇，我向他保证，以后没他的允许，我绝对不会乱花一个戈比。至少比之前平静多了，虽然这没能阻止他喃喃自语，并时不时地摇着脑袋说："一百卢布！这是说着玩的吗？"

目的地就在不远处。太阳正慢慢下山，四周伸展着一片沙漠，凄凉又荒芜，夹杂分布着小山丘和沟壑，白茫茫的一片。我的马车沿着一条窄窄的小路，更准确地说，是沿农民的雪橇滑过留下的辙痕前进。突然，车夫盯着前方某一点看，然后，摘下帽子，向我报告说："少爷，我们还是回去吧！"

"怎么了？"

"天气不太好，前面起风了。您发现它把表层的雪都刮起来了吗？"

"那有什么关系？"

"您难道没看到那边的东西吗？"他用马鞭远远地指向东方。

"除了白茫茫的干草原和那片晴朗的天空，什么也没有。"

"那儿，在那儿，那朵小云。"

在天际处，确实有一小朵白云，起初我还以为是远处的一座山。车夫告诉我，说这朵小云预示着一场暴风雪马上就要来临。对这个地方的暴风雪我早有耳闻，也知道有时候暴风雪会将整个车队都吞掉。萨维里奇同意车夫的说法，建议我们退回去。

可我觉得风似乎还不是很强。我盼望能及时赶到下一站，于是就吩咐车夫加速赶车。车夫策马狂奔，却时不时地望着东方。风越来越大，小云朵不一会儿就变成了一大片浓云，沉甸甸地升起来，渐渐飘散开来，最后覆盖住了整个天空。雪花开始飘落，顷刻间，雪花变成了大块大块的雪片。风呜呜地怒吼着，咆哮着，可怕的暴风雪来了。一瞬间，阴沉沉的天空和被风从地上卷起的雪混成一片，四周的一切都变得模糊不清了。

"真倒霉了，少爷，"车夫喊道，"我们碰上暴风雪啦！"

我把头探出车外，眼前黑压压的一片，风刮得非常凶猛，好像一个凶恶的怪物正在发怒一样。雪花大片大片地倾泻，覆盖在我们身上。马只能一步一步地吃力地向前走着，但不久它就停了下来。

"你为什么不接着向前赶啊？"我生气地问车夫。

"往哪里赶啊？"他边回答边从马车上跳下来，"现在只有上帝知道我们在哪里了。我们无路可走，到处都是黑漆漆的一片。"

我开始责骂他，萨维里奇却为他说话。"您应该听他的话。"他生气地说，"您本可以回到客栈，悠闲地喝点热茶，舒舒服服地一觉睡到大天亮。那时候，暴风雪停了，我们也可以接着赶路。为什么非要这么急呢？好像是赶着去参加您的婚礼一样！"

萨维里奇说得很对，可是现在该怎么办呢？雪继续下着，堆积在马车周围。马站在那儿一动也不动，不时打个冷战。车夫在马旁边来回踱步，不时调整一下马具，好像没其他事情可做似的。

萨维里奇不停地抱怨。我瞪大眼睛观望四周，希望能发现住户或道路，可除了旋转的风雪，其他什么也看不到。突然，我看到了一个黑乎乎的东西。"喂，车夫，"我激动地大叫起来，"那边那个黑乎乎的东西是什么呢？"

车夫侧着身向前探，朝我指的地方仔细地看了一会儿。"我也不知道，少爷，"他满不在乎地回答，重新坐到他的位置上，"既不是一辆马车，又不是一棵树，并且好像还在移动。那应该不是一头狼就是一个人！"

于是我吩咐他朝那个不知名东西的方向赶过去，那东西也正向我们移动。两分钟后，我们就和他碰到了，我认出那是一个人。

"喂，大哥！"车夫兴奋地喊道，"请问，你认识路吗？"

"这就是路呀，"那人诧异地回答，"我们正站在坚硬的地上呢，可你问我这个做什么？"

"听着，好汉，"我说，"我是问你对这一带乡村熟悉吗？你能带我们去找个晚上能住宿的地方吗？"

"这一带乡村！你们真巧，无论是步行还是坐车，从这一头到那一头我都走过无数遍了。但是，在这样的恶劣天气里，人还是会迷路的。最好是现在先停在这儿，等到暴风雪停了。等到那时候，天会放晴，借助星星我们就能找到路。"他的冷静给了我勇气，我决定在干草原上度过这个夜晚，听天由命了。这时，过路人突然坐上车夫的位置，对车夫说："谢天谢地，这附近刚好有一个住家，向右拐，然后一直向前走。"

"为什么我要向右拐？"车夫恼怒地说，"根本就没有路！还有，是不是因为这些马和马具是别人的，你就不需要爱惜，只管赶着它们跑呢？"我认为说得很对。

我问新来的人："为什么你认为住家就在这附近？"

"风从那边吹来，"他回答，"风中夹着烟味，那住家就在附近。"

他的聪慧以及敏锐的嗅觉让我佩服，我吩咐车夫朝他说的方向赶去。马儿在厚厚的积雪中艰难地走着，而马车缓缓前行，一会儿爬上一个雪堆，一会儿陷到一个雪坑里，摇晃个不停，就像一条在暴风雪的海面上前行的小船。

萨维里奇抱怨个不停，时不时地撞到我身上。我拉下车篷，裹紧身上的皮大衣，打起盹来。马车像摇篮般的左右摇晃和暴风雪单调的歌声使我昏昏欲睡。

马停了下来，萨维里奇抓住我的手，说："出来吧，少爷，我们已经到了。"

　　"到哪里了？"我睡眠蒙眬地问。

　　"到住的地方了。感谢老天爷，我们的车刚好跌撞到住的地方的栅栏上。出来吧，少爷，快点，进去暖和暖和。"

　　我迅速地从马车上跳下来，暴风雪还没停，但已经小多了。四周漆黑一片，什么也看不见。房子的主人热情地在门口迎接我们，他的手缩在长大衣前襟的翻褶下面，手里还提着一个灯笼。他把我们带进一间不大但很整齐的房间，房里点着暗黄的松明，一支卡宾枪和一顶高高的哥萨克皮帽挂在墙的中央。主人是从雅依克河来的哥萨克人，一位六十岁左右的老农民，但依然精力充沛，朝气蓬勃。

　　萨维里奇把装有茶具的箱子拿了进来。他请主人拿火具来烧水，准备给我泡茶喝。我从来都没有这么渴望喝茶。"给我们带路的人呢？"我问萨维里奇。

　　"在这儿呢，老爷。"上面有一个机灵声音回答我。我于是抬眼朝吊铺板床望去，只看见一缕黑胡子和两只闪闪发光的黑眼睛。

　　"怎么样？伙计很冷吧？"

　　"穿着这件全是洞的薄大衣，怎么可能会不冷呢？不瞒您说，我原本有件皮袄的，可昨天它被我典押在酒店里了。那时候，天似乎并不很冷。"

　　这时，主人拿着便携式炉子和煮器及俄国的茶饮进来了，我让带路人下来喝一杯茶，他敏捷地从吊铺板床上爬下来。当他站在松明那耀眼的火光中时，我突然发现他的外表很出色。

他是一个中等个子，瘦瘦的，但肩膀很宽的四十岁中年男子。一把大黑胡子，一双机灵的大眼睛转个不停，使他有一种很狡猾但不让人讨厌的表情。他下身穿着一条鞑靼人肥肥的灯笼裤，上身穿着一件褪了色的旧夹克，头发剪成圆形。

我递给他一杯热茶，他尝了一口，皱了皱眉头。"老爷，请您开开恩，给我叫一杯白兰地吧！我们哥萨克人不喝茶。"

我很快地满足了他的请求。主人从橱柜的架子上取下一瓶酒和一只玻璃杯，来到他面前，盯着他的脸仔细端详了一会儿说：

"啊！你怎么又来我们这个地区了。上帝从哪里把你弄来的？"

带路人意味深长地眨了眨眼，用大家熟悉的谚语答道："'麻雀飞到菜园里来吃大麻籽，老奶奶用石子扔它，可没打着。'你呢？你们怎么样了？"

"我们怎么了？"主人说，继续用谚语回答，"'他们本来想打完祷告的钟，不过，牧师出去拜客，所以魔鬼就悄悄到墓地里来了。'"

"不说了，大叔。"流浪汉说，"如果有雨就会有蘑菇，有蘑菇就会有人用篮子去盛它们。快把你的短柄小斧放在你的背后，管林人正在外面巡查呢。"

"祝您健康，老爷。"他举起酒杯，画了个十字，一口气喝光了那杯白兰地。然后，他向我鞠了一个躬，又爬上他的吊铺板床去了。我完全也听不懂这种黑话，一直到后来，我才知道他们说的是有关雅依克军队的事情。这支军队是1772年起义后被镇压的。萨维里奇听了，疑惑地瞅瞅主人，又瞅瞅带路人。

我们所住的客栈坐落于干草原的中心，离大路和任何一个居住点都很远，并且看上去很像一个强盗窝。不过，继续启程是不现实的了。萨维里奇那不安的神情使我感到很好笑，最后，他决定睡到炕上（俄国农民睡的普通床）。壁炉发出令人舒心的暖气，不多时，老头和睡在地板上的主人都打起鼾来。而我躺在一条长凳上，也睡得像个死人一样。第二天早上，我醒得很晚，发觉暴风雪竟然已经停了。远处绵延的白雪在阳光照射下，就像一匹让人目眩的白色锦缎。马已经套好，正在门口等待着。我付房钱给主人，但他只要了很少，以至于萨维里奇也没像平时那样和他讨价还价，好像前一晚的怀疑在他脑子里已经完全消失了。我叫来带路人，感激他给我们提供的热情帮助，并让萨维里奇给他半个卢布。萨维里奇听了皱起了眉头。"半个卢布，"他说，"为什么？是因为您屈尊被他带到客栈来吗？依您吧，少爷，但是，我们连一个多余的卢布也没有了。如果我们见人就给酒钱的话，那么到最终，我们就会饿死。"和他争论是没有用的，依照我的承诺，钱应该完全根据他的意思支配使用。但是，如果不能给帮助我脱离险境甚至是死亡的人一点小费，那就会太不好意思了。

"好吧，"我静静地说，"如果你不愿给他半个卢布，那就送他一件我的衣服吧，你看他穿得太单薄了，就将我的兔皮袄送给他吧。"

"饶恕了我吧，亲爱的彼得，"萨维里奇说，"他要您的皮袄能干什么？他会用它换酒喝，这狗东西，在他碰到的第一家酒店里。"

"那与你无关，老人家。"流浪汉说，"老爷愿意从他自己身上脱下一件衣服给我，那是他对下属的慈爱，而你作为奴才的本职不是去顶撞他，而是去遵从他。"

"无法无天了，你这个强盗，"萨维里奇气恼地说，"你看这孩子还不太懂事，就无耻地利用他的好心肠，抢他的东西。你根本就不配把皮袄穿到你那宽肩膀上。"

"过来，"我对萨维里奇严肃地说，"不要自作聪明，快去将皮袄拿来。"

"哦，少爷！"老头呻吟着说，"那可是一件兔皮袄呀，而且还是新的，您竟然要把它送给一个穿着邋遢的酒鬼。"

无奈，皮袄还是拿来了，流浪汉一个劲儿地往身上套。那件皮袄对我来说都十分紧，对他来说就更嫌小了。尽管如此，他还是把它穿上了，尽管费了好大的劲，甚至把缝的线都撑开了。听到缝线撑开的声音，萨维里奇嘴里不由得吐出某些他极力想控制住的低吼。流浪汉对得到的礼物很满意，他再次把我送到马车旁，深深地鞠了一个躬，感激地说："谢谢，老爷，希望上帝保佑您，我会永远记住您的恩情。"

他赶他的路，而我也继续前行，不去管萨维里奇的沉闷。不多时，我就忘了那场暴风雪和那个带路人，也忘记了那件兔皮袄。到达奥伦堡，我立刻去拜访将军。他是个高个子男人，由于上了年纪而有点驼背，长长的头发已经花白，穿破的旧制服不由得让人记起安娜女皇时代的军人。他说话的口音总是带着浓浓的德国腔。我把父亲的信递给他。

读到我的名字时，他很快地扫了我一眼。"天哪，"他惊讶地说，"好像不久前安德鲁·格利尼奥夫还是你这般大。现在你看，他已经有这么大的儿子了。啊，时间啊，时间！"他拆开信，边看边不由自主地发表着自己的评论。

"'亲爱的，我希望大人……'这是什么？为什么行这种礼节？纪律当然是第一的，但这是给老朋友写信的语气吗？嗯……'已故元帅米尼……小卡皮林卡……兄弟……'啊！他还记得……'现在言归正传，我把小儿送来，请您给他刺猬皮的手套。'"

"这是什么意思？"他疑惑地，"肯定是俄语中的一句谚语吧！"

"它的意思是，"我装出一副天真本分的样子，回答说，"待人要宽容，给人以自由。"

"嗯！"他边读边说，"还有不要放任他。不，"他继续说，"那句谚语绝对不是自由的意思。好了，我的孩子。"

读完信后，他对我说："所有事情都会替你办好。你会成为××团的一名军官，而且为了不耽误时间，明天就前往白山要塞。在那里，你将在米罗洛夫上尉的部下服役，他是一个勇敢忠厚的人。在那儿，你要认真服役，严格遵守纪律。在奥伦堡，你没有事情好干，而散漫对年轻人来说是没有好处的。今天，我将请你一起吃午饭。"

我想，我的状况越来越糟糕了。还在娘胎时，我就是个近卫军中士了，不过这又有什么用呢？我会被弄到什么地步呢？

弄到××团里，弄到干草原边境一个被遗弃的要塞上去！我在将军家吃了午饭，同桌的还有他的老副官，一个纪律严明的德国人的俭朴处处显示在餐桌上。我天真地想，他把我打发到偏远的驻防军去，可能与他害怕有一个多余的客人分享那少量的食物有关系吧！

次日，我就向将军告别，前往白山要塞了。

第三章　要塞

我们住碉堡，喝水吃面包；

假如有敌人，要来吃肉包；

我们迎来客，炮弹管吃饱。

白山要塞位于距离奥伦堡四十俄里的野地里，从城里延伸出来的路沿着雅依克河陡峭的河岸向前延伸着。河水还没完全冻结，铅灰色的水浪在被白雪覆盖着的河岸之间透着黑色，吉尔吉斯草原就静静地躺在我面前。

我陷入了忧郁的沉思，因为对于驻防军的生活我一点儿也不感兴趣。我竭力在脑海里勾画我未来长官米罗洛夫的形象。我把他想象成一个既严厉脾气又坏的糟老头，除了自己的职责什么也不知道，随时会为了一点儿鸡毛蒜皮的小事就把我关起来……暮色降临，我们拼命地往前赶。

"这里离要塞到底还有多远？"我问车夫。

"您现在就能看到它。"车夫回答。

我望了望四周，希望能看到高高的堡垒、城墙和战壕。不过，除了一个被木栅栏围着的小村庄以外，我什么也看不见。路的一边有一些被雪覆盖着的干草垛。路的另一边有一座倾斜的风车，风车那厚重的椴树皮做的车翼懒散地悬挂在那儿。

"要塞在哪里呀？"我忍不住地问。

"就在那里呀。"车夫指着我们刚刚进入的村庄说道。在大门旁，我发现一架旧的、生铁铸的大炮。街道又窄又弯，几乎每间小屋都是用干草覆盖的。

我命令车夫把车赶到要塞司令那儿去。很快我的马车就停在一栋盖在高地上的木屋前，木屋的旁边也是一座用木头盖的教堂。穿过前边空地，我进入接待室。一位年迈的残疾军人坐在桌子上，正用一块蓝布缝补绿色制服的肘部。我吩咐他为我通报一声。

"进去吧，先生，"他说道，"我们的人都在里面。"

我走进一间干净的、旧式风格的房间，屋子的角落里有一个装着银器的橱柜，墙上挂着镶有镜框的军官证书，镜框周围是花花绿绿的版画《选新娘》《占领基斯特林》和《老鼠葬猫》，非常引人注目。窗户旁坐着一位披着坎肩、包着头巾的老太太。她当时正在绕一团毛线，一个独眼的、穿得像军官的小老头伸手绷着那团毛线。

"您有什么事吗，先生？"老太太一边问我，一边继续她手头的工作。我告诉她，我是来服役的，并且按照规定，一到就立刻来见上尉先生。说完这些，我就转向那个独眼老头，以为他就是那个要塞司令。但是，女主人打断了我预先准备好的话。

"伊万·米罗洛夫现在不在，他去拜访格拉西姆牧师了。不过，你来见我也是一样的，我是他妻子，请不要见外啊！请坐呀，先生。"她命令仆人去把下士叫来。小老头用他那独眼好奇地盯着我。

"我冒昧问一下，"他说，"您从前在什么团服役？"关于这个问题，我满足了他的好奇心。

"我再斗胆问一下，为什么您要从近卫军调到驻防军来呢？"

我告诉他说，那是上级的命令。"也许是做了近卫军军官不应该做的事情吧？"那个爱刨根问底的老头继续说。

"你能不能停止那愚蠢的盘问？"上尉夫人对他说，"你看，这年轻人经过长途跋涉已经很累了。除了回答你的问题，他还有其他事情要做呢！把你的手伸直一点！亲爱的先生。"她转向我继续说："不要由于被塞到我们这个小镇而感到苦恼。您不是第一个来的，也不会是最后一个。到目前为止，还有个叫奥列科谢·施瓦布林的，他因为谋杀人被调到我们这儿已经四年了，天知道他为什么会做出这种事情。他和一个中尉带着剑跑到城外去决斗，当着两个证人的面，奥列科谢刺死了那个中尉。唉！有谁不会犯错呢。"

当时，下士走进来了，他是一个非常年轻又十分英俊的哥萨克人。"马克西米奇，"上尉夫人说，"给这位军官安排一个雅致的住处。"

"遵命，瓦西利撒，"哥萨克人答道，"我是否应当安排他和伊万·波列扎耶夫住在一起呢？"

"胡扯，马克西米奇，他那里现在已经够挤了，况且，他是我孩子的教父。再说，他始终没忘记我们是他的长官。对了，先生，我应该怎样称呼您？"

"彼得·格利尼奥夫。"

"那么，领格利尼奥夫先生到谢苗·库佐夫那儿。那家伙竟把他的马放到我的菜园子里来了。一切都还好吧，马克西米奇？"

"感谢上帝，一切都安静，除了普罗霍夫下士为了一桶热水和乌斯季尼娅吵了一架之外。"

"伊格纳季奇，"上尉夫人向独眼老头说，"你去他们中间仔细地调查一下，看看究竟谁是谁非，或两个人都要受到处罚。去吧，马克西米奇，愿上帝与你同在。格利尼奥夫先生，马克西米奇将领您去安顿接下来的住处。"我暂别了上尉夫人。

下士把我领到一栋坐落在高高河岸上的小木屋前，这栋小屋已经处于要塞的最里面。谢苗·库佐夫一家已经占据了半栋屋子，那另一半是分给我的。我那半栋屋子是用一个隔墙隔成了两个大厅部分的大房间。萨维里奇马上着手布置，而我就从那窄窄的窗户往外看，萧败且贫瘠的干草原在我眼前伸展着，近一点的地方零星冒出一些小屋，其中一栋小屋的门槛前站着一位老太婆，手里拿着一只碗，招呼猪来吃食。除了街上有几只鸡来回走动觅食吃以外，我再也看不到别的景物。这大概就是我命中注定要度过青春年华的地方！我收回视线，心里被一股绝望占据着，没吃晚饭就上床歇息了，尽管萨维里奇不断劝我吃点东西再去睡觉。他郁闷地大声叫道："哦，你都不吃饭了！哦，上帝！如果孩子生病了，太太会怎么说？"

次日清晨，我刚开始穿衣服，一位年轻的军官就进入了我的房间。他个子不高，长得不是很好看，不过，黝黑的脸上有着很富有感染力的表情。"请原谅我，"他操着法语说，"冒昧来访，很是失礼。我昨天得知您的到来，想见一张陌生面孔的强烈愿望支配了我，这让我再也等不下去了。当您在这里住上一段时间后，您就会知道这种感觉了！"

我一下子猜到，他应该就是那个因为决斗而被开除出近卫军的军官——奥列科谢·施瓦布林。他非常机灵，谈吐轻松又幽默。他兴致勃勃地给我描绘了要塞司令一家、驻防军以及周围整个地区的情况，我发自内心地笑了。这个时候，伊格纳季奇，那个我在上尉接待室遇到的缝补制服的残废老军人走了进来。他传话说，上尉夫人瓦西利撒·耶格洛夫娜请我去吃饭，奥列科谢声称他要陪我一起去。

当我们快到司令家的时候，在广场上看见二十来位小个子残废老军人，他们一个个都留着长发辫，戴着三角军帽。这些老人排着上阵的队列，司令则整齐地站在他们面前。他是一个精神矍铄、活力四射的老人，个子很高，穿着一身长袍，戴着棉帽。瞅着我们，他就走了过来，对我讲了几句寒暄的话，然后继续他的操练。我们想留下来看训练，但他请我们现在就去他家，并保证说他马上就到。"由于这儿实在很难看。"他说。瓦西利撒十分热心地接待了我们，但没用琐碎的礼节，她把我当老熟人一样周到招待。残废军人和女仆巴莱卡当时正在铺桌子。

"我亲爱的伊万·米罗洛夫今天到底怎么了,操练了这么久还不回来?"女主人抱怨道,"巴莱卡,你去叫他回来吃饭。我的女儿玛丽在哪里呢?"她刚一说完这个名字,一位差不多十六岁的女孩就进入了房间。她的脸是圆圆的,面色红润,头发用光滑的发带拢在耳后,耳朵由于羞怯而变得通红。初次见面,我不是很喜欢她。奥列科谢曾告诉过我上尉的女儿就像个傻子,所以我是带着主观倾向看她的。玛丽径直坐到一个角落里,开始做起针线活来。汤端上桌了,瓦西利撒还没有看到丈夫回家,便派女仆再去叫他。

"告诉老爷,他的检阅可以等,不过汤要凉了。谢天谢地,有的是时间操练,空闲时他有足够的时间来练嗓子。"

上尉和他的独眼军官立刻就现身了。

"发生什么事了?亲爱的,"瓦西利撒说,"饭菜早就为你准备好了,可你就是不来。"

"你知道的,瓦西利撒,我正忙于指挥军队,操练我的兵士呢。"

"得了,伊万·米罗洛夫,不要做梦了。他们并不适合训练,再说你自己,对训练也是一窍不通。你应该待在家里向上帝祈祷,那将会更适合你。亲爱的客人,你还是快上座吧。"

于是我们坐下来吃饭。瓦西利撒的嘴一刻也没有停,她有一大堆问题不停地问我:我的父母是谁?他们还健在吗?他们住在哪儿?他们的财产多少?当她知道了我父亲有三百个奴仆时，她说："你看，世界上就是存在着一些有钱人，但我们，先生，老实说，我们就只有巴莱卡一个女仆。不过，谢天谢地，我们还能凑合着过。我们只有一桩牵挂，那就是玛丽，一个必须嫁出去的女儿。可她有什么嫁妆呢？只够每年去洗两次澡的钱。如果她能找到一个好丈夫，那该多好啊。如果不能，她就只能一直待在家里，永远做一位老姑娘了。"

我瞄了玛丽一眼，她的脸涨得通红，眼泪正往她的汤里掉。我可怜她，就马上改变话题："我听说巴什基尔人企图向你们的要塞进攻？"

"谁告诉你的？"伊万·米罗洛夫答道。

"我听奥伦堡人说的。"

"纯属瞎说，"伊万说，"我们什么消息也没听到。巴什基尔人不过是一个胆小的民族，吉尔吉斯人也已经受到了惩罚，他们绝对不敢来攻打我们。万一他们想要打的话，我也会好好给他们一些教训，使他们在十年之内都再也不敢动一下。"

"难道你不怕吗？"我继续问瓦西利撒，"待在一个老是充满种种危险的要塞。"

"我习惯了，亲爱的。"她回答说，"二十年前，当我们从团里调到这儿时，你或许会不相信我有多害怕那些强盗。要是我偶然看到他们的皮帽子，或听到他们的叫喊，相信我，我都会晕倒。不过如今，对这种生活，我早已习以为常了。要是有人告诉我，说土匪正在我们要塞周围转来转去，我依旧会纹丝不动地待在家里。"

"瓦西利撒她是一位很勇敢的夫人，"奥列科谢神情严肃地说，"这一点伊万·米罗洛夫可以作证。"

"嗯，你们也晓得，"伊万说，"她不是胆小鬼那一种！"

"那玛丽怎么样呢？"我问她母亲，"她像您一样大胆吗？"

"玛丽？"夫人说，"不！玛丽可是个胆小鬼。到目前为止，她只要听到枪声，还是会全身颤抖个不停。两年前，伊万曾经突发奇想，在我生日那天放他的大炮来祝贺。我可怜的宝贝这么害怕，差一点就永远离开了我们。从那时起，那架可怜的大炮就再也没被用过。"

吃完饭，我们就离开了餐桌。上尉和他的妻子去睡午觉，我则同奥列科谢一起去他的房间，在那儿，一起度过了那天晚上。

第四章　决斗

请吧，快摆好架势，看我宝剑取你性命。

——克尼亚日宁

几个星期之后了，我在要塞的生活不仅可忍受，而且开始变得令人愉快了。司令一家都把我当亲人看待，他们夫妻俩都是好人。伊万·米罗洛夫是团里领养的一名孤儿，他是一步一步混到现在职位的。他是一个简单又没怎么受过教育的人，但是，他很正派、忠诚，太太管着他，那正符合他天生的懒惰个性。

瓦西利撒就像做家务一样管理着要塞的事务，就像支配她自己的厨房一样控制着这整个要塞。很快，玛丽见到我时就不害羞了，在我们较为熟悉了之后，我发现她是个温情而又聪明的女孩。慢慢地，我深深依恋上了这善良的一家。

我被提升做了一名军官。军役没有折磨我，在这个得到上帝保佑的要塞，没有事可做，不需要放哨，也不需要巡逻。有时，司令来了兴趣，就去操练他的士兵。但是，他到现在还没教会我们向右转是什么，向左转是什么。

奥列科谢那儿有一些法文书，我闲着没事就开始读书，这些书激起了我对文学的兴趣。每天清晨，我读读书，做一些翻译，甚至写点诗歌。我几乎每天都在司令家吃午饭，然后，在那儿消磨我其他的时间。晚间，格拉西姆牧师和他的妻子阿库琳娜会过来，阿库琳娜是这个地方最会嚼舌根的人。

虽然，我和奥列科谢每天都见面，不过渐渐地，我不喜欢和他在一起了。他老是嘲笑司令一家，最重要的是，他总是刻薄地评价玛丽，我对他的这些谈话很不喜欢。在要塞，我只和这一家人交往，不过，我也不愿和别人交往。所有预言都是错误的，巴什基尔人因为没有叛乱，四周风平浪静。

我忙于文学阅读和写作。一天，我刚好完成了一首我引以为傲的诗歌。大家都知道，作者总是喜欢借着寻求改进的借口，找一位好心的读者。我把诗歌抄下来，带去给奥列科谢看，他是要塞这儿唯一懂得欣赏诗歌的人。寒暄几句之后，我从口袋里掏出诗稿并读给他听。

"你看这首诗怎么样？"我问他，渴望能得到应有的赞美。使我生气的是，平时对我写的东西挺赞赏的奥列科谢直白地说，我的诗歌写得很不好。"你这什么意思？"我强装平静地问。他从我手中拿过纸，开始不留情面地批判每一行诗和每一个词，用最恶毒的言辞嘲笑我。我忍受够了，从他手中一把抢回纸稿，声称以后再也不会把我写的文章给他看。

"我们等着瞧，"他说，"你是否能坚持你的承诺。诗人是需要听众的，就像伊万·米罗洛夫餐前需要一瓶白兰地一样。你表达温柔情意的这个玛丽到底是谁呀？该不会是玛丽·米罗洛夫吧？"

"与你无关，"我皱了皱眉头说，"我既不需要你的意见，也不需要你的猜忌。"

"哦！哦！好一个高傲的诗人，好一个守口如瓶的情人。"奥列科谢接着说，"别把我惹得越来越恼怒，听我实用的忠告，如果你想追到手，那就别只是给她写诗。"

"你这话是什么意思，先生？请您解释一下。"

"因为高兴呀，"他回答说，"我是说，如果你想和玛丽·米罗洛夫真的有亲密关系的话，你应该送她一副耳环，而不只是一首无精打采的情诗。"

我的血液快沸腾起来了。"你怎么对她有这样的看法？"我问道，同时尽力压抑自己的怒气。

"是从我的经验总结出来的呀。"他说道。

"你撒谎，你这个浑蛋，"我暴怒地大叫，"你也太无耻了。"

奥列科谢也大发雷霆，勃然大怒。"这事肯定不能就这样算了，"他抓着我的手激动地说，"你必须得给我一个满意的交代。"

"我随时奉陪。"我愉悦地回答，因为在那一刻我正好想把他撕成碎片。我马上跑去见伊万·伊格纳季奇，他手里正拿着一根针。遵照司令夫人的嘱咐，他正用线把蘑菇串起来，这些蘑菇晒干后能够在冬天食用。

"啊，彼得·格利尼奥夫，欢迎您啊！恕我斗胆，您怎么到这儿来了？"

我用几句简短的话描述了我和奥列科谢的争吵，并请求他，伊格纳季奇，做我们决斗的见证人。伊格纳季奇很专心地听我把事情讲完，把独眼睁得大大的。

"您是说您想杀死奥列科谢，并且希望我来做这场决斗的见证人？我斗胆问一下，您是这个意思吗？"

"对极了。"

"哟，那是多么愚蠢的想法啊！您和奥列科谢争吵了几句，那又能怎么样？骂一句难听的话又不会死人。他对您没礼貌，您同时也回敬了他。要是他打您一巴掌，您就回他一拳。他打您两下，您就可以回他三下。最后，你们总会和好的。但是，如果你们打架呢，好吧，如果您，嗯，把他给杀了，愿上帝与他同在！虽然我也不太喜欢他，但是，如果他在您身上刺了一个洞，那又怎么办呢？到底谁来对这件事情负责呢？"

这个小心谨慎的军官的说理并没有使我的决心动摇。"无论您怎么做，"伊格纳季奇说，"不过，请我做见证人有什么意义呢？人们打架，那又不是什么很奇怪的事。我以前经常和瑞士人、土耳其人以及各色人种打仗。"

我尽力向他解释见证人的职责。与其说伊格纳季奇不愿意，还不如说他不能理解我的意思。"按照您自己的方式来做吧，"他说，"要是我被牵扯进这件事，我一定会按规矩向伊万·米罗洛夫报告，就说有人将在要塞里进行一个有损国家利益的犯罪行动。"

我立马吓坏了，恳求伊格纳季奇不要向司令提起此事。直到他向我保证，他会保持沉默，我才安心地离开。

跟平常一样，我在司令家度过了那个晚上，为了不引起怀疑和避免被问东问西，我尽力使自己保持平和和愉悦。我承认，我没有那种人们所吹嘘的在相似情况下应有的理智，我喜欢柔情。玛丽·米罗洛夫仿佛比从前更有吸引力了，我可能是最后一次见她了，这个想法使她此时在我眼中更具不可思议的魅力。

奥列克谢走进来了，我把他带到一边，告诉了我和伊格纳季奇的讨论。"要见证做什么，"他冷冷地说，"我们能够在没有见证人的情况下决斗。"于是我们决定明天早上六点钟准时在干草堆后决斗。

看到我俩友善地谈话，伊格纳季奇满怀惊奇，几乎泄露了我们的机密："你们早该那样做了，因为委曲求和总比痛快吵架好得多呀！"

"什么？你说什么？伊格纳季奇，"上尉夫人问道，此时她正在一个角落里玩单人纸牌游戏，"我不能理解你说的话。"看到我皱眉，伊格纳季奇想起了他的承诺，一下子变得不知所措，也不知道该怎么回应。奥列科谢走过去帮他解围，然后说："伊格纳季奇同意我们讲和。"

"你到底和谁发生争吵了？"她问。

“和彼得·格利尼奥夫，不过就吵了几句。”

“为什么？”

“为了鸡毛蒜皮的小事情，一首诗歌。”

“原来是一首诗歌！这是吵架的好理由啊！告诉我它是怎么发生的。”

“我很愿意。彼得最近正在创作一些东西，今天早上，他又给我唱了一首他的诗歌。接着，我就哼了自己的：‘上尉的女儿呀，半夜三更可别出去散步。’因为我们唱的不是同一个调，彼得就发火，他忘记了每个人都有自由吟唱自己所喜欢的东西的权利。”

奥列科谢极度的厚颜无耻使我愤怒到了极点，除了我之外，没人能听得懂他另有所指。

谈话总体上从诗歌转到了诗人，因为司令以前说，诗人都是纵情声色的酒鬼。作为一个朋友，他建议我放弃诗歌，因为诗歌有悖于军役，并且会致使不好的结果出现。

因为感到奥列科谢的虚伪使得我无法忍受，我于是告辞离开了司令一家。在自己的房间里，我观摩了一下佩剑，试了试剑锋，然后就上床睡觉，睡前吩咐萨维里奇明天早上六点钟把我叫醒。

第二天，我在约定的时间，到了干草堆后，等着我的对手，不久他也出现了。“我们可能会被别人发现，”他说，“快点儿。”我们脱掉制服，放在一边，很快从剑鞘中拔出宝剑。

就在这时，伊格纳季奇从一个干草堆后走到面前，后面还跟随着五个残废军人。他让我们穿上衣服然后到司令面前去。

我们服从了他的命令，士兵们把我俩团团围住。伊格纳季奇则迈着凯旋军人的阔步，他的脸上带着很凝重的神情，领着我们回去。我们来到了司令的房子，伊格纳季奇把门打开，严肃地汇报道："他们已经带到了！"

瓦西利撒冲向我们："你们这是什么意思？难道你要策划一场暗杀？伊万·米罗洛夫，逮捕他们！彼得·格利尼奥夫，奥列科谢，把你们的剑上交，然后放到阁楼去。彼得，我真没想到你也会这样，你难道就不觉得羞耻吗？说到奥列科谢，那倒另当别论了。他之所以从近卫军调到我们这儿来就是由于他杀了一个人，他是连我们的上帝都怀疑的人。"

妻子怎么说，伊万·米罗洛夫就赞同什么。他说："你们快看！你们快看！瓦西利撒是对的，决斗在军队纲要中是被禁止的。"

与此同时，巴莱卡已把我们的剑送到阁楼去了。看到这场景，我忍不住笑了。奥列科谢保持着庄重的表情，他对瓦西利撒说："虽然我对您很敬重，不过，我必须说，您无须费力把我们作为您裁决的主角。把责任给伊万·米罗洛夫吧，这是他该做的。"

"什么！什么！我亲爱的先生，"司令夫人说，"夫妻间不是应该一条心吗？伊万·米罗洛夫，你难道在看戏吗？快立刻把他们锁起来。分别锁在不同的房间里，只给面包和水，直到他们把这个愚蠢的想法抛弃。叫格拉西姆牧师给他们举行一个忏悔仪式，这样，他们才有机会在上帝和人的面前忏悔。"

伊万·米罗洛夫不知道该如何处理，玛丽的脸色也愈发苍白。然而，事情逐渐平息了下来，瓦西利撒让我们拥抱对方，而女仆被她派去取回我们的剑。我们走出了司令的房子，表面上装作仍然是朋友，伊格纳季奇将我们领了出去。

"你难道不为自己的行为感到羞耻吗？"我对他说，"你曾向我发誓不会向司令报告我们的事情，结果你还是做了这些事。"

"我向天发誓，真的什么也没对伊万·米罗洛夫说，是瓦西利撒从我嘴里套出了这一切。在司令毫不知情时，她采取了一切必要的措施。谢天谢地，这一切总算结束了。"说完他扭头回自己的房间了，我还和奥列科谢待在一起。

"我们的事情一定不能就这样算完。"我说。

"当然不能，"奥列科谢回答，"你会为你的无礼付出血的代价。不过，毫无疑问，我们现在被监视，让我们先装几天，然后到时候再说吧。再见！"

我们分了手，就像没发生什么事情。我回到司令家，像平常一样坐在玛丽的旁边。她父亲不在，而她母亲正忙于家务。我们压低音调谈话，玛丽由于我和奥列科谢的争执带给她痛苦，温柔地嗔怪了我。

"我的心都快停止跳动了，"她说，"当我听到你俩拿着剑去决斗。男人们真是奇怪呀！一句话，他们随时随刻准备刺死对方，不仅不惜牺牲自己的生命，甚至不惜牺牲那些关心他们的人的名誉和幸福。我敢断定，不是你挑起这场决斗的，奥列科谢才是真正的挑起者。"

"怎么会这么想呢？"

"因为他老是爱讥讽、嘲笑别人。我不喜欢他，不过，尽管我非常不喜欢他，要是知道他不喜欢我，我一定会不高兴的。"

"玛丽，那你觉得，他是会喜欢还是会不喜欢你呢？"

玛丽满脸涨得通红，说："他好像是喜欢我的。"

"你从何而知？"

"因为他曾经向我求过婚。"

"他向你求过婚？那是什么时候的事情？"

"去年，大约在你来到这儿的两个月之前。"

"你当时有没有接受？"

"当然没有，就像你现在所看到的。奥列科谢是个很聪明的人，出生于很好的家庭，并有一定数量的财产。不过，只要一想到婚礼那天我戴着花冠，当着所有人的面和他接吻！不！我做不到！不管为了世上什么东西，我都肯定做不到。"

玛丽的话使我恍然大悟，我终于知道奥列科谢为什么总是要诽谤她。他或许能意识到我俩之间互有爱意，因此总想竭力拆散我们。在我心里，引起我们争吵的话就变得更可耻了，因为它不仅仅是一个粗俗下流的笑话，更是有意诽谤。想要惩罚这个无赖撒谎者的愿望变得如此强烈，以至于我再也没有耐心等待恰当的时机了。

我没有等很长时间，次日，当我正绞尽脑汁写一首哀歌，咬着笔杆苦想一个音韵的时候，奥列科谢叩响了我的窗子。我放下笔，拿起剑，走出了房间。

"怎么推迟了呢？"奥列科谢说，"现在不再有人监视我们了，我们还是去河边吧，那儿没人会阻碍我们。"

我们一言不发地出发了，沿着一条陡峭的小路一直往下走，在水边我们停下了脚步，拔出剑交叉放了一下。奥列科谢使剑的技术比我高超，但是，我比他更强悍，胆更大。当过兵的鲍普雷教师在教我其他课程的同时，也曾教过我击剑术。奥列科谢根本想不到会遇见我这么厉害的对手。几分钟过去了，我俩谁也没占到便宜。但是到最后，我注意到奥列科谢渐渐不行了，于是我就向他发起有力的进攻，几乎要把他逼到河里去了。

　　正在这时，突然听到一个很响亮的声音在喊我的名字，于是我迅速转过头去，看到萨维里奇正沿着小路向我跑来。可正在我转头之际，我察觉到右肩下方的胸部被狠狠地刺了一剑。我当时倒了下去，立马就失去了知觉。

第五章　爱情

　　啊，姑娘啊，美丽的姑娘！
　　你年纪轻轻，别忙着嫁人，
　　你要问问父亲，问问母亲，
　　你要积攒才智，积攒嫁妆。

　　　　　　　　　　　　　——民歌

　　等我清醒过来之后，既不知道在我身上发生了什么事，也不知道我在什么地方，只是感觉很虚弱。房间是陌生的，萨维里奇站在我面前，手里捏着一盏灯，有个人正弄着裹在我胸口和肩膀的绷带。渐渐地，我想到了决斗，一下子猜到我是受了伤。这时候，门上的铰链忽然咯吱一声响了。

"嗯，他现在怎么样了？"一个声音轻轻地问，这声音让我吃了一惊。

"还是这样子，"萨维里奇叹了口气说，"已经是昏迷的第四天了。"我刚想转过身去，但是没有力气。"我在哪儿？"我用尽全力问，"谁在这儿？"玛丽走近我，弯下腰轻轻地问："你现在觉得怎么样？"

"感谢上帝，我现在很好。你是玛丽吗？告诉我……"我还没说完，萨维里奇就兴奋得大叫起来，他的脸上清晰地流露出快乐的神情。"他醒了！他醒了！感谢您，全能的上帝！彼得，您把我吓死了！都已经四天了，太不容易了……"

玛丽打断他说："不要跟他说太多话，萨维里奇。他身体还很弱呢！"说完，她就出去了，并且轻轻地把门关上。我肯定是在司令家中，要不然玛丽不可能来看我的。我想起身问问萨维里奇，但是老头摇了摇头，拿手把耳朵捂上。我气恼地闭上了眼睛，不一会儿就睡着了。

当我再次醒来时，我喊萨维里奇，但进来的不是他，出现在我眼前的是玛丽，她用轻轻地声音问候我。我抓着她的手，眼泪就滴到了她的手上，玛丽没有把手抽回去。突然，我感到她在我的脸上印了一个吻，又湿热又美好，一股激动冲遍了我的全身。"亲爱的好玛丽，你做我的妻子吧，这样我就会成为这个世界上最幸福的男人！"

"看在上帝的份上，请保持平静，"她边说，边抽回她的

293

手，"你的伤口很有可能会再次裂开。就算为了我，也要请你一定要保重自己。"她走出房间。我发着呆，感觉身体正恢复着活力。"她将是我的人！"我不断说着，"她爱我！"我一天天康复起来了。团里的理发师给我缝合了伤口，由于要塞里没有医生。感谢上帝，他没乱搞。由于我年轻，而且体质本来就好，我的伤口很快就痊愈了。

司令全家都围着照料我，玛丽几乎没有离开过我。不由分说，当我抓住了第一个适当的时机就继续我那被打断的表白。这次，玛丽更加有耐心地听着。她坦白地承认了她对我的爱慕之情，还说她父母为她的幸福也会感到高兴。"但是，"她接着说，"好好地想想这件事，你家里那边不会反对吗？"

我丝毫不怀疑母亲的柔情，她最终一定会听我的。但是，我清楚地知道父亲的性格，我预料到他是不会赞成并认同我的爱情，并且，很可能，他会把它当作我年少无知做出的一件蠢事。我诚实地把这一点告诉了玛丽，尽管如此，我还是打算给父亲写一封信，尽可能写得委婉点，恳求他为我们的婚礼祝福。我将信拿给玛丽看，她也认为写得很打动人，令人信服。她确信一定会成功，因此，她也完全因着对青春和爱情的信任，任由自己沉浸在内心的情感之中。

在我康复的开始几天里，我就和奥列科谢言和了。伊万·米罗洛夫为决斗的事情责怪我，他说："你看，彼得，我应该把你关起来，不过，你确实已经被很好地惩罚了，所以就不用关你了。依照我的命令，奥列科谢已经被关在谷仓里，现在由守卫看着。他的剑也被锁起来了，钥匙由瓦西利撒保管。"我太幸福了，不想把抱怨怀恨堆积在心里，所以我就为奥列科谢求情，善良的司令在他妻子的允许下同意给他自由。

奥列科谢马上来见我，他对所发生的所有都表示歉疚，承认是他的错，并恳求我忘掉过去发生的一切。因为天生不会记仇，我原谅了他，原谅了他和我的争执以及他对我造成的伤害。在他的恶语中伤中，我理解了他因被挫伤的虚荣心和被鄙夷的爱慕之情而激起的愤怒。我很大度地原谅了我那不幸的情敌。一完全康复，我就马上搬回了自己的住所。我很焦虑地等着父亲的回信，虽然不敢有过高的奢望，但还是竭力压制着所有不祥的预感。我还没有向瓦西利撒和她的丈夫明说，但是我认为，我的求婚应该不会惊吓到他们吧！不管是玛丽还是我，都没有隐藏我们的感情，况且我们事先确信，他们会答应的。

最终，在一个晴朗的日子里，萨维里奇拿着一封信走进我的房间。地址是父亲亲手写下的，这个情景使我不得不准备好面对某些严重的事情，因为每次都是母亲写信给我，向来父亲只是在信尾草草加上几行。我忐忑了很长时间，不敢拆开信封。我一遍又一遍读着信封上写得一本正经的字：

> 给我的孩子，
> 彼得·格利尼奥夫，
> 在奥伦堡省，
> 位于白山要塞。

我尽力想从父亲的笔迹中揣摩他写那封信时的心情。最终，我拆开了信，从最初的几行字里，我就意识到我们的奢望破灭了。

信的开头是这样写的：

我的孩子彼得：我们是这个月15号收到你的来信的。信中，你请求父母答应你和米罗洛夫上尉的女儿结婚并且祝福你们。我不但没打算给你们我的许可和祝福，而且很想去你那儿，惩罚你所做出的孩子气的蠢事。尽管你有着军官的头衔，但你的行为已经证明你不配佩戴那把剑。那把给你的剑本来是用来保卫你的国家的，而不是用来和一个跟你类似的傻子决斗的。我将立即回信给安德鲁·卡尼洛维奇，让他将你从白山要塞调到某个更偏僻的地方去。你以后会变成什么样子呢？我祈求上帝将你改造。但是，我不敢奢望你从他那儿得到这么多的仁慈。

你的父亲，安·格

父亲毫不吝啬的严厉措词深深地伤透了我的心。我认为，他对玛丽的轻蔑既不公平也不尊重。一想到我要被调离白山要塞，我心里就很焦虑。但目前最重要的是，我为母亲的病情的加剧感到痛苦。我生萨维里奇的气，不用说，肯定是他告诉了父母关于我决斗的事情。

于是我在我的小屋里来回踱着步，忽然，我停在老头面前说："你使我受伤，几乎把我送进了坟墓，但这好像似乎还不够，你难道还想置我母亲于死地啊！"

萨维里奇像被闪电击中一样，站在那儿纹丝不动。"饶了我吧，少爷，"他说，"您说我什么？我使您受伤？只有天知道我是跑着想用我的胸膛挡在您前面，来替您受奥列科谢那一剑。但该死的，我年纪大，跑不动了。不过，我能对您母亲做什么呢？"

　　"你到底做了什么？谁让你写信出卖我？他们派你来服侍我，就是为了监视我吗？"

　　"我写信出卖您？"老头回答，完全崩溃了，"哦，天啊！老天啊！来这儿，看看老爷给我写了些什么，然后你就会明白我是否告发你了。"他一边说，一边从口袋里取出一封信给我。我读了，信中这样写道：

　　真不要脸，你这条老狗。尽管我一再地吩咐过你，你还是没写信告诉我关于我儿子的情况，却由外人写信告诉我他的胡作非为。难道你就这样履行自己的职责、完成主人给你的命令的吗？我将送你去养猪，因为你向我你隐瞒了事实，投靠于这个年轻人。你一收到这封信，马上就向我报告他的健康状况。我听说他的病情正在逐渐有起色，确切告诉我他伤在哪里，有没有受到很好地照顾。

　　很明显，萨维里奇没有做错，我却用怀疑和责任伤害了他的感情。我恳请他原谅我，但是老头伤痛欲绝。"看看我现在落到什么地步了，"他反复道，"想想我服侍了主人那么长时间，却从他们那里到底得到了什么夸赞！我是一条老狗！我是养猪的！还有比那更过分的，我使你受伤。不，不是的，彼得。我没有错，是那个法国人教你玩这些铁刀片，还教你又躲又跳，好像这样刺来刺去、跳来跳去就能防止你自己被坏人伤害。"

　　那么既然如此，到底是谁这么煞费苦心地向我父亲报告呢？难道是将军，安德鲁·卡尔洛维奇？他对我不是很感兴趣，况且，伊万·米罗洛夫也没有必要向他报告我的决斗。我的怀疑落到奥列科谢身上。他是唯一一个能从这个告密中得到好处的人，告密的后果是，我或许会被调离白山要塞，不得不和司令一家分开。我去找玛丽，想告诉她所有的事情，她在台阶上等我。"到底发生了什么？你看上去面色很苍白！"

　　"一切都结束了。"我回答说，然后将父亲的信递给她看。这下轮到她脸色惨白了。读完之后，她将信还给我，然后用颤抖的声音说："这就是我的命，注定得不到幸福。你父母不希望我成为你们家的人，这可能是上帝的意思！他比我们更明白怎样做才对我们更好。毫无办法了，彼得，我只要你能幸福。"

　　"这事不会就这样算了，"我握住她的手说，"只要你还爱我，我准备面对任何命运。我们跪在你父母面前恳求，他们都是善良的人，不高傲也不残忍。他们一定会给我们祝福，我们就结婚。我相信，我们迟早会感化我父亲，母亲也会为我们说情，他会理解我的。"

　　"不，彼得。如果得不到你父母的祝福，我是不会嫁给你的。如果没有得到他们的祝福，你不会感觉幸福。让我们遵照上帝的旨意吧！如果你遇到另一个新娘并且你也爱她的话，上帝保佑你！彼得，我会为你们祝福的。"说到这里，她已经泣不成声，转身走了。我本想随着她进屋，但是，我不能掌握自己的命运，就回到了自己的住所。

我陷入了深思，这时，萨维里奇进来的声响打断了我的思绪。"看，少爷，"他说着，把一张写满字的纸递到我手中，"看看我是不是监视我的主人，是不是想尽力破坏父子间的感情。"我从他手里拿过纸条，那是他给父亲写好的回信。读着老头的信，我禁不住笑了起来。我不能给父亲写信，他的信用来安慰母亲好像已经足够了。

从那天起，玛丽几乎不再同我说话，甚至想方设法避开我。司令家开始让我觉得难以忍受，渐渐地，我习惯了独自一人待在自己的房间。刚开始，瓦西利撒还和我争论，不过，看到我如此坚持，她也就不管我了。我只在办公务的时候才和伊万·米罗洛夫见面。我很少跟奥列科谢碰面，对他的抵触与日俱增，因为我觉得，我在他身上发现了一股令人确信不疑的暗中增长的敌意。

生活变成了一种负担，我已经彻底陷入了因孤独和懒散而产生的忧郁中。爱情在默默地燃烧着，越来越折磨我。对阅读和文学，我已经没有任何的兴趣，我放纵自己消沉下去。我真担心自己不是变成疯子就是变成浪荡子。这时，对我一辈子产生重大影响的事情忽然发生了，它强烈地震撼了我的心灵。

第六章　普加乔夫暴动

你们一群小崽子仔细听着，

听我们老头子把往事叙说。

——歌谣

在我即将开始讲述亲眼所见的一系列异事之前，我想我应该先讲几句关于1773年底奥伦堡省的状况。

富饶而辽阔的奥伦堡省住着很多半开化的宗族，前不久他们才承认俄国沙皇的统治。他们不间断的反叛，他们对法律和文明社会的鄙夷以及他们的反复无常和残忍，让政府方面不断地监控他们，迫使他们臣服。在合适的地方建造了关碍，很多地方住着哥萨克人，他们曾定居在雅依克河的两岸。可是，这些本该保护他们居住地和平与安定的哥萨克人，却是帝国不安分的危险因素。

1772年，他们居住的一个主要城镇发生了暴乱，这场暴乱是由特劳本贝格将军采取严厉措施迫使军队服从引起的。这些措施的唯一后果是，他们残暴地谋杀了特劳本贝格将军，自行撤换了帝国派来的军官，最终，政府用暴力镇压了这场暴动。这件事发生在我到白山要塞前不久，过后，一切似乎都平息了。不过，当局太过于轻信叛乱者虚假的悔过。实际上他们依旧怀恨在心，就等着合适的机会再次发动叛乱。

1773 年 10 月的晚上，我独自在家，听着阴风怒号，看着乌云迅速地从月亮前滑过。这时，从司令那里传来命令，叫我去见他，我即刻前往。在那儿，我看见奥列科谢、伊格纳季奇还有那个哥萨克下士，不过，没看见司令的妻子和女儿。我的长官向我打了声招呼，把门关上，所有人都坐下，只有下士还站着。接着，他从口袋里掏出一张纸对我们说：

"各位军官，这有条重要消息！请听将军的来信。"他戴上眼镜，认真地读起来：

送达白山要塞司令，米罗洛夫上尉。密件。我特此通知你，顿河蠢蠢欲动的哥萨克人叶梅利扬·普加乔夫已经越狱逃跑。他借用已逝的彼得大帝三世的英名，犯下了不可饶恕的罪行之后，又集结一伙强盗，侵犯雅依克河沿岸的村庄，还攻占摧毁了几处要塞。所到之处，烧杀抢掠，无恶不作。因此，上尉收到此信之后，你要立刻并采取措施，击退这个强盗和篡权者。如果他带人来攻打你所负责的要塞，要是可能的话，彻底消灭他。

"说起来容易，"司令边摘下眼镜，边折着信纸说，"不过，我们必须采取防预措施。这恶棍的力量好像很强，而我们共只有一百二十人，即使加上哥萨克人。并且那些哥萨克人是靠不住的，这不是指责你，马克西米奇。"哥萨克下士笑了笑。

"各位军官，我们都各尽其职吧！时时刻刻警惕，安排放哨，建立夜间巡逻队。万一有人来犯，立刻关上大门，召集所有士兵。马克西米奇，看好你的哥萨克人。另外，把大炮检查和清理一下。最重要的是保守秘密，保证在发生战事之前，不要让要塞里的其他人知道这件事。"

命令下达完后，伊万·米罗洛夫让我们解散了。我和奥列科谢一起走出去，想着我们刚才听到的消息。"你觉得这件事会怎样收场？"我问他。

"天才知道，"他回答说，"我们等等看，暂时还没有危险。"接着，他开始哼起一支法国曲子，好像是在想问题。

尽管我们采取了保密措施，普加乔夫即将出现的消息还是传遍了要塞。不论伊万·米罗洛夫对他的妻子多么听从，他不管怎样都不会向她泄露军事机密。当他接到将军的来信，他就很巧妙地把瓦西利撒支开了。他还告诉瓦西利撒，希腊牧师从奥伦堡得到一个出人意料的消息，这事除了他谁也不知道。所以，瓦西利撒就想去拜访阿库琳娜，牧师的太太。遵照米罗洛夫的提议，玛丽也一起去了。掌握局面后，伊万·米罗洛夫把女仆锁在厨房，把我们叫到一起。

瓦西利撒在牧师太太那里没打听到什么，就回家了。她知道，在她不在的时候，伊万·米罗洛夫召开了一次军事会议，并把巴莱卡关在厨房里。她觉得丈夫欺骗了她，就一个劲儿地追问他。伊万·米罗洛夫预备好了应付追问，沉着地回答了他那好奇心很重的另一半。"你看，亲爱的，在这里，妇女一直用干草生炉子。主要是因为这有可能引起危险，我就召集军官们，命令他们阻拦这些妇女用干草生炉子，只许用砍下的干树枝。"

"那你为何把巴莱卡锁在厨房里，一直到我回来？"伊万·米罗洛夫没有想到妻子问出那个问题，吞吞吐吐地讲了几句话，而且说得前言不搭后语。瓦西利撒马上看出了丈夫的闪烁其词，但是她明白，当时不可能从丈夫嘴里再问出什么，就不再追问了，而是谈起了阿库琳娜学到的一种更好地腌制黄瓜的方法。当天晚上，瓦西利撒彻夜未眠，想不出到底发生了什么，而这事她丈夫居然都不能让她知道。

第二天，做完祷告后回家，她瞧见伊格纳季奇在清理大炮，把那些男孩子们玩的时候塞进里面的破布、石子、木片以及各种各样的垃圾掏出来。"这些作战准备怎么搞的？"司令夫人想，"吉尔吉斯人来犯有必要这么担惊害怕吗？米罗洛夫连这么小的事情都瞒着我，有可能吗？"

她把伊格纳季奇叫来，决定弄清楚那个引起她女人好奇心的真相。瓦西利撒一开始和他唠了几句家常，就像警官用一些与案件无关的事来询问被告一样，目的就是让被告放松警惕，消除戒心。然后，她停了一会儿，摇了摇头长叹一声说："哦，上帝！糟糕啊！糟糕啊！我们会怎样呢？"

"我亲爱的夫人，"伊格纳季奇说，"上帝是慈爱的，我们有士兵和充足的武力。我已经把大炮清理好了，我们一定会打败这个普加乔夫的。要是上帝与我们同在的话，那头狼在我们这儿一个人也别想吃到。"

"谁是普加乔夫？"司令夫人问。伊格纳季奇知道他说得太多了，紧咬住舌头再也不说下去。但一切都已经太迟了，瓦西利撒逼迫他把一切都透露给她，并向他保证会严格保守秘密。她遵守了诺言，的确没有告诉任何人，除了阿库琳娜，因为当时阿库琳娜的牛还在干草原上，随时都有可能会被强盗抢走。不久后，每个人都在谈论普加乔夫，而且说法各有特点。

司令派下士到周围所有小村庄和要塞收集关于普加乔夫的消息。两天后，下士回来报告说，在离要塞六十俄里的干草原上看到很多火把，还听巴什基尔人说有一支强大的队伍正向这边开过来。他不能确切说出是什么地方，因为他不敢再冒险前行。

听到这个消息的时候，我们要塞的哥萨克人都异常骚动和焦躁。他们在街上成群结队，低声议论着，当他们注意到重骑兵或者其他俄国士兵过来，就立即四散。司令下命令看着他们，一个灵魂受过洗礼的卡尔梅克人尤莱向司令揭露了一个十分严重的内幕。

根据这个卡尔梅克人的说法，哥萨克人应该是做了谎报，因为这个不忠诚的下士对他的伙伴说，他曾到过叛乱者的营地，被引见给叛乱者的首领，吻过他的手，还与他交谈过。司令吩咐逮捕下士，并且让卡尔梅克人代替他的职位。哥萨克人对这个变化明显表示不满，他们公开议论，伊格纳季奇在执行司令的命令时，亲耳听到他们说："走着瞧，要塞走狗，咱们走着瞧！"

当天，司令决定提审下士。但是他逃跑了，不用说，是他的哥萨克同伴帮助他逃跑的。另一件事更加深了上尉的不安。一个巴什基尔人被抓了，他身上有煽动叛乱的信件。对此，司令决定马上召开会议。为了开会，司令想用一些看似合理的借口把妻子支开。但是，米罗洛夫是世界上最真诚实、最老实的人，除了已用过的花招外他想不出其他的花样。

"你看，瓦西利撒，"他咳嗽几声说，"听说格拉西姆牧师已经去过城里了……"

"住嘴！"他妻子打断说，"如果你想召开另一次会议，想趁我不在的时候商量一下叶梅利扬·普加乔夫的事情，但这次你瞒不了我。"

上尉把眼睛瞪得大大的。"嗯，好吧，亲爱的，"他说，"既然现在你什么都知道了，那就留下来吧！我们当着你的面讨论。"

"你要不来花招的，"他妻子说，"现在派人去请军官吧！"

我们又集合了。司令当着妻子的面读了普加乔夫的信件，是一个受过教育的哥萨克人写的。那个强盗向我们挑明了他要直接向我们要塞进攻的企图，邀请哥萨克人和士兵们加入他们，并建议军官不要反抗，如果反抗的话，就会受到最残酷的折磨。这份公告是用粗鄙但很有气魄的话语写的，在头脑简单的人中肯定产生了一定的影响。"真是个混账东西！"上尉夫人大声骂道，"看看他都提的什么建议呀，让我们出去迎接他，把我们的旗子放在他脚下。啊，狗杂种！他不知道我们都已经在军队服役了四十年，而且，各种各样的军队生活我们都见识过。你觉得要找一个服从强盗命令的胆小司令可能吗？"

"应该不可能，"上尉回答，"不过，我听说那个恶棍已经攻下了好几个要塞。"

"看来他的实力真的很强。"奥列科谢说。

"我们马上就能知道他的真正实力了，"司令接着说，"瓦

"西利撒，把阁楼的钥匙给我。伊格纳季奇，把巴什基尔人带到这边来，别忘了告诉尤莱把棍子拿来。"

"等一下，亲爱的。"司令夫人离开座位说，"我先把玛丽带出这房子，不然的话，她听到尖叫声会吓坏的。老实说，我对这种审问一点儿也不感兴趣。再见了，军官们。"

使用酷刑在审判中早已成为惯例，以至于在慈善的女皇凯瑟琳二世颁布废除酷刑令之后很长时间，法令一直都没有生效。

人们一致认为让罪犯亲口认罪对他的定罪是很有必要的。这个想法不仅毫无道理，甚至还违背了法律体系中最简单的常识。因为如果被告的否认不能证明他无罪，那么通过酷刑从他那里得到的亲口承认也不能判断他有罪。即便现在，我还会听到一些老法官对废除这种酷刑表示遗憾。但在我们故事发生的时代，从来没有人怀疑酷刑的必要性。法官如此，被告也是如此。正是因为这个原因，我们中没有人对上尉的命令感到一丝丝的惊讶。伊格纳季奇去带巴什基尔人，几分钟后，他被带到接待室。司令命令他来我们所在的会议室。

巴什基尔人似乎很艰难地跨过门槛，他的脚上戴着脚镣。他摘下头上高高的哥萨克皮帽，站在靠门的地方。我抬头看了一眼他，不由得颤抖了一下。我永远也不会忘记那个人，他看起来起码有七十岁了，没有鼻子也没有耳朵。他的头发被剃光，只有长胡子的地方还剩下几根稀疏的灰白色的毛。他小小的个子，又瘦又驼背，但他那双鞑靼人的眼睛却闪着奇特的光芒。

"嗯，嗯！"当司令从这些令人恐惧的特征中认出他是一个在1741年受到过惩罚的叛乱者时，说，"我看你是条老狼，你曾经栽在我们手里。这肯定不是你第一次造反，你看你的头被剃得那么光。"

老巴什基尔人一句话不说，呆呆地看着司令。"你为什么不说话？"上尉接着说，"难道你听不懂俄语吗？尤莱，用你们的话问他，是谁派他来我们要塞的？"

卡尔梅克人用鞑靼语复述了上尉的问题。但巴什基尔还是露出同样的表情看着尤莱，一句话也不说。

"我会让你开口的，"上尉用鞑靼语狠狠地说，"来人，把那傻子身上的条纹长袍脱掉，用棍子死命地抽他。"

两个看管犯人的士兵开始从老头的肩上剥下衣服，这时，那个不幸的人脸上清晰地显现出他极度的痛苦。他四处张望，就像一只被孩子抓住的可怜小动物。但是，当看管犯人的士兵中的一个抓住他的手，把他的手绕到他的脖子后面，尤莱拿起棍子，抬起手就打时，巴什基尔人发出一声低沉的却有穿透力的声音。他抬起头，张开嘴，在该长舌头的地方却只有一截短短的舌根在蠕动。我们还在商讨着，这时，瓦西利撒急急忙忙地冲进房间，脸色很难看。"你到底怎么了？"司令惊讶地问。

"不幸啊不幸！"她回答说，"一个要塞在今天早上被攻占了。格拉西姆牧师的男仆刚回来，他目睹了要塞被攻占的全过程。所有的军官包括司令都被绞死了，所有的士兵都被关起来了，叛乱者正向这边赶来。"

这个意外的消息给我留下了很深的印象，因为我知道那个要塞的司令。两个月前，这个年轻人带着他的新婚妻子从奥伦堡出发途经此地，拜访过米罗洛夫上尉。他掌管的要塞离我们的要塞只有二十五俄里，所以我们也随时可能受到普加乔夫的攻击。我想象着玛丽可能会遭受的厄运，我替她感到担忧。

"听着，米罗洛夫上尉，"我对司令说，"我们的职责是保卫我们的重镇，直到剩下最后一口气，那是大家都明白的。但是我们必须考虑女人们的安全，把她们送到一个更远的要塞。要是路线还没有被切断，就送到奥伦堡去吧。"

米罗洛夫转向他的妻子说："亲爱的！现在我们要把你们送到某个更远的地方，直到我们打败了叛乱者，这的确是个好主意。"

"废话！"她回答说，"哪里会有炮弹打不到的要塞？我们的要塞怎么不安全了？我们已经在这儿待了二十二个年头。连巴什基尔人和吉尔吉斯人我们都见识过，普加乔夫不会比他们更恐怖。"

"亲爱的，既然你这么相信我们的要塞，你想留下来就留下吧。可是，我们该怎么安置玛丽呢？如果我们能挡住强盗，或者救兵能及时到达，那就一切都好。不过，如果要塞被攻占……"瓦西利撒只能吞吞吐吐地说几句话，然后就沉默了下来，她被自己的情感哽咽住了。

司令意识到他的话对妻子产生了深刻影响，这在他的一生中或许是第一次。"不，瓦西利撒，"他接着说，"让玛丽留在这儿是不理智的。我们把她送到奥伦堡，送到她教母那儿去。那是个人员配备很好的要塞，有石头砌的城墙和足够多的大炮。我认为你也该去那里，你想想，如果要塞被攻占，你会怎么样？"

"好吧，那好吧，我们把玛丽送走。"上尉夫人说，"不过，不要幻想叫我走，我不会做那种事。我绝不会在年老时，和你分开，在一个陌生的地方找一座孤独的坟墓。我们死也要死在一起。"

"你说得对，"司令说，"没时间耽搁了，快去，帮玛丽准备东西。明天一大早，就让她动身。虽然我们确实没有一个闲人，但是必须得有个人护送她去。她现在在哪儿？"

"她现在阿库琳娜家，"他妻子说，"她一听说要塞被占领就晕倒了。"

瓦西利撒打算为女儿的离开做准备。讨论在司令家继续进行着，但是，我没再参与其中。吃晚餐的时候玛丽出现了，眼睛红红的。我们都默默地吃着饭，比往常更早离开餐桌。和这家人道过晚安后，我们就各自回家。我特意把剑忘在那里，再回去取。我希望能够单独见见玛丽，事实上，她在门口等着我，一看见我就把剑递给我。

"再见了，彼得，"她哭着说，"他们要把我送到奥伦堡。你要幸福，也许上帝会让我们再见面的，如果不能……"她哭了，我把她紧紧地搂在怀里。

"再见了，我的天使，"我说，"再见了，我心爱的人。不管发生什么，你要相信，我最后的想念、最后的祈祷都是为你准备的。"玛丽靠在我怀里，抽噎着。我吻了她一下，便冲了出去。心里虽然不愿意就这样分别，但又能有什么别的办法吗？普加乔夫这伙强盗即将攻上来，我们这座城堡也不知道能否抵抗得住他们的进攻。或许，这种分别是对玛丽最负责的方式。我心爱的人啊！你的平安就是我最大的幸福，我祈求上苍给你幸福。

第七章　进攻

> 我们的头领能征善战，我的头领戎马一生。
>
> 整整三十又三十，我的头领没享受到快乐，没挣到家产。
>
> 他只得到两根高高的木桩，一段打横的木头，一个丝绳套。
>
> ——民歌

那天晚上，我不敢睡觉，连衣服也没脱。我想明天一大早就去要塞大门口送玛丽，跟她做最后的道别。我内心波澜起伏，这种激动远没以前的忧郁使我痛苦，毕竟分离的悲伤之中夹杂着模糊的、暗暗的希望。我急不可耐地期盼着危险的到来，心怀远大的抱负。

夜晚很快就过去了，我正要出门的时候门开了。一个下士进来报告说，昨天夜里我们这里的哥萨克人离开了要塞，并逼迫信基督教的卡尔梅克人尤莱和他们一起走了，而且，在我们防御土墙的四周有一些身份不明的人骑着马在巡行。想到玛丽还没能离开，我吓呆了。我急忙给那个下士下了几道指令，就跑向司令家。

天亮了，我正在街上快速奔跑，正在这时，我听见有人喊我的名字，就停了下来。"冒昧地问一下，您要去什么地方？"伊格纳季奇追上来说，"上尉在防御土墙上，他派我来叫你——普加乔夫来了。"

"玛丽已经走了吗？"我颤抖着问。

"她还没来得及走，和奥伦堡的通道已被切断了，要塞被包围了。这下可坏了。"

我们向防御土墙走去，那是一个天然的小高坡，有木栅栏加固着，要塞就躺在它的臂弯里。大炮昨天就被拖来了，司令在小队人马前来回走动，危险的来临使这个老战士非凡的斗志重新苏醒。在干草原上，离要塞不远的地方，差不多有二十个骑马的人，他们看上去像哥萨克人。但是，从他们的皮帽和箭囊上一下子就能辨认出来，他们中有一些是巴什基尔人。

司令从小支队伍面前走过去，对站着的士兵们说："来吧，孩子们，今天，让我们为我们的母亲——女皇陛下而战，向全世界证明，我们是勇敢的，我们永远忠于自己的誓言。"

士兵们高声呼喊着来表达他们坚强的决心。奥列科谢站在我身旁，细心观察着敌人。毫无疑问，干草原上的人发现了我们要塞内的一些活动，他们聚拢在一起，在自己人中讨论。司令吩咐伊格纳季奇用大炮对准，他亲自点燃了火。炮弹从他们头顶上呼啸而过，对他们却没造成一点点伤害。骑马人立即分散开去，策马飞奔，消失了在干草原上。

这时，瓦西利撒出现在防御土墙上，玛丽跟在后面，她不愿意离开她的母亲。"怎么样？"上尉夫人问，"战斗怎么样了？敌人在什么地方？"

"敌人就在不远处，"伊万说，"不过，如果上帝会帮忙，一切都会好起来的。玛丽，你呢，你觉得害怕吗？"

"不，爸爸，"玛丽说，"如果我一个人在家里会更害怕。"她瞄了我一眼，勉强笑了笑。想到一个晚上前我从她手中接过的剑，我紧紧握住它，就像随时要保护她。我知道我的心在燃烧着，我真希望当她的骑士，希望向她证明，我是值得信赖的。我着急地等待着关键时刻的到来。

突然，离要塞八俄里的一座小山后面出现了一队队人马，很快，整个干草原上到处都是配带长矛和弓箭的人。在他们中间，能清晰地辨别出一个骑在白马上的人。普加乔夫穿着猩红色的长袍，手里拿着佩剑，他停住了，跟随者簇拥着他。接着，很有可能是听从他的命令，四个人离开人群向我们的防御土墙策马奔来。我们发现，他们中有我们的叛徒。其中的一个人把一张纸举到头顶，另一个人用长矛挑着尤莱的头，并把它从栅栏的一边扔给我们。卡尔梅克人的头滚落到了司令的脚边。

叛徒们向我们喊道："不要开枪，快出来迎接沙皇，沙皇在这儿。"

"开枪！"上尉大声叫道，这是对敌人的唯一回应。士兵们一齐放枪。拿着信的哥萨克人摇晃了一下，便从马上掉了下去，剩下的人都逃跑了。我偷偷地瞄了一眼玛丽，看到尤莱的首级，她简直吓呆了，加之放枪的声音又使她头昏目眩，整个人都没了生气。司令命令下士从死去的哥萨克人手中把信拿过来。伊格纳季奇走到防御土墙外去取信，回来时把那人的马也牵了来。他把信交给伊万，伊万低声读着，读完就撕了。这时，

312

叛乱者正打算发起进攻。转瞬间，炮弹就在我们的耳边嗖嗖而过，箭也落在我们周围，箭头深深地扎进土里。

"瓦西利撒，"上尉说，"女人在这儿没用，赶快把玛丽带回去，你看这孩子都吓得不行了。"炮弹的响声使瓦西利撒做出了更大的让步，她瞥了一眼干草原，那儿的动静一清二楚，她说："伊万，生死由命，为玛丽祈祷吧！过来，孩子，到你父亲那儿去。"

玛丽脸色惨白，全身发抖，走到伊万面前，跪了下去，一直把头磕碰到地上。老司令给她画了十字，把她扶起来，吻了吻她，断断续续地说："哦，亲爱的，玛丽，向上帝祈祷吧，他永远不会抛下你的。要是有一个忠厚老实的人追求你，愿上帝赐予你们爱情以及幸福，就如我和你母亲一样幸福地在一起生活。再见了，亲爱的，瓦西利撒，快把她带走吧！"

玛丽伸手搂住他的脖子，哭了起来。上尉夫人这时候哭着说："我们也拥抱一下吧！再见了，伊万。假如我以前让你生过气，请你现在原谅我。"

"再见了，亲爱的，"司令吻着他的老伴说，"好了，够了，进屋去吧。如果有时间的话，帮玛丽换上最好的衣服。依照我们的葬礼习俗，让她穿上绣着金丝的萨拉方服装。"

伊万·米罗洛夫回到我们中间，聚精会神地盯着敌人。叛乱者聚集在他们的首领周围，突然，队伍开始向前推进。"意志坚定，孩子们，"司令说，"进攻开始了。"一瞬间，战场上响起野蛮的厮杀声。

叛乱者用他们惯常的速度向要塞逼近。我们的大炮已装上了霰弹，司令等他们靠要塞近一点时，又一次点了火。霰弹在人群中炸开，敌人马上向周围散开，只有他们的首领还在继续前进。他挥动着手中的军刀，似乎在召集他们。过了一会儿，尖叫声比刚才还要来得响亮。"现在，孩子们，"上尉说，"打开大门，敲响军鼓，向前冲啊！孩子们，跟我上，干掉敌人！"

上尉、伊格纳季奇和我立刻就冲到矮护墙的下面，那帮被吓坏了的要塞驻防军却站在广场上一动也不动。"你们在干什么，我的孩子们？"上尉愤然喊道，"如果我们注定要死，就让我们死吧，这是我们帝国军人的职责！"

正在这时，叛乱者向我们发动了猛烈进攻，他们打开了通向要塞的大门。鼓声停下来了，要塞驻防军扔下了他们的武器。我被撞倒，我又站起来，跟着人群混进要塞。我看见司令的头部受了伤，一小群土匪包围着向他要钥匙。我跑过去想帮他，正好在这时，几个身强力壮的哥萨克人抓住了我，他们用长长的腰带绑住我，大声叫道："你这个沙皇的叛徒，待在那儿别动，直到我们知道该怎么处置你。"我们被拖着走在街上。居民们从家里出来，把面包和盐巴分给土匪。忽然，传来沙皇已到广场的消息，他此刻正等着接受那些被俘者效忠的誓言。

普加乔夫正坐在司令家台阶上的一张扶手椅上。身穿一件体面的镶金边的哥萨克长袍，一顶高高的用金穗装饰的貂皮帽盖过他的眉毛，快要把他那双炯炯有神的眼睛也盖住了——我好像觉得他很眼熟。哥萨克的首领们围着他，格拉西姆牧师站在台阶下，神色苍白，颤抖不已，手中拿着一个十字架，好像是在默默地为那些可怜的受害者哀求。

广场上，有人匆忙竖起一个绞刑架。当我们靠近时，巴什基尔人从人群中分出一条道，直接把我们带到普加乔夫面前。钟声停下来了，周围是死一样的沉寂。"谁是司令？"篡权者问。我们的下士从人群中走出来，用手指着米罗洛夫。普加乔夫很惊骇地看着老人，对他说："你怎么可以反抗我——你的沙皇呢？"

　　因为受了伤，司令很虚弱，他竭尽全力，用虚弱但依然很坚定的声音说："你不是我的沙皇，你是个强盗，是个篡权者。"普加乔夫皱了皱眉头，挥了挥手帕。哥萨克人迅速抓住老上尉，并把他拖到绞刑架边。在绞刑架的横木上，我们审讯过的那缺鼻子少耳朵的巴什基尔人跨坐在上面。他手里抓着一根绳，很快我就看着可怜巴巴的伊万·米罗洛夫被吊到空中。接下来，伊格纳季奇被带到普加乔夫面前。

　　"向沙皇彼得·费奥多维奇宣誓效忠吧！"

　　"你不是我们的沙皇，"中尉重复着上尉的话说，"你这个强盗，你这个篡权者。"

　　普加乔夫又挥动了手帕，好心的伊格纳季奇就被吊死在他的老长官身旁。这次轮到我了，我大胆地盯着普加乔夫，打算重复我那些勇敢同志们的话。此时，我在叛乱者中看到了奥列科谢，心中有说不出的惊恐。他把头发剃成圆形，制服也换成了哥萨克长袍。他走近普加乔夫，对着他的耳朵说："把他绞死。"普加乔夫连看都没看我一眼。

　　突然我感觉一条绳子套到了我的脖子上，我用低低的声音向上帝祈祷，向上帝真诚地忏悔我的罪孽，乞求他能够拯救所有我爱的人。我被带到绞刑架下。突然有一阵叫喊声传来："住手，住手！"执行死刑的人停住了。我抬起头，就看见萨维里奇跪倒在普加乔夫脚边。"哦，老爷，我的主人，"我那可怜的老仆人说，"您想从那个贵族孩子的身上得到什么呢？放了他吧，您会得到一大笔赎金。如果您是为了做做样子吓唬别人，就请您下令把我这个糟老头子绞死吧！"

普加乔夫做了个手势，他们马上就给我松了绑。"我们的沙皇宽恕了你。"他们说。那时候，我不知道对自己获得赦免是该感到高兴还是伤悲，我的心里太乱了。他们又把我带到篡权者面前，要求我跪在他脚边，普加乔夫把他那肌肉发达的手伸向我。"吻他的手，吻他的手！"我周围的人大声叫喊着。不过，我宁可承受最残暴的折磨，也不愿忍受这样的屈辱。

"亲爱的彼得，"萨维里奇站在我身后小声地说，"不要冥顽不灵了，这又不会让你少什么？吻一下土匪的手。"

我丝毫不动，普加乔夫就把手收了回去。"你的老爷高兴得疯掉了，扶他起来吧！"他说。我自由了，接下来，我接着看这场无耻的闹剧上演着。

居民们开始宣誓效忠。他们一个个地上前去亲吻十字架，并向篡权者行礼，接着是要塞的驻防军士兵。连里的裁缝用他那把巨大的钝剪刀，剪掉他们的辫子。他们摇了摇剪掉辫子的头，亲吻着普加乔夫的手，普加乔夫宣布赦免他们，并欢迎他们加入他的队伍。这场闹剧持续了将近三个小时，最后，普加乔夫站起来，走下台阶，他的首领跟在后面。一匹盛装的华丽的白马牵到了他的面前，两个哥萨克人扶着他上马。他示意去格拉西姆神父家，与他共进晚餐。这时传来一阵女人撕心裂肺的尖叫声。那女人就是瓦西利撒，她披头散发，被拖到台阶上，其中一个强盗穿着她的外衣，另一些强盗则拿着她的衣箱和一些家居用品。"哦，好人哟，"她叫喊着，"让我去吧，带我去见伊万·米罗洛夫吧！"忽然，她看见绞刑架，认出了她的丈夫。"我的天啊！可怜的人哪，"她哭喊着，"你都做了什么呀？哦，亲爱的，伊万！勇敢的士兵！普鲁士的炮弹和土耳其的军刀都不能杀了你，可现在你却死在一个该死的卑鄙的逃犯手里！"

"让那疯女人住嘴。"普加乔夫说。一个年轻的哥萨克人挥动着军刀朝她的头砍去，她立即倒在台阶下死了。普加乔夫骑马离开，其他人都跟在他的后面。

第八章　不速之客

不速之客比鞑靼人更可恶。

——谚语

我站在空荡荡的广场上，思绪难以集中，被这么多骇人的情感困扰着。玛丽下落不明，这一点折磨着我。她现在在哪里？她躲起来了吗？安全吗？我走到司令家，家里乱得吓人，椅子、桌子和大橱柜都被烧毁，餐具也被砸碎。我冲上通向玛丽房间的小楼梯，这是我这辈子第一次进她的房间。神龛前的一盏灯还亮着，神龛里原本装着令所有教徒尊敬的圣物已经消失了。大衣橱被抢空，床被砸烂，不过，强盗并没有把挂在门和窗户之间的小镜子拿走。这间简陋的少女房间的女主人发生什么事了呢？我的脑海中闪过一个很可怕的念头——玛丽落到了强盗手中。我的心撕裂般地大声喊道："玛丽，玛丽！"

我听到一阵轻微的衣服摩擦东西的声音，是巴莱卡，她脸色惨白地从大衣柜后面的藏身处走了出来。

"哦！彼得，"她紧握着双手说，"这是怎样的一天啊！这太可怕了！"

"玛丽呢？"我急切地问，"玛丽呢？她在哪里？"

"小姐还没死，"女仆说，"她躲在阿库琳娜家，希腊牧师的家里。"

"天哪！"我惊恐地大叫起来，"普加乔夫在那儿呢！"

我跑出房间，冲到街上，朝牧师家狂奔过去，而从那里传来一阵阵歌声、欢呼声和笑声，普加乔夫正和他的人坐在那里吃饭。巴莱卡跟在我后面，我让她悄悄地进去把阿库琳娜叫出来。阿库琳娜来到接待室，一个空酒瓶还在手上。"看在上帝的份上，告诉我玛丽哪儿？"我焦急地问。

"小宝贝正安静地躺在隔墙后面我的床上呢。哦，彼得，我们刚刚躲过了好大的危险！恶棍刚在餐桌旁坐下，可怜的小家伙就呻吟起来。我都快吓死了，他听到了她的声音。'谁在你房间里呢，老太婆？''是我的侄女，沙皇陛下。''让我看一看你的侄女，老太婆。'我恭恭敬敬向他行礼说：'沙皇，我侄女恐怕没力气走到您面前见您。''那么，我去看她。'

您相信吗，他掀开布帘，用鹰一样的眼睛看着我们的小宝贝！幸亏那孩子没认出他。可怜的伊万·米罗洛夫！可怜的瓦西利撒！可是为什么伊格纳季奇被绞死了，而您却被饶恕了？您认为奥列科谢怎么样？他把头发剪掉了，现在正和他们一块儿坐在那儿大吃大喝呢。当我说到我生病的侄女时，他瞪着我，就好像要用刀子捅我一样。好在他什么也没说，为此我们还得感谢他呢。"

现在，客人们喝醉的叫喊声以及格拉西姆牧师的声音混杂在一起。强盗们要更多的酒，阿库琳娜得去服侍他们。"你先回家吧，彼得，"她说，"要是你落在他们手中，就糟了！"她去服侍客人了。我稍觉宽慰，就回去了。

经过广场时，我看见一些巴什基尔人正从尸体上偷靴子。我努力遏制心中的怒气，因为我知道发火也于事无补。强盗在要塞里四处乱窜，军官的家被抢劫一空。

我回到住所，萨维里奇在门口等我。"感谢上帝！"他大叫起来，"天哪，少爷，恶棍把所有的东西都抢走了。但这没关系，因为他们没要你的命。少爷，你不知道他们的头头吗？"

"不，我不认识，他是谁啊？"

"什么，亲爱的孩子？难道你忘了在暴风雪天把你的皮袄骗去的那个酒鬼了？就是那件兔皮袄，那个恶棍穿上时把缝线都绷裂了。"我睁大双眼，带路人和普加乔夫的确长得很像。到现在，我才终于知道他为什么会赦免我。我带着感激的心情回想起那件给我带来幸运的小事。送给流浪汉一件年轻人穿的皮袄现在居然救了我的命，而这个攻下要塞的酒鬼，却震动了整个帝国。

"您要吃点儿什么吗？"萨维里奇出于他的本能问，"屋里空了，这是真的。可是，我会尽力找点什么做给您吃。"

独自一个人时，我思索起来。留在现在由强盗当家做主的要塞，或是加入他的队伍，都不是一个军官应当做的事情。职责要求我到为国家效劳的地方去。但是，爱情却以同样的力量要求我留在玛丽身旁，做她的护卫者。尽管我预见到事态发展中近在眼前且难以避免的变化，但只要一想到她的危险处境，我就会担心地全身发抖。

一个哥萨克人进来，这打断了我的沉思。他是来通知我的，他说"伟大的沙皇"叫我去他那里。我准备服从命令，并问道："他在哪里？""在司令家，"哥萨克人回答，"吃过饭，沙皇去洗蒸汽浴。不得不承认，他的做法确实有帝王的派头。他能做其他许多人做不到的事情。吃饭时，他吃掉两只烤乳猪。然后，在蒸汽浴室里，他能忍最高温度的蒸汽，服侍他的人都忍受不了，把刷子丢下，自己跑出去浇了冷水才算清醒过来。据说，在浴室里，能够清晰看见他胸前那代表真正沙皇的标记——一幅是他自己的脸，另一幅是一只有两个头的老鹰。"

我想没有必要驳斥那个哥萨克人的话，就随他去了司令家，一路上设想着和普加乔夫的会面及其结果。你们能想象得到，我一点儿也不自在。当我来到司令家时，天已经黑了。吊着被绞死的人的绞刑架还竖立在那里，黑乎乎的，阴森恐怖。好心肠的瓦西利撒那可怜的尸体还躺在台阶下，旁边有两个哥萨克人在站岗。带我来的那个哥萨克人进去通报说我来了。不一会儿，他走出来，把我带到前一个晚上我和玛丽告别的那个房间。一张铺着桌布的桌子上放满了酒瓶和杯子，普加乔夫坐在中央，十来个哥萨克首领围坐在他旁边。他们戴着色彩鲜艳的皮帽，穿着五颜六色的衬衫，毋庸置疑，因为喝了酒，他们的脸红扑扑的，两眼发亮。在他们中间，我没发现我们的叛徒——奥列科谢和下士。

"天！爵爷，是您啊？"看见是我，他们的首领说，"欢迎，请坐！"

客人们挤了挤靠在一起，我在桌子的最末端坐了下来。我身边是一个年轻的哥萨克人，他很瘦，面容英俊。他给我倒了一杯白兰地，但我没喝，我正忙于考虑这次见面。普加乔夫坐在首位，胳膊肘撑在桌上，强劲有力的大手拢着他浓密的黑胡子。他容貌端庄英俊，看上去并不那么凶狠。他和一位五十岁上下的人说话，有时叫他伯爵，有时叫他大叔。大家相互之间就像同志一样，不会对他们的首领表示格外的敬意。他们谈到了那天早上的进攻，谈到了他们的叛乱还有成功，也谈到了他们以后的行动。每个人都夸耀自己非凡的才能，发表着高见，并且肆无忌惮地反驳普加乔夫的建议。就在这场奇特的军事会议上，他们做出了向奥伦堡进军的决定。这是一个大胆而鲁莽的行动，但之前的胜利表明这是有道理的。他们决定在明天出发。大家每人又喝了一杯酒，然后站起来向普加乔夫道别。当我想跟他们一起离开时，那个强盗却说："等一下，我想和你说两句。"普加乔夫沉默不语地盯着我看了几秒钟，有时候眨一下左眼，一副最狡黠的嘲讽表情。最后，他大笑起来，笑得如此动容，所以我看看他，也忍不住笑了。

"好了，爵爷，"他说，"死心吧，当我的人把绳子套上你的脖子，你害怕了？那时的天空对你来说就像只有一张羊皮那么大。要不是你的仆人，你早就被吊在绞刑架的横梁上晃来晃去了。然而，在那关键时刻，我发现了那个老家伙。你想过在干草原上带你去客栈的人正是伟大的沙皇吗？"说完之后，他一副严肃而神秘的样子。"你的罪不轻啊，"他接着说，"但我赦免了你，因为在我被迫躲避敌人时，你曾帮助过我。一旦我夺回我的帝国，一定会给你加官封爵。你愿意为我服务吗？"强盗的问题还有放肆的话语使我发笑了。

"你笑什么？"他皱着眉头问，"坦率地回答我，你不相信我就是伟大的沙皇？"

我很烦恼，我不能把一个流浪者当作沙皇，可如果我当着他的面叫他骗子肯定会让我送命。我本打算那天上午在绞刑架下当着大家的面，在最初的愤怒时候做出这样的牺牲，可是现在这样做好像是一种没用的逞能。在这样可怕的沉默中，普加乔夫正等着我的回答。最后我回复了普加乔夫。"我会告诉你实话，然后让你来决定是否赦免我。要是我承认你是沙皇，不过像你这样聪明的人，肯定知道我在撒谎。"

"那么，在你看来。我究竟是谁呢？"

"天知道，可不管你是谁，我告诉你，你正在玩一个危险的游戏。"

普加乔夫用锐利的目光快速地扫视了我一眼。"你不相信我是彼得大帝三世？那么今天先就这样吧。难道在我之前没有勇敢的人成功夺得过王位吗？无论你从我身上想到什么，不过，你必须和我在一起。你为谁服务又有什么关系呢？胜利才是对的。在我手下服务，我会封你为大元帅、公爵，你认为怎么样？"

"不，"我说，"我是一个贵族，我已经向女皇宣誓毕生为她效忠。我不能为你服务。如果你真的为我好，就把我送回奥伦堡。"

普加乔夫陷入沉思："要是我把你送去那儿，你至少要保证不会与我为敌。"

"这我怎么能答应呢？如果上级命令我与你为敌，我就必须执行命令。况且你现在是个首领，你肯定希望你的手下服从你。不过，我的命在你手中。如果你能够给我自由，我会感激你的。如果你把我处死，上帝会审判你的。"

他对我的坦率十分地满意。"那么就这样吧，"他拍了拍我的肩膀说，"赏归赏，罚归罚。你可以去任何一个地方，做你想做的事。明天过来和我道别吧，现在回去睡觉吧，我也要休息了。"

我来到街上，这真是一个寒冷的夜晚，没有云，月亮和星星反射出来的所有光芒照亮了广场和绞刑架，要塞里其他的地方都静悄悄、黑沉沉的。小酒馆里还有一点点灯光，一些喝酒的人迟迟不肯离去，他们的喊叫声打破了夜的寂静。我瞥了一眼阿库琳娜的房子，所有的门和窗户都关上了，看上去那里一切都很平静。我回到自己的房间，萨维里奇正为我不在而感到悲伤。

我告诉他说，我获得了自由。"哦，感谢您，上帝！"他在胸口画了个十字说，"明天一早，我们就出发离开这个地方。我为您做了点吃的，愿您一觉睡到大天亮，就如同睡在上帝怀中一样安宁。"我照他的话做了，吃过晚饭后，就在空空的地板上睡下，身心俱疲。

第九章　离别

和你亲近甜如蜜，

姑娘啊，好姑娘！

和你分别的悲伤，

像告别灵魂一样。

——赫拉斯科夫

第二天一大早，我就被嚷嚷声吵醒。我来到广场上，发现普加乔夫的队伍已经在那里了，他们在绞刑架四周排成横列，绞刑架上依然挂着昨天被绞死的人的尸体。哥萨克人骑在马上，步兵和大炮（其中有我们那唯一的一架大炮）已装备完毕，随时准备出发。居民们也聚集在那里，等着篡权者。司令家的台阶前，有一个哥萨克人牵着一匹华丽的白马。我四处张望搜寻着我们好心肠的瓦西利撒的尸体。她的尸体已被拖到旁边，用一条旧的树皮席子裹着。最后，普加乔夫走了出来，他站在台阶上向人群行礼，大家都脱帽回礼。一位首领递给他一袋铜币，他一把一把地抓起铜币，扔向人群。当他注意到我在人群里，他示意我到他身旁去。

"听着，"他说，"你立刻出发去奥伦堡，帮我转告省长和全体将军，我将在一个星期后去那里。劝告他们投降并用孝子般的爱来迎接我，不然的话，他们将难逃折磨。旅途愉快！"

普加乔夫贴身的跟随者们把他团团围住，奥列科谢则在其他人中间。篡权者转向人群，指着奥列科谢说："看，这位是你们的新司令，你们要在所有事情上都听从他的命令，他会对你们和整个要塞负责。"这些话听得我胆战心惊，玛丽在奥列科谢手中会怎么样？普加乔夫走下台阶，没让他的哥萨克随从帮忙，便纵身跃上马鞍。正在那时候，萨维里奇从人群里走了出来，来到篡权者身边，递给他一张纸。

"这是什么东西？"普加乔夫指着架子问。

"读一下，您就知道了。"我那仆人回答说。

普加乔夫盯着那张纸看了一段时间后，说："你写的字太难认清了，我的秘书在哪儿呢？"

一个穿着下士制服的男孩向强盗跑去。"大声读出来。"他说。我十分好奇，想知道老头是出于什么意图给普加乔夫写纸条。秘书大声读道："两件晨衣，一件细棉布衣，一件条纹绸衣，共值六卢布。"

"你这是什么意思？"普加乔夫皱着眉头问道。

"让他读下去。"萨维里奇十分平静地回答。

秘书继续读着："一件绿色细呢军服，价值七卢布；一条白呢裤子，价值五卢布；十二件荷兰亚麻布硬袖衬衫，价值十卢布；一只装有茶具的箱子，价值两卢布。"

"这些是什么鬼东西?"普加乔夫说,"茶具及荷兰亚麻硬袖衬衫和我有什么关系?"

萨维里奇假装咳了一声,清了清嗓子,解释着:"老爷,请您明察,那都是被小偷拿走的我主人东西的清单。"

"什么小偷?"普加乔夫的表情很疑惑。

"对不起,"萨维里奇说,"小偷?不,他们不是小偷,是我说错了。你的人翻箱倒柜,拿走了许多东西,这是不可否认的事实。请您不要生气,马虽然有四条腿,但它也有失足的时候。让他读完吧。"

"好的,继续读下去。"普加乔夫说。

"一条波斯毛毯,一床棉绸被,价值四卢布;一件红色长绒的狐皮大衣,价值四十卢布;一件在干草原上送给你的小兔皮袄,价值十五卢布。"

"什么?"普加乔夫怒气冲天,大吼道。

我不得不说,我为老头担心,他正想做出新的解释,但这时,强盗打断了他。"你居然敢用这些小事来打扰我?"他说着,一把抢过纸,扔到老头脸上,"你被抢劫了,老东西!很大的损失哦!你应该感谢上帝,你和你的少爷没有和其他叛乱者一起被吊在那儿晃来晃去。我会还给你兔皮袄!我要活剥你的皮,拿你的皮做成皮袄,懂了吗?"

"随便你,"萨维里奇回答说,"但我不是一个自由人,我有责任保护我少爷的物品。"

很显然,普加乔夫在表现他的宽宏大量。他转过头,一言不发就出发了,奥列科谢和其他首领紧随着他。整支队伍很有序地离开要塞，人们护送他们离去。最后，广场上只剩下我和萨维里奇，他手里拿着清单，很是遗憾地看着它。我不禁笑了起来。"笑，少爷，你尽管笑吧，可是，当我们重新购置家当时，你再看看这是不是件好笑的事情。"

我去寻问玛丽·米罗洛夫的情况，阿库琳娜出来迎接我，并告诉我一条令人伤心的消息——昨天晚上，这个可怜的姑娘发了一夜高烧，阿库琳娜把我带到她的屋子里。病人已神志不清，不认得我了，她现在的容貌让我大吃一惊。她已经是可怜的孤女了，没人保护，这样的处境让我担心不已，就像我没能力保护她一样让我感到难过。奥列科谢是最可怕的，身为要塞首领，又拥有篡权者授予他的权力，对这个可怜的女孩，他可以为所欲为。我该如何解救她呢？我决定立即出发去奥伦堡，催促当局早些收复白山要塞，并尽可能早日促成这件事。我告别了格拉西姆牧师和阿库琳娜，把我已视为妻子的玛丽委托给了他们。我吻了一下这位年轻姑娘的手，就离开了房间。

"再见了，彼得·格利尼奥夫，"阿库琳娜说，"不要忘记我们。除了你以外，玛丽已经再没有其他的支持和安慰了。"强烈的感情使我哽咽，我没有言语。

来到广场上，我在绞刑架前停了一会儿。我怀着深深的敬意向这些忠诚的死者脱帽致敬，然后就去往奥伦堡。萨维里奇始终陪伴着我，我知道他是不会离开我的。我一边往前走，一边沉思。突然，我听见有马从后面奔来的声音，我转过头，看见一个从要塞出来的哥萨克人。他骑在一匹马上，另一只手中还牵着一匹马，他示意我停下来，我认出那是我们的下士。他追赶上我们后，他从马上下来，把另一匹马的缰绳交给我，说："我们沙皇送给你一匹马和一件他的服装。"

马鞍上就系着一件羊皮袄。我穿上了它，上马，然后让萨维里奇坐在我后面。

"你看，少爷，"我的仆人说，"我对强盗的请求不是无用的。虽然这匹老马和这件农民的皮袄还抵不上被恶棍抢去的东西价值的一半，但总算比什么都没有更好。即使从恶棍身上扯下一撮毛也是好的。"

第十章　围城

占领了草地和高山，
他便对城市虎视眈眈。
下令在营地后面筑起炮楼，
炮手准备就绪，夜战攻城。

——赫拉斯科夫

当我们靠近奥伦堡时，我们看到一群囚犯，他们被剃光了头，脸上还有一些被公共行刑人用钳子夹过的伤痕。当时，烙铁是用来撕裂罪犯鼻孔的。在残废驻防军人的监控下，他们在那个地方的围墙边做苦役。一些人用手推车把塞满战壕的垃圾拉走，另一些人在挖土，砖石工人正在检查和修补围墙。哨兵在大门口把我们拦住，并向我们索要通行证。中士听说我们是从白山要塞来的，就马上把我带到将军那里。

将军正在花园里修理苹果树，秋风已经打落了它们的叶子。他仔细地用稻草包着树干，旁边还有一个老园丁。他神态安详，兴致高昂，看起来身体很健康。他看到我，似乎很高兴，询问了我看到的一系列可怕的事情。老人很专注地听我讲，一边听着一边剪掉枯枝烂叶。

当我把情况说完后，他说："可怜的米罗洛夫！真可怜，他是个勇敢的军官。米罗洛夫夫人是一位善良的女士，也是一个腌制蘑菇的高手。那上尉的女儿玛丽现在怎么样了？"

"她还在要塞，现在暂时住在希腊牧师的家里面。"

"哎呀！"将军说，"那就糟了，太糟糕了，因为我们不能指望强盗遵守纪律。"

我说白山要塞离这儿距离不远，将军大人您可以派遣一支军队去解救那些可怜的百姓脱离苦难。

将军有些迟疑地摇了摇头。"再等等吧！我们再等等吧！我们有足够的时间讨论这个问题。来，我请你去喝杯茶。今晚有一场军事会议。到时候，你可为我们提供一些关于这个普加乔夫和他的军队的准确信息。现在，你休息吧。"我走进分配给我的房间，看到萨维里奇已经把那个房间布置好了。我焦急地等待着开会的时间，你也许会相信，我是不会错过这场将影响我一辈子的会议。

在将军的家里，我看见一个海关官员，我记得他好像是关税署长，一个矮胖的老头，面色红润，身穿一件黑色锦缎长袍。他向我询问了他的好友米罗洛夫上尉的遭遇，不时用一些很精辟的话语打断我。这些精辟的话语，即使不能证明他是个很了解战争的人，也能显示出他与生俱来的机智和聪明。这期间，其他客人也陆续到了。当所有人都坐好，仆人给每个人送上一杯茶后，将军很小心地把要考虑的问题提了出来。

"现在，各位，"他说，"我们必须决定采取怎样的行动反击叛乱者。我们是应该采取进攻的方法抑或是防御的方法？这两种方法各有利弊。进攻更有可能迅速歼灭敌人，但防御的方法更安全，危险较小。那我们依照法定程序投票决定，即从级别最低的军官开始发言。中尉先生，"他对我说，"你先谈谈你的想法吧。"

我站起来，简单地说了普加乔夫和他的队伍的情况。我肯定地说篡权者抵抗不了训练有素的军队，那些军官显然对我的看法不满意。他们在这些看法中除了年轻人的轻率和冒失，什么也没看到。大家都在热烈地议论着，我清楚地听到有人低声说了一句"愚蠢"。将军微笑着转向我说："中尉先生，在军事会议中的最初发言总是会主张采取进攻策略。现在，让我们继续投票。有请六级文官给我们谈谈他的看法。"

一个穿黑锦缎的小老头，也就是六级文官兼海关关员，在喝下第三杯搀和许多郎姆酒的茶后，才匆匆回答说："将军大人，在我看来，我们应该既不进攻也不防御。"

"那是什么意思，先生？"将军十分惊讶地问，"军事策略上没有其他的办法。我们只能要么进攻，要么防御。"

"将军大人，我觉得采取收买的办法最好。"

"嗯！嗯！你的想法是明智的。"将军说，"进行收买，也就是说，采取间接的行动。这种行动也算科学，可以被接受，你的建议对我们很有用。我们可以用七十，甚至一百卢布来悬赏缉拿那个恶棍的脑袋，这笔钱可从秘密经费中出。"

"到那个时候，"穿锦缎的人打断将军说，"如果那伙强盗不绑着他们首领的手脚送来给您，我就不配做一个六级文官，而是一只吉尔吉斯绵羊。"

"我们考虑考虑这个办法，"将军说，"但是，不管怎样我们都要采取一些军事措施。现在，按法定程序继续投票吧。"

所有的意见都和我的相悖。他们一致表示同意，躲在大炮保护下的坚固石墙里面，比去空旷的战场上碰运气要好得多。最后，当所有的人都把看法说出来了之后，将军抖了抖烟斗里的烟灰，发表了下面这段言论：

"诸位，我赞同中尉先生的看法，因为这才符合军事策略的科学性，军事策略一般主张进攻而非防御。"他停了停，给他的烟斗装满烟丝。我洋洋得意地瞄了那些官员一眼，他们的脸上露出不满的神色，开始交头接耳，议论纷纷。

"不过，诸位，"将军叹息一声，喷出一口浓浓的烟，接着说，"我不敢承担这个重大的责任。我还是同意大多数人的意见，在城里等待有威胁的围攻，采用大炮的威力击退敌人，如果可能的话，就采用指挥有力的突围反击击退敌人。"会议解散了。我必须为这位值得尊敬的军人的软弱感到难过，他违背了曾经如此坚定的信念，听从了那些无知又毫无经验的人们的意见。

这次著名的军事会议结束后没几天，普加乔夫就实现了他的目标，向奥伦堡逼近。我站在城墙顶上侦察叛军队伍的动向。我发现，他们的人数比我上次见到的增多了十倍。他们有更多的大炮，这都是从被普加乔夫攻下的小要塞里夺来的。一想到我们的军事会议，我预见到我们可能会长时间被围困在奥伦堡城里，我懊恼得想大声叫喊。描述围攻奥伦堡的行动不是我的目的，它属于历史，不属于家族回忆录。用不着多说，这次围攻几乎给居民们带来了灾难性的破坏，他们必须忍受饥饿和各种物资的匮乏。

奥伦堡的生活变得让人难以忍耐，大家痛苦地等着命运的裁判。食物短缺，经常有炮弹落在居民们毫无防御的房屋上。普加乔夫的进攻带不来一点儿刺激，我都快闷死了。我答应阿库琳娜寄信给她，但是，通信被切断了，我的信送不出去，也收不到白山要塞寄来的信。我唯一可做的就是军事反击。多亏有普加乔夫，我才有了一匹不错的马，我和它分享我那份量很少的食物。每一天，我从防御土墙下去，跟普加乔夫的先锋部队进行小规模的战斗。叛乱者有最好的装备，他们有很多的食物和喂得很饱的马匹。我们那些可怜的骑兵完全不是他们的对手。虽然有时，我们挨饿的步兵也会主动出击，可是，厚厚的大雪使我们很难成功地反击敌方那风驰电掣般的骑兵。大炮在防御土墙上徒劳地响着，因为到了战场上它就不能前进，我们瘦弱的马儿根本就拉不动它。这就是我们的唯一作战方式，这就是奥伦堡官员们口中所谓的谨慎还有远见。

记得有一天，当我们击退并追赶一大群敌人的时候，我追上了一个落伍的哥萨克人。当我举起土耳其军刀，正准备向他砍下去时，他扔掉帽子，高声叫起来："你好啊，彼得，近来身体怎么样？"

我认出他是我们的下士。看到他，我非常高兴。"你好，马克西米奇。你离开白山要塞有多长时间了？"

"不太长，彼得，我昨天才来的，我有一封信给你。"

"信在哪里？"我高兴地问道。

"在这儿，"马克西米奇把手放在怀里，回答说，"我答应巴莱卡尽我所能把信送给你。"他递给我一张折好的纸，就策马飞奔而去。我急不可耐地读了下面的话：

由于上帝的旨意，我失去了父母。现在除了你，彼得，我不知道还有谁能保护我。奥列科谢代替我那过世的父亲管着这个地方。他胁迫格拉西姆牧师，还强迫我住进我们原来的房子里，奥列科谢对我非常残忍，他逼迫我做他的妻子。他说，他没把我是阿库琳娜的侄女这个把戏戳穿就是救了我。我是宁死也不会做他的妻子，我只有三天时间考虑他的要求。那以后，我就别指望从他那里得到怜悯。哦，彼得！真希望将军给我们帮助，要是可能的话，我希望你能亲自来救我。玛丽·米罗洛夫。

这封信几乎要让我疯掉了。我策马奔回城里，也没让那匹可怜的马歇一下脚。成千上万个营救她的计划不断地闪过我的脑海。一到城里，我立即赶去将军家，冲进他的房间。他正在边踱步边抽着海泡石烟斗。看见我，他停住脚步，对我的突然闯入感到十分惊讶。"将军大人，我把您当成亲生父亲来恳求。请不要拒绝我，这关系到我一生的幸福。"

"发生什么事情了吗？"将军问，"我能帮你什么呢？"

"将军大人，请批准我带一个连的士兵和五十个哥萨克人，我要攻占白山要塞。"

"攻占白山要塞？"将军问。

"是的。并且我保证能袭击成功，只要您答应让我去。"

"不，年轻人，"他说，"我们离得这么远，敌人轻而易举地就能切断你和总战略据点之间的一切联系。"

我怕他又要向我讲他丰富的军事经验和知识，就赶紧打断他："米罗洛夫上尉的女儿写信给我，请求立刻援助，奥列科谢威胁她做他的妻子！"

"哦，奥列科谢，那个叛徒！要是他落到我手上，我会立即审讯他，把他吊在要塞的护墙上执行枪决。可是，现在我们还需要忍耐。"

"忍耐！"我大声叫道，"再过一段时间玛丽就不得不嫁给他了。"

"哦，"将军说，"那倒也不错。如果她暂时成为奥列科谢的妻子，可能对她会比较好，奥列科谢可以保护她。等我们把那个叛徒枪决后，她会找到一个更好的丈夫。"

"我宁愿死，"我忍不住心中的恼火，"也不愿意把她让给奥列科谢。"

"现在我全懂了，"老头说，"不用说，你爱上了玛丽·米罗洛夫。那就是另外一码事了。可怜的孩子！但是，我还是不能给你一个连和五十个哥萨克人。无论如何这件事是不明智的。"我绝望地垂下脑袋。不过,我心中已经有了一个计划。

第十一章　动乱的小镇

这时,狮子已经吃饱,

尽管它生性残暴。

"为何光临我的洞穴?"

它亲切地问道。

——苏马罗科夫

　　我离开将军,回到自己的住处。萨维里奇像平时一样,用抱怨迎接我:"少爷,和那些醉鬼强盗打斗有什么好玩的呢?要是他们是土耳其人或是瑞士人,那还说得过去,可是,这些是狗娘养的杂种……"

　　我打断他说:"我总共有多少钱?"

　　"你有足够的钱,"他满意地说,"我知道如何把钱藏在恶棍不知道的地方。"他从口袋里掏出一个很长的针织钱袋,里面装满银币。

　　"萨维里奇,把里面的一半给我,其余的你留着用。我要赶去白山要塞。"

　　"哦,彼得!"老仆人说,"你不怕上帝吗?道路被切断了。你就可怜可怜一下你的父母,再等一等。我们的队伍很快就会开过来，击败那些强盗。到时候，你就可以去世界上任何地方。"

"来不及了，我一定要去。别难过，萨维里奇。我把那些钱送给你，买些需要的东西。三天后如果我还没回来……"

"亲爱的，"老头说，"我要和你一块儿去，哪怕是用两条脚走着去。你要是走了，我一个人在石墙里一定会疯掉的。"和那老头争论一直以来都是没有用的。半个小时后，我骑着我的马，萨维里奇骑着一匹又瘦又瘸的老驽马，它本来是城里的一个居民的因为没东西喂它而白送给我的仆人的。我们来到城门口，岗哨放我们过去。最后，我们离开了奥伦堡。夜幕开始降临。去白山要塞一定要经过普加乔夫驻扎的总部别尔达村，不幸的是这条路被厚厚的大雪覆盖了。可是，干草原上到处都是马蹄印，而且显而易见是新踏上去的。

我骑着马狂奔，萨维里奇几乎赶不上。他大声叫喊："不要骑这么快！我的马跟不上你的。"不久，我们就看见了别尔达村的灯光。我们渐渐地靠近深深的山谷，这些山谷是这个村的天然堡垒。萨维里奇虽然没有落在后面，但是，他没完没了地抱怨。我希望能安全通过敌人的地方，在黑暗中我看见五个拿着大木棍的农民，这是普加乔夫的前哨。

"注意！那儿是谁？"

不明白口令，我打算偷偷地继续前进。但是，有一个人抓住我的马勒。我抽出军刀向那个农民的头砍去。他的帽子救了他。他晃了晃，便倒了下去。别的人害怕了，这样我才闯了过去。夜色越来越浓，这本可掩护我逃脱。就在这时，我向后看了一看，发现萨维里奇没在我后面。我该怎么办呢？骑着一匹瘸马，可怜的老头不可能从恶棍手中逃脱。我等了一等，然后确定他们把他抓住了，我调转马头去救他。快到山谷时，我听见一些嘈杂的声音，而且听出是萨维里奇的声音。我骑得更快，不一会儿就出现在那些农民面前。他们已经把老头从马上拉下来了，正要绑他。一见到我，他们立即冲向我。就在一瞬间，我双脚落地。他们的首领说应该把我带到沙皇面前，我没有反抗。我们穿过山谷，进入村庄，看见家家户户都点着灯。

街上人群拥挤，非常地热闹。我们被带到十字路口拐角处的一座小木屋前，门边放着一些酒桶和一架大炮。其中一个农民对我说："这就是皇宫，我们这就去通报。"我瞄了一眼萨维里奇，他正在胸前一边画十字，一边祈祷。我们等了很久，最后，去通报的那个农民出来了，他说："沙皇下令把军官带到他面前去。"

皇宫（按照那农民的说法）里点着两支动物油脂蜡烛，墙上糊的是金纸。然而，其他东西，如长凳、桌子、用绳子吊着的脸盆、挂在墙壁钉子上的毛巾、放着陶制的瓶瓶罐罐的架子等和任何农舍里的没什么区别。普加乔夫穿着他那件猩红色长袍，戴着高高的哥萨克皮帽，一手叉腰，坐在每个俄国家庭都会挂的圣像下面，他的几个主要首领站在他旁边。

我看出，从奥伦堡来的一个军官的消息让他们很好奇，他们打算用盛大的场面迎接我。普加乔夫立刻便认出了我，他那装模作样的庄严神情消失了。

"哈，是爵爷呀！您最近好吗？什么风把您吹到这儿来了？"

我说道："我正赶着去办私事，你的人却把我抓了。"

"什么事啊？"他问。我不知道如何回答。普加乔夫以为我不愿意当着别人的面说，就示意他的同伴们要他们离开。所有人都照做了，只留下两个人。"当着他们的面说吧，"他明释道，"对他们是什么都不要隐瞒的。"

我瞥一眼篡权者的这两个亲信，有一个是又虚弱又驼背的老头，全身没什么引人注意的东西，除了身上那条挂在灰色粗布长袍上的蓝色绶带。但是，我一辈子也不会忘记他的同伴。他个子很高，长得很结实，差不多四十五岁的样子。密密的红胡子，炯炯有神的灰眼睛，没有鼻孔的鼻子，前额和脸上都是被烙铁烙的记号，这些使他那张宽大的麻脸看上去很凶狠。他穿着红衬衫、吉尔吉斯长袍和哥萨克灯笼裤。虽然我的心绪全部被自己的情感占据着，但是，这些人却给我留下了深刻的印象。普加乔夫的问话让我很快清醒过来。"什么事情让你离开了奥伦堡？"

一个大胆的计划闯入了我的脑海。对我来说，好像是天意第二次把我带到这个强盗面前，并教我完成任务的方法。我已经决定抓住这个机会，还没想清楚该怎么做，我就回答说：

"我刚要去白山要塞救一个被压迫的孤女。"

普加乔夫眼睛亮了一亮："谁那么大胆敢压迫一个孤女？他有七英尺高吗？他是逃不出我的报复的。说吧，这个犯人是谁？"

"奥列科谢，你可知道他把你在格拉西姆牧师家瞧见的那个年轻女孩像奴隶一样地关起来了，并且还想强迫她嫁给他。"

"我会给奥列科谢一个教训！我要让他知道，欺负我的子民会有什么样的下场。我一定会把他绞死。"

"请允许我说句话，"没有鼻孔的那人说，"你让奥列科谢掌管白山要塞这件事就太欠考虑了。你已经惹恼了哥萨克人，因为你让一个贵族当他们的领袖。因此，不要仅仅因为听到一次指控后就绞死一个有身份的人，这样会让别的有身份的人很窝火。"

"没有必要赦免或可怜他们，"戴着蓝色绶带的那个人说，"绞死奥列科谢和审问这先生都没什么不好。他为何来拜访我们？要是他不承认您是他的沙皇，他就没有任何权力来找您帮忙。但如果他承认，他又为什么要和您的敌人一起待在奥伦堡？您要不要把他关进审讯室，在那儿施火刑审讯他呢？"

那个老恶棍的逻辑推理，甚至在我听来好像也是合情合理的。一想到我落入了什么样的人手中，我就感到很恐惧。普加乔夫看出了我的忧虑。

"嗯，嗯，爵爷，"他眨着眼说，"看上去我的大元帅说的是对的。您觉得呢？"首领那开玩笑的语调让我很快恢复了勇气。我很镇定地回答说，我已经落在他手中，他想怎么办就怎么办，管他呢。

"好吧，"普加乔夫说，"现在能告诉我你们城中的情况吗？"

"感谢上帝，一切都非常好。"

"人都快要饿死了，还说好？"强盗答道。篡权者说的是对的，不过，根据我所宣誓效忠的职责，我坚持着说那是个错误的报告，说要塞有充足的物资配备。

"你看，他在骗你，"戴着绶带的人打断他说，"所有逃出来的人都说奥伦堡正闹饥荒和虫灾。那里的人把死人当作美味佳肴来吃。如果您希望绞死奥列科谢，就把这个年轻人也一起绞死在那个绞刑架上，这样他们就谁也不会羡慕谁了。"

这些话似乎让首领动摇了。好在，另一个人对此提出了反对意见。"闭嘴，"那个身强体壮的人说，"除了绞死和勒死，你就其他什么也想不到了，现在倒变成你来扮英雄了。看看你那样，没人知道你的良心在什么地方。"

"你算什么圣人啊？"老头回答说。

"将军们，"普加乔夫摆出一副很有尊严的样子说，"不要吵了，要是所有从奥伦堡来的病狗都在同一个绞刑架下晃着他们的腿，那的确没什么不好。不过，如果我们的好狗相互撕咬，那就是大不幸了。"

我觉得有必要改变话题，便转向普加乔夫，笑着对他说："啊！不好意思我忘了谢谢您的马和皮袄。没有您的帮助，我不可能到城里。在路上，我就会冻死的。"我的演戏有效果了，普加乔夫恢复了他的好情绪。

"善有善报啊，"他眨着眼睛说道，"告诉我你的事情，你和那个被奥列科谢迫害的年轻姑娘到底什么关系？她是不是也抓住了你的心？"

"她是我的未婚妻。"我回答说，说实话我觉得这没什么危险。

"什么？你的未婚妻！你为什么不早一些告诉我呢？我们会为你举办婚礼，喝你的喜酒。听着，大元帅，"他说，"我们是老朋友，爵爷和我。我们现在去吃晚饭吧！明天我们再想想如何干掉他。夜晚会给人带来智慧，人在早晨比在晚上要聪明得多。"

要是能找到借口不去吃饭就太好了，但这是不可能的。两个哥萨克姑娘在餐桌上铺了白色的桌布，端来面包、鱼汤以及大罐的葡萄酒和啤酒。因此，这是我第二次和普加乔夫和他那些可怕的同伴一起吃饭。我们一直狂欢到深夜，最后，他们都醉倒了。普加乔夫在他的座位上睡着了，他的那些同伴示意我离开，于是我和他们一起出去。哨兵把我锁在一个很黑的洞里，在那里我发现了萨维里奇。他对他的所见所闻感到如此惊讶，什么也没问我。黑暗中，他很快就睡着了。

第二天早晨，普加乔夫派人来叫我。他的门前停着一辆带篷马车，并排套着三匹马。街上特别拥挤，我在普加乔夫小木屋的过道里碰见他，他穿着远行装，一件皮袄，戴着一顶吉尔吉斯皮帽。前一天晚上的那些客人总是围着他，做出一副很恭敬的样子，和我那时看到的很不一样。

普加乔夫欢快地向我问早安，并要我坐到带篷马车上他的座位旁边。"去白山要塞。"普加乔夫对站着赶车的身强力壮的那些鞑靼人说。我的心开始狂跳起来，鞑靼人的马冲了出去，铃铛儿便响起来，带篷马车在雪地上飞奔起来。"停一下，停一下！"一个熟悉的声音大叫着，"哦，哦，彼得！不要在我年老时抛下我，把我丢弃在强盗中间……"

"啊，你这个老家伙！"普加乔夫说，"坐到前面的位置上去吧！"

"谢谢你,沙皇,愿上帝保佑您长寿安康。"

马儿又出发了。篡权者经过的时候,街上的人都停下来鞠躬。普加乔夫时而向右行礼,时而向左行礼。不一会儿,我们就离开了村子,来到一条好走的大路上。我沉默不语,普加乔夫打断了我的遐想。"为什么不说话呢,爵爷?"他对我说。

"我不禁地想起这一系列的事情。"我说,"我是一个军官,贵族,就在昨天我还和你打仗,可是今天却和你坐在同一辆马车上,现在看来我一生的所有幸福都要靠你了。"

"你害怕了吗?"

"你已经给了我生命!"

"你说得很对,你知道我的人是如何看你的。即使是今天,他们仍想要把你当作间谍。那个该死的老头想拷问你,然后把你绞死,不过我不会,因为我记得你给我的那杯酒和那件皮袄。我并不像你朋友所说的那样是个杀人不眨眼的大魔头。"听到这儿我想到我们要塞被夺的经过,但是,我没有立即反驳他。

"在奥伦堡,他们是怎么看我的?"

"他们说,你不是很容易就能被打败的。必须承认,你给了我们一定的压力。"

"对,我是个伟大的战士。你觉得普鲁斯王和我一样强有力吗?"

"你认为呢?你觉得你能打败腓特烈吗?"

"腓特烈王?为什么不能呢?你就等着看我向莫斯科进军吧!"

"难道你真的想向莫斯科进军?"

"天知道，"他想了想说，"我的路很狭窄，我的手下都不听我的，他们全都是盗贼，我必须要留心听，密切注意。一旦失利，他们就会用我的脑袋去挽救他们。"

"在事情无法挽回之前离开他们不是更好吗，"我说，"并请求女皇陛下开恩。"

他苦笑了一下，说："不，没机会了，时机已经过了。我怎样开始就该怎样结束——谁知道会怎样呢？"

我们的鞑靼车夫一路上都哼着一支令人很悲伤的曲子。萨维里奇坐着睡着了，身体晃来晃去。我们的带篷马车在冬天的大路上快速地行驶着，不远处，我很熟悉的一座村庄还有它那耸立在雅依克河陡峭河岸上的尖木栅和教堂塔尖映入了眼帘。一刻钟后，我们就进入了白山要塞。

第十二章　孤女

好像我们的小苹果树，没有树梢，没有枝芽；
好像我们的公爵小姐，没有爸爸，没有妈妈；
没人给她梳妆打扮，没人为她祝福送嫁。

——歌谣

带篷马车停在司令的屋子前面，居民们一眼便认出了篡权者马车的铃声和装备，于是成群地跑出来迎接他。

奥列科谢穿得像个哥萨克人，胡子剃得跟他们一样，扶强盗从马车上下来。看到我,他觉得有点儿不安,不过很快就恢复了镇定。他说:"你是我们的人吗?"我把头转开,没有回答他。当我们进入我所十分熟悉的房间时,我看到墙上仍然挂着已故司令的那份军官证书,它就像一篇墓志铭,使我的心如承受绞刑般疼痛。

普加乔夫坐到一张沙发上,这张沙发曾是伊万·米罗洛夫无数次听着他妻子唠叨并打盹的地方。奥列科谢亲手端着一瓶白兰地给他的首领。普加乔夫喝了一杯,然后指着我说:"给爵爷也倒上一杯。"听了这句话奥列科谢走近我,我又把头转过去背对他。普加乔夫问了他一些关于要塞的情况,然后,他不假思索地问:"告诉我,你关着的这个年轻姑娘到底是谁?"

奥列科谢的脸立即变得很白,白得像死人一样。"沙皇,"他用颤抖的声音说,"她在自己的房间里,并没被锁起来。"

"立刻带我去她的房间。"篡权者站起来说。推三阻四已经不可能了,奥列科谢带路去玛丽的房间,我不情愿地跟在后面。在楼梯上,奥列科谢停了下来,说:"沙皇,无论您叫我做什么,我都会照你说的去做,但请您不要让一个陌生人进入我妻子的房间。"

"你结婚了?"我大叫起来,很气愤,准备把他撕成碎片。

"闭嘴!"强盗打断我说。"这是我的事,而你,"他转向奥列科谢说道,"不要太滥用权威。我不管她是不是你的妻子,我想领谁去她的房间,就领谁去。爵爷,跟我来。"

在房门口,奥列科谢又停下来了,说:"沙皇,这三天以来,她一直发着高烧,现在还烧得神志不清。"

"打开门。"普加乔夫说。奥列科谢慌里慌张地在口袋里胡乱地摸索，最后说他忘了拿钥匙，普加乔夫抬起脚用力踢门。锁松落了，门打开后，我们走了进去。

我向四周看了一下房间，几乎快要晕倒。穿着农民那种粗布衣服的玛丽坐在地板上，面色苍白，瘦骨嶙峋，蓬头垢面。伤心欲绝。地板上放着一罐水，罐子上放了一片面包。看到我，她吓了一跳，发出一声撕心裂肺的尖叫。普加乔夫扫了奥列科谢一眼，冷笑着说："你的医院倒是很不错嘛？"

"告诉我，小宝贝，你的丈夫为什么要这样残忍地惩罚你？"

"我的丈夫！不，他不是我的丈夫。我就是死，也不愿嫁给他。要是没人及时来救我，我就去死。"

普加乔夫愤怒地瞪了奥列科谢一眼呵斥说："你居然敢欺骗，你这个骗子！"奥列科谢双膝落地，跪了下来。强烈的鄙视遏制住了我对他的憎恨和报复心，我讨厌地看着一个有身份的人跪在一个哥萨克逃亡者的脚下。

"这一次我且原谅你，"强盗说，"但是希望你记住，下一次再犯，我会老账新账一起算。"他转向玛丽，温柔地说："出来吧，我美丽的姑娘，现在你自由了，我是沙皇！"

玛丽看着他，双手捂住脸，晕倒在地板上。很明显，她意识到他就是杀死她父母的凶手。我冲过去扶她，这时候，我的老熟人巴莱卡走了进来，赶紧想办法让小姐恢复意识。

普加乔夫、奥列科谢和我走下楼去了接待室。"爵爷，我们现在已经解救了那个美丽的女孩，下一步干什么呢？我们是不是应该派人去请格拉西姆牧师，要他为他的侄女主持婚礼？如果你愿意的话，我做你的主婚人，而奥列科谢便做你的伴郎。然后，我们就关起大门狂欢！"

正如我所预料，奥列科谢听到这段话，完全失去了控制能力。

"沙皇，"他愤怒地说，"是的，我是有罪的，我对你撒了谎。不过，格利尼奥夫也欺骗了你。这个年轻姑娘并不是格拉西姆牧师的侄女，她是伊万·米罗洛夫的女儿。"

普加乔夫恶狠狠地盯着我。"什么意思？"他生气地问我。

"没错！奥列科谢说的是事实。"我果断地回答说。

"你可没有告诉我这一点。"篡权者说，脸色顿时阴沉了下来。

"你想想呀，我怎么能在你的人面前说玛丽是米罗洛夫上尉的女儿？他们当场就会把她撕成碎片，那样就没人能救得了她。"

"你说得很对，"普加乔夫说，"我的那些酒鬼们是绝对不会放过那个孩子的。阿库琳娜在欺瞒他们这点上做得的确非常好。"

"听着，"看到他情绪很好，我说，"我不知道你的真实名字，而且实际上，我也不想知道。不过，在上帝面前，我打算用我的性命来报答你为我所做的事情，只要它们不违背我的荣耀，对得起我作为一个基督教徒的良心。你是我的恩人，请求你让我和这个孤女走吧，不论你发生什么事情，也不论你在什么地方，我们都会向上帝忠诚地祈祷，拯救你的灵魂。"

"就照你的意愿做吧，"他说，"该罚就罚，该赏就赏，这是我做事的原则。把你的未婚妻带到任何地方去，只要你想要去，愿上帝赐予你们爱情和幸福。"他转向奥列科谢，吩咐他给我写一张通行证，以便我们能够通过他掌控下的所有要塞。奥列科谢惊得都呆了。普加乔夫去检视要塞，奥列科谢跟在他后面，而我便留了下来。

　　我冲进玛丽的房间，不料门关着，我敲了敲门。"谁啊？"巴莱卡问。

　　我说了名字，之后便听到玛丽说："彼得，很快我就和你在阿库琳娜家碰面。"

　　格拉西姆牧师和阿库琳娜出来迎接我，女主人把家里所有的东西拿出来招待我，她一边招待我，一边说个不停。一会儿，玛丽进来了，她脸色看上去很苍白。她把农民穿的衣服换了下来，像往常一样，穿得很简朴，不过干净又有品位。我抓住她的手，半天也说不出来一句话。我们两个人都满怀心事，一句话也没说。主人让我们俩单独待在一起，现在我可以谈谈她的安全计划了。她不能再待在由普加乔夫管辖和由名声极不好的奥列科谢掌管的要塞里。

　　在奥伦堡，她也绝对不可能找到藏身的地方，反而要忍受围攻带来的种种恐惧。我提议，她应该到我父亲的庄园去，这使她感到诧异。可是，我尽力使她相信，我父亲绝对会把接待一个为国捐躯的老兵的女儿当成是一种责任和荣幸。最后，我对她说："亲爱的玛丽，我把你当作我的妻子，这些离奇的遭遇现在已经把我们两个人永远连在一起了。"

玛丽很严肃认真地听着，她的感觉和我的一模一样，我们已经被命运连在了一起。但是，她一直强调，如果我父母不同意，她永远不可能成为我的妻子。对她的坚持我没办法回答，我把她抱在我的怀里，我的计划成为我俩共同的决定。一个小时之后，下士给我送来了有普加乔夫潦草的亲笔签名的通行证，并告诉我沙皇正等着我。我发现他已经准备上路。老实说，这个男人对每个人都很凶残，但除我之外，我对他也萌生出了很深的怜悯之情。我想把他从那伙强盗中拉出来，虽然他是那伙人的领头人。不过，奥列科谢以及围在他身旁的人使我不能向他表达任何一种类似这种的感觉，我们友好地分别了。

　　当马儿开始前行的时候，他从带篷马车中探出身子对我说："再见了，爵爷，或许我们还能再见面。"我们的确又见面了，可那是在怎样的情况下啊！

　　我回到格拉西姆牧师家，在那儿，我们出发的准备工作很快就完成了。我们的行李放进司令的旧马车中，马已经套好。出发之前，玛丽又去教堂墓地祭拜了父母的坟墓。过了一会儿，她就回来了，望着父母的遗物默默地流着泪。格拉西姆牧师和阿库琳娜两人站在台阶上。玛丽、巴莱卡和我坐在马车里面，萨维里奇就坐在前面。"再见了，玛丽，我亲爱的小宝贝！再见了，彼得，我们英俊潇洒的小伙子！"善良诚实的阿库琳娜说。

　　路过司令屋子时，我看到了奥列科谢，他的脸上看上去充满了憎恨。

第十三章　被捕

请别责怪先生，我要尽我的职责，

立即把你送进监狱。

好吧，请把事情说明白。

——克尼亚日宁

过了两个小时，我们来到了邻近的要塞，它也是普加乔夫管辖的范围。在那儿，我们换了马匹。由于车夫多嘴，他们很殷勤地招待我们，由普加乔夫任命的司令，一个大胡子哥萨克人对我们格外地热情。我感觉到，他们把我当成是一个很受他们沙皇宠爱的人了。我们再次出发时已经是薄暮时分，我们朝一个小镇走去，就大胡子司令的说法，那个地方应该有一支力量很强的普加乔夫的部队。岗哨拦住我们，问道："车上是谁？"车夫大声回答："是沙皇的朋友和他的太太。"

我们立刻被俄国政府的一支骠骑兵团团围住，他们破口大骂，骂得很恐怖很难听。"出来，"一个嘴巴上胡子很浓密的俄国军官说，"我们会让你好好吃点儿苦头！"我请求他们把我带到他们长官面前。看到我是个军官，原先那些士兵们不再咒骂，军官带我去见上校。萨维里奇跟在我后面，用低沉的声音喊着："刚从火堆里爬出来，却又跌进了火坑中！"

马车慢慢地跟在我们后面。五分钟后，我们来到一座小屋前，屋内灯火通明。军官吩咐别人看好我，他进去通报我的被捕。他一会儿就出来了，说长官命令把我关进监狱，把我的太太带去见上校。

"他神经出问题了吗？"我大叫。

"我不晓得，爵爷。"

我跳上台阶，迅速冲进房间，里面有六个骠骑兵军官正在玩纸牌。上校正在做庄，我一眼就认出上校就是伊万·祖林，因为他在新比尔思科把我的钱包都掏空了。"真凑巧！你是伊万·祖林？"

"哎呀！彼得，是什么风把你吹来了？你从哪儿来？你要跟我们玩玩吗？"

"不用了谢谢，我倒希望你能安排个地方给我住。"

"没必要安排住的地方，你就和我一起住。"

"不行，我不是一个人来的。"

"那你把你的同伴一起带来吧。"

"我不是和一位同伴，我和……一位女士。"

"一位女士？在什么地方钓到的？"他说，用一种嘻嘻哈哈开玩笑的方式吹了一声口哨，弄得其余的人都哄堂大笑起来。"那好吧，"祖林说，"那样，你得在镇上有一间屋子。过来，小样儿！怎么把普加乔夫的朋友带来？"

"你胡说什么啊？"我说，"她是米罗洛夫上尉的女儿。我刚刚把她救出来，现在正要把她送到我父亲家，把她留在我父亲那里。"

"天哪，你说什么？那意味着你就是普加乔夫的朋友？"

350

"以后我会告诉你一切的。先去看看这个可怜的女孩，你的士兵都把她吓坏了。"祖林走到街上，亲自向玛丽道歉，他她解释说这是一场误会，并嘱咐军官把她和她的女仆安置在镇上最好的房子里，我和祖林住在一起。晚饭过后，就只剩下我们俩时，我就把我的历险经过讲给他听。

他摇了摇头，说："那都很好，但是，我很纳闷你为什么要结婚呢？作为一个军官和朋友，我告诉你，结婚是一件非常愚蠢的事情。现在听我说，去新比尔思科的路已经被我们的士兵扫清。所以，你明天就可以带上尉的女儿去你父母那里，你自己就留在我的部队里。你不必回奥伦堡，你可能会再次被叛军抓住。"

我决心接受祖林的部分建议。萨维里奇过来整理我晚上要睡的房间。我跟他说，叫他准备好，明天早上就和玛丽出发离开这儿。"那谁来服侍您呢，少爷？"

"老兄，"我说，尽力使他软化，"在这个地方我不需要仆人，而且，你伺候玛丽就是伺候我，因为只要战争一结束，我就和她结婚。"

"结婚！"他重复了一次，双手一合，一脸很茫然的样子，"小孩子想结婚！你父母会怎么说？"

"当他们懂得了玛丽的为人，没有任何怀疑困惑，他们会同意。你也会替我们说情，对不对？"

我最终把老头感动了。"哦，彼得！"他说，"你还太小，不适合结婚。可那位年轻姑娘的确是个天使，错过了这次机会还真是造孽。我定会按照您所希望的那样帮您。"

第二天，我把这个计划告诉了玛丽，因为祖林的部队当天也会离开小镇，所以不能有任何延迟。我将玛丽托付给我亲爱的老萨维里奇，并交给他一封写给我父亲的信。玛丽哭着伤心地向我告别，我不敢开口说话，因为我担心周围的人看出我对她的感情。

现在已经到了 2 月底，军事活动难以展开的冬天已经要结束了，将军们正准备采取一次联合行动。当我们的军队逼近时，叛乱村庄的村民纷纷投降了，就在这时，戈利岑公爵击败了篡权者，解了奥伦堡被困之围，这是对叛乱的致命一击。我们听说普加乔夫在乌拉尔山脉地区出现了，还听说他正在向莫斯科进军的路上。然而，不幸的是他被捕了，战争结束了。祖林接到命令，让他的部队回到原来的哨所。我高兴得跟个孩子似的，在房间里蹦蹦跳跳。

祖林耸了耸肩，说："等到你结完婚，你就知道你有多傻了！"

我请了假。过几天，我就能回到家，和玛丽结婚了。不想有一天，祖林手里拿着一份文件走进我的房间，并叫仆人离开。"发生了什么？"我问。

"一个小小的麻烦，"他回答说，同时把文件递给我，"你看看吧。"

这是份绝密文件，是发给所有部队的长官的，上面说让他们逮捕我，并把我抓去喀山，交给审讯委员会处置。这个审讯委员会是为审讯普加乔夫和他的同犯而成立的。我惊呆了，一不小心文件从我手中滑落。

"别被打倒，"祖林说，"马上出发吧！"我心里很坦然，可是，要延迟很长时间才能回家。也许要经过好几个月，我才能通过委员会的审查。祖林深情地和我分别，我坐上四轮运货马车，两个骠骑兵手里拿着出鞘的明闪闪的军刀坐在我身旁，取道直接抵达喀山。

我确切地相信我被捕是因为没请假就远离了奥伦堡要塞，我相信我能为自己开脱。我们不但从来没被禁止单骑出击，而且相反，他们还鼓励我们对敌人袭击。可是，我和普加乔夫之间的亲密友好关系却被很多人看作是一种嫌疑。

到达喀山后，我发现整座城镇已经成为一片灰烬。沿街没屋顶的房屋的墙被火烧成了一堆堆的灰烬，这证明普加乔夫曾经到过这里。要塞没有出事，我被带到那里，交给值日的军官。他吩咐铁匠要他给我的双脚钉上牢固的脚镣。然后，我被关进了一间既小又暗的地牢里，光从仅有的一个换气孔射进来，换气孔上还有铁栏杆。这样的开端根本没预示任何好的兆头，不过，我并没有失去勇气。因为我感受到了由一颗饱受痛苦煎熬的心灵所发出的祈祷的甜美。我很安心地入睡，一点儿不为明天的事情担忧。第二天上午，我被带到委员会的面前。两个士兵和我一起穿过院子来到司令住的地方。他们在前厅停下来，让我一个人去里面的房间。

我走进一间非常宽敞的房间，两个人坐在一张铺满纸的桌子旁。一位是年纪比较大的将军，神情严厉，一位是年纪很小的近卫军军官，面容和蔼，很讨人喜欢。在窗户边的另一张桌子边上，坐着一位秘书，耳朵上夹着一支钢笔，面前摊着一张纸，准备随时记录我的口供。审讯开始了："名字和职务？"将军问我是不是安德鲁·格利尼奥夫的儿子，我说是，得到肯定回答后，他说："太遗憾了，一个这样受人尊敬的人竟会有这样一个不孝之子！"

我回答说，我希望诚实地说出事情的真相，以此来反驳所有加在我身上的冤屈指控。我的自信使他非常不高兴。"你是个任意妄为的家伙，"他皱着眉头说，"不过，我们见过很多像你这样狂妄的人。"

青年军官问我是怎样并且是怀着何种目的加入叛军的，怎样替他们服务的。

我很气愤，义正问严地回答说，作为一名军官和贵族，我绝对不可能加入篡权者的队伍，并且从没有用任何方式在任何地方为他服务过。

"那为什么，"我的审判者接着说，"这位'军官和贵族'是普加乔夫唯一一位赦免的人？为什么这个'军官和贵族'会从叛军首领那里接受像马匹和皮袄这样的礼物？这种亲密友好的关系是建立在什么基础上？如果真的不是在叛国的基础上，那至少也是在不可原谅的胆怯上？"那些话令我很伤心，我激动地替自己辩解起来，最后，我把将军也扯了进来，因为我知道他能证明奥伦堡被围之时我的一片赤诚爱国之心。那位严厉的老头从桌上拿起一封已经被拆开的信，读了起来："……关于格利尼奥夫中尉，我在这儿说明一下，他从1773年10月到次年2月在奥伦堡服役。可是从此以后，他再也没出现过……"读到这里，那位老将军严厉地问："你现在还有什么要说的，为你的行为辩解？"

我的审判者很有兴致，甚至是带着仁慈之情听我讲我和篡权者两人的相识，从暴风雪中的偶然相遇到白山要塞的被占，在白山要塞他因为感激之情而赦免了我。我坦诚地提到我和玛丽的关系以及她的获救为自己辩护。可一旦我提到她，委员会就会强迫要她露面，她的名字就会成为台上目击证人之间恶意中伤诽谤的主题。这些想法让我很困扰，我开始说得结结巴巴，最后，我无奈地沉默下来。审判者一下便看出我明显的慌乱，对我又有了偏见。青年的近卫军军官说，我应该和我的主要控告人当面对质。几分钟后，我听见脚镣的叮当声响起，接着奥列科谢走了进来。

他脸色惨白，人也瘦了，之前黑色的头发也正逐渐变白。他用虚弱但很坚定的口吻把对我的指控说了一遍又一遍。

根据他的说法，我就成了普加乔夫的间谍。我安安静静地听他从头讲到尾，并且为一件事感到兴奋——他没说到玛丽·米罗洛夫。是因为她拒绝过他的求婚而刺痛了他的自尊心？还是因为他心中有着与我同样的感情火花，那种火花也让我在同一点上保持沉默？这更加坚定了我的决心。当我被问到是否有什么话来驳斥奥列科谢的指控时，我只回答说，我坚持我一开始的说法，不需要添加什么。

将军下令将我们再次押至监狱。我看着奥列科谢，他脸上带着一种恶意的满足向我冷笑，他提起脚镣，快步向前走，赶到我前面。我没有接受进一步的审问。

我经常听人讲起，导致每个最细微的情节都深深刻在我的记忆里。

　　我的父母用上一代人所特有的真诚和热情地接待了玛丽。他们都很喜欢她，父亲也不再认为我和玛丽的爱情是一件愚蠢的事情。我被抓的消息对他们来说本是一个非常可怕的打击，但是，玛丽和萨维里奇老实地告诉了他们有关我和普加乔夫两个人之间关系的渊源。所以这消息对他们来说显得并非很严重。父亲绝不相信我会参加那场名声极不好的叛乱，因为这场叛乱的目标是要推翻皇权和消灭贵族。因此，他们一直期盼着好一点儿的消息，几个星期很快就过去了，最终，他们期盼来了我们的亲戚公爵的一封信。在通常的几句客套话后，他告诉父亲，我参与策划叛乱的罪名成立，因为已被证实。虽然本应处以极刑以示惩戒，但女皇陛下考虑到父亲的高龄和多年忠诚服务，决定减轻对他有罪儿子我的处罚，将我终身流放到西伯利亚！

　　这个打击几乎要使父亲崩溃了，他对儿子的坚定信念开始动摇。他平时藏在心里的悲伤难过爆发了出来，悲叹道："什么！我的儿子和普加乔夫两人共同策划叛乱！这不可能。女皇陛下赦免了他！极刑其实并不是世上最恐怖的事情！我的祖父死在断头台，只是为了维护他那坚定不移的信念！但是一个贵族违背自己的誓言，和盗贼、无赖流氓以及叛乱的奴隶混在一起！耻辱啊！是我们脸上永远的耻辱啊！"父亲的绝望把母亲吓坏了，她不敢流露出悲伤，而玛丽却比他们更加孤独，更加悲伤。她相信只要我愿意，我就能为自己辩护，她猜到了我保持沉默的原因，并相信我是在为她受苦难。

有一天晚上，父亲坐在沙发上翻阅着《皇家年鉴集》，不过他的思绪已飘到远处，那本书没像以往那样对他产生效果。母亲在默默地编织着，隔一会儿就有一滴眼泪慢慢地落到她编织的东西上。玛丽也在同一个房间里做着编织活儿，她没做任何开场白，就直接对我父母说，她必须去一趟圣彼得堡，并希望他们能给她提供盘缠。母亲惊奇地问："你干吗要离开我们呢？"

玛丽回答道，她以后的命运就决定于这次旅行，她要以一个对忠诚爱国、为国捐躯的殉难者女儿的身份，去向那些在宫廷中的宠臣寻求帮助保护。父亲把头低下，任何一句话，只要能够使他想起儿子被冠上的假定罪名，对他来说都似乎是一种尖锐的道德谴责。"走吧，"最后，他叹了一口气说，"我们不会阻碍你去寻找自己的幸福。愿上帝赐给你一个受人敬爱的丈夫，而不是一个遭人唾弃的叛国贼！"

他站起来，走出了房间。玛丽单独和母亲在一起，先向母亲述说了关于她这次旅行的部分目的。母亲含着眼泪吻了吻她，并祈祷这个计划能够取得成功。过了几天，玛丽、巴莱卡和萨维里奇离开了家。

当玛丽到达索菲亚时，她打听到女皇陛下当时正住在皇村的避暑宫殿。她就决定待在那儿，并且在驿站里租用了一个小房间。驿站长的妻子过来和玛丽聊天。她得意扬扬地告诉玛丽说，她是一个与宫廷有密切关系官员的侄女，她的叔叔很幸运能够在女皇陛下住的地方照看炉火。一会儿之后，玛丽就知道了女皇的某些习惯，她几点起床，几点去喝咖啡，几点去散步。总而言之，和安娜的谈话就像史料中的一页，对我们现在这个时代来说十分宝贵。这两个女人一起去皇家花园玩，在那儿，安娜告诉了玛丽每条小路的故事和每座横跨在人工溪流上的桥的历史。

第二天一早，玛丽独自一人去了皇家花园。那天天气很好，由于秋霜菩提树已经凋萎，太阳使菩提树顶梢染上了金色。宽阔的湖面上泛起很多波光，刚刚被吵醒的天鹅正式地从湖边走出来。玛丽正想去一片迷人的绿色草地上，这时，一条英国种的小狗跑过来，冲着她狂吠。玛丽吓住了，这时，一种少见的悦耳嗓音传来："它不会咬你，用不着害怕。"一位五十岁左右的女士坐在一条粗木凳上。她穿着一件白色的晨衣，戴着一顶软帽，披着一件外套。她的脸圆润，显示出一种既安详又严肃的神情。她先开口说话："很明显，你不是本地人？"

"对，夫人。我昨天才从乡下来到这儿。"

"是和你父母一起来的吗？"

"不是的，夫人，我一个人来的。"

"你还太小，不应该一个人旅行。你到这儿是来办什么重要事情？"

"我的父母已经逝世了，我是来向女皇陛下献请愿书的。"

"你是个可怜的孤儿！你是要指控别人对你的不公平还是对你的伤害？"

"夫人，我是来请求女皇陛下宽恕，而不是申冤。"

"请容许我问一个问题：你到底是谁？"

"我是米罗洛夫上尉的女儿。"

"什么米罗洛夫上尉？就是那个在奥伦堡省掌管一个要塞

的司令？"

"是的，夫人。"

女士似乎很感动。"我要去宫廷。解释一下你请愿的目的，也许，我能帮助你。"玛丽从口袋里拿出一张纸，递给了那位女士，她很专心地读着。玛丽的眼睛一盯着她的面部表情，女士脸上刚才既安详又优雅的神情突然变得很严肃，这个神情把玛丽吓住了。

"你替格利尼奥夫说情？"女士用冰冷的语气问，"可是女皇陛下是不可能原谅他的。他甘愿服务于篡权者那边，不是因为他是个易相信别人，而是因为他是个自甘堕落、满怀恶意的坏蛋。"

"这是假的！他是被冤枉的！"玛丽大声叫道。

"什么！你说什么？不是真的？"女士很激动地说，眼睛都红了。

"我对天发誓，这不是真的。我知道事情的真相，我会把一切都告诉你。都是因为我，他才遭受到所有这些不幸。他不在审判官面前为自己辩解，那是因为他担心我，他不想让我卷进去，被带到当权者面前。"接着，玛丽就激动地把所知道的一切东西讲给那位女士听。

"你现在在哪儿住啊？"当这位年轻的姑娘把事情经过都讲了一遍，女士问道。听到她和驿站长的妻子住在一起，她点点头，微笑着对玛丽说："嗯！我知道她。再见！千万不要告诉任何人我们见过面。我希望你不要等太长时间就可以知道请愿的结果。"她站起来，从一条密树林的小路上离开。玛丽回到安娜家里，心中充满美好的希望。

驿站长的妻子对玛丽那么早就出去散步感到非常惊讶，因为在秋天，那么早出去散步对于一个年轻姑娘的身体健康是无益的。她带来了茶饮，一边饮着茶，一边正想讲她那说不完的故事，这时，一辆刻有皇家盾形纹章的马车停在了门前。一个身穿皇家服饰的仆人进来报告，说女皇陛下宣米罗洛夫上尉的女儿去朝见。

"啊！"安娜大喊起来，"女皇陛下宣你进宫来了！她怎么知道我们俩住在一起？你不能独自去，因为你还不晓得在宫里走路的那些麻烦的规矩！我得和你一同去。要不要我叫人去医生的太太那里，把她那条带有裙边褶的黄裙子暂时借给你？"仆人说，他接到命令，只允许带玛丽一个人去，而且马上就去，不需要更衣打扮。

玛丽不敢违抗女皇陛下的命令，马上出发了。她有预感，决定她命运的关键时刻到了，她的心狂跳不止。几分钟后，马车便来到了宫殿前。穿过一长串宽敞豪华的房间，玛丽来到了女皇陛下的寝宫，站在女皇身边的贵族都自觉恭敬地为这个年轻姑娘让路。

玛丽一眼便认出女皇陛下就是她在花园里碰见的那位女士。她礼貌地说："我很高兴能实现你的愿望。我坚信你的未婚夫是无辜的，我现在已安排好了一切，这封信是写给你未来公公的。"玛丽泪如泉涌，跪倒在女皇脚下。女皇把她扶起来，吻了吻她的额头说："我知道你没什么钱，但是，我欠着米罗洛夫上尉——这个勇敢爱国人的女儿的一份情，我一定会还的。”女皇慈祥地安慰了玛丽一会儿，就让她离开皇宫。当天，玛丽就启程回父亲在乡下的庄园，甚至连一眼圣彼得堡都没有看。彼得·格利尼奥夫的回忆录到这里就完了。

根据他家的记载，我们知道他在 1774 年底被释放。我们也明白他出现在了普加乔夫被杀头的现场，普加乔夫在人群中看见并认出了他，向他点了最后一次头。不一会儿，那个头颅就展示在人们面前，鲜血淋淋，没有一点生气。

彼得·格利尼奥夫最终成为玛丽·米罗洛夫的丈夫，他们的后代到现在仍然快乐地生活在新比尔思科省。在他们世世代代相传的庄园里，女皇凯瑟琳二世的亲笔信仍然在那里展示。这是一封写给安德鲁·格利尼奥夫的，信中写到为他儿子平反的故事，以及对上尉的女儿美丽而感人的赞美。